KB239873

DONGSUH MYSTERY BOOKS 63

THE CASE BOOK OF THE OLD MAN IN THE CORNER
구석의 노인 사건집

에무스카 바로네스 오르치/이정태 옮김

동서문화사

옮긴이 이정태(李鼎泰)

서울대 문리대 영문과·동대학원 영문학 전공. 서울대 교양학부·공대·농대 강사, 인하대 교수 역임. 창작집 《피묻은 낙엽》 《나상》, 단편 《어떤 섬 여자 이야기》 등 30여 작품 외 번역서들이 있다.

DONGSUH MYSTERY BOOKS 63

구석의 노인 사건집

에무스카 바로네스 오르치 지음/이정태 옮김
1판 1쇄 발행/1977년 12월 1일
2판 1쇄 발행/2003년 5월 1일
2판 3쇄 발행/2009년 11월 1일
발행인 고정일/발행처 동서문화사
창업 1956. 12. 12. 등록 16-345(윤)
서울강남구신사동540-22 ☎ 546-0331~6 (FAX) 545-0331
www.epascal.co.kr

＊

이 책의 츨판권은 동서문화사(동판)가 소유합니다.
의장권 제호권 편집권은 저작권 법에 의해 보호를 받는 출판물이므로
구단전재와 무단복제를 금합니다.

편찬·필름·제작 일체 「동판」 자본으로 이루어짐에 따라
출판권 소유권자 「동판」에서 제조출판판매 세무일체를 전담합니다.
사업자등록번호 211-90-02201
ISBN 978-89-497-0148-6 04840
ISBN 978-89-497-0081-6 (세트)

구석의 노인 사건집
차례

펜처치 거리의 수수께끼

구석에 앉은 그 노인은 유리잔을 옆으로 밀어놓고 테이블 너머로 몸을 내밀었다.

"수수께끼라고! 범죄에 수수께끼란 있을 수 없소, 지혜로운 사람이 해결하려고만 든다면."

폴리 버튼은 느닷없이 이런 말을 듣자 당황해하며 읽고 있던 신문을 내려놓고, 싸늘한 갈색 눈으로 노인을 샅샅이 훑어보듯 노려보았다.

그가 다리를 질질 끌면서 가게로 들어와 맞은편 자리에 앉았을 때부터 그녀는 노인이 마음에 들지 않았다. 노인과의 사이에 있는 대리석 테이블 위에는 이미 그녀의 점심식사인 큰 컵에 든 커피(3펜스)와 버터를 곁들인 롤빵(2펜스), 그리고 소 혓바닥 요리 한 접시(6펜스)가 놓여 있었다.

지금까지 그 구석의 자리와 그 테이블 그리고 그녀자리에서 바라보는 멋진 대리석 홀(ABC 숍. 효모를 쓰지 않는 빵 제조회사의 노퍽 지점)의 전망은 폴리만의 것이었다. 폴리가 여기서 11펜스짜리 점심을 먹고 1펜스어치의 정보를 얻어가는 습관은, 그녀가 영국 언론계에서도 이름 높은 〈이브닝 옵저버〉지——
—여기서는 그렇게 부르기로 한다——에 입사하게 된 잊지 못할 영
광의 그날부터 하루도 빠짐없이 계속되었다.

그녀, 〈이브닝 옵저버〉지의 폴리 버튼은 그 누구보다도 뛰어난 여
기자였다. 그녀의 명함에는 이렇게 인쇄되어 있었다.

　　미스 메리 J. 버튼
　　〈이브닝 옵저버〉

지금까지 그녀는 여배우 엘런 텔리를 비롯하여 마다가스카르 주교,
배우 겸 극작가인 시모어 픽스, 그리고 경시총감 등 명사들을 인터뷰
한 경력이 있다. 또 지난번에 있었던 멜바라 하우스의 파티에도 참석
하여, 그곳에서——다시 말해 그곳 화장실에서——귀부인의 모자
들, 유명한 아가씨들의 양산, 여러 가지 부인용 모자와 옷차림들 유
행에 주목하여 그것들을 하나하나 〈이브닝 옵저버〉지 오후판에 '왕
족과 복장' 이라는 표제를 달아 실었다(그 기사에는 'M J B'라는 서
명이 들어 있으므로 저녁 신문철을 뒤적이면 찾아낼 수 있을 것이
다).

이러한 이유에서——그리고 또 그 밖의 여러 가지 이유에서——
폴리는 그 구석 자리에 앉아 있는 노인에게 화를 내며, 다갈색 눈에
일부러 차가운 빛을 담아 그 뜻을 전하려고 했다.

지금 그녀가 읽고 있던 것은 〈데일리 텔레그래프〉였는데, 자신도
모르게 가슴이 두근거려질 정도로 재미있는 기사였다. 무심코 그 기
사를 읽다가 뭐라고 소리를 내어 중얼거렸는가 싶은데 아무튼 맞은쪽
노인이 그녀의 생각에 직접 대답한 것만은 분명했다.

한순간 그녀는 눈썹을 찡그리고 노인을 바라보다가 문득 미소를 지

었다. 버튼은 날카로운 유머 감각을 지닌 여성으로, 그것을 이 2년 동안 영국 신문계에서는 보기 드물게——그 뒤에도 전혀 달라지지 않았지만——간직하고 있었다. 무엇보다 이 노인의 풍모에는 아무리 점잖은 사람이라도 그만 웃음이 나올 것 같은 뭔가가 있었다. 폴리는 마음속으로 지금까지 이렇게 창백하고, 이토록 바싹 여위고, 이다지도 우스운 엷은 빛깔의 머리털을 가진 사람을 본 적이 없다고 생각했다. 그는 상당히 벗어져올라간 정수리에 엷은 빛깔의 머리털을 얌전히 빗어 붙이고, 무척 수줍고 신경질적인 동작으로 손에 쥔 끈을 줄곧 만지작거리고 있었다. 그의 기다랗고 뼈가 불거진 조금 떨리는 손가락은 그 끈을 묶었다풀었다하며, 사람의 눈길을 끌 만한 복잡한 매듭을 만들고 있었다.

노인의 그런 기묘한 특징을 찬찬히 바라보고 나자 폴리는 얼마쯤 기분이 좋아졌다.

"그렇지만" 하고 폴리는 조용하면서도 위엄 있는 목소리로 말했다.

"이 기사는 그런대로 식견 있는 신문에 실린 건데, 여기에 따르면 지난 한 해 동안 여섯 건이나 되는 범죄 사건이 경찰을 완전히 허수아비로 만들고, 지금까지 범인은 잡히지 않았다는 거예요."

"그런데 나는……" 하고 노인은 태연하게 말했다. "나는 경찰에게 수수께끼가 없다고 말한 것은 아니오. 지혜로운 사람이 범죄를 해결하려고 든다면 사건 풀리지 않는 수수께끼란 없다고 말했을 뿐이오."

"펜처치 거리의 '사건' 경우에도 말인가요?" 폴리가 비꼬듯이 되물었다.

"특히 그 펜처치 거리의 '사건'은 더욱 그렇소." 노인은 조용히 대답했다.

최근 1년 가까이 그 펜처치 거리 사건의 수수께끼——사람들은 이

이상한 범죄를 그렇게 부르고 있었다——는 머리가 좋다고 자처하는
사람들의 골머리를 앓게 해왔다. 폴리도 적잖이 그 일에 골치를 썩혔
다. 그녀는 이 사건에 흥미를 느끼고 매혹되어 사건의 자초지종을 검
토하여 자기 나름대로 가설을 세우고 거듭 그것을 음미한 끝에 한두
차례 신문에 투고까지 했었다. 사건 해명을 위한 온갖 가능성과 개연
성을 시사하고 논리적으로 파고들어가 힌트를 주고 증거를 들었는데,
이것들은 곧 다른 아마추어 탐정들에 의해서 논박을 받았다. 그런만
큼 구석에 앉은 그 노인의 태도에 이상하게 화가 치밀어 오른 그녀는
그 잘난 체하는 콧대를 여지없이 꺾어 주고 싶어 가시 돋친 말로 대
꾸했다.

"그렇다면 유감이군요. 당신이 그 귀중한 지혜를, 길을 못 찾는 선
량한 우리 경찰을 위해 빌려주시겠다고 나서지 않는 것은."

"그래요?" 노인은 무척 기분이 좋은 듯했다. "내가 그렇게 하지
않는 첫 번째 이유는 그들이 내 말을 받아들이지 않을 것이기 때문이
오. 그리고 두 번째 이유는 만일 내가 직접 범죄수사에 관여하게 된
다면 아마 계속 나의 취미와 의무감의 틈바구니에 끼어 고민할 것이
기 때문이오. 가끔 나는 경찰을 마음대로 주무르는 머리 좋고 빈틈없
는 범죄자에게 공감을 느낀다오. 당신이 어느 정도 사건에 대해 알고
있는지는 모르지만 아무튼 그 사건이 처음에 나까지 당황하게 만든
것만은 사실이오."

그의 말투는 조용했다.

"지난해 12월 12일이었소. 가난한 옷차림을 한, 그러나 분명 옛날
에는 잘살았던 것으로 보이는 한 부인이 경시청에 와서 직업이 없
는 남편 윌리엄 캐쇼가 집을 나갔다며 실종 신고를 했소. 그녀는
친구라면서 살찐 독일 사람과 같이 왔었는데, 두 사람의 이야기를
듣고 경찰은 곧 수사를 시작했지요.

이야기에 따르면, 12월 10일 오후 3시쯤 그 독일인 칼 뮐러는 친구인 윌리엄 캐쇼에게 전에 꾸어준 얼마 안 되는 돈——10파운 드쯤 되었지요——을 받기 위해 그의 집을 찾아갔소. 피츨로이 스 퀘어의 샬로트 거리에 있는 지저분한 셋방에 가보니 윌리엄 캐쇼는 몹시 기분이 좋아 들떠 있었고, 부인은 울고 있었소. 뮐러는 찾아 온 용건을 말하려고 했으나 캐쇼는 허풍을 치며 말을 가로막고서 밑도 끝도 없이 2파운드를 더 꾸어달라고 하여 그를 놀라게 했지 요. 캐쇼는 그 2파운드가 어떤 돈벌이의 밑천이 된다면서, 그것만 있으면 그 자신도 그것을 꾸어준 친구도 돈더미에 올라앉게 된다는 것이었소.

그 돈벌이의 내용이 어떤 것인지 캐쇼는 15퍼센트쯤 아주 막연 한 힌트밖에 주지 않았는데, 조심성 많은 독일인이 그것으로는 돈 을 꾸어줄 것 같지 않자 그는 마음을 결정하고 몇 천 파운드의 벌 이가 된다는 계획의 일부를 밝혔소. ”

자신도 모르게 폴리는 신문을 놓았다. 그 조용한 노인은 몹시 수줍 고 신경질적이며 가엾은 눈을 하고 있었으나 이상하게 이야기 솜씨가 뛰어나 그녀를 사로잡았다.

그는 이야기를 계속했다.

“그때 그 독일인이 경찰에 이야기한 내용을 당신이 기억하고 있는 지 어떤지는 모르지만, 그것은 세밀한 부분에 이르기까지 캐쇼의 아내, 또는 미망인에 의해 증명되었소. 간단히 말하자면 이런 거였 지요. 지금부터 약 30년 전, 20살이었던 캐쇼는 런던 어느 병원에 서 수련의로 근무하고 있었소. 그에게는 베이커라는 친한 친구가 있었는데, 그와 또 다른 친구와 셋이서 방 한 칸을 세 얻어 살고 있었지요.

어느 날 밤 이 다른 한 친구가 경마로 벌었다면서 큰돈을 가지고 돌아왔었소. 그런데 이튿날 아침 그는 침대에서 타살되어 시체로 발견되었소. 캐쇼는 다행히도 그날 밤 병원에서 당직 근무를 했기 때문에 절대적인 알리바이가 있었지요. 그런데 베이커는 자취를 감추었소. 말하자면 경찰로부터 도망친 셈인데, 그렇다고 친구인 캐쇼의 날카로운 눈까지 피할 수 있었던 것은 아니었소. 적어도 캐쇼는 그렇게 말하고 있었지요. 베이커는 아주 교묘하게 경계망을 뚫고 국외로 도망쳐 갖은 우여곡절 끝에 동부 시베리아의 블라디보스토크에 도착한 뒤, 거기서 스메자스트라는 이름으로 모피 무역을 시작하여 막대한 재산을 모았소.

그런데 한 가지 잊어서는 안 될 것은 누구나 스메자스트를 시베리아의 백만장자로 알고 있다는 점이오. 그가 일찍이 영국에서 베이커라는 이름으로 불리었고, 30년 전에 살인을 저지른 일이 있다는 이야기는 캐쇼가 그렇게 주장할 뿐, 증명된 것이 아니오. 나는 지금 캐쇼가 문제의 12월 10일 오후에 친구인 독일인과 아내에게 들려준 이야기를 그대로 되풀이하고 있는 데 지나지 않소.

캐쇼의 말에 따르면, 스메자스트는 그의 평생에 있어 하나의 큰 실수를 저질렀다고 하오. 옛 친구인 윌리엄 캐쇼 앞으로 네 번에 걸쳐 편지를 보낸 것이오. 그 가운데 두 통은 25년 이상이나 전에 씌어진데다 캐쇼의 말에 따르면 먼 옛날에 분실되고 말았다고 하므로 이 사건과는 관계가 없소. 그리고 또 한 통은 스메자스트, 본명 베이커가 살인으로 얻은 돈을 다 쓰고 뉴욕에서 궁색하게 지낼 때 쓴 것이라고 하오.

그 무렵 캐쇼는 상당히 잘살고 있었으므로 옛우정을 생각하여 10파운드를 송금해 주었소. 그리고 나머지 한 통은 형세가 뒤바뀌어 캐쇼가 기울어지기 시작했을 무렵, 그때 이미 스메자스트로 행세하고 있던 베이커가 지난날의 친구에게 50파운드를 보내줄 때

쓴 편지라오. 그 뒤부터 캐쇼는——이건 밀러의 추측이지만——
점점 불어가는 스메자스트의 재산에 눈독을 들이고 두 번 세 번 돈
을 뜯어냈으며, 때로는 수법을 바꿔가면서 그를 협박했소. 하기야
이 백만장자가 먼 나라에 살고 있다고 생각할 때 별로 의미가 없는
협박이라고 여겨지기는 하지만 말이오.

그런데 드디어 이야기는 절정에 접어들었소. 캐쇼는 막다른 골목
에서 크게 망설인 끝에 마침내 독일인 친구에게 스메자스트가 썼다
는 두 통의 편지를 보여주었소. 이것이야말로 이 이상한 수수께끼
같은 범죄 사건에 중요한 역할을 한 거요. 여기 그 두 통의 편지를
옮겨 쓴 것이 있는데……."
구석의 노인은 봉투에서 닳아빠진 종이쪽지를 꺼내 멋 부리는 손놀
림으로 펴서 소리 내어 읽기 시작했다.

자네의 터무니없는 돈의 요구는 정말 부당하네. 나는 이미 지나
칠 정도로 자네를 도와왔네. 그러나 지난날의 우정을 생각하여, 그
리고 또 내가 어려웠을 때 도와준 자네의 의리를 생각하여 한 번만
더 요구를 들어줄까 하네. 이곳에 있는 내 친구 러시아 인 장사꾼
이 며칠 안으로 요트를 타고 유럽과 아시아로 여행을 떠난다네. 이
곳에서는 그에게 모든 상권을 맡겨두는 사이인데, 그가 자기와 함
께 영국까지 가지 않겠느냐고 권해왔네. 외국 생활에 싫증이 난데
다가 30년 만에 고국을 보고 싶기도 하여 나는 이 권고를 받아들이
기로 했네. 언제 유럽에 가닿을는지 확실히 모르지만 적당한 항구
에 도착하는 대로 곧 다시 연락하여 자네와 런던에서 만나고 싶네.
다만 자네의 요구가 너무 터무니없을 경우에는 귀 기울일 수 없네.
또 부당하고 끈질긴 협박 따위에는 절대로 굽히지 않는 나이니까
그렇게 알아주게. 그럼, 이만——.

전날 통지한 그 일에 대해서 다시 연락하네. 찰스코에 셀로 호는
오는 10일 화요일 틸베리 항구에 도착하네. 나는 거기서 상륙하여
곧 가장 빠른 열차를 타고 런던으로 향하겠네. 지장이 없다면 그날
오후 늦게 펜처치 역 일등 대합실에서 만났으면 하네. 30년이나 지
났으니 내 얼굴을 잊어버리지 않았을까 싶군. 그날은 두꺼운 아스
트라한 모피 외투에 모피 모자를 쓰고 가겠네. 그것을 보고 나를
찾아 말을 걸어오면, 그 자리에서 자네의 이야기와 요구를 들어줄
생각일세. 이만 줄이네.

프랜시스 스메자스트

"두 번째 편지는 사우샘프턴에서 부친 것이었소. 그런데 이상한 점
은 캐쇼가 스메자스트로부터 받은 편지 가운데 봉투가 남아 있고
날짜를 밝힌 건 이것뿐이오."
구석의 노인은 조용히 이야기해 나갔다. 그는 또 한 장의 종이쪽지
를 펴면서 말했다.
"이건 아주 짧군요."

전날 통지한 그 일에 대해서 다시 연락하네. 찰스코에 셀로 호는

전날 통지한 그 일에 대해서 다시 연락하네. 찰스코에 셀로 호는
오는 10일 화요일 틸베리 항구에 도착하네. 나는 거기서 상륙하여
곧 가장 빠른 열차를 타고 런던으로 향하겠네. 지장이 없다면 그날
오후 늦게 펜처치 역 일등 대합실에서 만났으면 하네. 30년이나 지
났으니 내 얼굴을 잊어버리지 않았을까 싶군. 그날은 두꺼운 아스
트라한 모피 외투에 모피 모자를 쓰고 가겠네. 그것을 보고 나를
찾아 말을 걸어오면, 그 자리에서 자네의 이야기와 요구를 들어줄
생각일세. 이만 줄이네.

프랜시스 스메자스트

"이 마지막 편지야말로 윌리엄 캐쇼를 흥분시키고 부인으로 하여금
눈물 흘리게 했던 거요. 독일인의 말을 빌리면 그는 야수처럼 방
안을 왔다갔다하고 줄곧 손을 내두르며 혼자 중얼거리고 있었다 하
오. 그러나 캐쇼 부인은 걱정이 되어 견딜 수가 없었던 모양이오.
그녀는 외국에서 돌아온 사나이를 믿지 않았던 거요——아무튼 남
편의 이야기에 의하면 이미 한 번 살인을 저지른 사람이었으니까
요. 자칫하면 위험한 적을 없애기 위해서 또 한 번 같은 짓을 할

수도 있지 않겠소? 그리고 그녀는 여자답게 남편의 계획을 못난 짓이라고 생각했소. 법률은 언제나 협박자에 대해 가혹하다는 사실을 알고 있었던 거지요.

스메자스트의 약속은 교활한 함정일지도 모른다, 어째서 그는 내일이라도 호텔에서 남편과 만나려고 하지 않는 걸까? 산더미 같은 의문이 연거푸 솟아나 그녀를 괴롭혔소. 그러나 뚱뚱보 독일인은 캐쇼가 들려준 눈앞에 보이는 막대한 황금 이야기에 눈이 어두워져 친구가 30년 만에 백만장자가 된 친구를 만나러 가는 데 부끄럽지 않도록 옷차림을 갖추는 데 필요한 2파운드를 빌려주었지요. 30분 뒤 캐쇼는 신이 나서 집을 나섰는데 그것이 이 불행한 부인이 남편을 본, 그리고 독일인 뮐러가 친구를 본 마지막이 되었소.

그날 밤 그녀는 한숨도 자지 못하고 남편을 기다렸지만 그는 끝내 돌아오지 않았소. 하는 수 없이 이튿날 그녀는 펜처치 역 근처에 가서 목적지도 없이 남편을 찾아다니며 하루를 보낸 모양이더군. 그리고 12일, 그녀는 경시청으로 가서 알고 있는 사실을 말한 다음 스메자스트에게서 온 편지를 경찰에 맡긴 것이오."

구석에 앉은 노인은 유리잔의 우유를 다 마시고 있었다. 그의 옅은 물빛 눈이 테이블 너머로 폴리 버튼의 자그마하고 진지한 얼굴을 바라보았다. 그녀의 얼굴에는 이제 까다로운 그림자는 흔적도 없이 사라지고 대신 의심할 여지가 없는 열광의 빛이 떠올랐다.

조금 뒤 그는 다시 이야기를 시작했다.

"그리고 31일이 되었을 때의 일이었소. 두 사람의 거룻배 사공이 못쓰게 된 배 밑창에서 썩어문드러져 얼굴도 알아볼 수 없는 시체를 발견한 거요. 거룻배는 어느 어두운 층계 아래에 매어져 있었소. 거대한 창고에서 강으로 이어지는 이런 층계는 이스트 엔드에서는 흔히 볼 수 있지요, 그곳의 사진이 여기 있소.”

노인은 주머니에서 사진을 꺼내어 폴리 앞에 놓았다.

“물론 문제의 거룻배는 내가 이것을 찍으러 갔을 때는 벌써 끌려 나가고 없었지만, 만일 누군가가 몰래 들킬 위험 없이 다른 사람의 목을 노린다면 이 길목이 안성맞춤이라는 건 알 수 있었소. 시체는 방금 말했듯이 얼굴을 못 알아볼 정도로 썩어문드러져 있었소. 죽은 지 11일쯤 지난 것으로 추정되었으니 말이오. 그러나 다행히도 몸에 지니고 있던 은반지며 넥타이핀 같은 것이 남아 있었는데, 그것들은 캐쇼 부인에 의해서 남편의 물건으로 확인되었소.

그녀는 물론 공공연히 스메자스트를 비난했지요. 경찰도 그를 유력한 용의자로 본 듯, 거룻배에서 시체가 발견된 지 이틀 뒤 그 시베리아의 백만장자——신문 기자 정신이 왕성한 사업가들 사이에서 벌써부터 널리 오르내리던 이름이었지요——는 세실 호텔의 호화스러운 방에서 체포되었소.

솔직히 말해서 이 단계에 이르자 나도 더 이상 파고들지 않을 생각이었소. 캐쇼 부인의 이야기와 스메자스트의 편지가 곧 신문에 났으므로 나는 늘 그랬던 것처럼——그러나 미리 말해 두지만 나는 단순한 아마추어로서, 내가 사건을 해명하려는 것은 순전히 그것을 좋아하기 때문이오——경찰이 스메자스트의 짓이라고 주장하는 이 범죄의 동기를 조사해 보았지요. 사람들은 그가 위험한 협박자를 감쪽같이 해치우기 위해 저지른 짓이라고 말했소. 그러나 사실 이 동기가 얼마나 시시한 것인지 생각해 본 적이 있소?”

그러나 유감스럽게도 그녀는 한 번도 그래 본 일이 없었다고 고백하지 않을 수 없었다.

“우선 맨주먹으로 막대한 재산을 쌓아올릴 정도의 사나이가 캐쇼 같은 사나이를 두려워하는 바보일 리가 없소. 또한 캐쇼에게는 그를 집어넣을 만한 결정적인 증거가 없지요. 적어도 자기를 교수형에 처하게 할 만한 증거가 없다는 것을 스메자스트는 알고 있었을 거요. 그를 본 적이 있소?"

노인은 봉투 속을 뒤적거렸다.

스메자스트의 사진이라면 사건이 일어났을 때 삽화를 넣은 신문에서 보았다고 폴리가 대답했다. 그러자 노인은 그녀 앞에 작은 사진을 놓으면서 거듭 물었다.

"이 얼굴에서 가장 눈에 띄는 것이 뭐라고 생각하오?"

"글쎄요. 이상야릇하게 깜짝 놀란 듯한 표정이 아닐까요? 눈썹이 전혀 없고, 이상한 외국풍으로 이발한 탓이기도 하겠지만."

"맞았소. 면도칼로 민 것이 아닌가 생각될 정도로 짧게 깎았소. 나도 처음에는 그렇게 느꼈지요. 그 공판날 아침 사람이 붐비는 속을 헤치고 들어가서 피고석에 있는 백만장자를 보았을 때 말이오. 그는 키가 큰 군인 타입의 사나이로 체격이 좋고 얼굴은 짙은 구릿빛으로 햇볕에 그을어 있었소. 콧수염도 턱수염도 없고 머리는 프랑스 사람처럼 짧게 깎았는데, 무엇보다 눈에 띄는 특징은 눈썹과 속눈썹이 전혀 없는 것이었소. 그것이 얼굴에 기묘한 표정을 주어 지금 당신이 말했듯 늘 깜짝 놀란 표정으로 보이게 했지요.

그러나 그는 얄미울 정도로 침착했었소. 백만장자이기 때문인지 검찰측의 증인 신문이 있는 동안 피고석에서 변호인 아더 잉글우드 경과 이야기하며 웃고 있었지요. 밀러와 캐쇼 부인이 증인석에 나와 경찰에서 이미 이야기한 것을 다시 한 번 되풀이했지요. 당신은 일이 바빠 공판을 들으러 가지 못했었다고 말했지요? 그럼, 캐쇼 부인이 어떤 여자인지 모르겠군요. 아아, 여기 내가 찍은 그녀의 스냅 사진이 있군. 자, 이거요. 증언대에 섰을 때의 모습이오. 너무 잘 차려입고 있지 않소? 장식이 아주 요란한 클레이프 드레스,

예전에는 핑크색 장미가 붙어 있었을 게 틀림없는 보닛——아직도
그 흔적으로 핑크색 꽃잎이 검은 모자에 한층 눈에 거슬리게 붙어
있었소.

그녀는 피고 쪽을 보려고도 하지 않고 결연히 얼굴을 치안 판사
쪽으로 돌리고 있었소. 그래도 아마 그 건달 남편을 사랑했던 모양
이오. 엄청나게 큰 결혼 반지를 끼고 게다가 검은 천을 두르고 있
었지요. 그녀가 남편을 죽인 자가 피고석에 앉아 있는 사나이라고
확신하고 있음은 틀림없었소. 그리고 그 피고의 눈앞에서 글자 그
대로 자신의 슬픔을 드러내 보이고 있었소.

나도 그 여자에 대해서는 말할 수 없을 만큼 딱하게 생각했지요.
그에 비하면 밀러는 그저 뚱뚱하게 기름살이 오른 엄청난 속물일
뿐이었소. 그는 자신이 중요한 증인이라는 사실에 거만을 떨면서
놋쇠반지들로 어지러운 고구마벌레 같은 손가락으로 캐쇼가 남긴
편지가 분명하다고 증언하더군요. 아마도 그 편지야말로 자신이 유
명해지고, 사람들로부터 소중히 취급되는 기분좋은 꿈같은 나라로
가는 패스포트 같았던 모양이었나 보오. 따라서 아더 잉글우드 경
이 이 증인에 대해서는 반대 신문을 하지 않겠다고 말했을 때 무척
낙심했을 거요. 왜냐하면 밀러는 힘차게 대답할 작정이었거든요.
피고석의 거만한 백만장자를 향해 자기의 사랑하는 친구 캐쇼를 꾀
어내어 이스트 엔드의 어느 낯설고 어두운 골목에서 죽였다고 가장
완전하고도, 가장 짜임새 있는 탄핵을 할 작정이었던 거지요.

그러나 법정의 흥분이 한꺼번에 고조된 것은 그 뒤였소. 밀러는
그만 돌아가도 된다는 말을 듣자 완전히 기진맥진해 있는 캐쇼 부
인을 데리고 법정에서 나갔소.

그동안 경관 D21호가 피고를 체포한 상황에 대해 증언했소. 그
에 따르면 피고는 그때 완전히 기습당한 모양으로, 자신에 대한 혐

의나 체포 이유 같은 것을 전혀 이해하지 못했다고 하오. 그러나 겨우 사실을 파악하고 저항해 봐야 아무 소용없다는 것을 분명히 깨닫자, 순순히 경관을 따라 마차에 올라탔지요. 세실 호텔은 언제나처럼 상류 손님들로 붐비고 있었는데 아무도 그것을 이상하게 생각한 사람은 없었소.

그 뒤 가득 들어찬 방청객들 입에서 일제히 기대의 한숨이 새어 나왔소. 드디어 재미있는 구경거리가 시작되려 하고 있었던 거요. 막 펜처치 역의 짐꾼인 제임스 버클랜드가 선서하고 진실만을 말하겠다고 맹세하던 참이었지만, 결국 그 진실은 별로 많지 않다는 사실이 밝혀지더군요. 버클랜드는 이렇게 말했지요. 12월 10일 오후 6시, 지금도 기억하고 있으나 그날은 심한 안개가 끼었으며, 틸베리 발 5시 5분 도착의 열차가 약 한 시간 늦게 펜처치 역으로 들어왔다고 하오. 플랫폼에 서 있던 버클랜드는 일등차에서 내려온 한 손님이 불러서 멈춰 서게 되었지요. 그 손님이 검고 커다란 모피 외투를 입고, 모피 여행 모자를 쓰고 있었다는 것 말고는 인상 같은 것에 대해 거의 모르는 듯했소.

그 손님은 많은 짐을 가지고 있었으며, 거기에는 모두 'F S'라는 머리글자가 붙어 있었소. 손님은 버클랜드를 시켜 작은 손가방만 빼놓고 다른 짐은 모두 손님을 기다리고 있던 네바퀴마차에 싣게 했다오. 짐이 무사히 다 실린 것을 확인하자 짐꾼에게 돈을 치르고 마차 마부에게는 자기가 돌아올 때까지 기다리고 있으라고 말한 뒤 작은 손가방을 든 채 대합실 쪽으로 걸어갔소. ——'그 뒤 나는 잠시 거기에 서서 마부와 지독한 안개니 어쩌니 하며 말을 주고 받았습니다. 그러는 동안 사우스 엔드에서 오는 완행 열차가 도착한다는 신호가 있었기 때문에 나는 그곳을 떠나 제자리로 돌아갔습니다'라고 제임스 버클랜드는 덧붙였소.

검사는 모피 외투를 입은 손님이 짐 실리는 것을 보고 나서 대합실 쪽으로 걸어간 시간에 대해 특히 중점적으로 질문을 했지요. 짐꾼은 자신을 가지고 대답했소. '6시 15분에서 1분도 늦지 않았습니다'라고 그는 단언했지요.

아더 잉글우드 경이 역시 반대 신문은 없다고 말하자 다음에 마차의 마부가 불려왔소. 그는 모피 외투를 입은 손님이 그의 마차를 불러 마차 안과 밖에 짐을 가득 실은 다음 잠깐만 기다리고 있으라고 한 시간에 대해 제임즈 버클랜드의 증언을 확인했소. 그 마부는 그때 손님이 시킨 대로 기다리고 있었지요. 짙은 안개 속에서 지루하게 기다리다 마침내는 짐을 유실물계에 넘겨주고 다른 손님을 찾으러 갈까 생각하기 시작할 정도였다는군요. 그런데 이윽고 8시 45분이 되자 바로 그 모피 외투와 모자를 쓴 신사가 빠른 걸음으로 돌아와서 재빨리 마차에 올라타더니 어서 세실 호텔로 가달라고 말했다고 하오. 잉글우드 경은 이번에도 역시 아무 논평도 하지 않았고, 피고석의 프랜시스 스메자스트는 방청객들로 가득 찬 법정 안에서 태연히 잠을 자고 있었소.

다음 증인인 토머스 테일러 경관은 12월 10일 오후 초라한 옷차림을 한데다 머리며 수염이 더부룩한 사나이가 역과 대합실을 서성거리는 것을 보았다고 증언했지요. 그 사람은 아마 틸베리와 사우스 엔드에서 오는 열차가 도착하는 플랫폼을 눈여겨보고 있었던 모양이오.

그밖에 경찰의 세밀한 수사로 찾아낸 두 명의 증인이 12월 10일 화요일 6시 15분쯤 그 초라한 차림의 사나이가 일등 대합실로 들어와 역시 같은 무렵 그곳으로 들어온 두꺼운 모피 외투와 모피 모자를 쓴 신사 쪽으로 곧장 다가가는 것을 보았다고 증언했소. 두 사람은 잠시 거기서 뭔가 이야기를 주고받다가 이내 같이 나갔는데, 이야기 내용은 들리지 않았으며 아무도 그들이 간 방향을 보지 못한 것 같소.

그때 프랜시스 스메자스트는 앉아서 졸다가 잠이 깨어 뭔가 변호인에게 속삭였소. 변호인은 고개를 끄덕이며 격려하는 듯한 미소를 지어보였지요. 이어서 세실 호텔의 종업원이 스메자스트는 12월 10일 화요일 오후 9시 30분쯤 많은 짐과 함께 마차로 도착했다고 말함으로써 검찰측 증인 신문은 끝이 났소.

법정을 가득 메운 방청객들은 벌써 스메자스트가 교수대에 한쪽 발을 들여놓았다고 보고 있었소. 그 점잖은 방청객들이 그대로 아더 잉글우드 경의 변론이 시작되기를 기다린 것은 단순히 군중 심리적인 호기심 때문이었을 거요. 그는 말할 것도 없이 지금 법조계에서 이름을 날리는 사나이였으니까요. 그의 느긋한 태도와 거만한 말씨는 사교계에서 인기를 불러일으켰으며 돈 많은 젊은 신사의 본보기가 되어 있었지요.

피고석에 앉은 시베리아 백만장자의 목숨이 글자 그대로, 아니 비유적인 의미에서도 위험하게 균형을 유지하며 흔들리고 있는 그때, 아더 잉글우드 경이 긴 팔다리를 뻗으며 태연히 일어나자 방청객 사이에는 기대의 속삭임이 번져나갔소. 그는 효과적인 연출을 노리고 있었지요. 아더 잉글우드 경은 타고난 배우요. 그리고 그것이 정말 효과를 나타냈다오. 그는 한층 더 태연하고 느긋한 말투로 아주 침착하게 이야기하기 시작했소.

'이른바 12월 10일 화요일 밤 6시 15분에서 8시 45분 사이에 일어난 것으로 되어 있는 윌리엄 캐쇼 살해사건에 대해 나는 여기서 두 증인을 불러 물어볼까 합니다. 이 두 사람은 12월 16일 오후, 즉 살인이 있었다고 추정되는 날로부터 6일 뒤 윌리엄 캐쇼가 살아 있는 것을 보았다고 합니다.'

이 말은 정말 폭탄처럼 법정 안에 터졌지요. 재판장까지도 잠시 멍하니 말이 없었고 내 옆에 앉은 부인들은 저녁 파티 약속을 연기해야 할지 말아야 할지 결단을 내려야 할 즈음에서야 겨우 그 놀란 충격에서 깨어난 듯했소.

나 말이오? 나는 별로 놀라지 않았다오. 대체 어디에 차질의 원인이 있는가를 벌써 알아차리고 있었기 때문이지요.”

구석의 노인은 그 수줍은 듯하면서도 우쭐대는 표정이 뒤섞인 태도로 이야기를 해 나갔다. 이 이상야릇하게 모순된 느낌은 처음부터 폴리 버튼이 흥미를 가졌던 점이었다.

“아마 당신도 알고 있겠지요. 그 뒤 사건의 이해할 수 없는 전개를? 정말 그것은 완전히 경찰을 연막 속에 넣었소. 아니, 사실은 나를 제외한 모든 세상 사람들을 당황하게 만들었던 거요. 코마실 거리에 토리아나라는 사나이가 경영하는 호텔이 있는데, 그 토리아니와 호텔 급사 하나가 12월 10일 오후 3시쯤 초라한 옷차림을 한 사나이가 그곳 다방에 와서 차를 주문한 일이 있다고 증언했소. 사나이는 아주 기분이 좋아 떠들어대며 급사를 보고 ‘나는 윌리엄 캐쇼라는 사람이오. 머지않아 온 런던이 내 이야기를 하게 될 것이오. 왜냐하면 나는 어떤 뜻하지 않은 행동으로 엄청나게 큰 부자가 될 테니까’라고 거짓말인지 참말인지 알 수 없는 자랑을 늘어놓았다는 거요.

사나이는 차를 다 마시고 나갔소. 그가 막 모퉁이를 돌아 모습을 감추려고 할 때쯤 급사는 그 초라한 차림의 수다쟁이가 잊고 간 낡은 우산을 발견했소. 제대로 된 레스토랑이라면 어디나 다 그렇듯이 토리아니 씨는 혹시 손님이 그 우산을 잊은 것을 알고 찾으러 올 때를 생각해서 정중하게 자기 사무실에 보관해 두었지요. 그리고 생각한 대로 1주일쯤 지난 16일 오후 1시쯤 그 초라한 차림의 사나이가 나타나 우산을 찾아갔다는 거요. 온 김에 그는 호텔에서 식사를 하고 갔지요. 이때도 급사를 붙들고 한참 떠들었던 모양이오. 토리아니 씨와 급사가 그 윌리엄 캐쇼라는 사나이의 생김새와 옷차림을 말했소. 그것은 캐쇼 부인이 말한 남편의 차림새와 완전히 똑같았소.

이상하게도 그는 심한 건망증이 있는 듯, 두 번째에도 그가 나간 다음 급사는 테이블 밑에서 봉투를 발견했소. 거기에는 여러 가지 편지며 청구서 등이 들어 있었소. 모두 윌리엄 캐쇼 앞으로 온 것이었소. 그 봉투는 증거로 제출되어, 법정에 불려나온 칼 뮐러에 의해 곧 그의 친구 '윌리엄' 의 것임이 인정되었지요.

이 일은 피고를 유죄로 만들려는 측에 가해진 최초의 일격이었소. 그 타격이 상당한 것이었음은 당신도 아시겠지요? 이미 사건은 모래 위의 누각처럼 무너지기 시작했소. 그렇기는 해도 스메자스트와 캐쇼가 만나기로 약속한 것은 엄연한 사실이었으므로 그것에 의한 스메자스트와 캐쇼의 분명한 접촉, 그리고 짙은 안개 속에서 2시간 반 동안 무엇을 했는지 납득이 가는 설명을 하지 않으면 안되었소. "

구석의 노인은 잠시 말을 끊어 폴리로 하여금 몸이 달게 만들었다. 그동안 그는 들고 있던 끈을 만지작거리며 마침내 그것을 복잡하게 뒤얽힌 매듭투성이로 만들었다.

조금 뒤 그는 다시 이야기를 시작했다.

"말해 두지만 말이오, 요즘 내 눈에는 모든 사건들이 대낮처럼 훤하게 보인다오. 그래서 재판장이 피고의 과거에 대해 세밀하게 여러 가지를 묻기 시작했을 때 무엇 때문에 그런 것들을 물어 서로 시간을 낭비할까 이상하게 생각했지요. 이제는 완전히 잠이 깬 프랜시스 스메자스트는 그 질문에 대해 이상하리만큼 자랑스러운 말투로 거의 알아들을 수 없는 외국 사투리를 섞어가며 대답했지요. 그는 캐쇼가 퍼뜨리고 다닌 자신의 과거를 조용히 부정하고, 일찍이 베이커라고 행세한 적도 없거니와 30년 전의 살인 사건에 관계한 일도 없다고 단언했소.

'그러나 캐쇼라는 사람은 알고 계시겠지요? 실제로 편지를 써 보냈으니까요' 하고 재판장이 다그치자 그는 조용히 대답했소.

'말씀드리겠습니다만 재판장님, 나는 지금까지 캐쇼라는 사나이를 만난 적도 없거니와 편지를 쓴 적도 결코 없습니다.'

'그에게 편지를 쓴 일이 없다는 것입니까?' 재판장은 경고하듯 말했지요. '그건 전혀 엉뚱하게 들리는군요. 지금 나에게는 당신이 그에게 써 보낸 두 통의 편지가 증거로 제출되어 있으니까 말이오.'

'그것은 내가 쓴 편지가 아닙니다.' 피고는 여전히 아주 침착하게 대답했소. '그 두 통의 필적은 내 필적과 다릅니다.'

'그 점은 곧 증명해 보일 수 있습니다.' 아더 잉글우드 경의 느릿한 목소리가 뒤이어 말했소. 그는 곧 한 다발의 서류를 재판장에게 내밀었지요. '여기 피고가 고국으로 돌아온 뒤 쓴 편지 몇 통이 있습니다. 이 가운데 몇 통은 바로 내 눈 앞에서 쓴 것입니다.'

아더 잉글우드 경이 말한 것처럼 그 점은 쉽게 밝혀낼 수 있는 일이므로, 피고는 재판장의 요구에 따라 노트에 몇 줄의 문장과 자신의 서명을 몇 번이나 되풀이 썼지요. 판사의 놀라는 표정에서 두 필적이 서로 같지 않다는 걸 쉽게 상상할 수 있었소.

여기서 새로운 의문이 떠올랐지요. 그렇다면 대체 누가 윌리엄 캐쇼에게 펜처치 역에서 만나자고 한 것일까? 피고는 영국에 도착한 뒤 자신이 취한 행동에 대해 상당히 만족할 만한 설명을 했지요.

‘나는 친구의 자가용 요트 찰스코에 셀로 호를 타고 이곳에 도착했습니다. 템즈 강 어귀에 도착했을 때는 안개가 심해서 24시간이나 상륙을 미루어야 했습니다. 친구는 러시아 사람으로 이 나라의 명물인 안개를 몹시 싫어했으므로 처음부터 상륙할 생각이 없었어요. 그래서 곧장 마데일러로 향할 예정이었습니다.

나는 10일 화요일에 상륙하자 곧 열차를 타고 런던으로 향했습니다. 도착한 뒤 마차로 짐을 옮겨 싣게 한 것은 짐꾼과 마부가 증언한 대로입니다. 그리고 나는 역 식당에 가서 포도주를 한 잔 마신 뒤 무심코 대합실로 들어갔더니 한 초라한 옷차림의 사나이가 말을 걸어왔습니다. 사나이는 줄곧 처량한 이야기를 늘어놓았어요. 전혀 본 기억이 없는 사람이었습니다. 그는 말하기를, 자기는 나라를 위해 싸운 늙은 병사로서 지금은 연금도 탈 수 없어 굶어죽기 직전이니, 제발 자기 집까지 가서 아내와 굶주린 아이들을 만나 자기의 딱한 처지를 확인한 뒤 적당히 도와달라는 것이었습니다. 아시겠지만 재판장님’ 하고 그는 품위 있는 솔직함을 가지고 덧붙였소. ‘그것은 내가 고국에 돌아온 첫날이었습니다. 나는 30년 만에 적잖은 재산을 가지고 귀국했습니다. 그 첫날 뜻밖에도 이런 비참한 이야기를 듣게 된 겁니다. 그러나 나는 사업가로, 시시한 사기꾼에게 걸리는 것은 좋아하지 않습니다. 그래서 나는 그 사람이 원하는 대로 그를 따라 안개낀 거리로 나갔습니다. 잠시 동안 그는 말없이 앞장서서 갔는데, 물론 나는 어디쯤 걷고 있는지 전혀 짐작조차 할 수 없었습니다.

그러는 가운데 문득 나는 짚이는 게 있어서 그에게 질문을 했지요. 그리고 곧 그가 사기꾼이라는 것을 알았습니다. 아마 그는 내가 정말 굶주린 가족들을 보기 전까지는 돈을 낼 것 같지 않다는 걸 눈치 챘겠지요. 다른 행운을 찾을 생각이었는지 갑자기 나를 그 자리에 버려두고 모습을 감추어버렸던 것입니다.

　나 혼자 남게 된 곳은 쓸쓸하고 인기척이 없었습니다. 아무리 보아도 역마차는커녕 합승 마차도 눈에 띄지 않았습니다. 나는 간신히 기억을 더듬어 역으로 돌아오려고 했으나, 도리어 어둡고 쓸쓸한 뒷골목으로 들어가 헤매게 되었습니다. 그렇게 되자 도저히 찾아갈 수가 없었습니다. 어둡고 인기척 없는 거리를 여기저기 헤매 다니는 동안 두 시간 반이 지나버렸다고 해서 이상할 건 없겠지요. 오히려 그날 밤 안에 역을 발견할 수 있었던 것이, 마침 그 근처에서 경찰관을 만나 길을 안내해 달라고 부탁할 수 있었던 것이 기적이라고 생각될 정도였습니다.'

　'그러나 윌리엄 캐쇼가 당신의 움직임을 알고 있었다는 걸 어떻게 설명하시겠습니까?' 재판장은 캐물었지요. '그는 당신의 움직임과 당신이 어느 날 영국에 도착한다는 것까지 모두 다 알고 있었습니다. 당신은 이 두 통의 편지를 어떻게 설명하시겠습니까?'

　'그 문제의 편지에 대해선 나로서도 설명할 수가 없습니다, 재판장님.' 피고는 조용히 대답했소. '그러나 그 편지들이 내가 쓴 게 아니라는 것은 이미 증명된 셈이며, 나아가 그 사람——저, 캐쇼라고 했던가요?——이 나에게 살해된 게 아니라는 사실도 증명된 셈이 아닐까요?'

　'누군가 이 나라나 또는 외국에 있는 사람으로, 당신의 움직임이나 도착 일시 같은 것을 알고 있을 만한 사람에 대해 생각나는 점은 없습니까?'

　'물론 블라디보스토크의 내가 있던 곳에 사는 사람들은 내가 떠난다는 사실을 알고 있었습니다. 그러나 그들은 영어를 전혀 모르므로 그런 편지들을 쓸 수 없었을 겁니다.'

　'그렇다면 이 알 수 없는 편지에 대해서 전혀 짐작가는 바가 없

다는 말이군요? 이 이상한 사건의 해명에 도움이 될 만한 단서를 전혀 경찰에 제공할 수 없단 말입니까?'

'나로서도 이 사건은 알 수가 없습니다, 재판장님. 당신과 이 나라 경찰들이 알 수 없는 것과 마찬가지로.'

물론 프랜시스 스메자스트는 증거 불충분으로 풀려났지요. 그를 죄인으로 단정하기에 충분한 증거는 어디서도 눈에 띄지 않았던 거요. 검찰 측 논거를 완전히 뒤집은 두 가지 부정할 수 없는 논점은 바로 이것이었소. 첫째로 만나자고 약속한 두 통의 편지를 그가 썼을 리 없다는 점, 둘째로 10일에 죽었다는 사나이가 16일에 멀쩡하게 살아 있는 것이 목격된 사실. 그러나 만일 그렇다면 백만장자인 스메자스트의 움직임을 캐쇼에게 가르쳐준 수수께끼의 인물은 어디의 누구일까요?"

구석 테이블에 앉은 노인은 여위고 기묘한 얼굴을 갸우뚱하며 폴리를 바라보더니 그 소중한 끈을 집어 들어 지금까지 만든 매듭을 천천히 풀기 시작했다. 끈이 완전히 다 풀리자 그는 그것을 테이블에 올려놓았다.

"좋으시다면 당신에게 내가 더듬어간 추리의 줄거리를 하나하나 설명해 주겠소. 그러면 당신도 역시 나와 마찬가지로 유일한 해답을 얻게 될 테니까."

노인의 말투는 신경질적이고 수선스러웠다. 그는 다시 끈을 집어 들어 이야기하는 중간 중간에 항해술을 가르치는 강사도 무색할 복잡한 매듭을 만들기 시작했다.

"우선 첫째, 캐쇼가 스메자스트와 아는 사이가 아니었다는 것은 있을 수 없는 일이오. 왜냐하면 그는 스메자스트가 영국에 도착한다는 것을 그 두 통의 편지로 정확하게 알고 있었으니까요. 따라서 나는 스메자스트 이외의 사람이 그 편지를 썼을 리가 없다는 것을 처음부터 알고 있었소. 당신은 그럴 리가 없다, 그 편지는 공판장에서 피고가 쓴 것이 아니라고 입증되지 않았느냐고 말할지도 모르겠소. 그건 사실이오. 그러나 캐쇼라는 사나이는 덜렁이라서 말이오, 편지 봉투를 둘 다 없애버리고 말았소. 그에게는 별로 중요한 게 아니었던 거요. 따라서 그 편지들이 스메자스트에 의해 씌어졌다는 데 대해 반대할 증언은 전혀 없다는 말이요."

"하지만……." 폴리가 말참견을 했다.

"잠깐만 기다리시오."

노인은 그녀의 말을 가로막았다. 노인의 손가락 끝에서 두 개의 매듭이 끈 위에 나타났다.

"다음에 윌리엄 캐쇼는 살인이 있었다고 생각되는 날 6일 뒤에 살아서 토리아니 호텔을 찾았다는 것이 증명되었소. 그곳에서 그는 자기 이름을 말했을 뿐 아니라 너무도 안성맞춤으로 봉투를 놓아둔 채 잊고 갔기 때문에 그의 신원이 한 치도 틀림없이 입증되었소. 그러나 바로 같은 날 오후 백만장자 프랜시스 스메자스트가 어디서 무엇을 하고 있었는가 하는 것은 한 번도 문제가 되지 않았소."

"설마 당신은……" 하고 폴리는 숨을 삼켰다.

"글쎄, 잠깐만." 노인은 의기양양하게 말을 계속했다. "대체 그 토리아니 호텔 주인은 어떤 경위로 법정에 나타나게 되었을까요? 어떻게 해서 아더 잉글우드 경과 그 의뢰인은 윌리엄 캐쇼가 두 차례나 그 호텔을 찾아간 것을 알아내고, 호텔 주인이 참으로 설득력 있는 증언을 하여 영원히 피고를 살인의 누명에서 벗어나게 해주리라는 것을 알았을까요?"

"그거야 물론 언제나처럼 경찰이……."

"경찰은 세실 호텔에서 스메자스트가 체포될 때까지 사건을 일체 덮어두고 있었소. 언제나처럼 신문에 '만일 이러이러한 사람이 있는 곳을 아시는 분은' 하는 따위의 기사를 싣지도 않았소. 만일 호텔 주인이 그처럼 흔한 경로로 캐쇼의 실종을 알았다면 먼저 경찰에 연락했을 것이오. 그런데 그를 찾아내어 데리고 온 것은 아더 잉글우드 경이었소. 아더 잉글우드 경은 왜 캐쇼를 쫓기 시작했을까요?"

"설마 당신이 말씀하시는 것은……."

"네 번째 문제."

노인은 움직이는 기색도 없었다.

"캐쇼 부인은 한 번도 남편의 필적 견본을 제출하라는 요구를 받은 적이 없소. 어째서일까요? 왜냐하면 당신이 현명하다고 주장하는 경찰이 처음부터 올바른 단서를 쫓고 있지 않았기 때문이오. 그들은 살해된 것이 윌리엄 캐쇼라고 믿고 있었소. 그들은 윌리엄 캐쇼를 찾고 있었던 거요.

12월 31일, 윌리엄 캐쇼로 추정되는 시체가 두 명의 거룻배 사공에 의해 발견되었소. 그것이 발견된 곳은 아까 사진으로 보여드린 그대로요. 어둡고 전혀 사람이 지나다니지 않는 한적한 곳이었지요? 정말 안성맞춤의 무대였소. 비열한 악당이 아무것도 모르고 아무것도 의심하지 않는 외국에서 돌아온 친구를 꾀어 데리고 가서 죽인 뒤 귀중품인 그의 서류와 신분증을 고스란히 빼앗고 시체를 썩도록 내버려두는 데 말이오! 시체가 발견된 거룻배는 얼마 전부터 못쓰게 된 배로서 층계 밑 담 옆에 매어져 있었소. 발견되었을 때 시체는 아주 부패하여 생김새 같은 건 전혀 알아볼 수 없었지요. 그런데도 경찰은 그것을 윌리엄 캐쇼의 손에 살해된 프랜시스 스메자스트의 시체가 아닐지도 모른다는 생각을 하지 못했던 거요.

아아, 얼마나 기막히고 예술적이라고 할 만큼 교묘한 범행이오!

캐쇼는 천재였소. 생각해 보구려! 먼저 그의 변장——캐쇼는 더부룩한 머리에 수염을 길게 기르고 있었소. 그것을 깎아버렸을 뿐만 아니라 눈썹마저 깎아 없앴지요. 부인이 법정에서 그를 알아보지 못한 것도 무리가 아니오. 그리고 그녀가 피고석 쪽을 한 번도 똑바로 보지 않았다는 사실을 잊어서는 안 되오. 캐쇼는 지저분하고 단정치 못한데다 등이 구부정한 사나이였소. 그런데 백만장자 스메자스트는 독일군에라도 있지 않았나 생각될 만큼 자세가 반듯한 사나이라오.

게다가 토리아니 호텔을 다시 찾았을 때 보여준 놀라운 수법은 또 어떻소? 겨우 며칠 만에 깎아버린 머리와 수염과 똑같이 생긴 가발과 가짜 수염을 사두지 않았소? 자기란 걸 더 잘 알아보도록 하려 했으니 혀를 내두를밖에.

그런데 봉투까지 잊어버리고 놓고 갔으니 더이상 무슨 말이 필요하겠소! 그러니 캐쇼는 살해되지 않았소! 절대 있을 수 없는 일이오! 그는 살인이 일어난 6일 후에 토리아니 호텔을 찾았소. 그때 백만장자 스메자스트는 공원에서 어느 공작 부인들과 놀았다고 하오. 어떻게 그런 사람을 교수형에 처할 수 있겠소? 천만에 말씀이지!"

노인은 신경질적으로 떨리는 손가락을 더듬더듬하여 모자를 공손히 집어 들더니 자리에서 일어났다. 폴리는 그가 카운터로 걸어가 우유와 빵 값 2펜스를 지불하는 것을 지켜보았다. 이윽고 그의 모습은 사람들 사이에 섞여 보이지 않았다. 그 뒤 폴리는 한 뭉치의 스냅 사진을 앞에 놓고 앉아서 어떻게 생각해야 할지 갈피를 잡을 수 없었다. 폴리는 긴 끈을 바라보고 있었다. 끝에서 끝까지 온통 매듭투성이인 그 끈은 이제까지 구석에 앉아 있던 정체불명의 수수께끼 같은 그 노인처럼 어쩐지 신경에 거슬렸다.

The Mysterious Death of the Underground Railway

지하철 괴사건

리처드 플로비셔——〈런던 메일〉지의——는 몹시 화가 나 있었다. 그것은 당연한 일이었다. 폴리로서도 그를 나무랄 생각은 전혀 없었다.

말하자면 그의 노여움은 사나이의 단순한 질투에 불과한 것이므로 그녀가 만약 이 사실을 안다면 그의 남자다운 거짓없는 질투심에 오히려 감동을 받고 그를 더 좋아하게 될 것이니까.

뿐만 아니라 폴리는 이번 일에서 분명히 자신의 잘못을 인정하고 있었다. 그녀는 딕——리처드 플로비셔——과 2시 정각에 팔레스 극장 밖에서 만나기로 했다. 그것은 그녀가 모드 알랭의 오후 무용 공연을 보고 싶다고 말하자 당연한 일이지만 그가 같이 가기를 바랐기 때문에 한 약속이었다.

그런데 2시 정각에 폴리는 아직 스틀랜드의 노픅 거리 'ABC 숍' 안에서 냉커피를 마시며 일없이 끈을 만지작거리는 그로테스크한 노인과 마주앉아 있었던 것이다.

그녀가 모드 알랭이며 팔레스 극장이며 리처드 플로비셔와의 약속까지 잊어버린 것은 당연한 일이 아닐까? 아무튼 그 구석에 앉은 노인이 그 지하철의 괴사건에 대한 이야기를 시작하자, 순간 폴리의 머리에서는 시간도 장소도 약속도 모두 말끔히 사라졌던 것이다.

그날 팔레스 극장의 마티네(낮 공연)를 보러갈 생각에 들떠 있던 그녀는 여느 때보다 조금 일찍 점심을 먹으러 나왔었다.

'ABC 숍' 에 들어가자 그 낡아빠진 허수아비 같은 노인이 늘 앉아 있는 그 자리에 있었다. 그녀가 버터 바른 스콘(핫케익의 한 종류)을 먹는 동안 그는 한 마디도 입을 열지 않았다.

'얼마나 애교가 없는 노인인가, 나왔느냐는 인사 정도는 해도 좋을 텐데' 하고 생각할 때, 갑자기 그가 뜻밖의 말을 꺼내어 그녀는 깜짝 놀라 눈을 들었다.

"미안하지만 지금 당신이 커피와 스콘을 먹고 있는 동안 당신 옆자리에 앉아 있던 사나이의 생김새와 풍채를 말해 주지 않겠소?"

무의식적으로 폴리는 고개를 돌려 맞은편 문을 보았다. 엷은 빛깔의 코트를 입은 사나이가 그때 막 빠른 걸음으로 나가려 하는 참이었다. 아마도 그 사나이가 그녀가 들어와 커피와 스콘을 주문할 때 옆 테이블에 앉아 있던 사람임에 틀림없었다. 그는 바로 조금 전에 점심 ——무엇을 먹었는지는 모르지만——을 끝내고 카운터로 가서 계산을 마친 다음 막 나가려는 참이었다. 그러나 폴리에게는 아무 관계도 없는 사람 아닌가.

그리하여 폴리는 체면 없어 보이는 노인의 물음에 대답도 하지 않고 어깨를 으쓱했을 뿐이다. 그러고 나서 그녀는 급사를 불러 계산서를 가져오라고 말했다.

그러나 구석의 노인은 그녀의 냉담한 태도에는 아랑곳없이 또다시 캐물었다.

"키는 크던가요, 작던가요? 얼굴빛이 검었소, 희었소? 어떤 사나이였는지 전혀 기억이 나지 않소?"

"그야 알고 있지요." 폴리는 귀찮은 듯이 대답했다. "그런데 'ABC 숍'에 오는 손님의 얼굴을 내가 설명하는 데 무슨 의미가 있다는 거지요?"

노인은 잠시 동안 아무 말이 없었다. 이윽고 그는 신경질적으로 떨리는 손가락을 커다란 주머니에 집어넣고 그 끈을 더듬었다. '생각의 부속물'로서 절대로 필요한 끈을 찾아내자 그는 반쯤 감은 눈꺼풀 아래로 다시 한 번 그녀를 바라보며 심술궂은 어조로 말했다.

"그러나 오늘 이 가게에서 반 시간쯤 당신 옆에 앉아 있던 사나이의 정확한 생김새와 풍채가 굉장히 중요한 의미를 가진다고 가정하고 어디 설명해 보시오."

"글쎄요, 우선 키는 보통으로……."

"보통이라면 5피트 8인치(173cm) 정도? 9인치? 10인치?"

노인이 조용히 말참견을 했다.

"언뜻 보기만 하고서 1, 2인치쯤의 차이를 어떻게 알겠어요?" 폴리는 못마땅한 듯이 받아넘겼다. "살빛도 보통이었어요."

"그건 무슨 뜻이지요?" 노인이 부드럽게 물었다.

"희지도 않고 검지도 않다는 말이에요. 코는……."

"그래, 어떤 코를 가지고 있던가요? 설명해 보시오."

"난 관상쟁이가 아니에요. 콧날이 아주 날카롭고, 눈은……."

"검지도 않고 맑은 색깔도 아니고——머리카락 역시 어느 쪽이라고 말할 수 없는 묘한 특징이 있고——키는 크지도 않고 작지도 않고——코는 매부리코도 아니고 경단코도 아니라——" 하고 노인은 익살스럽게 요약해 보였다.

"그래요." 폴리가 대답했다. "즉 아주 평범한 사람이었다는 거지요."

"다시 한 번 만나면 알 수 있겠소? 만일 그가 크지도 작지도 않고, 살빛이 희지도 검지도 않으며, 매부리코도 경단코도 아닌 많은 사나이들 속에 섞여 있다면 당신은 알아볼 수 있겠소?"

"글쎄요, 알아보리라고 생각되지만……아무튼 특별히 기억에 남을 만한 사람이 아니기 때문에……."

"바로 그 점이오."

갑자기 노인은 무릎을 확 앞으로 내밀었다. 그 모습은 아무리 보아도 깜짝 상자에서 튀어나온 인형 같았다.

"바로 그 점이오. 저널리스트인——적어도 그렇게 자칭하고 있는——당신부터 그렇게 생각했다는 것. 당신들은 사람을 주의해 보고 그대로 그려내는 것 가운데 하나요. 그런데 언제나 색슨 인 특유의 밝고 푸른 눈과 아름다운 눈썹과 고전적인 얼굴을 가진 멋있는 사람들만이 대상이 되는 건 아니오. 대개 90퍼센트를 차지하고 있는 흔해빠진 평범한 사람이지요. 말하자면 평균적인 중류 계급의 영국인. 키가 크지도 작지도 않고, 수염이 많지도 적지도 않으며, 입모양을 감추고 머리에는 이마 모양을 가리는 실크해트를 쓰고 있소. 결국 주위에 있는 몇 백 명의 사나이와 비슷한 옷차림을 하고, 비슷하게 행동하며, 비슷하게 말하며 전혀 아무런 특징도 없는 사나이들인 거요.

그런 사람 가운데 하나를 1주일이나 지난 뒤 다른 89명의 비슷한 사람들 속에서 찾아내려고 해보시오. 게다가 곤란하게도 그 사람의 목숨이 걸려 있을 때——다시 말해서 마침 그가 어떤 범죄에 관련되어 있어, 당신 증언에 의해 그 사람의 목에 옥죄는 밧줄이 걸리느냐 마느냐 할 때 말이오.

뭣하면 해보는 것도 좋겠지요. 해봐서 안 된다는 걸 알면 당신도 납득이 갈 테니까. 어떻게 해서 어떤 큰 죄인이 아직도 두 팔을 휘

저으며 거리를 활보하고 있는 건지, 어떻게 그 지하철의 괴사건이 끝내 해결을 못 본 채 흐지부지되고 말았는지 말이오.

사실, 사건에 대해 경찰에 잔소리를 해주고 싶어진 것은 내 경험으로 처음 있는 일이었소. 분명 범인이 머리가 좋다는 점에는 탄복하지만, 그렇다고 해서 나쁜 녀석이 벌을 받지 않고 있다는 것은 세상을 위하는 일이 아니니까.

요즈음처럼 지하철망이 발달하고 온갖 교통기관이 불어나게 되면, 저 구식 '시티 경유 웨스트 엔드 행의 가장 쾌적하고 값싸고 빠른 차' 같은 건 완전히 인기를 잃어 우리의 정든 메트로폴리탄 선도 복잡해지는 일은 좀처럼 없지요. 아무튼 3월 18일 오후 4시, 문제의 열차가 올드게이트 역에 미끄러져 들어왔을 때 일등차는 어느 것이나 다 텅텅 비어 있었소.

차장은 플랫폼을 끝에서 끝까지 걸어가며 일일이 객차를 들여다보고는 누군가 잊어버리고 간 저녁신문이라도 없나 살펴보았소. 그러던 중 어느 일등차의 칸막이문을 열자 안쪽의자에 부인 손님 하나가 얼굴을 창 쪽으로 돌리고 앉아 있었지요. 아마 그 열차가 올드게이트가 종점이라는 것을 잊어버린 모양이었소.

'부인, 어디까지 가시지요?' 하고 차장이 소리쳤지요.

그러나 여자가 꼼짝도 하지 않았으므로 잠이 들었나 싶어서 차장은 안으로 들어갔소. 가볍게 그녀의 팔에 손을 얹고 얼굴을 본 순간, 그는——그의 시적인 표현을 빌리자면——'간담이 서늘하여' 우뚝 서버렸소. 개개풀어진 눈, 흙빛이 된 뺨, 굳어버린 목, 어디를 보아도 죽음의 모습이 뚜렷했기 때문이었소.

차장은 조심조심 문에 자물쇠를 채우고 나서 급히 짐꾼 두 사람을 불러 한 사람은 가까운 경찰서로 보내고 또 한 사람은 역장을 찾으러 보냈소.

다행히 오후 그 시각에는 서쪽으로 가는 손님이 많아서 플랫폼은
별로 혼잡하지 않았지요. 이윽고 경감 하나가 경찰관 두 사람과 사
복 형사 한 사람 그리고 경찰 의사를 데리고 달려와서 일등차 주위
에 서자, 그제야 무슨 일이 있나 보다고 눈치를 챈 몇몇 하릴없는
사람들이 호기심으로 눈을 빛내며 다가왔소.

그리하여 그날 저녁 신문 늦은 판에 벌써 이 기괴한 사건이 '지
하철에서 수수께끼의 자살' 이라는 선정적인 표제 아래 실렸지요.
경찰 의사는 도착하자마자 차장이 판단한 것처럼 그 여자 손님이
이미 죽었다는 것을 확인했던 거요.

그 여자는 아직 젊었으며, 놀라움과 공포가 그토록 몹시 얼굴을
일그러뜨리지 않았더라면 굉장히 아름다웠으리라고 생각될 정도였
소. 옷차림도 아주 우아해서, 흥미 본위의 신문들은 여성 독자들을
위하여 이 불행한 여자의 옷이며 구두, 모자, 장갑 등을 다투어 자
세하게 보도했지요.

기사에 따르면, 장갑 한쪽이 반쯤 벗겨져서 엄지손가락과 손목이
나와 있었다고 하오. 그 손에는 작은 핸드백이 들려 있었소. 죽은
사람의 신원을 알아낼 만한 단서가 없을까 하여 경찰이 그것을 열
어 보았으나 그 속에는 얼마 안 되는 은화와 각성제와 그리고 작은
빈병이 들어 있을 뿐이었소. 그래서 분석을 위해 경찰 의사에게 넘
겼지요. 그 작은 병이 나왔기 때문에 지하철에서의 괴사건은 '자살'
이라는 억측이 나돌았던 거요. 분명 시체의 모습에서도, 차 안을
살펴보아도 싸우거나 저항한 흔적은 전혀 없었소. 다만 한 가지—
—그녀의 눈에 갑작스러운 공포가 나타나 있어 뜻하지 않은 폭력
적인 죽음에 쫓겼음을 보여주었소. 공포를 느낀 것은 겨우 1초의
몇 분의 1이라는 짧은 시간이었겠지만, 그런데도 그것이 평화롭고
조용해야 할 얼굴에 지울 수 없는 흔적을 새겨 넣은 거요.

시체는 공시소로 옮겨졌지요. 말할 것도 없이 그때까지 그녀의 신원을 알고 있다고 나선 사람도 없었고, 그 죽음을 둘러싼 수수께끼에 어떤 광명을 던져주는 단서도 없었소.

그런데도 과연 진지한 생각에서인지 어쩐지는 모르지만 행방불명된 가족과 친구를 찾는다면서 수많은 구경꾼들이 공시소로 시체를 보러 몰려들었소. 밤 8시 30분쯤 옷차림이 단정한 젊은이가 이륜마차를 타고 와서 공시소의 소장에게 명함을 내밀었소. '이스트 센트럴 두 크라운 레인 11번지 및 켄징턴 구 애디슨 로 19번지, 해운업, 헤이젤딘' 이라고 씌어 있었소.

젊은이는 불안에 짓눌려 보기에도 딱한 모습이었소. 떨리는 손에는 그 비극적인 사건을 보도한 〈센트 제임즈 가제트〉 신문이 쥐어져 있었다고 하오. 그는 어렵사리 입을 떼어 가까운 가족이 아직까지 집으로 돌아오지 않았다고 털어놓았소.

실은 반 시간 전까지만 해도 그는 그다지 걱정하지 않고 있었으나, 문득 신문을 보고 싶은 생각이 들어 그 사건 기사를 읽었다고 하오. 그것은 막연한 기사였지만 읽는 순간 몹시 불안해져서 마차를 타고 달려왔다는 거였소. 그는 시체를 보면 극도의 불안이 가라앉을지도 모르니 제발 보여 달라고 부탁했지요.

그 다음 일은 당신도 알고 있겠지만, 그 젊은이의 슬퍼하는 모습은 보기에도 가슴 아플 정도였소. 시체 공시소에 안치된 여자는 헤이젤딘 씨의 아내였던 거요."

구석의 노인은 문득 이야기를 멈추고 얼굴을 들었다.

"아니, 이거 너무 멜로드라마틱하게 되었나?"

노인은 조용하고 마음씨 착해 보이는 웃는 얼굴을 폴리에게로 돌렸다. 그러나 그 신경질적으로 떨리는 손가락은 조금 전부터 만지작거리고 있는 끈에 또 한 개의 매듭을 만들려고 애쓰고 있었다.

"이야기가 어딘지 좀 서푼짜리 소설처럼 되어버렸지만, 당신도 알고 있고 또 인정하고 있듯이 그것은 정말 슬픔에 찬 글자 그대로 드라마틱한 한순간이었소.

죽은 여자의 남편인 젊은이는 그날 밤 별로 귀찮은 질문을 받지 않았소. 도저히 제대로 진술할 수 있는 상태가 못 되었던 거요. 이튿날 검시 신문 때가 되어서야 겨우 몇 가지 사실이 분명해져서 헤이젤딘 부인의 죽음을 둘러싼 수수께끼는 풀릴 것처럼 생각되었소. 그러나 그것은 어디까지나 당면한 이야기로서, 그로 인해 수수께끼는 갈수록 점점 더 혼란에 빠지게 되었던 거요.

검시 신문에서 맨 먼저 불려나온 증인은 말할 것도 없이 헤이젤딘 씨였소. 검시관 앞에 서서 어떻게든 이 수수께끼를 푸는 단서를 제공하려고 애쓰는 그의 태도에는 누구나 다 동정이 갔을 거요. 전날과 마찬가지로 옷차림은 빈틈이 없었지만 크게 충격을 받아 몹시 초췌해 보였으며, 수염을 깎지 않은 모습이 그의 넋 나간 마음의 상태를 잘 나타내주고 있었지요.

증언에 따르면, 그는 죽은 부인과 6년 전쯤 결혼하여 지금까지 행복한 결혼 생활을 해온 모양이었소. 둘 사이에 아이는 없었소. 헤이젤딘 부인은 최근까지 아주 건강했으며 바로 전날 가벼운 유행성감기에 걸려 아더 존슨이라는 의사에게 진찰을 받았다고 하오. 이 의사도 검시 신문에 나와 있었소. 신문을 받으면 그는 당연히 헤이젤딘 부인에게 갑작스럽게 발작적인 죽음을 가져다줄 만한 심장병 증세가 조금이라도 있었는지 없었는지 검시관과 배심원에게 분명히 밝힐 것이오.

검시관은 물론 아내를 잃은 남편에게 세밀한 주의를 보였지요. 조금 번거로운 말투를 쓰면서 그가 알고 싶었던 일, 즉 최근 헤이젤딘 부인의 심리 상태를 알아내려고 했소. 헤이젤딘 씨가 그 점에

대해서는 말하고 싶지 않은 모양이었소. 분명 아내의 핸드백에서
발견된 작은 병에 대해서 말하는 것을 경계하는 눈치였소.

그러다가 그는 마지못한 듯 이야기하기 시작했소.

'실은 나도 가끔 아내의 상태가 어딘지 정상이 아니라고 느끼고
있었습니다. 본디 아주 명랑하고 구김살 없는 성격이었으나 요즈음
은 자주 저녁 무렵 같은 때 가만히 앉아 뭔가 생각에 잠겨 있었습
니다. 무슨 생각을 하고 있는지는 말하려고 하지 않았습니다.'

검시관은 내처 그 점을 추궁하여 그 작은 병에 대한 이야기를 비
추었소.

'네, 무슨 말을 묻고 싶어하는지 알겠습니다' 하고 젊은 남편은
무겁고 짤막한 한숨을 내쉬며 말했소. '즉 자살이 아닌가 생각된다
는 거겠지요. 그러나 나로서는 도저히 그렇게 생각할 수가 없습니
다. 이렇게 갑자기 무서운 죽음을 당하다니. 분명 요즘 멍하니 뭔
가 고민하고 있는 것 같기는 했습니다만, 그것은 아주 가끔이었습
니다. 바로 어제 아침 내가 출근할 때만 해도 여느 때와 조금도 다
름이 없었습니다. 그래서 나는 저녁에 같이 오페라를 보러 가자고
제안했습니다. 아내가 기뻐한 것은 틀림없습니다. 그리고 오후에는
겸사겸사 무얼 조금 사가지고 두세 곳을 방문할 생각이라고 말했었
습니다.'

'그래서 말입니다만, 헤이젤딘 씨.' 겨우 질문이 핵심에 이르자
검시관은 아주 정중한 투로 물었소. '당신이 알고 있는 범위에서
부인이 고민이라고 할까 마음아파한 까닭 같은 것으로 뭔가 짚이는
게 없습니까? 예를 들면 마음에 무거운 짐이 될 만한 금전상의 문
제라든가, 또는 부인의 친구 가운데…… 그러니까 당신이…… 문
제를 일으킨 인물이 있다든가……?' 여기까지 이야기하자 마침내
말하기 거북한 문제에서 빠져나와 안심한 듯이 검시관은 서둘러 말

을 계속했소. '어떤 일이라도 좋습니다. 하찮은 것일지라도 그 가능성을 뒷받침할 수 있는 것, 부인이 고민한 나머지 죽음을 택했다고 여겨지는 증거가 될 만한 것으로 뭔가 생각나는 게 없습니까?'

잠시 법정 안은 물을 끼얹은 듯이 조용해졌소. 그곳에 있는 사람들의 눈에는 헤이젤딘 씨가 마음 속의 무서운 갈등과 싸우고 있는 것처럼 보였지요. 얼굴이 창백하게 굳어지고, 두 번이나 그는 뭔가 말하려고 입을 열었다가 겨우 들릴 듯 말 듯한 목소리로 이야기하기 시작했다오.

'아닙니다, 금전적인 문제는 아무것도 없었습니다. 아내에게는 자신의 수입이 있었고 게다가 낭비하는 사람이 아니었기 때문에…….'

'당신이 찬성하지 않은 교제 관계는?'

'내가 찬성하지 않았던 교제 관계도 별로 없었습니다.'

가엾은 젊은 남편은 분명히 이야기하기가 거북한 듯 우물쭈물 말했소."

구석의 노인은 문득 말을 멈추고 유리잔의 우유를 마시고 한 잔 더 주문하였다. 이윽고 그는 다시 이야기하기 시작했다.

"나도 그 검시 신문에 나가 보았어요. 그곳에 있던 사람이라면 아무리 둔하다 하더라도 헤이젤딘 씨가 거짓말을 하고 있다는 것을 알아차렸을 거요. 그의 불행한 부인이 아무 이유도 없이 병적인 우울증에 빠질 리가 없다는 것은 조금만 생각해 보면 금방 알 수 있는 일이오. 아무리 머리가 나쁜 사람이라도 여기에는 제삼자가 얽혀 있어, 그 인물이 이 가엾은 젊은 홀아비보다 그녀의 수수께끼 같은 갑작스러운 죽음에 대해 더 많은 빛을 줄 거라 생각했을 거요.

　그녀의 죽음이 처음에 그렇게 보였던 것보다 더 깊은 수수께끼를 간직하고 있다는 것이 금방 분명해졌지요. 당신도 이 사건에 대해 신문에서 읽었을 테니까, 두 의사의 증언이 세상에 가져다준 충격은 잘 알고 있을 거요.

　그 중 한 사람인 존스 박사는 죽은 부인의 담당 의사로, 앞서 그녀가 가벼운 유행성감기에 걸렸을 때도 그녀를 진찰했소. 즉 아주 최근까지 전문의로서 그녀를 진찰했었는데, 바로 그가 헤이젤딘 부인에게는 갑작스러운 죽음을 가져올 만한 내장의 이상이 전혀 없었다고 강력히 주장한 것이오. 뿐만 아니라 그는 관할 경찰서의 의사와 함께 검시를 행한 결과 두 사람 모두 사인은 청산가리에 의한 것으로 그 작용이 즉시 심장을 마비시켰다고 단정했소. 그러나 독이 어떻게 몸속으로 들어갔는가 하는 점에 대해서는 두 의사가 모두 단정하기를 어려워하고 있다는 것이었소.

　'그렇다면 존스 박사, 헤이젤딘 부인은 청산가리에 의해 죽었다는 건 확실한 겁니까?'

　'내 견해로서는 그렇습니다' 하고 존스 의사는 대답했소.

　'핸드백 속에 있던 작은 병에서 청산가리가 검출되었습니까?'

　'들어 있었던 흔적이 틀림없이 있습니다.'

　'그럼, 죽은 부인은 그 작은 병의 독을 마시고 자살했다는 말씀이시군요?'

　'아니, 그렇게 말하지는 않았습니다. 헤이젤딘 부인은 청산가리에 의해 죽었으나 그것이 어떻게 해서 몸속으로 들어갔는지는 알 수 없습니다. 어떤 방법으로 집어넣은 것은 틀림없습니다만, 마시지 않은 것만은 확실합니다. 위에서는 독물 흔적이 검출되지 않았으니까요.'

　그리고 의사는 다시 검시관의 질문에 대답하여 말했소.

‘그렇습니다. 이 경우 독물이 들어간 지 얼마 안 되어 죽은 것으로 생각됩니다. 2분 아니면 길어야 3분 이내였을 겁니다. 아마 순간적인 경련이 일어나 곧——아니, 그렇게까지 안 되었을지도 모르겠군요. 이런 경우의 죽음은 아주 갑작스럽고 결정적이니까요.’

그러나 이때는 아직 법정에 있는 그 누구도 이 의사의 증언의 중요성에 대해 생각이 미치지 못했을 거요. 그의 증언은 시체를 검시한 경찰 의사에 의해 세밀한 점에 이르기까지 완전히 확인되었소. 즉 헤이젤딘 부인은 몸속에 청산가리가 주입되어 즉사한 것으로 보이나, 그것이 언제 어떻게 집어넣어졌는지는 전혀 알 수 없다는 거였지요. 그런데 그녀는 사람의 눈이 많은 대낮에 일등차에 타고 있었소. 젊고 아름다운 여자가 적어도 두세 명의 승객과 같이 있었을 텐데, 그들이 보는 앞에서 치명적인 독약을 자기손으로 태연히 주사할 수 있었다면 이건 놀라운 배짱이 아닐 수 없지요.

그때는 아직 아무도 의사의 증언의 중요성에 대해 생각이 미치지 못했다고 말했으나 정정하겠소. 적어도 세 사람은 있었소. 곧 사건의 중대성을 알아차리고 이 사건이 얼마나 놀라운 방향으로 발전해 나갈 것인가 예측한 사람이 말이오.”

이윽고 기묘한 노인의 이야기는 그 특유의 자신만만한 말투로 바뀌었다.

“아니, 나 자신을 계산에 넣을 수는 없지. 나는 그때 그 자리에서 곧 알아차렸소. 경찰이 엉뚱한 방향으로 나가고 있다는 것을. 그리고 앞으로도 엉뚱한 단서를 계속 쫓으며 결국 이 지하철 괴사건도 지금까지 그들이 다룬 다른 많은 사건과 마찬가지로 미궁에 빠지고 말 거라는 것을 말이오.

두 의사의 진술의 중요성을 안 사람이 셋 있었다고 했소. 나머지 두 사람 중 하나는 맨 처음 객차 안을 조사한 형사였소. 정력적인 젊은이로 머릿속이 엉뚱한 생각으로 가득찬 사나이였지요. 그리고 또 한 사람은 헤이젤딘 씨였소.

심리가 여기까지 진행되었을 때, 이 사건이 지니는 흥미로운 요소가 처음으로 등장하게 되었소. 헤이젤딘 부인의 하녀인 엠마 파넬의 입을 통해 나온 말이 그렇소. 엠마는 그때까지 알려진 바에 의하면, 살아 있는 헤이젤딘 부인을 맨 마지막으로 보고 말을 나눈 사람이었지요.

'마님은 집에서 점심을 드셨는데, 그때는 언제나처럼 건강한 모습이었습니다.' 엠마는 떨면서 겨우 알아들을 만큼 작은 목소리로 말했소.

'3시 반쯤에 나가셨는데, 센트 볼 처치야드에 있는 스펜스 양장점에 가서 새로 맞춘 옷을 입어보고 오겠다고 하셨어요. 사실은 오전에 외출할 작정이셨으나, 엘링턴 씨가 오셨기 때문에 나가시지 못한 거예요.'

'엘링턴? 엘링턴 씨가 누구지요?' 검시관은 이상하다는 듯이 물었소.

그러나 엠마는 그 물음에 대답할 수가 없었소. 엘링턴 씨는 엘링턴 씨일 뿐, 달리 설명할 도리가 없었던 거요.

'엘링턴 씨는 이 집안의 친구예요. 앨버트 저택에 계시는데, 곧잘 애디슨 로에 있는 헤이젤딘 댁을 찾아 오셨었지요. 대개 오래 놀다 가시곤 했어요.'

다시 다그쳐묻자 엠마는 마침내 헤이젤딘 부인이 최근 몇 번인가 엘링턴 씨와 극장에 간 일이 있었고, 그런 일이 있은 날 밤이면 헤이젤딘 씨가 몹시 시무룩하니 기분이 좋지 않았다고 말했다오.

다시 증언대에 서게 된 젊은 홀아비는 어찌된 일인지 아주 입이 무거워져서 마지못해 질문에 대답했소. 그런데도 검시관은 15분

동안이나 조용하지만 명령적인 말투로 질문을 계속하여 끝내 증인 으로부터 캐내고 싶은 것을 알아내는 데 성공했으므로 대단히 만족 스러운 태도였지요.

엘링턴 씨는 헤이젤딘 부인의 친구로서, 부자인데다 시간도 상당 히 자유로웠던 모양이오. 헤이젤딘 자신은 엘링턴 씨에 대해 그다 지 관심이 없었으며, 그 문제로 아내에게 의견을 말한 적이 한 번 도 없었다고 하오.

‘엘링턴 씨는 어떤 사람입니까?’ 하고 검시관이 다시 한 번 물었 소. ‘대체 뭘 하는 사람입니까? 그의 직업이 무엇입니까?’

‘아무런 직업도 가지고 있지 않습니다.’

‘그럼, 대체 뭘 하며 삽니까?’

‘아무것도 하지 않습니다. 일하지 않아도 충분한 수입이 있는 모 양입니다. 그러나 취미에는 꽤 몰두해 있는 것 같았습니다.’

‘취미라고요?’

‘네, 그는 화학 실험에 취미를 가지고 있는데 여가 시간을 모두 거기에 바치고 있는 것 같았습니다. 아무튼 아마추어로서는 제법 알려진 독물(毒物)학자입니다.’”

“그런데 당신은 엘링턴 씨를 본 일이 있소? 이 지하철 괴사건에 대단히 관계가 깊은 인물이지요.”

구석의 노인은 폴리 버튼 앞에 한두 장의 작은 스냅 사진을 펴놓았 다.

“보시오, 이거요. 상당히 호남으로 인상도 나쁘지 않지요. 그러나 평범한, 아주 평범한 얼굴이잖소?

이 전혀 특징이 없는 평범함 때문에 용케 교수대를 면하게 된 거 요.

아니, 이거 이야기가 너무 비약된 것 같군. 당신이 혼란에 빠지면 안 되니까.

물론 이 엘링턴이라는 사람——글로브너에 있는 앨버트 저택에 살며, 젊은 건달 녀석들이 드나드는 클럽에 들어 있는 돈 많은 독신 남자인데——이 어떻게 하여 어느 맑게 갠 날 중앙 경찰재판소 치안 판사 앞에 불려나가 애디슨 로 19번지, 죽은 메리 베아트리스 헤이젤딘 부인의 죽음과 중요한 관계가 있다고 고발당하게 되었는지는 일반 사람에게 끝내 알려지지 않았소.

사실 신문도, 일반 사람들도, 그의 체포에는 글자 그대로 깜짝 놀라고 말았지요. 아무튼 엘링턴 씨는 런던 사교계에서도 특히 세련된 그룹의 한 사람으로서 인기도 있고 잘 알려져 있었으니까요. 오페라와 경마, 어원(御苑), 캘튼 클럽 같은 데에도 늘 모습을 보였으며, 유력한 친구도 많았지요. 그러므로 공판날 아침 경찰재판소에는 많은 방청객이 몰려들었다오. 그때까지의 경과는 다음과 같소.

검시 신문에서 분명해진 것은 아주 단편적인 증거뿐이었으나, 그 뒤 두 사람이 나타나서——경찰과 사회를 위해 그들 나름대로는 의무를 다했다고 생각했겠지만——이 풀 수 없는 지하철 괴사건에 단서가 될지도 모르는 정보를 제공했소.

경찰로서는 이 새로운 정보가 너무 늦게 들어온 듯이 여겨졌지만 조사해 보니 아무래도 아주 중요한 단서인 것 같았으며, 고발해 온 두 신사가 모두 사회적으로 상당한 지위에 있는 이들임을 알았기 때문에 기꺼이 이 정보를 이용해서 그럴 듯하게 행동했지요. 그 결과 엘링턴 씨가 살인 용의자로 치안 판사 앞에 불려나오게 되었던 거요.

그날 내가 법정에서 처음 보았을 때 용의자는 얼굴이 창백하고 몹시 초췌한 모습이었소. 그처럼 무서운 입장에 놓였으니 당연한 일이겠지요. 그가 체포된 곳은 마르세이유였소. 그때 그는 콜롬보로 가려던 참이었다오.

그러나 그가 정말로 자기 입장이 위험하다는 걸 깨달은 것은 공판이 진행되어 그의 체포 원인이 된 갖가지 증거가 열거되고 다시 엠마 파넬이 불려나와 사건이 일어난 날 아침 그가 애디슨 로 19번지 집을 찾아왔다는 것, 오후 3시 30분에 헤이젤딘 부인이 센트 볼 처치야드에 간다면서 나간 것들을 되풀이해 증언한 때부터라고 생각되오.

남편 헤이젤딘 씨는 앞서 검시 신문에서 밝힌 일 이외에 덧붙일 일은 아무것도 없다며, 생전의 아내를 만난 것은 문제의 그날 아침이 마지막으로 그때 그녀는 아주 건강하고 명랑했다고만 말했지요.

그 자리에 있었던 사람이라면 모두 느꼈겠지만, 그는 죽은 아내와 용의자를 결부시킬 만한 일은 되도록 말하지 않으려 하고 있는 것 같았소.

그런데 공교롭게도 하녀의 증언에서 헤이젤딘 부인은 젊고 아름다웠으나 사람들로부터 사랑받기를 좋아했고, 엘링턴 씨와도 한두 번——죄가 될 정도는 아니지만 얼마쯤 드러내놓고 서로 정답게 대하고 있어서 남편을 애타게 만든 일이 있다는 사실이 폭로되고 말았소.

그것으로 모두의 동정을 받게 되지 않았나 싶소——아내를 잃은 헤이젤딘 씨의 소극적이고 절도 있는 태도에 대해 말이오. 옳아, 여기 그의 사진이 있지. 법정에 섰을 때의 모습이오. 물론 검은 상복 차림이었지만, 그렇다고 보란 듯한 태도는 절대로 보이지 않았소. 얼마 전부터 턱수염을 기르기 시작했으나, 지금은 짧게 깎아버렸지요.

그날 클라이맥스가 찾아온 것은 그가 증언한 바로 뒤였지요. 키가 크고 머리가 검으며 온 몸에 '도시'라는 글자를 써 붙이고 있는 듯한 사나이가 증언대에 서서, 진실만을 말할 것을 선서하고 증언에 들어갔소.

그의 이름은 앤드류 캠벨, 슬로그모튼 거리의 증권회사 캠벨 회사의 사장이었소.

3월 18일 오후, 지하철을 탄 캠벨 씨는 같은 칸에 뛰어난 미인이 타고 있음을 알아보았소. 그 여자가 이 열차는 올더즈케이트로 가느냐고 묻기에 캠벨 씨는 그렇다고 대답한 다음 곧 저녁 신문의 주식란에 몰두해 버렸지요.

가워 거리에 오자 트위드 양복에 실크해트를 쓴 신사가 타더니 부인의 맞은편 자리에 앉았소. 그 남자를 보자 부인은 몹시 놀란 표정을 지었소. 그때 그녀가 뭐라고 말했는지 그는 정확하게 기억하고 있지 못했소.

두 사람은 열심히 말을 주고받았소. 특히 부인 쪽이 생기 있고 쾌활해 보였다고 하오. 증인은 주식값 계산에 열중해 있었기 때문에 그들에게는 별로 주의를 기울이지 않았으며, 이윽고 패링든 거리에서 내렸지요. 트위드 양복의 사나이도 같은 역에서 바로 그의 뒤를 따라 내렸소. 그전에 부인과 악수를 나누며 명랑하게 '그럼, 또——오늘밤에 늦지 않도록 하오'라고 하는 말을 들었다고 했소. 부인의 대답은 듣지 못했으며 남자의 모습도 금방 사람들 틈에 섞여 보이지 않게 되었소.

법정을 가득 메운 방청객은 마른침을 삼키며 증인의 다음말을 기다리고 있었소. 증인이 그 사람의 생김새와 풍채를 설명하고 그를 알아볼 수 있기를 기대했던 거요. 아무튼 그 사나이야말로 불행한 부인과 마지막으로 만나 이야기한 사람이며, 그러고 나서 아마 채

5분도 안 되어 그녀는 이상한 의문의 죽음을 맞았으니까 말이오.

그러나 나는 그 스코틀랜드 인 증권 회사 사장이 입을 열기 전부터 다음에 있을 일을 예상하고 있었소. 그 용의자가 어떤 사나이였는지 그가 말하려 하는 것을 그대로 그려낼 수 있었을지도 모르오. 그것은 방금 이 테이블에서 점심을 먹고 나간 사나이에게도 들어맞지요. 즉 영국의 젊은 남자 열 사람 중 다섯 사람에게 적용될 수 있는 그런 생김새였던 거요.

그 사나이는 보통 살집에 보통 키, 콧수염 색깔은 짙지도 옅지도 않았으며, 머리도 역시 중간 색깔, 실크해트에 트위드 양복, 그리고——그리고——그것뿐이었소.

'다시 한 번 보면 알 수 있을지 모르지만 알 수 없을지도 모르겠습니다. 특히 주의해서 본 것도 아니고, 그 사람은 나와 같은 쪽 자리에 앉아 한 번도 모자를 벗지 않았으니까요. 게다가 나는 신문에 열중해 있었으니까요. 그렇지, 만나면 알 수 있을지 모르지만, 확실한 것은 말할 수 없습니다.'

당신은 앤드류 캠벨 씨의 증언이 별로 도움이 안 된다고 말할지도 모르겠소. 그렇지, 그것만으로는 그다지 가치가 없었지요. 다음 증인으로 나온 로드니 오프셋 인쇄회사 지배인인 제임스 버너 씨의 보충 설명이 없었다면 도저히 엘링턴 씨를 체포할 수는 없었을 거요.

버너 씨는 캠벨 씨의 친구로서, 그날 패링든 거리에서 열차를 기다리고 있다가 일등차에서 내리는 캠벨 씨와 마주쳤소. 버너 씨는 그와 두세 마디 말을 나누고 열차가 움직이기 시작하자 친구와 문제의 트위드 양복을 입은 사나이가 내린 그 차 칸에 올랐소. 반대쪽 자리에 앉아 있던 여자를 그는 어렴풋이 기억하고 있었소. 얼굴을 창 밖으로 돌리고 자고 있는 것처럼 보였으나, 그는 특별히 주의해서 보지는 않았지요. 차 안에서 대부분의 남자들이 그렇듯이 신문에 열중해 있었기 때문이오. 마침 어떤 기사가 흥미를 끌었기 때문에 그는 잠깐 메모를 해두려고 조끼 주머니에서 연필을 꺼내 발 밑 바닥에 떨어져 있는 깨끗한 명함을 주워 거기에 쓰고 싶은 것을 적었소. 그리고 그 명함을 지갑에 넣었지요.

'내가 그 메모를 꺼내본 것은 그로부터 2, 3일 뒤였습니다' 하고 버너 씨는 숨을 죽이고 조용히 듣고 있는 법정에서 진술을 계속했소. '그동안 신문에서 이 지하철 괴사건에 대해 열심히 보도하고 있었기 때문에 나는 관계된 사람의 이름을 똑똑히 기억하고 있었습니다. 그러므로 지하철 안에서 무심코 주운 명함에 '프랭크 엘링턴'이라는 이름을 보았을 때 펄쩍 뛰어오를 만큼 깜짝 놀랐습니다.'

그때 법정을 내리덮은 흥분은 그야말로 일찍이 예가 없었을 정도였소. 아마 펜처치 사건으로 스메자스트 씨가 재판에 오르게 되었던 뒤로 그만한 소동은 없었을 거요. 말해 두지만 나는 흥분 같은 건 하지 않았소──이때에는 이미 범죄의 진상을 마치 내가 저지른 것처럼 환히 알고 있었으니까. 나로서는 그만큼 교묘하게 해낼 수 없었겠지만──오랜 세월 동안 범죄에 대해 연구해 온 나로서는 말이오. 함께 있던 방청객들은 거의 모두 그의 친구였는데──엘링턴 씨는 벌을 피하기 어렵다고 느꼈겠지요. 그 자신도 그렇게 생각했을 게 틀림없소. 얼굴이 창백해지고 입술이 바싹 타서 견딜 수 없는지 줄곧 혀로 핥고 있었으니까요.

그는 무서운 궁지에 몰려 있었소──전혀 알리바이를 증명할 수 없었기 때문이지요. 이것은 아주 당연한 일로 아무튼 범죄──범죄가 있었다고 하면 말이지만──가 행해지고 나서 이미 3주일이 지났으니까요. 프랭크 엘링턴 씨같이 노는 사람이 어느 날 오후 몇 시에 자기가 어떤 클럽에 있었다든가 또는 고급 레스토랑에 있었다든가 하는 것은 생각날지 모르지만, 거기서 그를 보았다고 증언해 줄 친구를 찾아내기란 십중팔구 무리일 거요. 엘링턴 씨도 그것을 할 수 없었소. 그는 궁지에 몰리게 되었고 자신도 그것을 깨달았소. 게다가 증언들에 덧붙여 두세 가지 상황 증거가 제출되었소. 그것이 점점 더 그의 입장을 불리하게 만들었지요. 우선 그가 독물학에 몰두해 있었다는 점이오. 경찰 조사에 의해 그의 방에 온갖 독약이 놓여 있음이 밝혀졌으며 청산가리도 물론 그 속에 들어 있었다는 거요. 둘째로 그가 마르세이유로 가서 다시 콜롬보로 가려고 했다는 사실인데, 멀리 달아날 생각은 없었다 하더라도 그에게 있어서는 정말 불운이 아닐 수 없었소. 단순히 목표 없는 여행을 떠난 것뿐이겠지만 다른 사람은 그렇게 받아들이지 않고 죄가 무서워 견딜 수 없었기 때문에 국외로 도망칠 계획이었다고 생각했을 것이오. 그런데 여기서 변호인인 아더 잉글우드 경이 다시 의뢰인을 위해 경이적인 솜씨를 발휘하여 그 능숙한 변론으로 검찰측 증인의 증언을 모조리 뒤집어 엎어버린 거요.

먼저 이 고명한 변호사는 앤드류 켐벨 씨에게 화살을 보냈소. 그리고 20분 동안에 걸친 반대 신문으로 완전히 이 증권 회사 사장의 정신을 빼놓아 자기 사무실의 심부름꾼 아이도 못 알아볼 정도로 혼란스럽게 만든 다음 캠벨 씨에게 피고가 그 트위드 양복 차림의 사나이와 전혀 다른 사람이라고 단언하게 하는 데 성공했던 거요.

이에 대해 제임스 버너 씨도 명백하게 자기도 캠벨 씨가 열차에서 내린 뒤 서로 엇갈려 차에 올라탈 때까지 줄곧 차문이 보이는 위치에 있었다는 것, 패링든 거리에서 종점인 올더즈케이트까지 그 차량에 다른 사람은 아무도 타지 않았다는 것, 그동안 문제의 부인은 그가 기억하고 있는 한 전혀 꼼짝도 하지 않았다는 것들을 증언했소. 그런 이유로 프랭크 엘링턴 씨는 살인 혐의로 재판받는 것을 면한 거요."

구석의 노인은 타고난 익살스러운 미소를 띠었다.

"변호인 아더 잉글우드 경 덕분이었지요. 엘링턴 씨는 자신이 트위드 양복 차림의 사나이일 가능성을 명백히 부정하고 그날 오전 11시 이후에는 절대로 헤이젤딘 부인을 만나지 않았다고 맹세했소. 그가 만났다는 증거는 하나도 없었으며, 더구나 그의 말에 따르면 그 트위드 양복 차림의 사나이도 우선 살인자라고 볼 수 없다는 것이오. 상식적으로 생각해 보더라도 여자가 독약을 몸속에 주입시키는 줄도 모르고 그 상대와 즐겁게 이야기를 주고받을 수 없다는 것이었지요.

지금 엘링턴 씨는 해외에 있는데 머잖아 결혼한다더군요. 친한 친구는 한순간이라도 그가 그처럼 비열한 범죄를 저질렀으리라고 생각지 않았겠지요. 그러나 경찰은 그렇지 않소. 그들은 훨씬 영리하게 생각하고 있지요. 그들은 적어도 이것만은 알고 있는 거요——그 사건은 결코 자살이 아니라는 것과, 만일 사건이 있었던 날 오후 헤이젤딘 부인과 같이 열차에 타고 있었던 사나이가 양심에 아무 가책도 느끼지 않는다면 벌써 나타나 사건의 수수께끼를 푸는 단서를 제공해 주었을 거라는 점을 말이오.

그 사람이 누구였던가 하는 문제에 대해서는 늘 장님이나 다름없는 경찰은 조금도 의심을 품지 않고 있소. 엘링턴 씨야말로 그 사람이라는 확고한 신념 아래 그들은 요 몇 달 동안 그의 유죄를 입증할 더욱 강력한 증거를 찾아내려고 애쓰고 있지요. 그러나 그것은 무리요. 애당초 그런 일은 없었으니까. 그렇다고 해서 진범에 대한 확실한 증거도 없소. 범인은 모든 것을 검토하고 예측하지 못한 여러 사태를 미리 고려해 둔 빈틈없는 사람으로 인간성이라는 것에 대해서도 잘 이해하고 있소. 자신에 대해 어떤 증거가 제출되리라는 것도 이미 예측하고 있어, 거기에 대한 대책을 생각해 둔 그런 악당이었지요.

　이 악당은 처음부터 프랭크 엘링턴이라는 사나이와 그의 됨됨이를 염두에 두고 있었소. 결국 프랭크 엘링턴은 말하자면 범인이 눈을 못 뜨게 경찰을 향해 던진 모래와 같은 존재로, 그것은 보기 좋게 성공했지요. 그 결과 경찰은 앤드류 캠벨 씨가 얼핏 들었던 그 짤막한 말 ‘그럼, 또——오늘 밤에 늦지 않도록 하오’라는 말을 완전히 깜박 잊고 말았소. 사실은 이거야말로 모든 수수께끼를 푸는 열쇠로서 그 교활한 범인이 저지른 단 하나의 실수였던 거요.

　아시겠소? 헤이젤딘 부인은 그날 밤 남편과 같이 오페라를 보러 가기로 되어 있었던 거요!

　놀라셨소? 그러나 아직 당신은 비극의 전모를 모르고 있는 것 같구려. 나는 벌써부터 알고 있었지만.”

노인은 어깨를 움츠렸다.

“놀기 좋아하는 젊은 아내, 남자 친구와의 바람기…… 이러한 것은 모두 사람들의 눈을 못 뜨게 하는 재였고, 남에게 보이기 위한 것이었을 뿐이오. 나는 경찰이 해야 할 일을 내가 해보았소. 헤이젤딘 집안의 재산 상태를 조사해 본 거요. 돈이란 십중팔구 범죄의 동기가 되니까. 그리하여 나는 메리 베아트리스 헤이젤딘 부인의 유언장은 단 한 사람의 집행인인 남편에 의해 진짜라고 입증되었으며 유산은 모두 1만 5천 파운드임을 알게 되었소. 뿐만 아니라 남편 에드워드 숄트 헤이젤딘 씨가 켄징턴의 유복한 건축업자 딸과 결혼했을 때 한낱 선박 회사의 사무원에 지나지 않았던 사실도 알아냈지요. 더욱이 아내를 잃은 이 가엾은 홀아비가 아내가 죽은 뒤 곧 턱수염을 기르기 시작했다는 것에도 주목하지 않을 수 없었소.”

갑자기 이상한 노인은 테이블 위로 몸을 내밀고 뚫어지게 폴리의 얼굴을 바라보았다. 이윽고 그는 말을 계속했다.

"정말 그는 대단한 악당이오. 어떤 방법으로 가엾은 아내의 몸속에 독약을 넣었는지 아시오? 간단한 방법이었소. 남부 유럽 지방의 건달 사이에서는 모르는 이가 없는 방법——반지였소. 반지에 작은 주사 바늘이 장치되어 있소. 그 속에는 한 사람이 아니라 두 사람도 죽일 수 있는 분량의 청산가리를 넣을 수 있지요. 트위드 양복을 입은 사나이는 아름다운 아내의 손을 잡았소. 바늘의 아픔은 거의 느껴지지 않을 정도였지만, 비록 느낀다 하더라도 비명을 지를 정도는 아니었지요. 명함을 손에 넣는 것 정도는 식은 죽 먹기지요. 그가 언제부터 프랭크 엘링턴 씨의 옷차림과 콧수염 모양과 전체적인 느낌 등을 흉내내고 있었는지는 모르지만, 아마 주위 사람도 눈치채지 못할 정도로 서서히 했을 거요. 본디 그가 모델로 고른 사나이는 키와 몸집이 자기와 비슷하고 머리 빛깔도 닮은 사람이었으니까 말이오."

폴리는 말했다.

"하지만 그때 함께 지하철에 탔던 손님들에게 그가 트위드 양복 차림의 사나이였다고 발각될 위험이 있지 않았을까요?"

"그렇소, 확실히 그럴 염려가 있지요. 그러나 그는 감히 그 위험을 무릅썼소. 그는 현명했던 거요. 그 사람——마침 신문에 열중해 있던 증권 회사 사장 말이오——이 다시 자기와 얼굴을 대하기까지에는 적어도 며칠의 시간이 있으리라고 계산했던 거지요. 이처럼 완전 범죄를 해치우는 비결은 인간성을 연구하는 데 있다오."

이윽고 구석의 노인은 모자와 코트를 집어 들었다.

"에드워드 헤이젤딘은 그것을 매우 잘 알고 있었던 거지요."

"하지만 반지는?"

"어쩌면 신혼 여행 때 사둔 것인지도 모르오." 그는 기분 나쁜 미소를 지으며 말했다. "이 범죄는 1주일쯤 걸려 계획한 게 아니오. 완전히 다듬어내기까지 아마 몇 년이 걸렸겠지요. 그처럼 무서운 악당이 처형도 받지 않고 활개를 치며 다니고 있는 거요. 그의 사진을 두고 가겠소. 1년 전의 것과 최근의 것을. 턱수염을 깎아 없앴지요? 그리고 이번에는 콧수염까지 없앴다오. 지금쯤은 앤드류 캠벨 씨와 친한 친구가 되어 있을지도 모르오."

그리고 나서 노인은 가게를 나갔다. 폴리 버튼은 믿어야 좋을지 어떨지 알지 못하는 채 혼자 남아 있었다.

이런 사정으로 폴리는 그날 오후 리처드 플로비셔와 팔레스 극장으로 모드 알랭의 무용을 보러 가기로 한 약속을 어기게 되었던 것이다.

The Case of Miss Elliott

엘리어트 여의사 사건

구석의 노인은 큰 뿔테 안경 너머로 나를 관찰하고 있었다. 조금 뒤 노인이 말했다.

"그런데……."

"그런데라니, 뭐 말인가요?" 하고 나는 조금 쌀쌀하게 되물었다.

실은 10분쯤 전부터 나는 대체 저 한 가닥 끈으로 앞으로 몇 개의 매듭을 만들었다가 다시 풀 것인가 생각하고 있었던 것이다.

"당신을 조바심나게 만들었다면 사과하겠소."

노인은 미안한 듯한 표정을 지으면서 마디가 불거진 긴 손가락으로 끈을 뭉치더니 손가락도 끈도 매듭도 모두 다 늘 입고 다니는 헐렁한 트위드 코트 주머니에 집어넣었다. 그는 숨을 한 번 쉬고 나서 조용히 말했다.

"그렇소, 그건 분명히 비극적인 사건이오. 아마 여의사들은 요즈음 그 일로 상당히 기분 나빠하고 있겠지요."

이처럼 내 마음 속을 읽고 거기에 대답하여 이야기하는 것이 그의 버릇 가운데 하나였다. 분명 그 순간 내 마음을 사로잡고 있었던 것은 방금 경시청 전체를 완전히 소용돌이로 몰아넣은 사건, 히크맨 여의사의 비극적인 사건까지 완전히 희미하게 만들어버린 기괴한 사건이었다.

〈데일리 텔레그래프〉지는 '타살이냐, 자살이냐?'라는 표제 아래이 서포크 거리 예후 요양소 주임 엘리어트 여의사의 변사 사건을 2단 연속 특집으로 실었다. 그것을 읽고 난 뒤 나는 이처럼 풀 수 없는 수수께끼 같은 사건이 우리의 유능한 경시청 수사 요원들을 괴롭힌 일은 일찍이 없었을 거라고 인정하지 않을 수 없었다.

"이번만은 경찰로서도 틀림없이 어쩔 도리가 없을 거요"라고 구석의 노인은 그 특유의 기분 나쁜 미소를 지으면서 말했다. "하지만 사람들은 이 수수께끼에 대한 해답이 발견되지 않는데 대해 경찰도 진상을 밝혀낼 수는 없었다며 만족해하겠지요."

"그럼, 당신은 발견할 수 있다는 거예요?"

나는 상대를 당황하게 할 정도로 날카롭게 되물었다.

그러자 구석의 노인이 대답했다.

"아니, 그렇지 않소. 내가 그 해답을 들고 나오면 코웃음치는 것이 고작일 거요. 아주 단순하니까요. 그렇긴 하지만 논리적인 대답임에는 틀림이 없소.

피해자 엘리어트 여의사는 아직 젊고 아름다우며 교양 있는 여자로, 의사로서 완전한 자격을 가지고 서포크 거리의 예후 요양소를 맡고 있었소. 그 요양소는 주로 독지가들의 기부금으로 운영되고 있었는데, 벌써 얼마 전부터 막연하게 두세 신문에서 이 요양소 경리에 의문점이 있다는 것을 풍설로 다루고 있었지요. 여러 곳에서 들어오는 거액의 기부금이 모두 요양소 유지비로만 쓰여지고 있지 않으리라는 것이었소. 그러나 그런 종류의 시설들이 다 그렇듯이 외부 사람이 경영 내용의 세밀한 점을 알 수 없는 조직으로 되어 있어 그 뒤로도 기부금은 계속 들어왔소. 한편 요양소의 명예 경리 담당자는 헤밀턴 테라스의 일급지에 귀족의 집이라고 해도 부끄럽지 않을 만큼 훌륭한 저택을 가지고 있었다오.

이것이 사건이 일어난 11월 2일 무렵의 상황이었소. 그날 아침 신문들은 일제히 짧은 기사를 실어 전날 밤 12시 15분쯤 메이더 베일의 브롬필드 거리를 지나가던 일꾼 두 사람이 길에서 젊은 여자의 시체를 발견한 자초지종을 보도했소. 시체는 엎드린 모습으로 쓰러져 있었고, 현장은 바로 운하로 연결되는 좁은 보행자용 다리의 나무충계 옆이었소.

당신도 알고 있겠지만 그 메이더 베일 언저리는 낮에도 상당히 한적한 곳으로, 밤이 되면 거의 인적이 끊어지는 데요. 브롬필드 거리는 운하를 끼고서 고양이 이마만한 마당이 있는 조그만 집들이 줄지어 있고, 인도교 맞은편엔 빗살처럼 작은 선착장이 다닥다닥 붙어 있지요. 아마 일반 런던 시민으로 그 근처 지리를 잘 아는 사람은 거의 없을 거요. 인도교 양쪽에는 직각의 충계가 있고 높은 나무 난간이 붙어 있어 밤에 나쁜 짓을 꾸미는 자들이 몸을 숨기에는 아주 좋은 곳이오.

사람들이 시체를 발견한 건 바로 그 후미진 곳이었소. 시체를 발견한 그 두 사람은 선량하고 분별 있는 시민답게 행동했지요. 한 사람이 현장에 남아 지키고 있었던 거요.

시체 곁에 있던 서류와 책 같은 것으로 피해자가 서포크 거리 예후 요양소의 젊은 주임 엘리어트 여의사라는 것이 곧 밝혀졌소. 그녀는 의사들 사이에서 이름이 알려져 있었고 친구도 많았기 때문에 이 무서운 비극은 금세 흥미를 불러일으켰지요. 그러나 소동이 점점 더 커진 것은 이 가엾은 여자가 수수께끼 같은 방법으로 스스로 목숨을 끊었다는 소문이 나돌기 시작하면서부터였소.

검시에 앞선 간단한 조사 및 경찰 수사 결과, 엘리어트 여의사는 능숙한 솜씨로 단숨에 목을 깊이 벤 상처에 의해 숨졌음이 밝혀졌지요. 그런데 무시무시하게도 그 상처를 낸 외과용 메스가 죽은 사람의 손에 단단히 쥐어져 있었던 거요. "

구석의 노인은 언제나 자기 이야기가 나에게 미치는 효과를 의식하고 있었기 때문에 잠시 말을 끊고 자기가 내놓은 두세 가지 단순한 사실들에 대해서 마음속으로 음미할 시간을 주었다. 나는 아무 말도 하고 싶은 생각이 없었다. 이 노인의 성격을 잘 알고 있는 나로서는 그로부터 흥미 있는 이야기를 모조리 끌어내기 위해선 일체 내 쪽에서 논평하거나 반박하지 말아야 한다는 것을 알고 있었기 때문이다.

"젊고 아름다우며 게다가 지적인 직업을 갖고 일하고 있던 선택받은 여성이 자살했다고 생각될 경우, 일반 사람들이 맨 먼저 알고 싶어하는 것은 어째서 그런 일을 했을까 하는 점이지요. "

구석의 노인은 한참 동안 말을 끊었다.

"그렇기 때문에 이런 사건에서는 자칭 아마추어 탐정이라는 사람들이 많이 나타나 사건의 배경을 캐 들어가기 시작하는데 그 결과 보통 두세 가지 중요한 사실이 세상에 드러나게 된다오. 이 엘리어트 여의사 사건에서도 검시 신문이 열리기 전부터 많은 흥미 있는 전개를 가진 이야기가 새어나오기 시작했소. 즉 요양소 안의 부정 관리에 대한 소문이 한층 명확한 모습을 띠고 나타났던 거지요.

요양소 운영에 관심을 가진 사람들은 이미 얼마 전부터 그 경리 내용이 아주 불안정하다는 사실을 다 알고 있었소. 그러나 이 요양소가 지난 몇 년 동안 어떤 병원보다도 풍부한 기부금과 의연금을 받았으면서도 엘리어트 여의사가 환자들을 위한 필수품 구입을 신청했다가 긴축 재정을 구실로 여러 번 거절되었다는 사실은——간호사들 사이에서는 공공연히 이야기되고 있었지만——그다지 잘 알려져 있지 않았소.

그 예후 요양소는 그런 종류의 시설에 흔히 있듯이 자선 사업을 좋아하는 상류 인사들로 구성된 위원회가 운영을 맡고 있었소. 이 명사들은 사무적인 일에 대해선 아무것도 모르며 더구나 병원 경영 같은 것에 대해서는 거의 문외한이지요. 소장인 키네어드 박사는 젊고 상당히 수완 있는 전문의로 얼마 전 어느 귀족의 딸과 결혼했어요. 그의 아내 또한 굉장한 야심가여서 남편을 유명하게 하는 데 물불을 가리지 않는 여자였소.

키네어드 박사는 요양소에 이름을 빌려주고 그 신망을 높인 것으로서 의무를 다했다고 생각했던 모양이오. 그러나 명예 이사며 경리 책임자인 스테이플턴 박사는 요양소의 경영에 온 힘을 다 기울이고 있어 이 일에 적잖은 시간을 소비하고 있었소. 요양소로 보내오는 의연금과 기부금은 말할 것도 없이 모두 그의 손을 거쳐 처리되었으며, 그가 그런 사무를 모두 맡아주는 것을 다행으로 여겨 독지가와 명사들로 구성된 위원회는 경리 책임을 완전히 그에게 맡겼지요. 그는 사교계에서도 널리 알려져 있었소. 독신이지만 해밀턴 테라스에 굉장한 저택을 꾸며, 의사들 가운데서도 특히 이름이 높고 영향력 있는 사람들을 여러 차례 걸쳐 초대했지요.

그럭저럭하던 중 저녁 신문에 이 사건 전개에 대한 아주 흥미 있는 기사가 실렸소. 그 기사에 따르면 메리 도슨이라는 간호사가 토요일 오후 요양소의 외과 의사 방으로 수간호사의 말을 전하기 위해 복도를 걸어가다가 옆방에서 큰 소리로 주고받는 이야기를 들었다는 것이었소. 그녀는 잠시 멈춰 서서 귀를 기울이자 곧 엘리어트 여의사와 요양소의 명예 경리 책임자 겸 경영위원회 위원장인 스테이플턴 박사의 목소리라는 것을 알았지요.

이야기는 분명히 그 변함없는 주제인 재정 문제인 것 같았소. 도슨 간호사는 엘리어트 여의사가 굉장히 분격한 말투로 '당장 키네어드 박사에게 보고해야 한다는 데에는 당신도 물론 찬성해 주시겠지요?'라고 말하는 것을 들었소.

그 말에 대한 스테이플턴 박사의 대답은 처음에는 거칠고 날카로운 울림을 띠었으나 이윽고 위협적인 말투로 바뀌었소. 도슨 간호사는 더 이상 듣지 않고 곧 말을 전하러 갔다가, 돌아오는 길에 다시 그 복도에 멈춰 서서 엿들었다고 하오. 이번에는 누군가 몹시 흐느껴 우는 듯한 목소리가 나고, 아주 상냥하게 말을 거는 스테이플턴 박사의 목소리도 들렸소.

'하긴 당신이 말한 대로일지도 모르오, 넬리' 하고 박사는 말했소. '그러나 아무튼 키네어드 박사에게 이야기하는 것은 앞으로 2, 3일만 기다려 주구려. 그런 사람이니, 이 사실을 알게 되면 굉장히 야단법석을 떨지 모르니까…….'

이때 엘리어트 여의사의 목소리가 끼어들었소.

'키네어드 박사에게 알리지 않고 이대로 두는 것은 떳떳하지 못해요. 도둑이 누구든 잡아내는 것은——그리고 만일 필요하다면 법률에 따라 처분하는 것은 당신이나 나의 의무니까요.'

당신도 알겠지만, 도슨 간호사가 옳게 듣고 전한 것인지 어떤지에 대해서는 그 무렵 상당히 논의가 있었지요. 즉 엘리어트 여의사가 '당신이나 나'라고 말했는지 또는 '당신과 나'라고 말했는지 그것이 문제였소. 그 두 가지 말의 미묘한 차이는 아시겠지요?

만일 '당신과 나'라고 했다면, 그것은 엘리어트 여의사가 이 문제에서 스테이플턴 박사와 행동을 같이하겠다는 것을 인정한 셈이오. 그러나 만일 '당신이나 나'라고 했다면, 그가 도둑질한 사람을 찾아내는 데 동의하지 않을 경우 그녀 혼자서라도 행동할 각오가 되어 있었다고 여겨지는 거요.

이런 사실이 아까도 말했듯이 어느 틈에 새어나왔소. 사람의 입에 자물통을 채워둘 수는 없다는 증거지요. 당연한 일이지만 이런 이유에서 검시 신문이 열렸던 날 많은 방청객들이 법정으로 몰려들었소. 재미있음직한 사건이라면 기를 쓰고 구경하려는 일없는 무리들은 물론이고 피해자의 친구들도 많이 와 있었지요. 그 가운데 젊은 남녀 의학생들과 제복 차림의 간호사들이 섞여 있는 것이 특히 눈을 끌었다오.

혼잡하리라는 것을 미리 알고 일찍 출발한 덕분에 나는 좋은 자리를 차지할 수 있어서 이제부터 시작되는 연극에 등장하는 배우들을 자세히 관찰할 수 있었지요. 정보통인 듯한 이들이 이건 누구고 저건 누구라고 손가락질하며 서로 일러주는 것으로 보아 아마 일이 있는데도 불구하고 예후 요양소 직원이 많이 몰려온 모양이었소. 그리고 그들이 거의 마지막까지 버티고 있었던 것도 대단히 흥미 있는 일이었소. 그 중에서도 특히 나의 관심을 끈 것은 요양소 소장 키네어드 박사였소. 그는 아일랜드 출신의 호남으로 나이는 40살쯤 되어보였지요. 다음은 앤쇼 박사로 이 사나이는 신진 전문의로서 애교 있는 붉은 얼굴에 자기 능력에 대한 자신이 넘쳐흐르는 사람이었소.

노련한 경찰 의사의 증언이 다시 한 번 상세하게 되풀이되었고, 엘리어트 여의사가 오른손에 쥐고 있던 외과용 메스로 목을 베고 죽은 것이 확실해졌다오. 시체 주변에는 반항한 흔적이 전혀 없었으며, 엄밀한 검사에 의해서도 치명상 이외에 시체에 폭력이 가해진 흔적은 찾아볼 수 없었다는 거였소. 따라서 일시적인 정신착란이나 뭔가를 크게 비관한 나머지 스스로 목숨을 끊은 것이 아니라는 증거는 아무 것도 없다는 말이 되오.

말할 것도 없이 자살하려는 사람이 그처럼 기묘한 방법을 택한 점이 이상하다는 이야기가 나올 수 있지요. 만일 자살할 생각이었다면 그녀에게는 어떤 독약이라도 손에 넣을 기회가 있었을 테고, 그 중에서도 의학 지식을 이용하여 가장 고통이 적고 효과가 있는 방법을 택하면 좋았을 텐데――그렇게 보면 일부러 일요일 밤을 골라 사람이 별로 다니지 않는 변두리에 가서 그처럼 참혹한 방법으로 자살한다는 것은 미친 짓이나 다름없지요. 그리고 가족과 친구들의 이야기를 종합해 보면 엘리어트 여의사는 분별력이 뛰어나고 마음이 넓으며 쾌활한 성격이었다는 거요.

그러나 검시 신문 단계에서 아무래도 자살설은 움직이기 어렵게 보였다오. 그러므로 피스크 순경이 증언대에 서서 증언하기 전까지는 아무도 이 사건이 비극적이며 기묘한 수수께끼가 되리라고 예상조차 하지 못했던 거요.

피스크 순경의 증언은 이런 내용이었소.

그 잊혀지지 않는 일요일 한밤중에 그는 운하를 따라 브롬필드 거리를 인도교 쪽으로 걸어가고 있었소. 그는 같은 방향으로 걸어가는 남녀 한 쌍을 앞질러갔소. 그들을 지나칠 때 잠시 뒤돌아보고 남자는 야회복에 실크해트를 쓴 신사이며 여자는 울고 있음을 알았소.

브롬필드 거리는 전체적으로 조명 시설이 시원찮으며, 특히 운하에 면한 일대는 가로등이 하나도 없소. 그런데도 피스크 순경은 그녀가 죽은 여의사였다는 것을 아주 힘찬 말투로 단언한 거요. 남자 쪽에 대해서는, 다시 한 번 만난다면 알아볼지도 모르지만 단정할 수는 없는 모양이었소.

피스크 순경은 그 뒤 인도교를 건너 핼로우 거리 쪽으로 걸어갔소. 그때 센트 메리모들린 교회의 시계종이 12시를 치는 것을 들었소. 불행한 여의사의 시체가 발견된 것은 그로부터 약 15분 뒤였지요. 그리고 그녀의 손에는 그 무서운 짓을 해치운 메스가 꽉 쥐어져 있었소. 누구의 손으로 그렇게 된 것일까요? 정말 그녀 자신이 한 것일까요? 그러나 만일 그렇다면, 살아 있는 그녀를 마지막으로 본 그 야회복의 신사는 어째서 이름을 밝히고 나타나 깊어가는 사건의 수수께끼에 뭔가 광명을 주지 않는 걸까요?

그러나 법정에서 맨 먼저 어떤 이름을 말한 것은 죽은 여의사의 남동생 제임스 엘리어트 씨였소. 그 뒤 그가 말한 그 이름은 모두의 가슴 속에서 엘리어트 여의사의 비극적인 운명과 결부되어 생각하게끔 되었지요.

그때 제임스 엘리어트 씨는 검시관 질문에 대답하여 누이의 성격과 최근의 정신 상태에 대해서 설명하고 있었소.

'누님은 언제나 아주 쾌활한 성격이었지만, 요즘에는 특히 밝고 행복한 것 같았습니다. 누님이 비친 말로 짐작하건대, 아마 누님이 대단히 호의를 가지고 있는 어떤 사나이가 그 역시 누님에 대해 애정을 품고 있어서 결혼을 신청할 생각임을 알았기 때문인 것 같았습니다.'

'그런데 그 사나이가 누구인지 아십니까?' 하고 검시관이 물었지요.

'네, 알고 있습니다. 스테이플턴 박사입니다'라고 엘리어트 씨는 대답했소.

누구나 그 이름을 예상하고 있었을 거요. 왜냐하면 모두 도슨 간호사의 이야기를 기억하고 있었으니까요. 그런데도 새삼 그 이름이 들먹여지자 뭔가 심상치 않은 사태가, 어떤 무서운 일이 일어나고 있다는, 설명하기 어려운 감정이 그곳에 참석한 모든 사람에게 번져나갔소.

‘스테이플턴 박사, 나오셨습니까?’

그러자 스테이플턴 박사가 검시 신문에 참석할 수 없는 까닭을 전해왔소. 긴급한 환자가 있어 자리를 뜰 수 없었던 것이오. 그리하여 대신 요양소 소장인 키네어드 박사가 증언대에 섰지요.

그러나 분명히 동료에 대해 깊은 경의를 품고 있는 듯한 키네어드 박사는 검시관의 물음에 대답하여 요양소 자금이 경리 책임자에 의해 횡령되고 있다는 추측을 전적으로 부정했소.

‘그런 말을 비친다는 자체가 우리 의학계의 가장 우수한 인재 중 한 분에 대한 모욕이 됩니다’라고 그는 말했지요.

키네어드 박사는 또 스테이플턴 박사가 엘리어트 여의사를 높이 평가한다는 것은 알고 있었지만, 그들이 실제로 결혼을 약속한 사이였다고는 생각지 않으며, 그리고 두 사람 사이에 어떤 의견 불일치가 있었다는 말도 전혀 듣지 못했노라고 덧붙였소.

‘그럼, 자금이 넉넉하다는 요양소에서 엘리어트 여의사가 가끔 자재 부족으로 고민하고 있었다는 이야기도 스테이플턴 박사로부터 듣지 못했겠군요?’ 하고 검시관은 거듭 물었지요.

‘네, 듣지 못했습니다.’

‘소장인 당신에게 그런 보고가 없었다니, 좀 이상하지 않습니까?’

‘그렇지 않습니다. 나는 단지 명예직으로, 경리의 실권은 스테이플턴 박사가 쥐고 있지요.’

‘그렇겠군요.’ 검시관은 부드럽게 말했소.

그러나 이 시점에서 요양소 경리 문제를 언급하는 것은 분명히 그의 직무를 벗어난 일이었소. 그로서는 스테이플턴 박사와 그 야회복 차림의 사나이가 같은 사람인가 아닌가를 확인하면 그것으로 되었던 것이오.

시체를 발견한 두 사람이 그 시각에 대해 증언했소——12시 15분이었다고. 피스크 순경이 살아 있는 여의사를 본 것이 12시 조금 전이었으니까, 그녀는 그로부터 15분 사이에 살해되었거나 자살했다는 거지요. 그러나 문제는 그것만으로 해결된 게 아니었소. 아무튼 이 얼마나 기괴하고 드라마틱한 사건이오!”

구석의 노인은 그가 말하는 이야기의 심각성과는 정반대로 부드러운 미소를 지었다.

“법정에 모인 많은 방청객들이 모두 그 젊고 쾌활한 여의사의 죽을 때 모습을 그려 내려 하고 있던 때——아니, 앞질러 이야기하는 것은 그만두겠소.

증인은 이제 한 사람밖에 없었소. 극적인 효과 같은 건 전혀 예기치 못했던 경찰이 뜻밖에도 맨 마지막까지 남겨두었던 증인——앤쇼 박사라는 예후 요양소 직원이었지요. 그의 증언은 짧았지만 중대한 의미를 지니고 있었소. 그는 웨이머스 거리에 진료소를 가지고 있으며, 자택은 웨스트본 스퀘어에 있다고 설명한 다음 이렇게 말한 것이오. 11월 1일 일요일 밤 메이더 베일에서 식사를 하고 돌아오던, 자정이 되기 바로 조금 전 브롬필드 거리의 인도교 층계 옆에 여자가 혼자 서 있는 것을 보았다고.

‘나는 포모서 거리를 지나오던 길이었으며, 그 여자에 대해 특별히 주의를 기울여 본 것은 아닙니다. 그러다가 마침 내가 브롬필드 거리 모퉁이에 이르렀을 때 야회복에 실크해트를 쓴 사나이가 나타나 그 여자와 함께 있었습니다. 그때 나는 거리를 가로질러 가서 그 두 사람이 엘리어트 여의사와……’

증인인 젊은 의사는 갑자기 말을 끊고 마치 자기가 말하려는 사실의 중대성을 생각하며 망설이는 듯한 태도를 보였소. 법정 안의 긴장은 더욱 높아져서 가슴이 죄어들 정도였지요.

‘엘리어트 여의사와?’ 검시관이 다그쳤소.

‘스테이플턴 박사라는 것을 알았습니다.’ 앤쇼 박사는 가슴에 막힌 것을 한꺼번에 토해내듯 쉰 목소리로 말했소.

‘틀림없습니까?’ 검시관이 다짐을 주었지요.

‘절대로 틀림없습니다. 나는 두 사람에게 말을 걸고 상대도 대답을 했으니까요.’

‘뭐라고 말씀하셨지요?’

‘그저 보통 인사였습니다. ‘여어, 스테이플턴 박사!’라고 부르자 그도 ‘여어!’라고 대답했습니다. 그때 나는 그녀의 얼굴을 똑똑히 보았는데, 금방이라도 울음이 터져 나올 것 같은 풀죽은 표정이었습니다. 스테이플턴 박사도 우울한 것 같았습니다. 나는 깊은 밤의 산책이라 하더라도 어째서 그처럼 지저분한 변두리를 택했는지 좀 이상하게 생각했었지요.’

‘그 시간은?’

‘12시 10분 전이었습니다. 인도교를 건널 때 시계를 보았고, 5분쯤 전에 12시 15분 전을 알리는 시계 종소리를 들었으니까 틀림없습니다.’

여기서 검시관은 잠시 신문을 연기할 것을 선언했소. 왜냐하면 스테이플턴 박사의 출석이 절대 필요하게 되었기 때문이지요. 앤쇼 박사의 증언에 의하면, 스테이플턴 박사는 그녀가 비극적인 죽음을 하기 15분 전까지 함께 행동하고 있었던 거요. 앤쇼 박사가 그들을 만난 15분 뒤에 피스크 순경이 두 사람을 보았으니까 말이오. 그때 그녀는 울고 있었다고 했소. 그런 까닭으로 그 단계로서는 아직 그 돈 많은 유명한 의사에게 고발장이 발부되지 않았지만 이미 의혹이라는 흉조의 새가 불길한 날개로 그를 건드리고 있었던 셈이오.”

구석의 노인은 가볍게 숨을 들이마셨다.

"그 이튿날, 연기된 검시 신문이 열린 법정은 그야말로 입추의 여지가 없었소. 개정 시각은 11시였소. 아침 6시부터 겨울 아침의 추위도 아랑곳없이 재판소 밖 길가에 사람들이 홍수를 이루고 있었지요. 나는 언제나 용케 맨 앞자리에 들어가 앉았지만 그때도 그러했소. 아마 스테이플턴 박사가 변호사와 함께 법정에 들어섰을 때 일반 방청객 가운데 맨 먼저 그를 알아본 것은 내가 아니었을까 싶소. 그 옆에 키네어드 박사가 있었소. 두 사람은 아주 명랑하게 가라앉은 목소리로 이야기를 주고받았지요.

나는 의학이라는 학문을 대단히 존경하고 있소. 솜씨 좋은 성공한 의사에게는 공통된 어떤 유쾌한 분위기가 있다고 생각되오. 자기 실력과 업적에 대한 자신감, 그것이 가져다주는 수입에 뒷받침된 관록이라고 할까, 이것은 아주 독특하고 감탄할 만한 것이지요.

스테이플턴 박사는 이러한 분위기를 일반 의사들보다 훨씬 더 짙게 풍기고 있었소. 그리고 키네어드 박사가 그의 손을 잡고 격려하고 있을 때의 정다운 모습으로 보아, 이 존경할 만한 예후 요양소 소장에게는 누가 뭐라든지 경리 책임자의 결백을 의심할 생각이 없다는 것이 분명했소.

여기서 그 중대한 검시 신문에 관해 시시한 이야기를 길게 늘어놓아 당신을 지루하게 만들 생각은 없소. 신문이 시작되어 피스크 순경이 먼저 확인을 요구받았지요. 사건이 일어난 날 밤 12시 조금 전, 그가 죽은 여의사와 함께 있는 것을 본 야회복 차림의 신사가 스테이플턴 박사인가 아닌가 하는 것이었소. 이에 대해 피스크 순경은 그다지 명확한 대답을 하지 못했소. 거듭 추궁을 당하자 결국 그는 박사인지 아닌지 단정하기를 거부했지요. 그러나 앤쇼 박사는 증언하는 동안 동료의 얼굴을 정면으로 바라보면서 명확하게 단정적으로 전날의 치명적인 증언을 되풀이했소.

'나는 스테이플턴 박사를 만나 그에게 말을 걸었고, 그는 대답을 했습니다'라고 그는 아주 힘찬 말투로 되풀이했던 거요.

그 말을 듣자 모두들 스테이플턴 박사의 얼굴을 주목했지요. 그 얼굴에는 완전한 무관심이라고 할까 경멸에 가까운 표정이 떠올라 있었으며, 죄의식이라든가 두려움 따위는 흔적도 찾아볼 수 없었소.

말할 것도 없이 그때쯤 나는 벌써 어디에 이 기괴한 사건의 수수께끼가 있는지 완전히 파악하고 있었소. 그러나 다른 사람들은 그렇지 못했기 때문에 숨을 죽이고 스테이플턴 박사가 태연히 증언대에 서는 것을 지켜보고 있었지요. 몇 개의 의례적인 질문을 던진 끝에 검시관은 아주 당돌하게 묻기 시작했소.

'스테이플턴 박사, 당신은 엘리어트 여의사가 사망하기 몇 분 전까지 행동을 함께 했습니까?'

'분명히 말하지만, 그건 사실과 다릅니다'라고 스테이플턴 박사는 아주 침착하게 대답했소. '내가 엘리어트 여의사를 마지막으로 만난 것은 토요일 오후 근무를 마치고 집으로 돌아가기 직전이었습니다.'

눈썹 하나 까딱하지 않고 태연히 말하는 그의 태도에 그곳에 모인 사람들은 모두 소리를 삼켰지요. 검시관과 배심원들까지도 잠시 동안 어이없어하는 것 같았소.

조금 뒤 검시관이 겨우 두 번째 화살을 던졌소.

'그러나 벌써 두 사람의 증인이 그렇게 말했는데요――일요일 밤 12시 조금 전에 죽은 여의사와 함께 있는 당신을 보았다고!'

'실례지만 그 두 사람의 증언은 틀립니다.'

'틀린다고요?'

아마 허락되기만 했다면 누구나 다 똑같이 놀라서 소리를 질렀을 것이오.

'앤쇼 박사는 잘못 생각하고 있는 겁니다'라고 스테이플턴 박사는 부드럽게 되풀이했소. '그는 나를 보지도 않았고 말을 걸지도 않았습니다.'

'물론 그것을 입증할 수 있겠지요?' 검시관이 물었소.

'실례지만' 하고 증인은 또다시 태연하게 말을 가로챘소. '앤쇼 박사야말로 그 증언을 입증해야 할 입장이 아닐까요?'

'그것을 뒷받침할 피스크 순경의 증언도 있습니다.' 조금 초조해진 검시관은 공격을 늦추지 않았소.

'그러나 나는 그렇게 생각지 않는데요. 순경은 이렇게 말했습니다——야회복 차림의 신사가 12시 1, 2분 전쯤 죽은 여의사와 이야기하는 것을 보았다고. 그리고 그 뒤 인도교를 건너 걷기 시작했을 때 센트 메리 모들린의 종이 12시를 치는 것을 들었다고. 그러나 바로 그 교회종이 12시를 칠 때 나는 피스크 순경 앞쪽 1백 야드(91m)도 채 떨어지지 않은 핼로우 거리 모퉁이에서 역마차를 타려 하고 있었습니다.'

'틀림없습니까?' 검시관은 놀라 되물었소.

'아주 간단히 증언할 수 있습니다.' 스테이플턴 박사는 대답했소. '그때 거기서 클럽까지 나를 태워다준 마부가 여기에 와 있으므로 내 말을 확인해 줄 겁니다.'

그리하여 법정의 긴장이 차츰 높아지는 가운데 역마차의 마부 존 스미스가 사건이 있었던 날 핼로우 거리에서 지금의 증인을 태우고 매든 거리에 있는 로열 클리니컬 클럽까지 간 사실을 증언했지요. 바로 그가 마차를 내몰려 했을 때 가까운 센트 메리 모들린 교회의 종이 12시를 쳤다는 것이오.

당신도 기억하고 있겠지만, 바로 그 시간에 피스크 순경은 인도교를 다 건너 핼로우 거리 쪽으로 걸어가려 하고 있었소. 그때 아무도 뒤에서 앞질러간 사람은 없었다고——이 점은 나중에 엄중히 조사되었지만——단언하고 있소. 이곳에서 그 인도교 말고는 운하 맞은쪽으로 건너가는 길은 없지요. 가장 가까운 다리도 브롬필드 거리를 다시 2백 야드(183m)쯤 되돌아간 곳에 있으니까요. 피스크 순경이 인도교를 건너기 조금 전까지 여의사는 살아 있었소. 그런데 겨우 3분 사이에 여자를 죽이고 그 손에 흉기를 쥐어준 다음 다리까지 3백 야드(274m)쯤 달린 끝에 다시 핼로우 거리 모퉁이까지 3백 야드를 가는——그런 재주는 어느 누구도 할 수 없는 일이오.

이런 까닭으로 그 알리바이 덕분에 스테이플턴 박사가 엘리어트 여의사를 죽였다는 혐의는 완전히 풀렸지요. 그리고 그때 그곳에 앉아 있는 그를 본 사람은 아무도 그가 거짓말을 하고 있다고는 의심하지 않았소.

하지만 사건이 있었던 날 밤 엘리어트 여의사와 만난 것을 부정했을 때도, 앤쇼 박사의 증언을 부인했을 때도, 가엾은 여의사의 운명에 대해 아무것도 모른다고 주장했을 때도 그는 거짓말을 하고 있었던 게 틀림없소.

앤쇼 박사는 다시 한 번 같은 증언을 똑같은 확신을 가지고 되풀이했지만, 이렇게 되자 결국 결말이 나지 않는 논의에 지나지 않았지요. 스테이플턴 박사는 실제 살인에 대해서 분명히 무죄이니만큼 그날 밤 피해자를 만난 사실을 부정할 이유가 전혀 없으므로, 결국 누구의 말을 믿느냐 하는 이 문제는 그것으로 끝난 셈이지요. 게다가 토요일에 엘리어트 여의사와 다퉜다는 도슨 간호사의 증언에 대해서도 스테이플턴 박사는 아주 간단하고 논리적인 설명을 준비해 두었소.

　‘문 너머로 엿들을 경우, 사람들은 단순한 대화의 단편만을 듣는 경향이 있지요. 그리고 가끔 큰 소리가 나면 다투는 줄로 착각하게 됩니다. 실제로 나와 엘리어트 여의사는 말다툼한 것이 아닙니다. 요양소의 간호사 가운데 그녀가 무능하게 여기는 몇 명을 내보내자는 의논을 하고 있었던 겁니다. 도슨 간호사도 그 중에 들어 있습니다. 엘리어트 여의사는 이 몇 명을 곧 해고할 것을 주장했고, 나는 그녀를 달래려고 했습니다. 이것이 나와 엘리어트 여의사가 나눈 이야기 내용입니다. 이 점에 대해서는 맹세를 해도 좋습니다.’ ”

　구석의 노인은 이야기를 끊고 잠시 말없이 있더니 천천히 내 눈 앞에 몇 장의 사진을 늘어놓기 시작했다. 나는 차례로 그 얼굴들을 살펴보았다. 모두 그 기념할 만한 오후 법정에서 흥분한 군중들이 열심히 지켜보던 얼굴들이었다.

　나는 조금 뒤 격렬하게 말했다.

　“그럼, 가엾은 엘리어트 여의사의 운명은 여전히 수수께끼에 싸여 있다는 거로군요.”

　그러자 키가 작고 귀신 같은 노인이 말했다.

　“다른 사람들에게는 그렇겠지만, 나는 다르오.”

　“역시 그렇군요! 그럼, 당신의 이야기를 들려주세요.”

　“단순한 거요, 아가씨. 너무 단순해서 나 자신도 깜짝 놀랄 정도라오. 그런데도——나의 충실한 제자인 당신조차——그것을 미처 깨닫지 못하고 있는 거요.”

　“그렇게 단순한 거라면 바보스럽게 보일 수도 있겠지요.” 나는 퉁명스럽게 받아넘겼다.

"그렇소, 그럴 수도 있지요. 어떻게 할까, 어쨌든 그림풀이를 해보기로 할까요?"

"네."

"이것이 가장 알기 쉬운 방법일 것 같소——검시 신문 이전에 있었던 일에 대해 당신에게 내 이야기를 최후까지 틀림없이 전할 생각이라면 말이오. 그러나 그전에 들려주시오——당신은 앤쇼 박사의 진술을 어떻게 생각하지요?"

"글쎄요." 나는 대답했다. "대부분의 사람들은 아마 이렇게 생각했겠지요——엘리어트 여의사를 죽인 것은 바로 그 앤쇼 박사로, 스테이플턴 박사가 그녀와 함께 있는 것을 보았다는 그의 증언은 처음부터 끝까지 거짓말이었다고요."

"아니, 그건 문제가 되지 않소." 노인은 언제나처럼 끈에 복잡한 매듭을 만들면서 말했다. "그날 밤 사건이 있기 전에 앤쇼 박사와 함께 식사를 한 친구는 그가 절대로 야회복을 입지 않았으며 실크해트를 쓰지 않았다고 증언했소. 그리고 그 점——야회복에 실크해트 차림이었다는 건 피스크 순경이 가장 자신을 가지고 말하는 것이니까요."

"그럼, 앤쇼 박사가 사람을 잘못 본 것으로, 그가 만난 사나이는 스테이플턴 박사가 아니었군요."

"그것도 있을 수 없는 일이오." 노인은 쉰 듯한 목소리로 말했다. 그와 동시에 또 한개의 매듭이 끈에 더해졌다. "그는 스테이플턴 박사에게 말을 걸었고, 스테이플턴 박사도 거기에 대답했었소."

"그렇다면 아무래도 상관없어요." 나는 말했다. "그런데 어째서 스테이플턴 박사가 그 일로 거짓말을 할 필요가 있었을까요? 그에게는 결정적인 알리바이가 있으므로 그 점에 대해 거짓말을 할 아무런 이유가 없었을 텐데요."

"이유가 없다고요!" 노인은 흥분해서 소리쳤다. "저런! 그가 거짓말을 하지 않으면 안 되었던 이유를 당신은 아직 모르겠소? 거짓말을 함으로써 경찰과 검시관과 배심원의 의견에 불일치를 가져오게하여 그들을 혼란에 빠뜨리려고 했던 거요. 어째서 혼란을 노렸느냐하면, 피해자와 같이 있는 것을 앤쇼 박사에게 들킨 사나이와 10분뒤 죽은 사람과 같이 있는 것을 피스크 순경에게 목격당한 사나이가'다른 사람'일 가능성을 그들에게 알려주고 싶지 않았기 때문이오."

"다른 사람이라고요?" 나는 깜짝 놀라 외쳤다.

"그렇소! 이 범죄를 꾸민 간악한 공범자들이지요. 지금까지 요양소 경리에 부정이 있다는 소문을 인정하지 않는 사람은 아무도 없었소. 엘리어트 여의사가 돈의 횡령을 어느 정도 눈치채고 경리 책임자에게 전면적인 회계 감사를 요구했다는 사실을 부정한 사람은아무도 없었소. 그럼, 그 횡령된 돈은 어디로 사라진 것일까? 경리 책임자가 처음부터 그것을 알고 있었다는 것은 불을 보듯 뻔한일이오. 헤밀터 테라스에 있는 그의 호화스럽고 웅장한 저택이 말없는 가운데 그것을 증명해 주고 있으며, 동시에 요양소 소장이 이공금 횡령의 공범자로서 커다란 이익을 얻고 있다는 사실도 나는전혀 의심하지 않소."

"키네어드 박사 말씀이로군요?" 나는 놀라서 되물었다.

"그렇소, 키네어드 박사를 말하는 거요. 요양소의 모든 직원 가운데 소장인 그 한 사람만이 경리 부정을 몰랐었다고 당신은 진심으로 주장할 수 있소? 말도 안 되오! 그럼, 그가 그것을 알고 있으면서 회계 감사도 하지 않고 부정을 막을 아무런 방법도 강구하지않았다면 그도 역시 한패라는 것은 뚜렷한 이치가 아니오? 그 점은 당신도 인정하겠지요?"

"네, 인정해요." 나는 대답했다.

"좋소. 그 다음은 아주 간단하오. 이 두 사나이——의사라는 고귀한 이름을 가질 자격도 없는 이 비열한 두 사나이는 오랫동안 독지가로부터 요양소에 보내져오는 기부금을 빼돌려 개인적인 용도에 쓰고 있었소. 그런데 요즈음 들어서 갑자기 들통날 위기에 놓여 있다는 것을 알아차린 거요. 지난 몇 년 동안의 조직적인 공금횡령을 파헤치려고 마음먹은 한 젊은 여자에 의해서. 그것이 파헤쳐지게 되면 그들의 비행이 드러나고, 그 결과 치욕을 당하여 파멸을 피할 길이 없게 되겠지요. 그래서 두 사람은 그 여의사를 없애버리기로 결심했소.

밤의 산책이라는 구실로 그녀의 자칭 약혼자는 범행에 적당한 한적한 곳으로 그녀를 꾀어냈지요. 공범자는 바로 가까운 그늘에 몸을 숨기고 있었소——만일 그녀가 저항하거나 비명을 지를 경우 도와주기 위해서였소. 그런데 거기에 뜻밖에도 앤쇼 박사가 나타난 거요. 앤쇼 박사는 스테이플턴 박사를 알아보고 소리를 쳤지요. 악당들은 잠시 난처해졌으나 이때 두 사람 가운데 나쁜 지혜가 더욱 발달되어 있는 키네어드 박사가 그늘에서 모습을 나타내어 우연히 마주친 것처럼 피해자에게 인사를 했소. 그리고 2분쯤 서서 이야기를 하다가 천연덕스럽게 스테이플턴 박사에게 세인트 제임스 거리의 클럽에 약속——하지도 않은——이 있지 않느냐고 일깨워주었소.

스테이플턴 박사는 곧 공범자의 말뜻을 알아차리고 서둘러 피해자에게 작별 인사를 한 다음 그녀를 친구에게 맡기고 그 자리를 떠났소. 이리하여 범행을 친구의 손에 맡긴 그는 있는 힘을 다해 그곳에서 멀리 떨어져 이윽고 역마차를 잡았지요. 앤쇼 박사의 증언에 대해 그는 이것으로 알리바이를 주장할 수 있었으며 이 알리바이는 경찰과 세상을 혼란시켜 그릇된 결론으로 이끄는 효과를 낳게 된 거요.

　따라서 올바른 결론은 이런 것이오. 앤쇼 박사가 본 것은 틀림없이 스테이플턴 박사로 그는 그것을 확인했소. 그러나 피스크 순경이 본 것은 키네어드 박사로서, 순경은 그가 스테이플턴 박사인지 아닌지 확인하지 못했소. 그리고 키네어드 박사는 전혀 혐의의 테두리 밖에 있으므로 그의 이름을 엘리어트 여의사와 결부시켜 생각한 적은 한번도 없었소. 피스크 순경이 그들에게 등을 보이자마자 키네어드 박사는 그녀를 죽이고 그대로 달아났소. 한편 여러 모로 보아 곧 혐의를 받게 된 스테이플턴 박사는 이 공작 덕분에 지금까지 꾸며진 가장 교묘한 알리바이를 주장할 수 있게 된 셈이지요.

　그러나 하늘의 그물은 넓고 넓어서 앞으로 언젠가는 반드시 요양소 경리 부정이 발각될 거라고 나는 확신하고 있소. 그렇게 되었을 때, 이번 사건에 새로운 빛이 비치지 않는다고 누가 장담하겠소?

　내가 돌아가거든 이 문제를 차근차근 생각해 보구려. 그리고 내일 또 여기서 만났을 때 만일 내 생각이 틀렸다면, 이 기묘한 사건에 대해 달리 어떤 해석이 내려질 수 있는지 자세히 들려주었으면 하오."

내가 대답할 겨를도 없이 그는 모습을 감췄다. 나는 혼자 남게 되자 눈앞에 놓인 사진을 보면서 과연 이 풍채 좋고 훌륭하며 인품이 고상한 사람들이 방금 그 허수아비 같은 노인에 의해 대담하게도 과거 그 어떤 범죄보다 더 비열한 범죄를 저질렀다고 비난받을 범인일까 하고 고개를 갸웃하지 않을 수 없었다.

다트무어 테라스의 비극

"신문에 날마다 재미있는 화제를 제공하고 있는 것은 결코 법정이나 경찰재판소만이 아니오."

구석의 노인은 언제나처럼 치즈케익을 부지런히 입으로 나르고, 무표정하게 늙어빠진 수고양이처럼 우유를 마시고 있었다. 아주 자랑스러운 듯한 말투였다.

누구나 다 아는 이야기에 내가 아무 논평도 하지 않자 그는 곧 덧붙여 말했다.

"아무래도 당신은 이 의견에 찬성하지 않는 모양이로군요."

"그래요?" 나는 대답했다. "나도 역시 그렇게 알고 있지만, 당신이 생각하고 계신 것은……."

"예를 들면 율 부인의 비극적인 죽음 같은 것 말이오." 노인은 열심히 대답했다. "검시 신문 이후——그 검시 신문의 판결은 몹시 만족스럽지 못한 것이었지만——로는 이 흥미 있는 사건에 관계된 기사가 전혀 신문에 실리지 않소."

"판결이 어떻게 나왔는지 자세한 내용을 잊어버렸어요." 나는 말했다.

실은 나로서도 그 수수께끼 같은 사건에 대해 듣고 싶었기 때문에 그렇게 말한 것이었다. 사실 그것은 사람들을 두고두고 어지럽게 만든 어려운 사건이었던 것이다.

"으음, 아마 그처럼 지루하고 뭐가 뭔지 알 수 없는 판결도 없을 거요. '율 부인은 정신을 잃고 발작을 일으킨 결과 층계에서 굴러 떨어져 죽었다'라는 것인데, 어떻게 해서 그런 일이 일어났는지는 분명히 밝히지 못했소.

사건은 대강 이런 것이었지요.

율 부인은 조금 색다른 부자 할머니로, 켄징턴에 있는 조그만 집에 조용히 살고 있었소. '다트무어 테라스 9번지'――이 주소가 정확한지 모르겠군.

그녀는 이렇다 하게 돈이 드는 취미도 없이, 지금 말한 것처럼 켄징턴의 조그만 집에서 조용하고 검소한 생활을 하고 있었소. 여자 고용인 두 사람――요리사와 하녀――과 가족이라고는 율 부인의 양자인 젊은이 하나뿐이었지요.

그 젊은이를 양자로 삼은 경위가 바로 말할 필요도 없이 이 수수께끼 같은 비극의 핵심인 거요. 즉 율 부인에게는 윌리엄이라는 아들이 하나 있었소. 이 아들을 그녀는 눈에 넣어도 아프지 않을 만큼 사랑하고 있었소. 그런데 이처럼 엄격하지 못한 어머니에게 흔히 있는 일이지만, 그녀는 아들의 장래에 대해 완전히 자기 혼자 생각으로 하나의 철길을 놓고 말았던 거요. 그러나 아들 윌리엄 율에게는 자신의 행복에 대해 자기 나름대로 생각이 있어서, 결국 어느 날 자기가 택한 여자와 결혼함으로써 어머니의 희망을 정면으로 배반하게 되었지요. 아들의 이 배은망덕에 대한 율 부인의 탄식과 실망은 그칠 줄을 몰랐소. 그것이 너무 심했기 때문에 처음에는 그 충격을 견뎌내지 못하는 게 아닌가 생각될 정도였지요.

'그 아이는 내 애정과 희망을 저버리고, 도저히 며느리로 받아들일 수 없는 여자를 아내로 맞았지요. 그런 아이에게는 내 재산을 하나도 줄 수가 없어요. 그 아이가 몹시 바라고 있다는 건 알지만 말이에요.'

처음에 친구들은 그녀가 온 재산을 자선 단체에 기부하리라고 생각했지요. 그런데 공교롭게도 그 기대는 빗나갔소. 율 부인 같은 여자는 결코 사람들이 기대하는 것처럼 행동하지 않지요. 아들이 결혼하고 3년도 지나지 않아 그녀는 자식을 잃어버린 허전함을 메울 실질적이고 정신적인 대상을 찾기 시작했소. 양자를 얻으려 했던 것이오. 그녀의 말을 빌리면 아무 인연도 관계도 없는 단체에 돈을 주기보다는 개인에게 남겨주는 쪽이 좋기 때문이라는 거였소.

그녀가 고른 것은 군인 출신인 정원사의 외아들이었소. 그 정원사는 1주일에 두 번씩 다트무어 테라스로 찾아와서 집 뒤에 있는 조그만 정원을 손질하곤 했지요. 이른바 청빈을 달게 여기는 타입의 아주 청렴결백한 사람으로서 율 부인과 고향이 같다는 인연이 있었지요. 그 사람에게는 역시 윌리엄이라는 똑같은 이름의 외아들이 있었소——윌리엄 브록즈.

'여러 가지 의미에서 나에게 꼭 맞는 아이예요' 하고 율 부인은 친구이며 고문 변호사인 스테이덤 씨에게 말했소. '아무튼 나는 윌리엄이라는 이름을 늘 불러왔으며, 그 아이는 얼굴도 잘생긴데다 기숙 학교에서는 성적도 아주 좋았다고 하니까요. 게다가 브록즈 노인은 이미 늙었으니까 2, 3년 안에 이 세상을 떠날 테고, 그렇게 되면 윌리엄에게는 아무도 걸리는 사람이 없거든요.

이 점에서 율 부인의 예언은 적중했소. 브록즈 노인은 그로부터 얼마 안 되어 죽고, 그의 아들은 정식으로 이 괴팍스러운 부자 노부인이 데려다 좋은 학교에 보내주었으며, 마침내는 유니언 은행에 상당한 지위까지 얻게 되어 있었지요.

나는 그 잊을 수 없는 검시 신문에서 이 브록즈 청년을 보았지요. 브록즈란 그다지 듣기 좋은 이름이 아니잖소? 아무튼 그는 아주 젊고 소극적인 젊은이로, 될 수 있으면 율 부인의 친구들 눈을 피하려 하는 게 인상적이었소. 어찌되었든 그녀의 친구들은 하나밖에 없는 친자식이요 정당한 상속인인 윌리엄 율을 제쳐놓고, 돈 많은 노부인의 마음에 들게 된 이 젊은이에게 좋지 않은 눈길을 보내고 있었으니까요.

그가 다트무어 테라스 9번지의 집으로 들어온 뒤 3년 동안 그 집 안의 긴밀한 가족 생활에 어떤 변화가 일어났는지는 물론 아무도 모르지요. 한 가지 확실한 점은, 브록즈 청년이 21살의 생일을 맞으려 할 무렵에는 완전히 양어머니 손바닥의 구슬이 되어 있었다는 것이오.

그 3년 동안 스테이엄 씨를 비롯한 옛 친구들은 어떻게든 윌리엄 율의 이익을 꾀하려고 애썼소. 그들에게는 그가 부당하게 학대받고 있는 것으로밖에 생각되지 않았던 거요. 그는 어릴 때부터 그림을 배웠어요. 지금은 햄스테드에 작은 화실을 꾸며 그럭저럭 1년에 2백 파운드쯤 벌고 있는 모양이오. 그와는 달리 정원사의 아들은 양어머니의 사랑을 독차지하고 있을 뿐 아니라, 게다가 그녀의 돈주머니까지 독차지하고 있었던 거요.

나이를 먹어감에 따라 노부인은 점점 더 괴팍해져 갔소. 그래도 친구들의 끈질긴 부탁을 받아 가끔 아들을 만나는 것만은 승낙했고, 윌리엄 율은 틈을 보아 어머니를 찾아가서——그것도 대개 브록즈가 은행에 나가고 없을 때인 오후 동안——같이 차를 마시며, 겉으로는 정다웠지만 정말은 아주 차가운 분위기 속에서 헤어지곤

했다오,

 '나는 아들에게 아무 나쁜 감정을 가지고 있지 않아요' 하고 율 부인은 곧잘 말했지요. '하지만 내 뜻을 어기고 결혼했을 때, 그 애는 나에게 있어 남이 된 겁니다――그뿐이에요. 남이라고는 하지만 지금까지처럼 기분 좋게 서로 왔다갔다했으면 하고 생각해요.'

 이 괴팍스러운 노부인이 끝까지 그 괴팍을 밀고나갈 작정임이 확실해진 것은, 그녀가 옛 친구이며 고문 변호사인 스테이엄 씨를 불러 자기 눈이 멀쩡한 동안에 모든 재산을 브록즈 청년에게 물려준다는 양도증서를 만들고 싶다고 말했을 때였소. 조건은 단 한 가지, 21살이 되는 생일을 기해 그가 정식으로 율이라는 성을 써야 한다는 거였지요.

 나중에 스테이엄 씨는――당신도 알고 있겠지만――이때의 율 부인과의 회견 모습을 모조리 공표했지요.

 '물론 나는 부인을 설득해서 생각을 바꾸도록 하려고 했습니다. 왜냐하면 그것은 윌리엄 율과 그의 아이들에 대해 너무 불공평하다고 생각했기 때문입니다. 그리고 율 부인이 더 나이를 먹어 마음이 약해지면 단 하나뿐인 아들에 대한 노여움이 얼마쯤 풀어질는지도 모른다는 희망이 있었기 때문입니다. 그런데 부인은 굉장히 완고했습니다.

 '늙어서 마음이 약해질지도 모르기 때문에 그래서 모든 걸 매듭지어 두고 싶은 거예요. 지나간 일을 물에 띄워 보낼 생각은 없어요. 윌리엄에게는 좀더 고통을 주고 싶어요. 이렇게 하면 그 아이는 언제나 돈을 바라고 있었으니까 어떤 보복을 당한 것보다 더 괴로워하겠지요. 브록즈에게 모든 재산을 물려준다는 정식 서류를 만들어주기만 하면 아무도 내가 그것을 뉘우치고 마지막 순간에 결정을 바꿀는지도 모른다그 생각하지는 않을 테니까요. 흔히 죽을 때가 되면 사람은 마음이 약해져 주위 사람들을 울게 하는 법이지요. 그러나 나는 그런 짓을 하지 않겠어요! 절대로 변경할 수 없도록 해두고 싶은 거예요. 그리고 그 양도증서는 브록즈가 만 21살이 되는 생일에 그에게 넘겨줄 생각이에요. 뭣하면 내 늘그막을 편안히 보내도록 해주어야 한다는 조항을 하나 더 조건으로 덧붙여도 괜찮아요. 그 애도 그토록 멍청이는 아니니까 배은망덕한 짓은 하지 않을 거예요. 그리고 나는 늘그막을 양로원 같은 데서 보내는 것도 그다지 나쁘지는 않다고 생각하고 있어요.'

이렇게까지 말하는 데는 나로서도 어쩔 도리가 없었습니다' 하고 스테이엄 씨는 말했지요. '만일 내가 그런 불공평한 증서를 만들 수 없다고 거절한다 해도 부인은 다른 변호사를 시켜 그것을 만들었을 테니까요. 따라서 나로서는 3만 파운드에 이르는 막대한 재산이 모두 윌리엄 브록즈 씨의 것이 되는 것을 고려하여 부인을 위해 5백 파운드의 연금을 확보하는 것이 고작이었습니다.'

이리하여 증서가 만들어졌소. 그 점은 틀림이 없소. 스테이엄 씨가 그것을 만들었고 율 부인은 다시 두 법률가의 의견을 들어 그것이 사소한 수속상의 미비점으로 말미암아 무효가 되는 일이 없도록 했지요. 뿐만 아니라 자진하여 두 명의 의사를 찾아가 자신의 정신이 완전히 정상이며 어떤 의미에서도 무능력자가 아니라는 것을 증명해 받았소. 그리하여 법률상의 모든 수속이 갖춰진 다음 스테이엄 씨는 증서를 율 부인에게 넘겨주었소. 부인은 그것을 4월 3일——브록즈 청년이 21살 되는 생일까지 보관해 두었다가 그날 그에게 건네주어 깜짝 놀라게 해줄 생각이었지요.

스테이엄 씨가 그것을 율 부인에게 넘겨준 것이 2월 14일인데, 3월 28일——즉 브록즈 청년이 성년이 되기 6일 전에 부인은 다트무어 테라스 자택 층계에서 굴러 떨어져 숨진 시체로 발견되었소.

그리고 부인의 책상 서랍은 억지로 열려져 있었고, 거기에 있어야
할 양도증서가 없어져버렸지요.”

“이 율 부인의 비극적인 죽음은 처음부터 세상 사람들의 비상한 관
심을 끌었지요. 아무튼 그녀의 괴팍스러움은 근처에서 모르는 사람
이 없을 정도로 유명했으니까요. 게다가 그녀에게는 친구가 많았
소. 그들은 각자의 생각에 따라 버림받은 아들을 펀드는 사람과 효
도에 대한 노부인의 완고한 신념을 지지하는 사람으로 나뉘어 있었
소.
　이런 이유로 율 부인이 급사했다는 보도가 신문에 실리자 소문이
꼬리를 물고 번져나가 어떤 사람은 ‘사고사’라고 단정하는가 하면,
또 어떤 사람은 성급하게 ‘살인’ 을 암시하기 시작했던 거요.
　처음에는 무엇 하나 확실한 것을 알지 못했소. 브록즈 청년은 곧
스테이엄 씨를 부르러 보냈소. 그때 주고받은 이야기 내용에 대해
서는 아무리 끈질기게 파고들기 좋아하는 사람이라고 해도 입이 무
거운 이 노변호사로부터는 아무것도 알아낼 수가 없었소.
　검시 신문은 이틀날로 예정되어 있었기 때문에 그때까지는 어떻
게든 호기심을 누를 수밖에 없었지요. 그날 퀜징턴 검시 법정에 얼
마나 많은 사람들이 모여들었는가는 쉽게 상상할 수 있을 거요. 물
론 나는 늘 앉는 자리——맨 앞줄에 가까운 자리를 차지하고 있었
지요. 이미 이 사건에 대해 깊은 관심을 가지고 있었고, 율 부인이
급사한 내막에는 가슴을 두근거리게 하는 수수께끼가 숨겨져 있다
는 것을 짐작했기 때문이오.
　맨 먼저 증언에 나선 것은 율 부인 집의 하녀 애니였소. 내가 보
기에 이 흥미로운 검시 신문에서 가장 중요한 증인은 그 여자뿐이
었소. 그녀의 증언에 따르면 율 부인은 대단히 신앙심이 두터웠던

모양으로 늙고 심장이 약해졌음에도 불구하고 매일 아침 6시 새벽 예배를 거르지 않았소. 늘 집안의 누구보다도 일찍 일어나 겨울이든 여름이든, 비가 오든 눈이 오든 날이 맑든, 언제나 걸어서 세인트 메사이어스 교회에 갔다가 고용인들이 일어나기 시작하는 7시 15분 전쯤에 돌와왔소.

사건이 있었던 날, 즉 3월 28일에도 애니는 늘 일어나는 시간에 일어나서 7시쯤 층계를 내려갔소. 고용인들은 맨 위층에서 자고 있었지요. 내려가면서 그녀는 아무 이상도 발견하지 못했소. 안주인의 침실문은 언제나처럼 열려 있어서, 애니는 다만 오늘 아침은 교회에서 돌아오는 것이 좀 늦구나 생각했을 뿐이었소. 그런데 침실문 앞을 지나 층계참까지 갔을 때 문득 층계 아래 마룻바닥에 머리를 아래로 하고 쓰러져 있는 율 부인의 모습이 눈에 띄었소.

'나는 얼른 층계를 뛰어 내려갔어요'라고 애니는 증언했소. '비명을 질렀던가 봐요. 왜냐하면 곧 요리사인 제인이 윗방에서 달려 나오고 브록즈 씨도 일어나셔서 왜 그러느냐고 소리치며 달려왔으니까요. 처음에 우리는 마님이 그저 정신을 잃었다고 생각했어요. 그래서 브록즈 씨와 내가 마님을 방으로 옮기고, 브록즈 씨는 의사를 부르러 가셨어요.'

그 다음 애니의 증언은 울음을 터뜨리고 말았기 때문에 거의 알아들을 수가 없었소."

구석의 노인은 잠시 이야기를 끊었다.

"이번에는 의사가 증언대에 섰지요. 그의 증언도 사람들이 이미 짐작하고 있었던 사실에 덧붙여진 것은 거의 없었소. 율 부인은 분명 심장이 약했지만, 지금까지 정신을 잃거나 한 일은 한 번도 없었소. 그러나 이번에는 층계를 내려오려고 하다가 현기증이 일어나서 그대로 굴러 떨어진 것으로 생각된다며, 물론 굴러 떨어질 때 상당한 상처를 입기도 했지만 숨진 원인은 떨어질 때의 충격에 의한 심장마비라는 거였소. 아마 노부인은 교회에 가는 길이었을 거요. 왜냐하면 시체 옆 바닥에 기도서가 떨어져 있고, 새벽이라 어둡기 때문에 늘 가지고 나가던 양초가 떨어지는 바람에 불이 꺼진 채 옆에 굴러 있었기 때문이오. 이런 사실들을 종합해 볼 때 가엾은 노부인은 아침 6시쯤, 늘 새벽 예배에 나가던 시각에 사고를 당한 것으로 생각되었소. 고용인 두 사람과 브록즈 씨는 모두 집 맨 위층에서 자고 있었고, 대개의 경우 잠이 가장 깊이 드는 것은 새벽 몇 시간이므로 만일 율 부인이 비명을 질렀다 하더라도——굉장히 의문스러운 일이지만——그 목소리나 층계에서 굴러 떨어지는 소리를 아무도 듣지 못했다는 것은 조금도 이상한 일이 아니었소."

"여기까지로는 율 부인의 비극적인 죽음에 아무런 이상이나 수수께끼 같은 점은 없는 것 같았소. 그러나 사람들은 사건이 좀더 재미있게 전개되기를 기대하고 있었고, 그 기대는 충분히 채워졌다고 말할 수 있을 거요.

재미있게 될 것 같구나 하는 예감을 처음으로 안겨준 증인은 요리사 제인이었소. 그녀는 이렇게 말했지요. ——사건 전날인 27일 목요일 밤, 마침 그날은 하녀 애니가 쉬는 날이었기 때문에 저녁을 먹은 뒤 그녀 혼자 부엌에 있노라니 9시쯤 바깥 문의 벨이 울렸다는 거요.

'내가 나가보았더니' 하고 제인은 말했소. '문 앞에 온통 검은 옷으로 차려입은 부인이 서 있었어요. 홀의 가스등이 몹시 침침하였기 때문에 잘 보이지는 않았지만, 검은 옷을 입고 검은 유리구슬이 달린 그물 베일을 단 큰 모자를 쓰고 있었지요. 그 부인이 '여기가 율 부인 댁인가요?'라고 묻기에 나는 '그렇습니다, 마님' 하고 대답했어요. 지금 생각해 보니 그다지 좋은 집안 출신인 것 같지도

않은데 어째서 '마님' 이라고 불렀는지 모르겠어요.'

'좋아요, 좋아!' 검시관이 지루한 듯 말을 가로챘소. '당신이 말한 것은 아무래도 좋소. 무슨 일이 있었나를 이야기해 주시오.'

'알았어요.' 제인은 태연하게 증언을 계속했소. '내가 그 부인의 이름을 물었더니 그녀는 '율 부인에게 뵙고 싶다고 전해주어요'라고 말했어요. 그래도 내가 그녀를 혼자 홀에 남겨두고 가기가 걱정되어 머뭇거리고 있으니까 그녀는 덧붙였어요. '율 부인에게 윌리엄 율 부인이 뵙고 싶어한다고 전해주어요'라고 말했어요.'

여기까지 단숨에 늘어놓고 숨이 찼던지 제인은 숨을 돌렸고, 그 사이에 사람들의 눈은 일제히 법정 한구석으로 쏠렸지요. 거기에는 화가인 듯한 단정치 못한 차림의 윌리엄 율이 심리 진행에 열심히 귀를 기울이고 있었소. 아내의 이름이 나오자 화가 난 듯 어깨를 으쓱하며 한순간 벌떡 일어나 뭔가 말할 것 같은 태도를 보였소. 그러나 결국 생각을 돌린 듯 잠자코 앉아 증인을 지켜보았지요.

검시관은 잠시 사이를 두어 극적인 효과를 돋구고 나서 물었소.

'그래서 그 부인을 이층으로 안내했소?'

'그렇습니다. 그전에 마님의 의향을 여쭈어보지 않으면 안 되었지만, 마님은 응접실에서 책을 읽고 계셨지요. 손님에 대해 말씀드렸더니 마님은 '곧 이리로 들여보내요. 그리고 제인, 브록즈에게 응접실까지 나와 있으라고 일러줘요'라고 말씀하셨어요. 그래서 손님을 안내한 다음 서재에서 담배를 피우고 있는 브록즈 씨에게 그 말을 전하자 그는 곧 응접실 쪽으로 가셨습니다.'

제인은 점점 더 힘이 솟아나는 듯했소.

'잠시 뒤 애니가 돌아왔기에 그녀가 없는 사이 누가 찾아왔나를 이야기해 주자 애니는 깜짝 놀랐습니다. 왜냐하면 윌리엄 씨는 가끔 어머님을 찾아뵈었지만 윌리엄 씨 부인은 한 번도 오신 적이 없었기 때문이었지요. 그러므로 애니는 나에게 물었어요. '제인, 그 여자 어떻게 생겼는지 보았어?' '아니'라고 나는 대답했습니다. '홀의 가스등이 너무 어두워서, 그리고 베일로 가리고 있었기 때문에……' 그러자 애니는 벌떡 일어나더니 '위에 가서 옷을 갈아입어야겠어'라고 말했어요. '흠뻑 젖어버렸어. 그렇게 마구 퍼붓는 비는 처음 보았어. 구두며 코트가 죄다 젖어버렸어' 하고 애니는 위층으로 달려 올라갔어요. 그때 나는 생각했어요. 그런 핑계를 대긴 했지만 실은 이층의 모습을 엿보러 간 것이 틀림없다고 말이에요. 조금 뒤 그녀는 내려와서……'

그러나 그때 제인의 그칠 줄 모르는 이야기는 뜻하지 않은 제지를 받았지요. 검시관이 애니가 보고 들은 걸 그녀 자신에게서 직접 듣고 싶다고 말했기 때문이오. 그래서 제인은 투덜대며 증언대에서 내려오고 대신 애니가 다시 불려나와 이야기를 계속했소.

'그때 무엇 때문에 층계참에서 발을 멈출 생각이 났는지 모르겠어요.' 그녀는 조심스럽게 말했소. '엿듣거나 할 생각은 없었어요. 혹시 마님이 시키실 일이 있을지도 모른다고 생각했기 때문에 옷을 갈아입고 시중들 때 입는 모자와 앞치마를 입기 위해서 위층으로 가던 도중이었거든요.

그런데 마님이 그렇게 화난 목소리로 크게 말하는 건 처음 들었어요.'

'그래서 서서 엿들었소?' 검시관은 물었소.

'싫어도 들려왔어요. 마님은 있는 힘을 다해 야단을 치고 계셨으니까요. '당장 나가거라!' 하고 마님은 소리치셨어요. '나는 두 번 다시 네 얼굴도 너의 소중한 남편 얼굴도 보고 싶지 않아!' '

검시관이 몸을 내밀며 다짐했소.

'그렇게 말한 것이 틀림없습니까?'

‘성경을 놓고 맹세해도 좋아요.’ 애니는 힘주어 대답했지요. ‘그리고 누군가가 울면서 신음하듯 ‘오오, 나는 왜 이런 일을 해버렸을까! 오오, 나는 왜 이런 일을 해버렸을까?’ 하는 소리가 들렸어요. 그 이상 층계참에서 어물어물하다가 누가 나오기라도 하면 거북할 것 같아 나는 곧 층계를 달려 올라가서 일옷으로 바꿔 입었어요. 방금 들은 이야기와 밖에 휘몰아치는 무서운 폭풍우 때문에 몸이 자꾸만 떨렸어요.

옷을 다 갈아입고 다시 층계를 내려올 때도 물론 층계참에 멈춰 서거나 할 생각은 조금도 없었어요. 그러나 마침 응접실 문이 약간 열려 있어서 브록즈 씨의 목소리가 들려왔지요. ‘아무리 그렇지만 이런 심한 비바람 속에, 더구나 연약한 여자를 내쫓을 생각은 아니시겠지요?’ 그러자 마님은 아직 화가 나서 견딜 수 없는 듯 퉁명스럽게 말씀하셨어요. ‘알았다. 그럼, 여기서 자도 좋아. 그러나 다시 말해 두지만 두 번 다시 네 얼굴을 보고 싶지 않다. 나는 아침 6시에 교회에 갔다가 7시에 돌아오니까 그때까지는 반드시 이 집에서 나가야 해. 7시가 지나면 차는 얼마든지 있으니까.’’

그런 뒤 율 부인은 벨을 울려서 하녀를 불러, 객실 침대를 준비하고 내일 아침에 일어나거든 곧 이 손님에게 차와 토스트를 대접하도록 하라는 명령을 내렸지요.”
구석의 노인은 잠시 이야기를 멈추었다.
“그런데 문제의 28일 아침, 애니는 조금 늦잠을 자서 아래층으로 7시쯤 내려간 거요. 게다가 내려 가보니 안주인이 층계 밑에 쓰러져 죽어 있어——아무튼 의사가 다녀가고 난 다음에야 두 고용인은 객실에 있는 손님 생각이 났소. 애니는 그곳으로 가서 문을 두들겨 보았으나 대답이 없었소. 그래서 방으로 들어가 보니 침대가 비어 있고 잔잔 흔적도 없었으며, 방 역시 텅 비어 있었지요.

‘그래서 생각이 났는데’ 하고 애니는 힘주어 말했소. ‘전날 밤 모두 잠자리에 들고 한 시간쯤 지난 뒤 누군가가 홀을 지나가더니 현관문이 요란하게 닫히는 소리를 제인도 나도 분명히 들었어요.’

윌리엄 율 부인은 아마 한밤중에 비바람을 무릅쓰고 집을 나갔던 모양이오. 그리고 그녀가 있었다는 증거는 브룩즈 청년에게 줄 재산 양도증서가 들어 있던 책상 서랍의 자물쇠가 억지로 열려져 있는 것뿐이었소. ”

구석의 노인은 잠시 이야기를 멈추고 가만히 내 표정을 살피며, 내가 자신의 이야기에 정말로 열중해 있는지 확인했다.

“흔히들 하느님은 하늘에서 언제나 우리를 지켜보고 계신다고 말하지요. 이것을 시적이 아닌 더욱 직접적인 표현으로 말하자면 ‘악마는 자기 사람을 잘 돌보아준다’ 는 것이 되겠지요. 말하자면 이 흥미로운 검시 신문이 열리는 동안 방청객들이 받은 인상은 바로 악마가 자기 사람에게 특별한 주의를 기울이고 있다는 게 아니었을까 싶소――‘자기 사람’ 이란 이 경우 윌리엄 율 부인, 마침 그 자리에는 와 있지 않았던 윌리엄 율 부인을 말하지요.

그럼, 악마는 그녀를 위해 어떤 배려를 한 것일까? 우선 사건이 일어난 전날인 3월 27일 목요일 밤, 홀의 가스등을 몹시 어둡게 하여 현관에 나온 요리사 제인이 윌리엄 율 부인의 얼굴을 똑똑히 볼 수 없게 했소. 그리고 또 애니가 주인에게 불려 응접실로 가서 객실 침대를 준비하도록 명령받았을 때도 윌리엄 율 부인은 등을 돌리고 엎드려 울고 있었으므로, 나이 어린 하녀가 아무리 곰파는 눈으로 보아도 그녀의 뒤통수밖에 볼 수 없었지요.

그 뒤 두 고용인은 잠자리에 들었고, 이윽고 한 시간쯤 지난 뒤 누군가가 홀을 지나 집에서 나가는 소리를 들었소. 그러나 두 사람 모두 이 수수께끼의 여자 손님을 다시 한 번 보고 과연 그녀인지 아닌지 알아볼 확신은 없다고 하오.

하지만 이런 이야기가 계속 오가는 동안 윌리엄 율 씨가 결코 얌전히 듣고만 있지 않았다는 걸 당신도 짐작했겠지요. 사실 그를 살펴보고 있던 나는 몇 번이나 그가 자신을 억누르려고 무척 애쓰는 것을 알아차렸소. 말해 두지만 이때쯤 나는 이미 어디에 이 사건의 열쇠가 있는지 똑똑히 내다보고 있었으므로 3월 27일 목요일 밤, 다트무어 테라스 9번지에서 일어난 일을 마치 나 자신이 그 자리에 있었던 것처럼 정확하게 설명할 수 있었소. 당신에게도 곧 그것을 들려주겠지만 말이오. 여하튼 그런 이유에서 나는 이 검시 법정의 판결에 가장 깊은 이해 관계를 가진 두 사나이의 얼굴을 차분히 살펴보는 데 큰 흥미를 느꼈던 것이오.

그때 모든 사람들의 동정이 브록즈 청년에게 쏠린 것은 확실했소. 아무튼 그 젊은이는 몇 해 동안이나 곧 큰 부자가 되리라는 기대를 안고 살아왔소. 엉뚱한 사건으로 마지막 아슬아슬한 순간에 아무리 봐도 범죄처럼 여겨지는 방법으로 그것을 빼앗기고 말았으니까요. 문제의 양도증서는 말할 필요도 없겠지만 법률가가 '완전' 하다고 인정할 정도는 못되었소. 그것은 아직 율 부인의 책상 속에 보관되어 있어서, 주는 사람에게서 받는 사람에게로, 또는 받는 사람을 대신하는 제삼자에게 '교부' 되지 않았기 때문이오.

이리하여 브록즈 청년은 느닷없이 가난한 정원사의 아들 시절로 되돌아가 맨주먹으로 인생의 거친 물결을 헤쳐 나가지 않으면 안되게 된 셈이오.

그의 마음속에 복수에 대한 염원이 숨어 있다는 것은 누구나 의심하지 않았소. 그러므로 그가 증언대에 서서 분명히 그로부터 재산을 앗아간 범인이라고 생각되는 여자에 대해 심한 증오를 담은 말투로 이야기하기 시작했을 때도 모두 그것을 어쩔 수 없는 일이라고 생각했을 거요.

월리엄 율 부인과는 과거에 한 번밖에 만난 일이 없다고 그는 증언했소. 그러나 그날 밤 찾아온 것이 그 여자였음에 틀림없다는 거요. 그리고 두 부인이 말다툼을 한 원인이 주로 돈 문제였다고 생각하는 모양이었소.

'월리엄 율 부인은 어머니에게 자기 분수를 모르는 낯가죽 두꺼운 요구를 했던 겁니다'라고 브록즈 청년은 말했소. '물론 어머니는 그것을 몹시 노여워하셨습니다.'

그러나 그때 갑자기 시끄러운 방해가 생겼소. 분노로 인해 완전히 이성을 잃은 월리엄 율이 단숨에 증언대로 달려가 느닷없이 브록즈 청년의 얼굴에 무서운 주먹을 퍼부은 거요.

'이 거짓말쟁이 사기꾼! 이거라도 쳐 먹어라!' 하고 그는 부르짖었어요.

그리고 다시 또 한 차례 무서운 주먹을 안기려고 몸을 도사리는 순간 경관이 달려와 겨우 말렸소. 브록즈 청년은 완전히 겁에 질려 부들부들 떨고 있었소. 얼굴은 흙빛이 되었으며, 월리엄 율의 험한 주먹에 맞은 곳은 또렷하게 빨간 자국이 나 있었지요.

월리엄 율이 억지로 제자리로 끌려 돌아가 화가 난 반항적인 얼굴로 입을 다물자, 검시관은 서슴없이 '당신의 행동은 조금도 부인을 위한 것이 되지 않았소. 본법정은 월요일까지 휴정합니다. 월요일에는 꼭 율 부인을 법정에 나오게 하여 고인과의 말다툼 뒤에 어떤 일이 있었는지, 그리고 어째서 한밤중에 이야기도 설명도 없이 자취를 감추었는지 듣고 싶습니다'라고 말했소.

그런데도 월리엄 율은 아내를 위해 변명하려고 했소. 그의 설명에 의하면 아내는 그 목요일 밤 내내 웨스트 햄스테드의 세리프 거리에 있는 자기 집에서 나가지 않았다는 거였소. 그날 밤 비바람이 몹시 불어닥쳤기 때문에 그녀는 집 밖으로 한 발자국도 나가지 않았으나, 공교롭게도 그들 집에는 고용인을 둘 여유가 없어 매일 아침 두 시간쯤 파출부가 도와주러 올 뿐이므로 윌리엄 율 부인의 알리바이를 증명해 줄 사람은 남편밖에 없다는 것이었소.

월요일에 다시 열린 검시 신문에는 윌리엄 율 부인도 참석했지요. 아직 젊고 화사한 인상의 여자로서 고통을 견디고 있는 듯한 참을성 많은 얼굴이었으며, 과감한 점이나 마음씨가 나쁜 그림자는 전혀 찾아볼 수 없었소.

그녀의 증언은 아주 간단했소. 문제의 목요일 밤에는 밤새도록 밖에 나가지 않았으며 다트무어 테라스 9번지 집에는 한 번도 간 적이 없다, 그리고 솔직히 말해서 고집 센 시어머니가 있는 한 그 집에 찾아갈 생각은 전혀 없었다는 것을 엄숙하게 선언했던 거요. 무엇보다도 그녀와 남편은 돈 때문에 고통을 받고 있지는 않았다는 거였소.

'바로 얼마 전 주인의 그림이 수채화협회에 한 장 팔렸어요'라고 그녀는 설명했소. '따라서 생활이 궁색하지도 않았고, 비록 궁색하다 하더라도 율 부인에게 돈을 얻으러 갈 생각은 조금도 없어요.'

증서의 도난만이 이제 문제가 되었소. 왜냐하면 그것을 캐고 따지는 것은 검시관이나 배심원이 할 일이 아니었기 때문이오. 또 의학적인 증거에 따르면 율 부인의 사인은 아주 자연스럽게 일어날 수 있는 사고——갑작스러운 현기증 같은——에 기인하는 것으로, 판결은 그 선에 의해 내려지지 않으면 안 되었소.

윌리엄 율 부인을 유죄로 할 증거는 아무것도 없었소. 그녀에게 불리한 것이라면 다만 브룩즈 청년의 증언이 있을 뿐이었소. 그리고 그의 증언에 전혀 편견이 없다고 할 수 없다는 것도, 말은 하지 않았지만 누구나 다 느끼고 있는 일이었소. 그리하여 브록즈 청년은 고소를 단념하도록 권고받았지요. 율 부부가 계획적으로 증서를 훔쳤다는 것은 세상이 믿어 의심치 않았지만, 그렇다고 해서 브록즈 자신의 증언만으로 윌리엄 율 부인을 유죄로 하기는 무리였던 거요.”

“그럼, 결국 윌리엄 율 부부는 어머니의 유산을 독차지하게 된 셈이군요?” 나는 무릎을 내밀면서 물었다.

“그렇지요” 하고 구석의 노인은 대답했다. “그러나 너무도 세상의 소문이 무서웠기 때문에 열기를 식히기 위해 잠시 외국에 가서 있지 않으면 안 되었소. 말할 것도 없이 아직 정식으로 ‘넘어가’ 있지 않은 양도증서는 재판소에 제출해서 검인을 받을 수가 없소. 이것은 몇몇 저명한 법률 전문가들이 일치된 견해였던 거요. 고결한 정의감에 불타고 있는 스테이엄 씨가 브록즈 청년을 위해 의논해 보기는 했지만 말이오.”

“그럼, 브록즈 청년은 빈털터리가 되고 만 셈이군요?”

“아니오.” 구석의 노인은 음울하게 보라는 듯이 미소를 지으며 득의에 찬 기분나쁜 웃음을 머금고 주머니에서 끈을 꺼냈다. “그가 너무 가엾게 생각되었던지 죽은 율 부인의 친구들이 1천 파운드를 거둬 그에게 주었고, 스테이엄 씨가 자기 사무실에 수습 계약 사원으로 그를 고용했던 거요. 그렇지, 브록즈 청년은 결코 손해만 본 건 아니었소.”

“그렇지만 이상하군요” 하고 나는 말했다. “대체 무슨 생각에서 그런 짓을 했는지 알 수 없지만, 윌리엄 율 부인은 어리석고 무의미한 도둑질을 한 것 같아요. 만일 율 부인이 그 이튿날 아침 우연한 사고로 급사하지 않았다면 당연히 다른 증서를 새로 만들게 했을 것이며,

그렇게 되면 사정은 조금도 달라지지 않았을 텐데 말이에요."

"바로 그거요." 노인은 거침없이 말하면서 손가락을 신경질적으로 움직여 끈을 만지작거렸다.

이 이상한 노인이 이야기를 들려주고 싶어한다는 것을 알고 나는 맞장구를 쳤다. "물론 그녀는 율 부인의 심장이 약하다는 것을 계산에 넣고서 도둑맞았다는 사실이 부인에게 미칠 충격을 예상하고 한 짓인지도 모르지만, 그렇더라도 그것은 너무 불확실해요."

"그렇소, 너무 불확실하오." 그가 신이 나서 말했다. "하지만 당신은 설마 아직도 율 부인의 죽음이 단순한 사고사였다고 믿는 건 아니겠지요?"

"그럼, 어떻게 된 거예요?" 하고 나는 질문을 던졌다.

"층계 위에서 조금 떠민 결과라오." 그는 아무렇지도 않게 대답하고 다시 곧 줄지어진 매듭에 또 한 개의 복잡한 매듭을 더했다.

"하지만 윌리엄 율 부인은 한밤중이 되기 전에 집을 나갔어요. 그렇지 않으면 적어도 누군가 공범자가 있었다고 생각하시는 건가요?"

"나는 이렇게 생각하오." 노인은 힘주어 다음 말을 이었다. "그날 밤 한밤중에 집을 나간 수수께끼의 방문자에게는 선동자가 한 사람 있었다고——그 이름은 윌리엄 브룩즈요."

"뭐라고요?"

나는 놀라서 숨을 삼켰다.

"우선 첫째……." 노인은 쉰 목소리로 말하면서 차례로 매듭을 만들어갔다. "브룩즈 청년은 그날 밤 다트무어 테라스에 찾아온 손님이 윌리엄 부인이라고 증언했지만, 그건 거짓말이오."

"어떻게 거짓말이라는 걸 아시지요?" 나는 되받아 물었다.

"하나의 아주 단순한 사실에서 알았소." 노인은 의기양양하게 대답하며 덧붙였다. "너무 단순해서 지나치고 만 거요. 당신이 기억하고 있을지 모르겠군. 애니의 증언 가운데 율 부인이 화가 나서 이렇게 말하는 것을 들었다는 대목이 있지요. '알았다. 그럼, 여기서 자도 좋아. 그러나 말해 두지만 두 번 다시 네 얼굴을 보고 싶지 않다. 나는 아침 6시에 교회에 갔다가 7시에 돌아오니까 그때까지는 반드시 이 집에서 나가야 해. 7시가 지나면 차는 얼마든지 있으니까.' 당신은 이 말을 어떻게 해석하겠소?"

"별로 이상하게 생각되지 않는데요." 나는 대답했다. "아무튼 밖에서는 심한 비바람이 치고 있었고, 게다가……."

"그러나 다트무어 테라스에서는 걸어서 2분도 걸리지 않는 곳에 하이 스트리트 켄징턴 역이 있소. 거기서 웨스트 햄스테드로 가는 열차는 얼마든지 있으며, 세리프 거리까지는 그 역에서 2분밖에 되지 않소."

차츰 자기 이야기에 흥분해서 그는 거의 소리를 지르다시피 했다. "게다가 시간도 10시쯤밖에 안 되었으니, 런던 시내라면 어디든지 갈 수 있었소. 율 부인이 그토록 완고한 여자인데다 화까지 나 있었다면 차라리 이렇게 말하는 것이 더 자연스럽지 않겠소? '걸어서 2분도 안 걸리는 곳에 역이 있어. 당장 나가. 다시는 내 앞에 얼굴을 내놓지 마!'라고. 어떻소, 그렇게 생각되지 않소?"

"과연 그렇게 생각할 수도 있겠군요."

"물론이오. 그녀가 못마땅해하면서도 그 여자를 재워준 것은 집에 돌아가는 차편이 있는 역까지 상당히 거리가 멀기 때문이든가 아니면 마지막 열차를 타지 못해서——아마도 제시간에 갈아타지 못해서 그랬겠지만——그날 밤 안으로 집에 돌아갈 수 없다는 것을 알았기 때문이든가 둘 중의 하나임에 틀림없소."

"그렇군요. 확실히 이치에 맞는 이야기예요" 하고 나는 고개를 끄

덕였다.

"둘째로," 노인은 다시 큰 소리로 말했다. "브록즈 청년이 그 점에서 거짓말을 했다면 거기에는 뭔가 목적이 있을 거요. 나의 출발점은 여기였소. 여기에서 서서히 논리를 좁혀 들어가 그 목요일 밤에 있었던 일을 재현시키기에 이른 것이오. 아니, 그 이상이지. 사건이 일어난 뒤 브록즈 청년이 취한 행동에 대해 어떤 사실을 알고 거기에서 그의 과거를 유추하기에 이른 거요.

내가 알고 있는 것은 이렇소. 율 부인이 비극적인 죽음을 당한 뒤 브록즈 청년은 두셋의 친한 친구로부터 여비를 마련하여 외국으로 여행을 떠났소. 그리고 얼마 안 있어 스위스에서 알게 되어 결혼했다는 신부를 데리고 귀국했소. 이것으로 내 눈에는 모든 사실이 분명해졌지요. 사건이 일어난 날 밤 찾아온 것이 윌리엄 율 부인이었다는 브록즈의 증언은 거짓말이었소. 그것은 분명 윌리엄 율 부인이 아니었소. 그렇다면 그 여자는 윌리엄 부인을 가장한 누구든가, 아니면 자신을 윌리엄 율 부인이라고 생각하고 있는 누구일 것이오.

첫 번째 추측은 곧 무리라는 것을 알았소. 브록즈는 윌리엄 율 부인의 얼굴을 알고 있었으며, 그처럼 알면서도 거짓말을 한 것은 그가 일부러 그렇게 했다는 말이 되지요. 그래서 나는 이렇게 생각해 보았소. 그 여자 손님은 윌리엄 율 부인이라고 이름을 댔지만 그것은 그녀 자신 그렇게 부를 권리가 있다고 믿고 있었기 때문이라고. 즉 그녀는 어떤 남자와 결혼을 했는데, 그 남자는 자기 나름의 어떤 이유에서 그녀에게 율이라는 이름을 댄 것이오. 여기까지 생각하면 그 남자가 누구인지 추측하는 것은 아주 간단한 일이지요."

"브록즈 청년이라는 말씀인가요?" 나는 놀라서 되물었다.

"그밖에 또 누가 있겠소?" 노인은 대답했다. "그런 건 흔히 있는 일이 아니오. 브록즈란 아무래도 듣기 좋은 이름이 아니오. 어찌 됐든 그는 머지않아 정식으로 율이라는 이름을 쓰게 되어 있었으니까요. 그러나 그 여자와의 결혼에 대해서는 윌리엄 율의 전례도 있다 하여 양어머니 앞에서 그 문제를 꺼내는 것은 위험하다는 사실을 잘 알고 있었소. 그래서 아다 적당한 시기를 보아 말할 작정으로 우선은 비밀로 해두었던 모양이오. 그런데 여자 쪽은 그 점이 여자의 좁은 마음이랄까 천박함이랄까——점점 불안해지고 염려가 되어 마침내 는 질투심에서 스파이 같은 짓까지 하게 되었던 거요.

곧 그녀는 남편이 살고 있는 곳을 알아냈소. 그리고 율 노부인이 남편의 친어머니인 줄만 알고 그 집으로 찾아간 거요. 다음은 당신도 상상할 수 있겠지요? 브록즈 청년에게서 배신당한 율 부인은 격분한 나머지 자진해서 양아들에게 주려고 생각했던 재산 양도증서를 찢어 버렸고, 그 순간부터 브록즈는 빈털터리가 된 거요.

가짜 율 부인은 집을 나갔고, 브록즈는 어두운 층계 위에 숨어 기 회를 기다렸소. 조금만 밀면 그것으로 일은 끝난다고. 심장이 약한 율 부인은 층계에서 떨어져 죽지 않더라도 틀림없이 그 충격으로 죽 었을 거요.

그전에 이미 책상을 부서뜨려 도난으로 보이게 할 공작은 준비되어 있었소. 피해자를 밀어 떨어뜨린 다음 브록즈 청년은 가만히 자기 방 으로 돌아갔소. 아무리 보아도 우연한 사고로밖에 생각되지 않는 상 황이었으므로 만일 비명 소리에 고용인들이 잠을 깬다 하더라도 이 악당은 일단 가만히 방으로 돌아갔다가, 자기도 소동으로 잠이 깬 것 처럼 꾸미면서 나올 만한 여유는 있었을 거요.

결과는 그가 계산한 대로 되었소. 윌리엄 율 부부에게는 지금도 아 직 절도 혐의가 걸려 있고, 한편 브록즈는 비극의 주인공으로 세상의 동정을 모으고 있으니까요.”

The Murder of Miss Pebmarsh

페브마슈 살해

어느 날 내가 그때까지 열심히 읽고 있던 〈데일리 텔레그래프〉지를 접어 옆에 놓는 것을 보고 구석의 노인이 말을 걸어왔다.

"당신도 틀림없이 인정하게 되겠지만, 그 파밀라 페브마슈 사건처럼 흥미 있는 줄거리와 재미있는 설정을 지닌 사건은 좀처럼 보기 드물다오. 세상에 나쁜 사람도 많지만 정말 냉혈한과 냉혹 그 자체인 범죄자란 사실 드라마에 나오는 어느 배우도 따르지 못할 거요.

사건 자체는 아주 간단하오. 피해자인 루시 앤 페브마슈는 결혼하지 않은 노부인으로 조카딸 파밀라와 중년이 지난 하녀와 함께 보앨럼 우드 철도역 가까운 조그만 신흥 주택가에 살고 있었지요. 그녀는 비록 혼자이기는 하지만, 하녀를 두고 있고 집을 언제나 아담하고 깨끗하게 해놓고 살았으므로 근처 사람들 사이에서는 부자로 알려져 있었소. 그러나 그녀는 아주 조용해서 이웃과 별로 교제도 없고 교회에도 잘 나가지 않았으며, 부인회 모임이라든가 교회의 다과회 같은 그런 지역 사회에 있기 마련인 사교적인 모임에도 전혀 얼굴을 내민 적이 없었소.

따라서 페브마슈 집안 일에 대해서는 거의 알려져 있지 않았지요. 알려진 것은 다만 그 노부인이 매우 나이가 많고, 젊은 조카딸을 데려다 함께 살게 된 것은 아주 최근의 일이며, 그리고 지금의 그 집에서 안식처를 찾기까지 조카딸이 아주 고생 많은 생활을 해온 모양이라는 것 정도였소. 더욱 대담한 소문을 퍼뜨리고 다니는 사람들 가운데는——하기야 겨우 비밀 이야기로 속삭여지고 있을 뿐이었지만——파밀라 양이 일찍이 무대에 섰었다는 풍문을 퍼뜨리는 이도 있었소.

어찌 되었든 이 젊은 여자는 큰어머니에게서 받는 속박을 몹시 못마땅해하고 있는 것만은 틀림없었소. 아무튼 큰어머니는 파밀라 양에게 좀처럼 외출을 허락하지 않았으며, 용돈도 넉넉히 주지 않은 모양이니까. 왜냐하면 젊은 아가씨들이 거의 다 그렇듯이 파밀라 양도 전에는 상당히 멋을 부린 모양이지만, 그 집에 온 뒤로 줄곧 볼품없는 옷을 입고 어울리지 않는 모자를 쓰고 있었으니 말이오.

아무튼 모든 것은 아주 평범하고 흔해빠진 상황으로 생각되었소——그 잊혀지지 않는 10월의 수요일 전까지는. 그러나 이날 이후로 보앨럼 우드의 작은 집은 곧 영국 신문의 독자들 사이에는 비상한 주목을 받게 되었던 거요.

그날 페브마슈 집 하녀인 제마이머 개드는 하루 휴가를 얻어 루튼으로 여동생의 문병을 갔지요. 그녀는 이튿날 아침까지 돌아오지 않을 예정이었어요. 묘하게도 하필이면 같은 날 오후 파밀라 양도 런던에 갈 생각을 하고 큰어머니를 혼자 집에 남겨두고 떠났소. 파밀라 양은 마지막 열차로 돌아왔는데, 열차는 보앨럼 우드에 새벽 1시 조금 전에 도착했지요.

1시 5분쯤 되었을 때 그 작고 조용한 주택가 주민들은 피가 얼어

붙을 듯이 무서운 비명 소리에 놀라 잠이 깨었소. 다음 순간 파밀라 양이 구르듯이 집을 뛰쳐나와 여전히 무서운 비명을 지르며 이웃집 문을 부서지도록 두들겼소. 이러한 한밤중의 소동이 보앨럼우드 같은 마을에 얼마나 큰 혼란을 불러일으켰을까 하는 것은 쉽게 상상할 수 있을 거요.

금방 집집마다 창문으로 사람들의 머리가 방울처럼 내밀어지고, 몇 사람인가는 급히 손쉬운 옷가지를 걸치고 골목으로 뛰쳐나왔소. 그리고 파밀라 양이 집에 돌아와 보니, 큰어머니가 거실에 죽어 있었다는 소식이 순식간에 들불처럼 번져갔소.

근처에 있는 식료품 가게 주인 밀러 씨가 맨 먼저 페브마슈 집 안으로 들어갈 용기를 냈소. 파밀라 양은 그와 같이 들어가기를 거절했지요. 그녀는 반쯤 정신을 잃고 큰어머니가 살해되었다는 말만 되풀이하며 절규할 뿐이었소. 밀러 씨와 용기를 내어 그를 따라간 두세 사람이 본 광경은, 과연 파밀라 양뿐만 아니라 나이 어린 처녀라면 누구나 넋 나가게 만들 만하다고 생각되었소.

거실의 내밀어진 조그만 창문 안쪽에 놓여 있는 책상은 서랍이 모두 빠져나와 서류들이 주위에 마구 흩어져 있었소. 페브마슈 노부인의 시체는 그 책상 앞 의자에 반쯤 걸터앉고 반쯤 책상으로 몸을 내민 자세로 팔을 쭉 뻗고 엎드려 있었소. 아무리 덜렁대는 사람의 눈에도 이 불행한 노부인이 살해되었다는 것을 명백히 알 수 있는 모습이었소.

자전거를 가지고 있는 이웃 사람 하나가 그 동안에 경찰에 알렸지요. 곧 두 경관이 달려왔소. 그들은 시끄럽게 떠들어대는 이웃 사람들을 재빨리 현장에서 몰아낸 다음 파밀라 양으로부터 이 무서운 사건에 대해 조금이나마 확실한 설명을 들으려 했소.

처음에 파밀라 양은 마구 퍼붓는 질문에 제대로 대답도 못할 것 같았소. 에번즈 형사 주임은 끝없는 인내심과 동정으로 질문을 계속하여 마침내 그녀로부터 다음과 같은 진술을 얻어냈소.

'오늘 밤 나는 연극에 초대를 받았어요. 오래 전에 한 약속으로 큰어머니도 알고 계셨지요. 그래서 제마이머 개드가 루튼에 갔다 오겠다고 말했을 때도 그 때문에 내 약속을 취소할 생각은 없었어요. 취소하면 약속한 상대도 기분 나쁠 것 같고 해서……. 그 일로 큰어머니와 조금 옥신각신했지만 결국 나는 외출할 수 있었어요. 그리고 마지막 열차로 돌아왔어요. 역에서 곧장 걸어 집으로 돌아와 가지고 있던 바깥문 열쇠로 문을 열고 거실로 갔더니 불이 켜져 있었어요. 그리고……그리고…….'

그 다음 기억은 흐릿했소. 그녀가 기억하고 있는 것은 뭔가 몹시 무서운 광경을 보고 비명을 지르며 도움을 청하러 밖으로 뛰어나갔다는 것뿐이었지요. 에번즈 형사 주임은 굳이 더 이상 캐묻지 않았소. 친절한 이웃 사람 하나가 그녀를 자기 집으로 데려가서 보살펴 주겠다고 했으므로, 경관들은 상사가 도착할 때까지 시체와 현장 보존에 힘쓰기로 했지요."

구석의 노인은 이야기를 멈추고 한숨 돌렸다.
"당신도 아마 상상이 가겠지만, 이 무렵 사건이 일어난 보앨럼 우드에서는 소동이 굉장했으나 그것이 온 나라 일반 대중의 귀에까지 들어가지는 않았소. 사건이 일어난 것은 한밤중 1시였기 때문에 그날 아침 신문에는 다만 보앨럼 우드에서 노부인이 이상한 상황 아래 살해되었다는 간단한 기사가 실렸을 뿐이었지요. 저녁 신문에는 좀더 자세한 내용이 보도되었는데, 그 기사에 따르면 경찰은 수사 전망에 대해 침묵을 지키고 있지만 아마도 중대한 단서를 쥐고 있는 듯하다는 것이었소.

검시 신문은 이튿날로 예정되어 있었으므로 나는 이른 새벽에 그
곳으로 향했소. 어쩐지 재미있는 사건인 것 같은 예감이 들었기 때
문이오. 얼른 보아 전혀 무의미한 것처럼 여겨지는 살인이야말로
내 경험에 따르면 대개 인간성의 흥미로운 단면을 보여주는 경우가
많거든요.

나는 보앨럼 우드에 도착하자 곧 페브마슈 부인 살해 사건과 앞
으로 열릴 검시 신문 소문으로 거리가 들끓고 있다는 것을 알았고,
그리고 거기에 장단을 맞추듯 내가 도착하고 30분도 못 되어 범인
이 잡혔다는 소식이 들불처럼 번지기 시작했지요. 그리하여 5분 뒤
에는 그 범인의 이름이 온 거리 사람들 입에 오르게 되었소.

그것은 살해된 노부인의 조카딸 파밀라 양의 이름이었소.

'으음, 역시 직관이 배신당하진 않았군. 이건 분명 흥미 있는 사
건이 될 것 같아' 하고 나는 생각했소.

오후 2시쯤 되어 나는 겨우 검시 신문이 열리는 보잘것없는 경찰
서에 도착했소. 그곳은 글자 그대로 송곳을 세울 틈도 없었소. 나
는 상당히 고생한 끝에 앞쪽에 자리를 잡았지요. 덕분에 이 시골
드라마에 등장하는 주역들을 조용히 관찰할 수가 있었어요.

파밀라 페브마슈 양은 두 경관과 함께 출정했소. 겨우 25살밖에
안 된 나이 어린 처녀가 자기를 맡아 보살펴준 70살의 큰어머니를
잔인한 방법으로 살해했다는 혐의로 고발된 것이오. ”

구석의 노인은 갑자기 말을 끊고 헐렁헐렁한 얼스터(칼라가 넓고
벨트가 달린 긴 외투)의 큰 주머니에서 스냅 사진을 두세 장 꺼내어
내 앞에 놓았다. 그는 사진 가운데 한 장을 가리키며 말했다.

“이것이 그 파밀라 페브마슈 양이오. 임시로 구한 초라한 상복 차
림이지만, 날씬하니 대단한 미인이 아니오 ? 물론 이 사진으로는
검시 신문 날의 그녀 모습을 상상할 수 없겠지만 말이오. 그날 그

녀의 안색은 거의 흙빛이었소. 커다란 눈은 불안과 공포에 휩싸여 깜박이지도 않고 허공을 바라보고 있었으며, 두 손은 계속 신경질적으로 꿈틀꿈틀 움직이고 있었지요.

처음부터 법정의 분위기가 그녀에게 적대적이라는 것은 명백했소. 그녀가 모습을 나타내자 웅성웅성 반감어린 수군거림이 퍼져갔고, 그녀는 여기에 대해 덤벼들 듯한 표정으로 대답했지요. 여기저기서 신랄한 비판이 오가는 소리가 들렸소. 아무래도 보앨럼 우드의 사람들은 파밀라 양이 얼굴이 예쁘고, 별로 큰 소리로 말할 수 없는 과거를 지녔다는 점이 마음에 걸려 견딜 수 없는 모양이었소.

의사의 증언은 짧고 간결했소. 피해자는 등을 예리한 칼에 찔렸으며, 그것이 왼쪽 허파에까지 미쳐 있었다는 거요. 책상 앞에 앉아 있는 그녀를 느닷없이 등 뒤에서 습격한 듯하며, 거의 몇 초 안에 숨이 끊어진 것으로 생각된다고 말했소. 검시관이 특히 검시의에게 유의해서 물은 것은 그 점이었소. 검시관이 그 점에 대해 뭔가 중대한 심증을 가지고 있고, 의사의 증언이 거기에 확증을 더해 줄 것은 명백했소.

'당신 의견을 듣고 싶습니다만.' 검시관이 말했소. '피해자가 찔린 다음 어떤 행동을 할 수 있었을까요? 예를 들면 움직인다거나 하는?'

'얼마쯤은 할 수 있었겠지요'라고 의사는 대답했소. '그러나 피해자는 의자에서 일어나려고도 하지 않았습니다.'

'그건 알고 있습니다. 그러나 예를 들어 책상 위에 있는 흔들이방울 쪽으로 손을 뻗는다든가, 또는 펜을 잡고 짤막한 말을 써서 남긴다든가 하는 일은……?'

'글쎄요, 할 수 있었을지도 모르겠군요.' 의사는 신중하게 대답했소. '만일 펜이나 흔들이방울이 바로 손닿는 곳에 있었다면 말입니다. 그러나 아무래도 의문스럽군요——피해자가 과연 뭔가 확실한 것을 써서 남길 수 있었을지——하지만 단언할 수는 없습니다. 아무튼 겨우 몇 초 동안이었을 테니까요……'

정말 훌륭할 정도로 막연하지 않소? 전문가의 증언이란 언제나 그런 법이라오.

그 다음 에번즈 형사 주임이 파밀라 페브마슈 양에게서 맨 처음 들은 진술을 되풀이했소. 그 뒤로도 그녀는 이 진술을 조그마한 점에 이르기까지 바꾸지 않았소. 사건이 일어난 날 밤 큰어머니만 혼자 집에 남겨놓고 연극을 보러 갔다, 돌아온 것은 새벽 1시, 수요일 밤에 운행되는 막차로 집에 돌아왔고 곧장 거실로 갔을 때 큰어머니가 책상 앞에서 죽어 있는 것을 발견했다는 것이오.

그날 오후 그녀가 런던에 갔다는 것은 쉽게 증명되었소. 역장과 짐꾼들이 열차에 타는 그녀를 보았던 거요. 그런데 연극이 끝나 돌아가는 손님을 태우는 그런 늦은 시간의 열차는 언제나 몹시 붐비지요. 더구나 그날 밤에는 달도 없고 안개까지 끼어 있었으므로, 누구 한 사람 그녀가 자신이 말한 열차로 돌아온 것을 보았다고 말해 줄 이가 없었소.

또 한 가지 문제가 있었소. 그날 밤 그녀와 같이 연극에 간 친구 애긴데, 그가 누구인지 알면 아마 그녀가 런던을 떠난 시간을 증언해 줄 터이므로 그 점의 중요성에 대해 지루하리만큼 설명했는데도 그녀는 고집스럽게 그 친구의 이름을 밝히려 하지 않는 거였소.

이런 실랑이가 계속되는 동안, 나는 가만히 파밀라 양의 얼굴을 지켜보았소. 그녀가 떨고 있다. 아니, 그 정도가 아니라 숨이 넘어갈 만큼 무서워하고 있다는 것은 의심할 여지가 없었소. 신경질적인 손놀림, 무서운 나머지 거의 튀어나올 정도로 크게 뜬 눈, 모두가 공포의 비밀을 말해 주고 있었소. 그런데 그녀에게는 그 비밀을 폭로할 용기가 없었소. 그런데 그것이 서서히 드러날 것 같은 느낌이 드는거요. 그 비밀이란 범죄의 비밀일까? 몹시 무시무시하고 소름이 오싹 끼치는 범죄, 나이 어린 처녀로서는 도저히 견뎌낼 수 없는 그런 범죄?

그러나 지금까지 그 검시 신문에서 누구나 이상하게 생각한 것은, 이 잔학한 범죄가 얼른 보기에 아무 목적이 없는 것처럼 생각된다는 거였소. 그때까지 확인된 바에 의하면 피해자에게는 이렇다 할 유산도 없었기 때문에 파밀라 페브마슈 양이 일부러 큰어머니를 죽일──적어도 편안히 지낼 수 있는 집을 제공해 준 큰어머니를 죽일 이유가 없다는 것이었소. 그러나 경찰이 정당한 이유도 없이 이렇게 물의를 일으킬 만한 체포를 감행한 것은 아니었소. 수사진 가운데 특히 유능한 어느 형사의 활동에 의해 의심할 여지가 없는, 혐의를 입증할 만한 강력한 증인을 죽 모아놓았던 것이오. 그 중 하나는 피해자의 하녀 제마이머 개드였지요.

그녀는 온통 검은 옷차림으로 법정에 나왔어요. 그 엄청나게 큰 클레이프 보닛에 수놓은 검은 유리 구슬이 번쩍번쩍 빛나고 있었소. 노란 밀랍 같은 얼굴, 얇은 입술을 야무지게 꼭 다물고 증언대에 선 그녀는 그야말로 청교도주의와 준엄의 화신 같았소.

그녀는 파밀라 양 쪽으로는 곁눈질조차 하지 않았지요. 파밀라 양은 마치 그물에 걸린 작은 새가 차츰 그물이 죄어들어오는 걸 보고 있는 것 같은 눈으로 그녀를 노려보았소.

검시관의 질문에 대답하여 제마이어 개드는 사건이 일어난 수요일 아침, 루튼에 있는 여동생에게서 한 번 만나러 와달라는 편지를 받았다고 말했소.

'마침 냉장한 쇠고기가 많이 있었기 때문에 마님에게 내일 아침까지 휴가를 얻을 수 없겠느냐고 말씀드렸더니, '그래, 좋아, 갔다

와요. 하루쯤이라면 파밀라와 둘이서 어떻게 할 수 있겠지’라고 말
씀하셨습니다.’

‘그때 파밀라 양은 자신도 그날 외출해야 한다고 말하지 않았군
요?’ 검시관이 물었소.

‘네, 말하지 않았습니다’라고 제마이머 개드는 가시 돋친 말투로
대답했지요. ‘그리고 그 뒤 아침 식사할 때 마님은 내가 있는 데에
서 파밀라 양에게 이렇게 말씀하셨어요. ‘파밀라, 제마이머는 오늘
루튼에 가서 내일 아침까지 돌아오지 않는다는구나. 그러니까 그때
까지는 너와 나 둘뿐이야’라고요.’

‘파밀라 페브마슈 양은 뭐라고 대답했지요?’

‘네, 알았습니다, 큰어머니’라고 말했어요.’

‘그뿐입니까?’

‘그뿐이에요.’

‘그럼, 파밀라 양이 그날 외출할 예정이므로 집에는 페브마슈 노
부인 혼자 남게 된다거나 하는 이야기는 전혀 나오지도 않았었군
요?’

‘네.’ 제마이머는 또렷하게 말했소. ‘만일 그런 이야기가 나왔다
면 내가 들었을 거예요. 그러면 그날은 나가지 않았겠지요. 나로서
는 굳이 그날이 아니라도 상관없었으니까요.’

그녀는 얇은 입술을 꼭 다물고 파밀라 양 쪽으로 악의에 찬 시선
을 던졌소. 누가 보든 제마이머 개드의 노란 얼굴 위에 얹힌 엄청
나게 큰 모자 아래 뭔가 묵은 원한이 깃들어 있음을 분명히 알 수
있었소.

조금 뒤 검시관이 물었소.

‘그날 파밀라 양이 연극 구경 가는 일로 피해자와 옥신각신했었
다는 것도 모르오?’

‘모릅니다’ 하고 제마이머는 내친 김에 대답했소. ‘하지만 그 밖의 일로 두 분 사이에 싸움이 끊이지 않았던 것은 사실이에요.’

‘그래요? 어떤 일로였지요?’

‘대개는 돈 때문이었어요. 파밀라 양은 분수에 맞지 않게 멋 부리기를 좋아했지만, 마님은 그녀를 맡아 먹여주는 것만도 힘겨웠기 때문에 도저히 그런 자질구레한 장식품까지 해줄 수가 없었어요. 마님에게는 어느 귀족 부인에게서 얼마 안 되는 수당이 들어오고 있었지만, 그것은 아주 적은 액수였지요. 매주 1파운드 안팎이었어요. 생각만 있었다면 좀더 받을 수도 있었을 테지만 말이에요.’

그러자 검시관이 물었다..

‘그게 무슨 뜻이지요?’

‘즉 이렇게 된 거예요. 그 귀족 부인은 처음부터 그처럼 훌륭한 신분이 아니었지요. 옛날 파밀라 양이 무대에 설 무렵의 친구로, 둘이서……뭐, 뭐라고 해야 하나요. 좋지 못한 행동을……’

‘아니, 그 이야기는 필요 없습니다.’ 검시관은 엄숙하게 말을 가로막았지요. ‘이야기를 그 페브마슈 노부인이 받고 있었다는 수당에 국한해 주시오.’

‘지금 그걸 이야기하려는 거잖아요!’ 제마이머는 다시 입술 꼬리를 휘어붙이면서 말했소. ‘마님은 그 훌륭한 귀족 부인에 대해 무언가를 알고 있었고, 그리고 편지도 몇 통 가지고 있었어요. 그 부인이 옛날에 쓴 편지로, 지금의 남편과 훌륭한 친구들에게는 읽히고 싶지 않은 내용이었던 모양이에요. 그런데 파밀라 양이 그 편지 이야기를 알고 가엾은 큰어머니를 몹시 책망하는 것이었어요. 즉 파밀라 양은 그 편지를 손에 넣어 그것을 쓴 귀족 부인에게 몇백 파운드에 팔려는 속셈이었겠지요. 몇 번이나 파밀라 양이 편지를 달라고 마님에게 조르는 것을 들었어요. 물론 마님이 내줄 리가 없지요, 편지는 책상 서랍 속에 넣고 자물쇠로 채워두었어요. 파밀라 양은 그것이 탐이 나서 애가 달았어요. 그것을 미끼로 귀족 부인에게서 몇 백 파운드를 긁어내려는 생각이었으니까요. 그 편지 때문에 가엾은 마님은 살해당한 거예요. 저기 있는 저 뱃속 검은 여자, 마님이 돌봐주지 않았더라면 틀림없이 굶어죽었을 저 여자 손에 말입니다! 네, 그렇고말고요. 몇 번이고 나는 이렇게 말할 것이며 누가 들어도 상관없어요.'

아무도 제마이머 개드가 이 뜻하지 않은 내막을 털어놓는 것을 말리려고 하지 않았소. 그리하여 이 페브마슈 노부인 살해 사건에 갑자기 예기치 않은 독기가 어리기 시작한 것처럼 생각되었지요.

그 이야기가 진실이라는 것은 아무도 의심치 않았소. 파밀라 양의 얼굴을 한 번 보기만 해도 그것은 의심할 여지가 없을 정도로 입증되었지요. 완전히 핏기를 잃은 파밀라 페브마슈 양은 비틀비틀 금방이라도 쓰러질 것만 같았으므로 그녀를 위해 의자를 가져올 때까지 경찰이 그녀를 부축하고 있지 않으면 안 될 정도였다오.

제마이머 개드는 아주 태연했소. 증언을 마치자 그녀는 무표정하게 증인석에서 물러났지요. 그 모습은 마치 태엽을 감은 납인형이 태엽이 다 풀려서 움직이지 않게 된 모습 같았소.

잠시 침묵이 계속되었지요. 파밀라 페브마슈 양은 죽은 사람 같은 얼굴로 물탄 브랜디를 마시며, 술기운을 빌려 간신히 정신을 차린 듯 보였소.

다음에 증인석에 오른 것은 로빈슨 경감이었소. 방청객들은 누구나 그의 얼굴에 자기 증언이야말로 가장 중요한 것이 되리라는 생각이 떠올라 있음을 읽을 수 있었소.

'나는 런던 경시청에서 전보로 호출을 받고 목요일 아침 첫차로 이곳에 도착했습니다' 하고 경감은 검시관의 질문에 대답했소. '간단한 검시 이외에 시체에는 손을 대지 않았습니다. 이런 종류의 사건에서는 될 수 있는 한 현장을 그대로 보존하는 것이 아주 중요하기 때문입니다. 시체를 조사하기 시작했을 때 맨 먼저 눈에 띈 것은, 피해자의 오른손 밑에 있는 한 장의 쪽지였습니다. 그것은 에번즈 형사 주임이 먼저 알아보고 나에게 지적해 준 겁니다. 피해자는 오른손에 펜을 쥐고 있었으며, 바로 옆에 잉크병이 놓여 있었습니다. 이것이 그 쪽지입니다.'

그리하여 종이 부스럭거리는 소리만 들리는 죽음 같은 침묵 속에서 경감은 작은 쪽지를 검시관에게 건네주었소. 검시관은 얼른 그것을 훑어보더니 배심원들 쪽으로 몸을 돌렸는데, 그때 그의 표정은 매우 엄숙하고 무겁게 바뀌어 있었소.

'배심원 여러분, 지금 읽어드리는 내용은 로빈슨 경감이 피해자의 손 밑에서 발견한 쪽지에 씌어 있는 것입니다.'

검시관은 잠시 말을 끊더니 이윽고 천천히 쪽지를 읽어 내려가기 시작했소. 방청객들은 마른침을 삼키며 귀를 기울였지요.

'나는 죽는다, 나를 이렇게 만든 것은 조카딸 파미…….' 이것뿐입니다.' 검시관은 쪽지를 접으면서 덧붙였소. '피해자가 살인자의 이름을 쓰려고 한 바로 그 순간에 죽음이 그녀를 덮친 겁니다.'

그때 갑자기 거칠게 헐떡이는 듯한 비명 소리가 울렸소. 파밀라 페브마슈 양이 머리를 흐뜨리고 눈에 미친 듯한 빛을 띠며 두 손을 높이 쳐드는가 싶더니, 그대로 말없이 신음 소리 하나 없이 정신을 잃고 바닥에 쓰러진 것이었소."

"그렇소."
구석의 노인은 피식 웃었다.
"이 사건에는 스무 명이라도 목을 매달 수 있을 만큼 증거가 갖춰져 있었소. 제 스스로 죽겠다고 목을 내미는 철부지 처녀는 말할 것도 없고요. 검시 법정을 나온 사람들은 아무도 판결이 어떻게 날까 의심하지 않았을 거요. 아무튼 검시관이 신문을 당분간 연기하기로 결정했을 때 배심원들은 몹시 불만스럽게 생각할 정도였으니까요. 그들은 이미 어떤 판결을 내릴 것인지 결정하고 있어 '파밀라 페브마슈에 의한 살인' 이라는 말이 혀끝까지 나와 있었던 거요.

그러나 이 사건은 마지막까지 뜻하지 않은 사건의 연속이었소. 이튿날 아침이 되자 제마이머 개드가 말한 귀족 부인, 페브마슈 노부인에게 매달 얼마 안 되는 수당을 지불하고 있었다는 부인이 다름 아닌 드 샤버스 경 부인이라는 소문이 나돌았다오.

처음 이 이름이 귀엣말로 전해졌을 때, 누구나 다——특히 여자들은——서로 짜기라도 한 것처럼 어깨를 으쓱하며 '당연하지, 그밖에 누가 있겠어요 ? '라고 말했지요.

사실 드 샤버스 경 부인——그전 이름 버디 페이는 사교계에서도 손꼽히는 숙녀였소. 열 손가락을 넘는 자선 단체의 회장이며 여기저기 병원에 많은 액수의 돈을 기부하고, 그녀의 저택은 런던에서 가장 호화스러운 저택 가운데 하나로 손꼽혔지요. 그러나 젊었을 때 무대에 나갔었던 것이 사실이며, 퍼시벌 드 샤버스 경과 결혼했을 때 구슬 가마를 탄 벼락감투의 천한 여자라는 이유로 집안 사람들로부터 외면당했었지요.

아니, 집안 사람들뿐만 아니라 당사자인 퍼시벌 경 자신이 유난히 자존심이 강한 사람이었소. 자신의 가문과 사회적 지위와 명예로운 칭호를 자랑으로 삼았던 거요. 이러한 경의 자존심이 집안 사람들과 사교계로 하여금 그의 아름다운 아내를 받아들이게 만들었으며, 그녀의 과거에 대해 조그마한 추문도 허락하지 않았소. 버디 페이가 이 자랑스러운 준남작의 부인이 되기 전의 생활에서 그녀의 품위를 해치거나 하는 뭔가를 알고 있다고 주장할 사람은 아무도 없었소. 사실 사교계 사람들은 누구나 다 이렇게 말하고 있었소. 만일 그녀의 과거에 조금이라도 수상한 소문이 있었다면 퍼시빌 경이 그녀를 아내로 삼았을 리가 없으며, 집안 사람에게 그녀를 소개하지도 않았을 거라고 말이오.

그런데 지금 갑자기 드 샤버스 경 부인의 이름이 사람들 입에 오르게 된 거요. 물론 처음 한동안은 아주 비밀리에 속삭여지고 있었소. 모두들 그녀에게 많은 동정을 느끼고 있었기 때문이지요. 그녀는 부자로 씀씀이가 좋았거든요. 게다가 아주 매력적이었고 그 나름대로의 애교도 있었소. 엄격한 시어머니를 공손히 받들었고, 자존심이 강한 남편을 상당히 무서워했지요. 남편 앞에서는 특히 조심하여 과거가 알려질 만한 말이나 행동을 삼가고 있었소.

그런데 이튿날이 되자, 우리는 또다시 놀라게 되었소. 파밀라 페브마슈 양이 현명하게도 빈틈없는 변호사의 조언을 받아들여 마침내 자신이 처해진 위험한 입장을 조금이나마 냉정하게 인식하고 지금까지 숨겨온 진실을 이야기하기로 작정한 거요.

여전히 몹시 파리해보이기는 했지만, 겁먹은 표정이 조금 덜해진 파밀라 양은 이것이 완전히 입증되면 자신에 대한 부당한 혐의가 풀리게 될 거라고 전제한 뒤 진술했소. 그 진술에 따르면 사건 당일 그녀는 틀림없이 극장에 갈 생각으로 런던에 나갔다고 하오.

그런데 역에서 저녁 신문을 사서 훑어보다가 사교란의 기사가 그녀의 주의를 끌었소. 그 기사는 퍼시빌 드 샤버스 경 부부가 머무르고 있던 멜론 모블리의 체이스 별장에서 마즈덴 맨션 51번지의 런던 저택으로 돌아왔다는 내용이었소.

'드 샤버스 경 부인은 큰어머니가 생활비로 쓰고 있는 소액의 수당을 송금해 주었던 사람입니다. 나는 옛날 무대에 나갈 무렵 부인을 알고 있었으므로 갑자기 예정을 바꾸어 그 부인을 찾아가서 옛날 이야기라도 해볼까 하고 생각했습니다. 그래서 극장에는 가지 않고 피커딜리의 슬레이터즈에서 저녁을 먹은 다음, 집에 있을지 어떨지 모르지만 그 운은 하늘에 맡기기로 하고 드 샤버스 경 부인의 집을 찾아갔습니다. 마즈덴 맨션에 도착한 것은 9시쯤으로, 부인은 운 좋게도 집에 있어 곧 만나주었습니다. 그런데 그 뒤 그만 붙들려 긴 이야기를 하다가 세인트 팡클라스 발 11시 기차를 놓치고 말았습니다. 그리하여 겨우 역에 닿은 것이 11시 45분, 그 때문에 세인트 팡클라스 역에서 12시 25분 발 마지막 열차를 기다리지 않으면 안되었습니다. '

이 파밀라 페브마슈 양의 진술은 충분히 줄거리가 맞는 확실한 것이었소. 그리고 그녀의 변호사가 벌써 드 샤버스 경 부인을 증인으로 불러, 와 있었기 때문에 이로써 파밀라 양은 그 궁지에서 보기 좋게 빠져나올 수 있을 것처럼 생각되었지요. 단 한 가지 문제는, 드 샤버스 경 부인이 파밀라 양의 옛 친구였다는 점에서 그녀의 증언만으로 피해자가 죽기 직전에 고발한 강력한 증거를 뒤엎을 수 있느냐 하는 것이었소.

그런데 이 의문을 드 샤버스 경 부인은 아무도 예기치 않았던 방법으로 해결하고 말았지요. 그녀는 금발에 피부가 내비칠 정도로 희고 게다가 값비싼 옷차림을 하고 있었으므로, 보잘것없는 시골 법정에서 어울리지 않는 옷에 낡은 모자를 쓴 시골 여자들한테 둘러싸이자 한층 더 돋보였다오. 뿐만 아니라 아주 침착해서 그녀의 증언 하나에 생사가 달려 있을지도 모르는 파밀라 양 쪽으로는 단 한 번 거만한 시선을 흘끗 흘렸을 뿐이었소. 검시관의 물음에 대답하여 그녀는 말했지요.

'네, 말씀하신 대로 나는 퍼시벌 드 샤버스 경의 아내입니다. 집은 벨그레이비아의 마즈덴 맨션 51번지입니다.'

'들은 바에 따르면, 파밀라 양과 일찍부터 아는 사이라고 하던데요?'

'말씀드리겠습니다'라고 드 샤버스 경 부인은 매끄럽고 울림이 좋은 목소리로 대답했소. '틀림없이 걔……아니, 그녀와는 옛날 무대에 나갈 무렵에 아는 사이였습니다. 하지만 그 뒤로 몇 해 동안이나 만난 일이 없습니다.'

'지난주 수요일 밤 9시쯤 파밀라 양이 당신을 찾아 갔었소?'

'네, 그렇습니다. 나를 협박하려고 찾아왔었습니다.'

이 귀부인이 눈앞에 있는 가엾은 처녀에게 던지는 눈초리에는 뚜렷한 혐오와 경멸의 빛이 떠올라 있었소.

'자기에게 내 명예를 해칠 수 있는 편지가 몇 통 있다면서 터무니없는 말을 했습니다.' 드 샤버스 경 부인은 아주 침착하게 이야기를 계속했소. '즉, 몇 백 파운드를 내면 그 편지를 나에게 팔겠다는 것이었지요. 처음에 나는 그녀의 뻔뻔스러움에 어이가 없었습니다. 왜냐하면 그런 편지를 쓴 기억이 전혀 없었기 때문입니다. 그러자 그녀는 편지를 내 남편에게로 가져가겠다고 했지요. 그래서 나는 그만——지금 생각해 보니 어리석은 짓을 했다고 여겨지지만——그것을 먼저 보여 달라고 말해 버렸습니다. 그 뒤 어떤 이야기가 오갔는지는 잊어버렸지만, 아무튼 그녀가 돌아갈 때 편지를 큰어머니인 페브마슈 노부인의 손에서 받아오겠다고 약속했던 것으로 생각됩니다. 페브마슈 노부인은 내가 어렸을 무렵 가정 교사로 있던 분입니다. 그 뒤 수입이 끊어져 생활이 곤란하다는 말을 듣고 얼마 안 되지만 송금을 해주었던 것입니다.'

갑자기 드 샤버스 경 부인은 말을 끊고 자신의 독지가다운 태도에 스스로 감동했는지 향수 냄새가 물씬 풍기는 손수건을 점잖게 코에 대어보였지요.

‘그럼, 파밀라 양은 틀림없이 수요일 밤을 댁에서 보냈군요 ? ’ 하고 검시관이 말하자 가엾은 파밀라 양의 입에서는 깊은 안도의 한숨이 새어나오는 것 같았소.

‘하지만’ 하고 드 샤버스 경 부인은 반박했소. ‘우리 집에는 잠깐밖에 있지 않았습니다. 그녀가 온 것은 9시쯤이었지요. ’

‘알고 있습니다. 그럼, 돌아간 것은 언제입니까 ? ’

‘잘 모르겠습니다만, 10시쯤이 아니었을까 생각되는군요. ’

‘틀림없겠지요 ? ’ 검시관은 다짐을 주었소. ‘잘 생각해 주십시오, 드 샤버스 경 부인. 잘 생각하신 뒤에 대답해 주시기 바랍니다. 경우에 따라서는 한 사람의 목숨이 당신의 대답 하나에 달려 있을지도 모르니까요. ’

‘정말 죄송합니다만’ 하고 증인은 역시 음악적인 목소리로 대답했소. ‘확실히 알지 못하는 것을 대답할 수는 없잖습니까 ? 그 점에 대해선 정말 확신이 없습니다. ’

‘그럼, 댁의 고용인들은 어떻습니까 ? ’

‘고용인들은 집 뒤쪽에 있습니다. 이분을 배웅한 사람은 아무도 없습니다. ’

‘그럼, 드 샤버스 경은 ? ’

‘천만에요 ! 내가 이분을 상대하고 있는 것을 보자 주인은 얼른 클럽으로 가서 이분이 돌아가고 한참 뒤까지도 돌아오지 않았습니다. ’

마지막 희망이 눈앞에서 덧없이 사라져가는 것이 견딜 수 없었던지 파밀라 양이 비통하게 부르짖었소.

‘버디 ! 제발, 버디 ! 잘 생각해 주지 않겠어 ? ’

그러나 드 샤버스 경 부인은 그 예쁜 활 모양의 눈썹을 조금 치켜 올렸을 뿐, 곧 무표정한 얼굴로 증인석에서 내려와 은은한 제비꽃 향내를 남기며 법정을 떠났소. 그리고 그와 함께 어쩌면 무죄였을지 모르는 처녀의 마지막 희망도 사라지고 말았던 거요.”

조금 뒤 나는 물었다.
“그래서 파밀라 페브마슈 양은 어떻게 되었지요?”
왜냐하면 구석의 노인은 이야기를 중단하고 뛰어나게 아름답고 사치스러운 차림의 한 부인 사진을 바라보기 시작했기 때문이다.
“아, 파밀라 페브마슈 양 말이오?”
노인은 빙긋이 웃었다.
“그녀의 목숨이 걸린 이 조마조마한 연극에는 아직도 한 막이 남아 있었소. 이 막은 스릴 만점인데다 예상 밖의 전개를 지닌 마지막 막이지요. 구원은 전혀 예기치 않았던 곳에서 찾아들었소. 제마이머 개드였던 거요. 그녀는 파밀라 양이 큰어머니를 죽였다고 믿어 의심치 않았었는데, 그럼에도 맨 먼저 파밀라 양의 무죄를 증명하는 입장에 놓이게 되었던 거요.
피해자가 칼에 찔린 뒤 쓴 것으로 보이는 문제의 쪽지 글을 그녀도 보게 되었소. 그러자 별로 배운 것이 없으므로, 읽는 데 무척 애를 먹은 끝에 그녀는 한숨을 섞여가며 말했던 거요.
‘정말 참 가엾게도, 마님의 글씨는 정말로 읽기 힘듭니다. 왼손으로 쓰시니까요.’
‘왼손이라고요?’
검시관은 펄쩍 뛰었지요. 방청객들과 배심원도 모두 자신의 귀가 믿어지지 않는 듯 입을 크게 벌리고 멍하니 그녀의 얇은 입술을 지켜보았소.

‘네, 그래요’ 하고 제마이머는 태연하게 대답했소. ‘모르셨나요? 마님은 어렸을 때 오른손에 심한 상처를 입어서 그 뒤로 오른손을 쓰지 못했어요. 손가락이 완전히 마비되어 버렸거든요. 그러므로 잉크병은 언제나 책상 왼쪽에 있었지요. 그래요, 마님은 오른손으로는 아무것도 쓸 수 없었어요!’ 곧 온 법정에 이상한 충격이 퍼졌소.

등 뒤에서 칼에 찔려 허파까지 닿을 정도의 상처를 입은 피해자, 그 피해자가 죽는 순간 생전에 한 번도 해본 적이 없는 일을 어떻게 할 수 있었을까? 그것은 불가능하지요!

누가 되었든 범인이 그렇게 해놓은 것이 틀림없었소. 범인이 피해자의 오른손에 펜을 쥐게 하고 그 밑에 놓인 쪽지에 글씨를 쓴 거요. 경찰을 현혹시켜 죄 없는 한 사람, 겨우 25살밖에 안 된 나이 어린 처녀를 부당하고 불명예스러운 죽음으로 내몰게끔 꾸며진 말을. 그러나 죄 없는 처녀에게는 다행하게도, 그 비열한 범죄자는 피해자 페브마슈 노부인의 오른손이 오랫동안 마비되어 있었다는 것을 몰랐던 거요.

검시 신문은 1주일 뒤로 연기되고, 그동안 파밀라 양의 변호사는 그녀가 무죄라는 증거를 다시 많이 모을 수 있었소. 우선 사건이 있었던 날 밤 11시 15분쯤 그녀가 세인트 팡클라스로 가는 합승 마차에 타고 있는 것을 보았다는 목격자가 두 사람 나타났고, 이어서 그녀와 같이 12시 25분 발 열차를 헨든까지 타고 갔다는 승객을 찾아냈지요. 이리하여 다시 열린 검시 신문에서는 파밀라 페브마슈 양의 혐의가 완전히 풀려, 그녀는 깨끗한 몸으로 법정을 나올 수 있었소.

그러나 페브마슈 노부인을 죽인 범인이 누구인지는 오늘날까지도 수수께끼로 남아 있소. 그리고 그 쓴 사람의 명예를 손상시킨다는 비밀 편지의 유래까지도 말이오. 그런 편지가 정말 있었을까 ? 이것이 그 잊을 수 없는 검시 신문에 모인 사람들이 가끔 스스로에게 물어보는 의문점이오. 그것을 협박의 구실로 쓰려고 했던 파밀라 페브마슈 양을 제외하면 드 샤버스 경 부인 말고 그것에 관심을 가질 만한 사람은 없었으니까. ”

“드 샤버스 경 부인이라고요 ? ” 나는 놀라서 외쳤다. “설마 당신은 그 우아한 귀부인이 밤중에 보앨럼 우드로 가서 페브마슈 노부인을 죽이고 죄를 다른 여자에게 뒤집어씌우려 했다고 말하려는 것은 아니겠지요 ? ”

“나는 다만 이치에 맞는 이야기를 했을 뿐이오. ”

구석의 노인은 다른 사람에게는 보기 힘든 우쭐거림을 강하게 풍기고 있었다.

“첫째, 파밀라 페브마슈 양 자신이 진술 속에서 11시까지 마즈덴 맨션에서 드 샤버스 경 부인과 함께 있었다고 말했소. 그런데 11시에서 12시 25분까지는 세인트 팡클라스에서 보앰럼 우드로 가는 열차가 없소. 따라서 파밀라 양의 알리바이는 곧 드 샤버스 경 부인의 알리바이인 셈이지요. 그리고 그것은 의심할 여지가 없소. 뿐만 아니라 그 우아한 부인은 자기가 직접 그런 짓을 할 사람이 아니오. ”

“그건 어떤 의미에서 하시는 말씀이지요 ? ”

“아무것도 아니오. 당신은 정말 이 사건의 진상에 대해 한 번도 생각해 본 적이 없소 ? ” 하고 노인은 익살스럽게 되물었다.

“솔직히 말해서……. ” 나는 얼마쯤 속이 타서 말했다.

“솔직히 말해서 내가 지금까지 당신에게 논리적으로 내다보는 것을 알려주지 않았다는 거요 ? ”

“그럼, 이 사건의 시작이란 어떤 거지요 ? ”

“저런! 물론 그 편지가 시작이 아니겠소?”

“하지만…….”

“글쎄, 들어보오.”

노인은 흥분해서 쇳소리를 지르며 언제나처럼 끈을 꺼내 들고 재빠른 솜씨로 매듭을 지었다 풀었다 하기 시작했다.

“편지는 틀림없이 정말로 있었던 거요. 그렇지 않다면 무엇 때문에 드 샤버스 경 부인이 파밀라 페브마슈 양 이야기에 응할 리가 있겠소? 만일 전혀 켕기는 데가 없었다면 무엇 때문에 당장 그 자리에서 문을 가리키며 나가라고 말하지 않았겠소?”

“그 점은 인정해요.” 나는 말했다.

“좋소, 그럼. 이번에는 그녀가 나중에 파밀라에게 죄를 덮어씌우려 했던 그 비열한 살인인데, 그녀 자신은 그런 일을 해치우기에는 너무 고상하고 섬세하오. 그렇다면 그녀를 대신하여 편지를 찾아올 만큼 그 일에 강한 관심을 가질 만한 사람이 누구겠소?”

“누구지요, 대체?” 아직도 여우에게 홀린 기분으로 나는 고개를 갸웃하면서 물었다.

“그녀의 남편밖에 없지 않겠소!” 이상한 노인은 새된 목소리로 외치며 힘껏 끈을 잡아당겨 두 도막으로 툭 끊고 말았다.

“그녀의 남편이라고요!” 나는 놀라서 말했다.

“놀랄 것 없소. 그에게는 그만한 시간이 있었고 그만한 배짱도 있었소. 넓지도 않은 칸막이 집이었으니 옆방의 이야기 소리가 충분히 들렸을 거요. 그때 그는 집에 있었으니까요. 부인의 입으로 그가 나간 것은 파밀라 양이 찾아온 뒤라고 말했지요. 그가 모든 얘기를 엿들었음에 틀림없소. 명예를 떨어뜨리게 하는 편지, 아내를 협박하려는 파밀라 양의 의도, 그처럼 자존심이 강한 사람에게 이일이 어떤 충격을 주었을까 하는 것은 상상에 맡기겠소. 그런 일이 세상에 드러나게 되면 아내의 사회적 지위가 형편없이 됨은 물론 전통 있는 집안의 명예에 손상을 입히게 될 것이며, 친척들은 그런 여자와 결혼한 그의 어리석은 행동을 나무라게 될 거요.

그때 그가 어떤 모습이었는지 상상할 수 있겠지요? 옆방에서 두 여자가 이야기하는 소리를 듣고, 어떤 희생을 치르더라도 자기 손으로 그 불명예스러운 편지를 되찾아 주리라 결심을 굳히는 그의 모습을? 그는 10시에 보앨럼 우드로 떠나는 열차를 탈 수가 있었소.

말해 두지만 나로서도 그가 처음부터 무슨 나쁜 계획을 가지고 그곳으로 갔다고는 생각지 않소. 그는 페브마슈 노부인으로부터 돈을 주고 그걸 살 생각이었겠지요. 그런데 결과가 그렇게 된 것이오. 어떻게 해서 그렇게 되었는지는 살인한 본인만이 알 일이며, 아무도 무슨 일이 있었는지 모르오. 그러나 어찌되었든 살인은 일어나고 말았소.

그런 범죄에 맞닥뜨렸을 때 그 다급하고 점잔빼는 귀족적인 사나이의 공포를 상상해 보시오. 그 공포가 그로 하여금 그런 행동을 하게 만든 것일까, 아니면 단순히 그런 모든 일의 근본적인 원인인 파밀라라는 여자에 대한 분노 때문이었을까? 그런 행동이란 즉 비열하게도 파밀라 양에게 죄를 덮어씌우는 거짓 고발장을 써서 피해자의 손 밑에 놓아둔 것을 말하는 거요. 그가 무슨 생각에서 그런 짓을 했는지 지금으로서는 알 도리가 없소.

이리하여 무대 장치가 갖춰지자 아직 그에게는 올라가는 마지막 열차, 11시 23분 발 열차를 탈 여유가 있었소. 남자라면 혼자 늦은 기차를 타고 있어도 사람의 눈길을 끌 염려가 없지요.

파밀라 양의 무죄는 입증되었소. 페브마슈 노부인 살인 사건은 미궁에 빠졌지요. 그러나 지금 내가 말한 것을 잘 생각해 보면 드

샤버스 경 이외에 그 살인을 저지를 사람은 아무도——아시겠소,
단 한 사람도 없었다는 것을 납득하게 될 거요. 왜냐하면 드 샤버
스 경 이상으로 그 편지를 찢어버리는 일에 깊은 관심을 가진 사람
은 없기 때문이오."

리슨 글로브의 수수께끼

구석의 노인은 두 잔째 우유를 주문하고, 치즈케익도 하나 더 가져오라고 부탁했다.

그러고 나서 그는 말했다.

"지금부터 메릴본 경찰재판소에 가서 그들이 치안 판사 앞에 끌려나온 모습을 볼까 하오."

"그들이라니 누구지요?" 나는 물었다.

"누구냐고요?" 노인은 몹시 흥분하여 소리쳤다. "설마 당신은 저 리슨 글로브의 괴사건을 모른다고 말하는 건 아니겠지요?"

나는 그 사건에 대해서 아주 표면적인 것밖에 모른다고 고백하지 않을 수 없었다.

"요 몇 년 사이 일어난 사건 가운데 가장 흥미 있는 것 가운데 하나지요." 그는 말로 표현하기 어려운 비난의 빛을 눈에 담고 말했다.

"그렇겠지요. 사실 신둔에서 그 사건에 대해 조사하지 않은 것은 당신에게 직접 듣는 편이 더 나으리라고 생각했기 때문이에요."

"흐음, 그렇다면 당신은 그곳 여기자들보다 얼마쯤 분별이 있는 듯

하군요. ” 노인은 이렇게 말하고 비를 맞은 큰 새처럼 구석 자리에 고
쳐 앉았다. “물론 신문보다 훨씬 확실한 이야기를 들려줄 수 있소.
사실 경찰은 경찰대로 자기들이 정말 이처럼 실수만 거듭하여 사건을
엉망으로 만들리라고는 생각지 못했을 거요. ”
“아주 특별히 힘든 사건입니다. ”
나는 언제나 바쁜 경찰을 동정하고 있었기 때문에 변호했다.
“흐음! ”
노인은 콧방귀를 뀌었다.
“뭐, 어찌되었든 그 사건은 프롤로그와 3막으로 이루어진 비극이었
소. 나는 오늘 오후 그 세 번째 막이 내려지는 것을 보러 갈 작정
인데, 만일 내 추측이 틀리지 않는다면 비극은커녕 참으로 속 들여
다보이는 연극이라는 것을 알게 되겠지요. 그러나 제1막은 여간 극
적인 것이 아니었소. 그것은 지난주 토요일인 11월 21일 일이었지
요. 웸블리 파크 역으로부터 그다지 멀지 않은 조그만 잡목 숲에서
놀던 두 소년이 모조 에나멜 가죽에 싸인 큰 보따리 세 개를 발견
하였소.

그 나이 또래 아이들이 흔히 갖는 호기심에서 그들은 얼른 보따
리를 끌러보았어요. 속에 든 것을 보고는 둘 다 크게 놀라 울부짖
으며 잡목 숲을 뛰어서 폴로 경기장을 가로질러 쏜살같이 웸블리
파크 역으로 달려갔소. 흥분한 나머지 반쯤 정신이 나간 두 아이는
비번인 짐꾼 한 사람에게 자초지종을 말하여 짐꾼은 아이들과 함께
잡목 숲으로 가보았지요. 그 세 개의 보따리에 들어 있는 것은 토
막으로 자른 사람 시체였소. 짐꾼은 곧 소년 하나를 가까운 경찰서
로 보냈소. 이윽고 시체는 순서대로 공시소에 옮겨져 거기서 검시
를 기다리게 되었지요.

사흘 뒤 즉 11월 24일 화요일의 일이었소. 리슨 글로브 클레센

트에 사는 에밀리어 다이크라는 처녀가 에든버러의 친구 집에 있다가 자기 집으로 돌아왔소. 그녀는 세인트 팡클라스 역에서 역마차를 타고 가 손수 작은 옷가방을 아파트 문 앞까지 가져간 다음 문을 두들겼지요. 노크 소리가 굉장히 크고 끈질겼기 때문에 가까운 옆방 사람들이 대체 무슨 일인가 하고 층계 창까지 뛰어나올 정도였소.

노크를 하면서 에밀리어 다이크 양은 점점 더 초조해지기 시작했소. 그녀는 아버지가 중병으로 꼼짝 못하는 것이 틀림없다, 그렇지 않다면 어째서 빨리 나와 문을 열어주지 않는 것일까 하고 생각했소. 그런데 이때 다이크 부녀가 있는 바로 아랫방에 사는 피트 부부가 와서 사실은 그들도 요 며칠 동안 위층에서 전혀 소리가 들리지 않아 다이크 노인이 어떻게 된 게 아닐까 걱정하고 있었다고 말했소. 그 말을 듣자 그녀의 불안은 절정에 이르렀소.

다이크 양은 완전히 겁을 먹고 옆방 사람에게 경찰이나 열쇠 수리공을 불러달라고 부탁했지요. 피트 씨는 곧 달려가서 경찰과 열쇠 수리공을 불러왔소. 문이 열리자 말할 수 없이 흥분한 가운데 걱정으로 당장에라도 까무러칠 것만 같은 다이크 양을 데리고 터너 순경이 방 안으로 들어갔소.

방 안은 어느 곳이나 다 차분하게 정돈되어 있었소. 난로에는 장작이 쌓여 있고 침대 준비도 되어 있었으며, 바닥은 깨끗이 청소되어 있었고 놋쇠 따위도 잘 닦여 있었소. 다만 먼지가 조금 앉아 있을 뿐이었지요. 아파트에는 방 네 개와 욕실이 있었는데, 다이크 노인의 모습은 아무데도 없었소.

이 사실을 알자 이웃 사람들은 모두 어안이 벙벙했소. 왜냐하면 다이크 노인은 중증의 신체 장애자였기 때문이오."

구석의 노인은 잠시 이야기를 멈추었다.

"그는 젊었을 때 광산기사였으나, 40살 때 커다란 폭발 사고로 두 다리를 잃었지요. 다리는 양쪽 다 무릎 바로 위에서 절단되어, 그 뒤부터 이 불운한 사나이는——그때 이미 어린 딸을 거느린 홀아비가 되어 있었지만——지팡이에 의지하며 생활해 왔소. 그에게는 몇 푼 안 되는 연금이 지급되고 있었소. 딸 에밀리어가 자란 뒤에는 그래도 리슨 글로브 클레센트에 조그마한 아파트를 얻어 그런대로 편안히 살고 있었지요. 그런데 불행한 사고를 당한 뒤로부터 그는 몹시 신경질적이 되어서 어쩌다가 지팡이를 짚고 외출할 때에 사람들이 동정이 깃든 눈으로 바라보거나 친절한 말을 걸어오거나 하는 것을 아주 싫어했소. 그렇기 때문에 그는 자연히 집에서 나가는 일이 적어지고 나중에는 전혀 밖에 나가지 않게 되었지요. 그가 65살이 되고, 딸 에밀리어가 27살의 훌륭한 여성으로 성장했을 무렵에는 이미 아파트 밖으로 나가지 않는 생활이 5년 이상이나 계속되고 있었소.

그런데 문제의 11월 24일, 터너 순경이 열쇠 수리공의 도움을 빌려 아파트에 들어갔을 때 그 노인의 모습은 아무데도 없었던 거요.

에밀리어 다이크 양은 완전히 정신을 못 차리고 흥분한 나머지 히스테리컬하게 소리만 지를 뿐이어서, 경관에게 논리적인 설명을 할 수도 없는 형편이었소. 겨우 어떻게 그녀의 눈물겨운, 종잡을 수 없는 진술을 종합하자 다음과 같은 사실이 밝혀지게 되었지요.

에밀리어 다이크 양은 에든버러에 친한 친구가 있어 그전부터 한번 찾아가고 싶었지만, 아버지의 몸이 불편했기 때문에 좀처럼 용기가 나지 않았소. 그런데 2주일쯤 전에 친구로부터 꼭 놀러 와 달라는 권유를 받고 마침내 그녀는 승낙하게 되었소. 그녀는 자기가 없는 동안 아버지가 불편해하지 않도록 지방 신문에 파출부를 구한

다는 광고를 내어 얼마 동안 아파트로 출근하며 아버지의 식사 시
중이며 침대 준비 등 모든 일을 맡아줄 점잖은 부인을 구했지요.

그러자 몇 사람이 신청해 와서, 결국 나이가 지긋하고 유능해 보
이는 부인을 뽑아 1주일에 7실링을 주기로 약속하고 매일 아침 7
시에서부터 저녁 6시까지 다이크 노인의 시중을 들기로 되었소.

점잖고 친절해 보이는 그 부인의 인품에 호감을 가진 에밀리어
양은 이만하면 충분히 아버지를 돌보아줄 수 있겠지 안심하고 11
월 19일 목요일 아침 5시 15분 기차로 에든버러를 향해 떠났소.
그곳에 가 있는 동안 노인으로부터는 아무 소식도 없었지만 그녀도
별로 기대하고 있지 않았으므로, 뭔가 크게 어려운 일이 없는 한
소식이 없는 것이 당연하다고 생각하고 있었소.

그런데 지금 그 노인이 집에 없는 것이오. 그러나 그가 혼자 층
계를 내려가 아파트를 나갔을 리는 결코 없으므로 십중팔구 그의
몸에 어떤 이상이 생겼다고 볼 수밖에 없지요. 그의 지팡이도 없어
졌으니 이것은 노인의 실종에 대한 수수께끼를 한층 더 깊게 해줄
뿐이었지요.

가까스로 여기까지 알아낸 터너 순경은 이제부터는 상사에게 사
건을 맡기는 것이 좋겠다고 판단하고, 에밀리어 양으로부터 파출부
의 이름과 주소를 알아낸 다음 일단 경찰서로 돌아갔소.

마침 그때 날아든 것이 그 지구 경찰 의사로부터 각 경찰서에 띄
운 회람, 즉 웸블리 파크에서 지난주 토요일에 발견된 토막난 시체
에 관한 보고였던 것이오. 그 보고에 따르면 시체는 60살에서 70
살 가량의 노인으로, 직접적인 사인은 무거운 둔기로 뒷머리를 세
게 맞아 두개골이 부서졌다는 것이었소. 그런데 다시 전문적인 검
시가 행해지자 피해자는 장년기에 두 무릎의 윗부분을 외과 수술에
의해 절단했었다는 사실이 밝혀졌소. 여기까지가 말하자면 리슨 글

로브 비극의 프롤로그지요. 세상 사람들이 아는 한에서는 말이오."

구석의 노인은 잠시 말을 끊었다. 이윽고 그는 위엄을 갖추고 이야기를 계속했다. "이어서 제1막이 오르자 상황은 완전히 달라져버렸소.

토막난 시체는 행방불명된 다이크 노인임이 확인되고, 그와 동시에 리슨 글로브 경찰은 월록 거리에 사는 실업자 앨프레드 와이야트를 살인 용의자로 체포했으며, 피해자의 딸 에밀리어 다이크 양도 공범 혐의로 체포했던 것이오. 지금부터 내가 메릴본 경찰 재판소에 가서 판사 앞으로 끌려나오는 모습을 보려는 것은 이 두 사람이오."

"그런데 검시 신문 첫날, 이 사건에 대해 대단히 중요한 두 가지 증거가 밝혀졌소. 경찰이 두 사람을 체포한 것은 이러한 증거가 있었기 때문이오.

먼저 다이크네 집 사정을 잘 아는 이웃 두세 사람의 증언에 따르면, 에밀리어 양은 전부터 앨프레드 와이야트라는 젊은이와 교제하고 있었다는 거요. 이 젊은이는 전기 기사로 에밀리어 양보다 서너 살 아래이고, 본디 소행이 그다지 좋지 못했으므로 다이크 노인은 두 사람의 교제를 반드시 찬성하지만은 않았을 거라는 증언이었소.

게다가 다이크네 집 바로 아랫방에 살고 있는 피트 부인 말로는, 18일 수요일 낮쯤 위층에서 무서운 기세로 마구 호통치는 소리가 들렸다는 것이었소. 에밀리어 양의 새된 목소리가 특히 잘 들렸다더군요. 그러고 나서 곧 피트 부인은 와이야트 청년이 아파트에서 나가는 것을 보았다 하고, 위층의 말다툼은 그가 가고 나서도 잠시 계속되었다고 하오. 흥분하여 빠른 말투로 떠들어대는 에밀리어 양의 새된 목소리가 그 뒤에도 잠시 동안 들렸다는 거요.

'그리고 한 시간쯤 뒤에' 하고 피트 부인은 증언을 계속했소. '나는 층계에서 에밀리어 다이크 양과 마주쳤어요. 그녀는 빨갛게 상기된 얼굴로 울고 있는 것처럼 보였습니다. 내가 그것을 눈치챘다는 건 그녀도 알았을 거예요.

그녀는 멈춰 서서 나에게 말했어요.

'그 소동은 모두 앨프레드가 내게 오늘 오후 드라이브 나가자고 한 데서부터 일어났어요. 하지만 난 역시 갈 생각이에요.'

오후 느지막하게——벌써 어두워지기 시작했으니까 4시 반쯤 되었을 거라고 생각해요——와이야트 씨가 자동차를 타고 왔고, 그 뒤 곧 다이크 양이 층계참에서 무척 기분이 좋아 즐거운 듯이 말하는 소리가 들렸어요.

'알았어요, 아버지. 그렇게 늦지는 않을 거예요.' 그러고 나서 또 다이크 양이 뭐라고 대답하는 것 같았으나 그건 잘 들리지 않았어요. 다만 그녀가 '아니, 걱정 없어요. 옷을 많이 입었고, 무릎덮개도 많이 가져가니까요'라고 말하는 것이 들렸을 뿐이에요.'

그러고 나서 피트 부인은 창가로 가서 와이야트 청년과 에밀리어 다이크 양이 자동차를 타고 달려가는 것을 보았소. 두 사람이 정답게 위 창문을 바라보며 손을 흔드는 것을 보고 아마 노인도 기분이 풀어진 모양이구나 하고 그녀는 생각했다고 하오. 두 사람이 드라이브에서 돌아온 것은 6시쯤이었으며, 와이야트 청년은 에밀리어 다이크 양을 방문 앞까지 데려다주고 곧 돌아갔지요. 에밀리어 양이 스코틀랜드 여행을 떠난 것은 그 이튿날이었소.

그래서 말이오만, 와이야트 청년이 이 사건에서 대단히 중요한 인물이라는 것은 당신도 인정하겠지요?"

구석의 노인은 잠시 이야기를 멈췄다.

"첫째, 그는 에밀리어 다이크 양의 애인이었는데 그녀가 애인의 이름을 지금까지 전혀 말하지 않은 것이 아무리 생각해도 이상하거든요, 그리하여 다시 자세한 사정을 듣기 위해 불려나왔을 때 다이크 양은 앨프레드 와이야트 청년의 일로 호된 추궁을 받았지요. 검시관 앞에서도 그녀는 완강하게 처음의 증언을 되풀이할 뿐이었소.

‘와이야트 씨의 이름을 말하지 않았던 것은 그다지 중요하다고 생각지 않았기 때문입니다’라고 그녀는 변명했소. ‘만일 그가 아버지의 불행한 죽음에 대해 뭔가 알고 있었다면 물론 당장 달려와서 몸이 부자유스러운 가엾은 노인을 죽인 비열한 범인을 찾아내는 데 힘을 빌려주었을 거예요. 와이야트 씨는 나의 아버지를 존경하고 있었어요. 아버지가 우리의 교제를 반대하고 있었다는 것은 전혀 터무니없는 말이에요. 반대는커녕 전적으로 찬성해 주셨으므로 우리는 해가 바뀌면 곧 식을 올리고 아파트에서 아버지와 함께 살 작정이었어요.’

그런데 검시관 역시 한 발자국도 물러서지 않고 추궁의 손길을 늦추려 하지 않았소.

‘먼저 증인의 말에 따르면 당신은 와이야트 씨와 드라이브 나가는 것에 대해 아버지와 다투었다고 하는데, 그것은 어떻게 된 일이지요?’

‘아아, 그건 아무것도 아니에요.’ 다이크 양은 아주 침착하게 대답했소. ‘아버지는 다만 4시에 나가는 것은 너무 늦어서 내가 감기 들게 되면 안 된다고 반대하신 거였어요. 그러나 우리가 무릎덮개를 많이 가지고 간다고 하자 아버지는 쾌히 승낙해 주셨어요.’

‘그렇다면 좀 이상하군요’ 하고 검시관은 다그쳤소. ‘아버님과 와이야트 씨 사이가 그토록 원만했다면 어째서 그가 당신이 집에 없는 동안 아버님의 시중을 들어드리려 하지 않았을까요?’

‘별로 이상할 건 없어요.’ 그녀는 태연하게 대답했소. ‘그 사람도 목요일 밤에 에든버러로 왔으니까요. 그날 런던에 사업상 볼일이 있었기 때문에 나와 함께 아침 기차를 탈 수는 없었지만, 밤차로 에든버러에 와서 금요일 아침에 친구 집에서 만났어요.’

‘그럼, 그는 당신이 떠난 뒤 한 번도 아버님을 만나지 않았군요?’ 검시관은 무뚝뚝하게 물었소.

‘아니오, 만났어요. 그날 낮에 아버지가 어떤지 보려고 아파트에 들렀답니다. 아버지는 아주 쾌활하고 기분이 좋았다고 했어요.’

에밀리어 다이크 양은 이 증언을 하는 동안 자기의 말이 어떤 의미에서 애인을 죄에 빠뜨릴지도 모른다는 것은 전혀 생각지 않는 모양이었소. 미인이기는 했으나 어딘지 모르게 품위가 없었고 애써 젊게 꾸미기는 했지만 그럭저럭 30살이 가까워 보이는 나이였소. 물론 나도 검시 신문에 갔었지요. 처음부터 이 사건은 수수께끼투성이여서 내 주의를 끌었으니까요. 나는 신문하는 동안 자세히 그녀를 관찰해 보았소. 그녀의 목소리는 아름답고 크기는 했지만, 여기에도 어딘지 천박함이 깃들어 있는 듯했소. 그러나 어찌되었든 피트 부인이 말한 새된 목소리와는 상당히 거리가 있다는 것만은 확실했소.

증언을 마치자 그녀는 자기 자리로 돌아갔소. 여기저기에서 경멸과 의혹마저 깃든 눈길로 보고 있었지만 그녀는 당황하거나 우물쭈물하지 않았지요.

그 침착한 태도는 증언이 진행되어 베드포드 로에 있는 스노우 앤드 패터슨 법률사무소 직원 팔레트 씨의 차례가 되었을 때도 전혀 달라지지 않았소. 달라진 점이라면 다만 이 몸집 작은 사나이가 증언하는 동안 빨갛게 칠한 입술을 삐죽거리며 노골적으로 경멸의 표정을 보인 것뿐이었소.

팔레트 씨의 증언은 실로 놀라운 것으로, 그로 인해 지금까지 다이크 노인의 살해 사건을 덮고 있던 수수께끼의 비밀이 두 갈래로 나누어진 것 같았소. 즉 그의 증언이 이 사건에 동기를 제공해준 것이오. 돈이라는 옛날부터 전해오는 강력한 동기를.

즉, 올 6월 스노우 앤드 패터슨 법률사무소는 멜보른에 있는 어느 동업자로부터 한통의 편지를 받았소. 그에 따르면 최근 그곳에서 사망한 다이크라는 사람이 단 하나뿐인 동생 제임즈 아더 다이크에게 4천 파운드의 유산을 남겼다는 것이었소. 그 유산을 받을 동생은 광산 기사로 1890년 무렵 리슨 글로브 클레센트에서 살았는데, 이쪽에서 그를 찾아줄 수 없겠느냐고 부탁했다는 거요.

조사는 아주 간단했지요. 광산 기사 제임즈 아더 다이크는 그 때와 다름없이 리슨 글로브 클레센트에 살고 있었기 때문이오. 그래서 멜보른의 동업자로부터 의뢰를 받은 스노우 앤드 패터슨 법률사무소는 다이크 노인에게 연락을 취하고, 두세 가지 예비적인 교섭을 끝낸 다음 모두 4천 파운드에 이르는 오스트리아 은행 지폐와 여러 가지 유가증권을 팔레트 씨의 손으로 몸이 불편한 노인에게 건네주었소.

팔레트 씨가 아는 바에 의하면 이 돈과 유가증권은 그 뒤 다이크 노인의 손으로 런던 앤드 사우드 웨스트 은행 포틀랜드 지점에 예탁되었다고 하오. 그리고 그는 노인이 유언장을 만들지 않고 죽었기 때문에 이 4천 파운드는 고스란히 그의 외동딸이며 정당한 상속인인 에밀리어 다이크 양에게 넘어갈 거라고 덧붙였소.

검시 신문이 진행되고 있는 동안 사람들은 직감적으로 이 음울하고 수수께끼 같은 사건의 밑바닥에 돈이 얽혀 있다는 것을 느꼈소. 돈이 얽혀 있지 않다면 몸이 불편한 노인을 죽여 얻을 게 없을 테니까. 그런데 지금 팔레트 씨의 증언에 의해 이 가공할 살인 동기가 갑자기 밝혀지게 된 셈이지요.

그렇게 되자 앨프레드 와이야트 청년이 그 4천 파운드를 손에 넣기 위해 노인을 없앴다고 추정하는 것은 자연스러운 귀결이었소. 또한 그런 비열한 범죄가 있은 뒤에도 에밀리어 다이크 양이 그와 손을 끊지 않는 이상 그녀도 진상을 알고 있음에 틀림없으며, 어쩌면 공범일지도 모르는 것이었소.

그런데 파출부 니콜슨 부인의 증언은 이 기괴하고 수수께끼 같은 사건의 자초지종 가운데서도 특히 이상야릇해서 사람들이 고개를 갸웃거리게 만들었소.

그녀의 증언 내용은 이렇소. 11월 13일 금요일, 〈메릴본 스타〉지의 광고를 보고 리슨 글로브로 다이크 양을 찾아가 만나본 결과 19일 목요일부터 1주일 동안 아침 7시에서 저녁 6시까지 임시 파출부로 그 집에 다니기로 되었소. 일은 방 청소와 다이크 씨——들은 바에 의하면 환자라고 했는데——의 식사 시중과 그 밖의 잔심부름이었지요.

계약대로 니콜슨 부인은 목요일 아침부터 출근하여 다이크 양으로부터 문 열쇠를 받아 두었기 때문에 그것으로 안에 들어가 일을 했소. 다이크 씨는 침대에 누워 있었으며, 그날은 세 끼 모두 그녀의 부축을 받아 식사를 했소. 그녀로서는 충분히 노인의 마음에 들게 시중들었다고 생각했으므로 저녁 6시쯤 차 도구를 치우고 있을 때, 노인이 갑자기 내일부터는 나오지 않아도 된다고 말했으므로 깜짝 놀랐지요. 노인은 그 이유를 전혀 설명하려 하지 않았으며 맡긴 열쇠를 도로 달라고 한 다음 1주일분 급료 7실링을 지불해 주었소. 니콜슨 부인은 그것을 받아든 다음 모자를 쓰고 나와 버렸지요. 그런데 그 한 시간 뒤…….”

구석의 노인은 흥분한 나머지 몸을 앞으로 내밀었다. 그는 한 마디 할 때마다 그 끈에 복잡한 매듭을 지으며 이야기를 계속했다.

“아파트의 같은 층에 사는 이웃인 매슈 부인이 외출하다가 층계참에서 앨프레드 와이아트 청년과 마주친 거요. 그는 모자를 벗어 인사한 다음 다이크 씨 집 앞에서 문을 두들겼소. 8시에 외출에서 돌아오던 매슈 부인은 또 층계에서 와이아트 청년과 마주쳤소. 그때 그는 나가는 참이었소. 그녀가 발길을 멈추고 다이크 씨의 안부를 묻자 '네, 건강하십니다. 따님이 없어 쓸쓸해하고 계십니다만' 하고 대답했소.

그때의 일에 대해 자세히 질문받자 매슈 부인은 생각해 보니 와이아트 청년이 겨드랑이에 큰 꾸러미를 끼고 있는 것 같았다고 대답했소. 그러나 층계가 몹시 어두웠기 때문에 꾸러미의 모양까지는 잘 모르는 것 같았소. 그리고 그녀는 와이아트 청년이 몹시 서둘러 층계를 뛰어내려온 것 같다고 덧붙였지요.

이 증언이 있자 경찰은 자신을 가지고 앨프레드 와이아트 청년을 제임스 아더 다이크 노인 살해 혐의로, 에밀리어 다이크 양을 공범 혐의로 체포한 것이오. 그리하여 오늘 아침, 이 젊은 남녀는 치안 판사 앞으로 끌려 나와서 지금쯤 아마 검찰측으로부터 그들에게 불리한 증거──상황 증거이긴 하지만 아주 강력한 것이오──가 차례로 제출되어 있을 것이오. 경찰은 신속하게 일을 처리했소. 검시 신문 첫날 저녁 무렵에는 이미 두 사람의 체포 영장이 나와 있었으니까."

구석의 노인은 늘 조끼 주머니에 넣어두는 큰 은시계를 꺼내어 시간을 확인했다.

"변호인측의 진술을 안 듣고 넘기고 싶지는 않소. 틀림없이 센세이셔널한 진술일 거라고 생각하오. 그러나 경찰과 의사의 증언까지 또다시 들을 생각은 없었던 거요. 그럼, 이만 실례하겠소. 5시의 차 마시는 시간까지는 돌아오겠소. 사건이 어떻게 되었는지 당신도 듣고 싶어할 테니까."

5시 5분에 다시 ABC 숍에 나가 보았더니 구석의 노인은 차 한 잔을 앞에 놓고 늘 앉던 그 자리에 앉아 있었다. 그의 맞은쪽에는 아마 내 몫인 듯한 차가 또 한 잔 놓여 있고 그의 여윈 손가락 사이에는 긴 끈이 쥐어져 있었다.

"차와 함께 먹는 것으로 뭐가 좋겠소?"

내가 자리에 앉자 그는 정중하게 물었다.

"버터를 곁들인 롤빵과 이야기의 결말이겠지요" 하고 나는 대답했다.

"아니, 그 이야기에는 결말이 없다오." 노인은 빙그레 웃으며 말했다. "적어도 일반 사람들에겐 말이오. 그러나 나에게는 그처럼 간단한 수수께끼도 없었지요. 그렇기 때문에 오히려 경찰이 현혹당하고만 거겠지만."

"어머나, 그래요? 그래, 무슨 일이 있었어요?"

나는 얼마쯤 조바심하면서 물었다.

"뭐 늘 마찬가지요."

구석의 노인은 다시 성급하게 끈을 만지작거리기 시작했다.

"피고들은 무죄를 주장하고, 검찰측의 증거는 세밀히 재검토되었지요. 팔레트 씨가 4천 파운드의 유산 이야기를 되풀이하고, 이웃 사람들은 입을 모아 자기들이 보기에 앨프레드 와이야트 청년이 얼마나 좋지 못한 사람인가를 말했소.

나는 매슈 부인의 증언 마지막부터 들었소. 내가 법정에 도착했을 때 그녀는 경찰에서 말했던 이야기를 되풀이하고 있는 중이었지요.

같은 아파트에 사는 다른 사람들도 그 목요일 밤 8시쯤 와이야트 씨가 급히 층계를 뛰어 내려가는 소리를 들었다고 했소. 이것은 작은 것이기는 하지만 피고에게 유리한 증거였소. 무거운 시체를 넣은 꾸러미를 들고 층계를 뛰어 내려간다는 건 도저히 있을 수 없는 일이니까 말이오. 즉 검찰측에서는 이렇게 생각하고 있었소. 와이야트 청년은 그 목요일 밤 다이크 노인을 살해한 뒤 토막낸 시체를 자동차에 싣고 웸블리까지 갔다, 그리고 거기서 나중에 발견된 잡목 숲에 시체를 숨기고는 마을로 되돌아와서 자동차를 차고에 맡긴 다음 11시 30분 에든버러로 가는 야간 급행 열차에 늦지 않도록 킹스 크로스 역까지 달려갔다고 말이오. 8시에서 11시 30분까지 3시간 반의 여유가 있었으므로 범행은 시간적으로도 충분히 가능했던 것이오.

여기에 대해서 검찰측은 또 한 증인을 데려왔소. 그 증인은 이미 무시할 수 없게 되어버린 산처럼 쌓인 피고에게 불리한 증거에 또다시 작은 뒷받침을 하나 더 덧붙여 주었지요.

즉 유스턴 거리에서 자전거와 자동차를 세놓는 영업을 크게 하고 있는 월프레드 포드라는 사나이가 11월 19일 목요일 오후 6시쯤, 전에도 거래가 있어 얼굴을 아는 앨프레드 와이야트 청년에게 소형차를 한 대 빌려주었다고 증언했던 것이오. 그때 와이야트 청년은 11시까지 돌려주겠다고 했고, 그도 그 무렵까지는 가게를 열어놓기 때문에 승낙했던 거요. 약속 시간에 와이야트 청년은 차를 타고 와서 빌린 삯을 치른 뒤 그레이트 노덤 역 쪽으로 걸어갔다고 하오.

이것은 피고에게 아주 불리한 증거였소. 왜냐하면 와이야트 청년이 8시에 리슨 글로브 클레센트를 떠나면서 매슈 부인과 마주쳤을 때로부터 11시에 유스턴 거리의 가게로 차를 돌려주러 갔을 때까지 세 시간 동안 무엇을 하고 있었는지 만족할 만한 설명을 할 수 없었기 때문이오. '기분 내키는 대로 차를 달렸을 뿐입니다'라고 그는 대답했지만, 볼일도 없는데 비가 쏟아질 것 같은 차가운 저녁에 몇 시간 동안이나 차를 타고 돌아다닐 사람이 대체 어디 있겠소?
한편 에밀리어 다이크 양은 단순한 공범혐의이기 때문에 그다지 추
궁당하지는 않았소. 이것으로 검찰측 논고는 끝난 셈이오."
이상한 노인은 그 특유의 뜻있는 미소를 지어보였다.
"다만 한 가지 사소한 점이 분명치 않은 채 남아 있는데, 그것은
즉 파출부 니콜슨 부인을 그만두게 한 피살자의 이해할 수 없는 행
동이었소.

그건 그렇다 치고, 두 사람의 혐의는 많은 증거들에 의해 움직일
수 없는 것으로 생각되었소. 그런데 두 사람 다 아주 태연한 태도
로 피고석에 앉아 있는 것이었소. 사람을 내려다보는 듯한 무관심
한 태도는 자신의 무죄를 확신하고 있거나 아니면 나쁜 짓을 거듭
해서 양심이 마비될 대로 마비된 사람에게서만 볼 수 있는 태평스
러움이었소.

검찰측 논고가 끝나자 앨프레드 와이야트 청년은 자진해서 증언
대에 올라가 자신의 무죄를 주장하는 변론을 했소. 아주 침착하게
마치 늘 하는 인사라도 하는 듯한 말투로 그는 설명하기 시작했지
요.

'나는 다이크 씨 살해 사건과 아무 관계도 없습니다. 그 증거로
서 내가 그 범죄를 저질렀다고 하는 11월 19일 목요일 밤 오후 10
시까지 다이크 씨가 살아 있었다는 것을 주장합니다.'

그는 타고난 배우처럼 잠깐 말을 끊고 자기 증언이 불러일으킨
반응을 지켜보았소. 정말 대단한 소동이었소. 그는 여전히 아주 침
착한 태도를 지키고 있었지요.

'나는 여기 세 명의 증인을 불러두었는데, 이 세 사람은 모두 그
날 밤 10시 30분에 다이크 씨를 보고 그의 이야기를 들었습니다.
그리고 다이크 노인의 토막 난 시체가 발견된 곳이 웸블리 파크 근

처라고 들었소. 그런데 10시 30분에서 11시까지 겨우 30분 동안에 다이크 씨를 죽여 시체를 토막 낸 다음 방을 치워 흔적을 말끔히 없애고, 시체를 차에 싣고 웸블리까지 가서 잡목 숲에 숨긴 뒤 다시 유스턴 거리로 돌아갈 수가 있었을까요? 나는 절대로 죄지은 일이 없습니다. 그리고 다행스럽게도 아주 쉽게 무죄를 입증할 수 있습니다.'

앨프레드 와이야트 청년의 이 말은 허세가 아니었소. 매슈 부인이, 층계를 뛰어내려오는 그를 본 것이 오후 8시였는데 그 한 시간 뒤 바로 아랫방에 살고 있는 피트 부부가 위층에서 노인이 움직이는 소리를 들었던 것이오.

'여느 때와 마찬가지였어요' 하고 피트 부인은 말했소. '다이크 씨는 언제나 9시쯤 침대에 들어가지요, 우리에게는 그것이 손에 잡힐 듯이 잘 들린답니다.'

남편 존 피트 씨도 이 증언을 뒷받침했지요. 지팡이 소리가 나기 때문에 노인의 움직임은 똑똑히 아래층에 들렸던 것이오.

한편 아파트 맞은편 집에 살고 있는 헨리 오그덴 씨는 그날 밤 다이크 씨의 방 창문에 계속 불이 켜져 있었고, 가끔 블라인드에 노인의 그림자가 비쳤다고 증언했소. 창문에 불빛이 꺼진 것은 10시 30분이었소. 이 증언 역시 오그덴 부인에 의해 확인되었지요.

그러나 이것이 전부는 아니었소. 오그덴 부부는 8시 30분에서 9시 무렵까지 다이크 노인이 창문 옆 안락의자에 앉아 있는 것을 보았던 거요. 자주 몸짓을 해가며 방 안에 있는 누군가와 이야기하고 있는 모양이었으나, 상대가 누구인지는 그들로서도 알 수 없었지요.

이로써 자신의 무죄를 증명하는 것은 아주 쉽다고 말한 앨프레드 와이야트 청년의 말이 결코 허세가 아닌 게 판명되었소. 그에게 살해된 것으로 추정되는 노인은 앞의 증언에 의하면 6시까지 살아 있었고 지금 오그덴 부부의 증언에 의하면 9시까지는 멀쩡하니 창문 옆에 앉아 있었던 것이 되지요. 다시 10시까지 움직이며 돌아다니는 기척이 피트 부부에게 들렸으며 방의 등불이 꺼진 것은 10시 30분이 되어서였소. 사실 시체가 12마일(19.3km)이나 떨어진 곳에서 발견되었다는 것만으로도 분명히 8시에 리슨 글로브 클레센트를 떠나 11시에 유스턴 거리에 나타난 와이야트 청년으로서는 범행이 불가능하다는 증거가 되지요.

물론 와이야트 청년은 석방되었소. 치안 판사는 경찰의 섣부른 증거 수집에 대해 엄중한 훈계를 내렸지요.

에밀리어 양은 그의 석방과 동시에 그녀의 공범 사실도 무너지게 된 셈이어서, 대관식을 마친 여왕처럼 의기양양하게 나갔다오. 나는 나대로 우리 영국인의 지성도 대륙 여러 나라 사람들이 생각하고 있는 것처럼 떨어지지는 않은 모양이라 생각하고 크게 기분이 좋아서 돌아온 참이오."

"하지만 그럼 대체 누가 노인을 죽였을까요?" 나는 물었다.
솔직히 말하자면 나는 사건 경위가 잘 납득되지 않아 조금 조바심하고 있었던 것이다.
구석의 노인은 손에 든 끈에 차례로 복잡한 매듭을 만들어가면서 익살스럽게 말했다.
"으음, 대체 누구겠소?"
"이야기를 듣고 싶어요. 당신 가슴에 있는 이야기를" 하고 나는 말했는데, 이때만은 나도 노인의 태도가 못마땅해서 참을 수가 없었다.
"내 가슴에 있는 이야기라고?" 노인은 비쩍 마른 어깨를 으쓱하며 앵무새처럼 말을 되풀이했다.

“아무것도 없소. 다만 얼마쯤의 감탄이 있을 뿐이지요.”

“감탄이라고요? 무엇에 대한 감탄이지요?”

“탁월하게 뛰어난 지능적인 2인조 범죄자에 대해서.”

“그럼, 역시 와이야트 청년이 다이크 노인을 죽였다고 생각하시는 건가요?”

“생각하고 있는 게 아니라 확신하고 있소.”

“하지만 언제 그랬을까요?”

“으음, 그게 중요한 점이오. 나로서는 11월 18일 수요일 오전에 둘이서 함께 했다고 보는데…….”

“둘이서 드라이브를 떠난 그날 말인가요?”

나는 어이가 없어서 되물었다.

그는 내 말을 받아 말했다.

“그리고 많은 무릎덮개 밑에 노인의 시체를 숨겨 실어내간 날이지요.”

“하지만 그 뒤까지도 살아 있었는데요!” 나는 반박했다. “파출부 니콜슨 부인이…….”

“니콜슨 부인은 침대에 누워 있는 사나이를 보고 그가 다이크 노인인 줄 알았던 거요. 솜씨 있는 형사들이 그녀에게 많은 질문을 퍼부었지만, 그 중에서 노인의 특징에 대해 물어볼 생각은 아무도 못했지요. 하지만 물었다 해도 결과는 마찬가지였을 거요. 그녀는 그때까지 노인을 만난 적이 없었고, 와이야트 청년 정도의 범죄 예술가라면 쉽게 노인으로 보이게끔 변장했을 게 틀림없으니까!”

“있을 수 없어요!”

나는 외치듯 말했지만, 그러면서도 자신도 모르게 노인의 단순 명쾌한 논리에 가슴이 꽉 메어오는 것을 느꼈다.

“있을 수 없다고?” 그는 신이 나서 쉰 목소리로 말했다. “나보고 말하라면 그 범죄는 처음부터 끝까지 예술 그 자체였다고 하고 싶소. 천재의 작품이오. 다행히도 흔해빠진 범죄자에게는 그만한 천재가 좀 처럼 없지만 말이오. 그러니까 세상은 평온하게 지낼 수 있는 거지요. 이 범죄에서는 모든 것이 정말 멋있게 연출되어 있어 어느 것 하나 서투른 점이 없소. 당신을 위해서 그것을 재현시켜 줄까요 ? ”

“네, 부탁해요 ! ”

나는 테이블 너머로 그에게 새 끈을 건네주었다. 그는 거북스러운 듯한 손놀림으로 그것을 받아 쥐었다.

“좋소. ”

그는 한 마디 할 때마다 규칙적으로 매듭을 만들어나갔다.

“그럼, 순서에 따라 이야기하기로 하지요. 여기 앨프레드 와이야트 와 에밀리어 다이크라는 2인조 악당이 있소. 노인이 가지고 있는 4천 파운드가 갖고 싶어 몸이 달았지만 노인이 죽지 않는 한 그들 손에 들어오지 않지요. 그래서 그들은 노인을 죽이기로 했소.

그리하여 첫째 장면에서 에밀리어 양은 친구를 방문하기로 약속 했소. 파출부를 구하는 광고를 내고 응모자 한 사람을 고용했소. 그 여자는 나중에 좋은 증인이 되지요.

둘째 장면에서는 몸이 불편한 노인을 참혹하게 죽였소. 범행을 하는 동안 피해자의 딸은 옆에 서서 태연히 지켜보고 있었소. 그런 다음 시체를 토막냈지요.

셋째 장면에서 두 사람은 자동차로 드라이브를 떠났소. 어두워진 뒤라는 것을 잊어서는 안 되오. 그리고 산더미 같은 무릎 덮개 밑 에는 무서운 꾸러미가 감추어져 있었소. 이 장면에는 다이크 양이 아래에서 아버지에게 말을 걸고 손을 흔들어 보이는 희극이 곁들여 져 있었지요. 어떻소, 굉장히 배짱이 센 여자지요 ?

그리고 넷째 장면에서는 에밀리어 양이 도착해서 시체를 감추었소.

다섯째 장면에서 에밀리어 양은 5시 15분 기차로 에든버러를 향해 떠나 알리바이를 확보했소.

그런 다음 이윽고 진짜 희극이 시작되었지요. 와이야트 젊은이가 죽은 노인처럼 꾸미고 그날 하루를 보낸 거요. 말해 두지만 그것은 별로 어려운 일이 아니오. 그것을 생각해 낼 만한 머리와 실제로 해치울 만한 용기만 있으면 되니까요. 파출부는 다이크 노인을 만난 일이 없으며 알고 있는 것은 그가 환자라는 것뿐이오. 하루 종일 침대에 누운 채 거의 말을 하지 않는 이 사나이를 환자라고 생각하는 것은 당연하지 않겠소? 머리 모양을 조금 바꾸고 수염이라도 붙이면 노인으로 변장은 거의 완벽하지요. 그리고 6시에 파출부가 돌아가자, 와이야트 청년은 집을 빠져나가 자동차를 빌린 다음 적당한 곳에 세워두었소. 그리고 7시에 다시 아파트로 돌아와서 일부러 매슈 부인의 눈에 띄게 했지요.

그 다음은 아주 간단하오. 창문에 비친 그림자 따위는 어린아이 속이기고, 지팡이를 짚고 방 안을 돌아다니는 소리는 양산 두 개만 있으면 문제없이 흉내낼 수 있소——진짜 지팡이는 물론 범행 뒤에 곧 태워 없앴을 것이며, 마지막으로 10시 30분에 방의 등불을 끈 것은 그야말로 가장 뛰어난 천재적인 솜씨였소!

하기야 이 훌륭한 계획에도 단 한 가지 조그마한 약점이 있긴 했지요——단 하나뿐이기 하지만. 즉 목요일의 희극이 끝나기 전에 시체가 발견되면 큰일이라는 점이오. 그런 상황을 생각해볼 때 웸블리 근처의 잡목 숲은 알맞은 장소였소. 으스스 추운 11월에 일부러 그런 곳까지 나가 숲을 거닐 사람은 없으니까요. 덕분에 시체는 토요일까지 발견되지 않았지요.

모든 것은 보기 좋게 연출되어 실수 하나 없었소. 나라도 그토록 훌륭하게 해낼 수는 없었을 거요. 어떻소, 차 한 잔 더 하겠소?
필요 없다고요? 뭐, 그렇게 놀란 얼굴을 할 것까지는 없소. 이 세
상에 앨프레드 와이야트나 에밀리어 다이크 같이 교활한 범죄자만
있는 건 아닐 테니까.”

The Tremarn Case
트레먼 사건

"정말 놀라운 사건이란 바로 이런 거예요!" 하고 그날 나는 말했다——〈데일리 텔레그래프〉지에서 그 경위를 다 읽고 난 뒤의 일이었다.

구석의 노인은 점심 주문을 끝내자 곧 반론을 제기해왔다.

"그렇기는 하지만, 아주 자연스러운 일이기도 하지요, 범죄는 항상 새로운 범죄를 낳기 마련이오, 살인이든 도둑질이든 사기든 세상을 깜짝 놀라게 하는 범죄가 일어나면 으레——그렇지, 며칠이 지나기도 전에——그 수법을 흉내내는 녀석이 나오지요, 예를 들어 당신이 몹시 탄복하고 있는 이 사건 말인데……."

노인은 가져온 우유를 조금씩 마시기 시작했다.

"그로부터 1년도 지나지 않았잖소? 파리에서 어느 사나이가 마차 안에서 찔려 죽은 시체로 발견된 그 사건 말이오, 대단히 기묘한 죽음이었지요, 마치 이탈리아 단검처럼 날이 길고 예리한 칼로, 귀에서 그 아래에 걸쳐 한칼에 찔려 죽었으니, 영국에서 이 사건에 관심을 기울인 사람은 없었소, 사람들은 대부분 파리의 소란스러움

과 프랑스 경찰의 무능함에 어깨를 움츠렸을 뿐이지요. 아무튼 프
랑스 경찰은 범인——그는 달리는 마차 안에서 아무도 눈치채지
못하게 자취를 감추었소——을 놓쳤을 뿐만 아니라, 끝내 피해자
의 신원조차 밝혀내지 못했으니까 말이오. 그러나 이 사건은 그것
에 비하면 훨씬 쉽소."

그는 내가 가지고 있는 신문을 가리켜보였다.

"그로부터 1년도 지나지 않은 바로 지난주의 일인데, 우리들이 자
랑으로 여기는 런던 도시 한복판에서 그와 똑같은 범죄가 일어났
소. 그 신문에 자세한 내용이 씌어 있는지 어떤지는 모르지만, 참
고삼아 사건의 자초지종을 이야기해 두겠소.

지난주 월요일 밤, 셔프트베리 애비뉴에서 두 신사——둘 다 야
회복에 오페라해트를 쓴 차림이었지요——가 마차를 탔소. 시간은
11시 15분쯤. 혹시 기억하고 있을지 모르겠는데, 그날 밤은 11월
이면 흔히 그렇듯 흐리고 비가 올 것 같은 안개 짙은 밤이었소. 마
침 극장이 끝났을 때여서 근처 극장들이 일제히 손님을 토해내기
시작했소.

마차의 마부는 이 두 손님에게 그다지 주의를 기울이지 않았소.
두 사람은 얼른 마차에 뛰어올랐는데 그 중 한 사람이 지붕의 작은
창을 열고 크롬웰 거리로 가 달라고 부탁을 했소. 마부는 안개가
허락하는 한 최고 속력으로 크롬웰 거리로 내달아 일러준 번지 앞
에 닿았소. 한 손님이——이때도 역시 지붕의 작은 들창으로——
요금을 넉넉히 주고는, 곧장 빅토리아 거리로 가서 웨스트민스터
챔버즈로 친구를 데려다주라고 부탁했소.

그 '귀한 손님'이 마차에서 내린 다음 잠깐 멈춰 서서 차 안의
다른 한 사람과 몇 마디 말을 주고받는 것을 마부는 보았소. 그리
고 그 손님은 길을 가로질러 빠른 걸음으로 박물학박물관 쪽으로

가버렸지요.

이윽고 웨스트민스터 쳄버즈에 마차를 댄 마부는 두 번째 손님이 내리기를 기다렸소. 그런데 좀처럼 내리는 기척이 없어 마부는 작은 창을 열고 안을 들여다보았지요.

'처음에 나는 그 손님이 잠든 줄 알았습니다.' 그 마부는 나중에 경찰에서 증언했소. '좌석 귀퉁이에 기대앉아 얼굴을 창 쪽으로 돌리고 있었기 때문입니다. 나는 '손님, 다 왔습니다' 하고 소리쳤으나, 그래도 움직이지 않기에 발판에서 내려 흔들어 깨우려고 했습니다. 그랬더니 아아, 그 다음 이야기는 하고 싶지 않습니다! 그때 마차는 가로등 옆에 멈춰 있었는데, 마침 말이 한 발 앞으로 움직여 손님 얼굴을 불빛이 정면으로 비추었던 겁니다. 그는 죽어 있었습니다. 잘못 보았을 리가 없습니다. 귀 바로 밑에 난 상처가 보였으니까요. 그래서 나는 나도 모르게 '살인이야!' 하고 외치고 말았지요.'

마부는 곧 호루라기를 불어 가까이 있는 교통 경찰을 부르고 다시 웨스트민스터 쳄버즈의 야경(夜警)에게도 급히 알렸지요. 그런데 피살된 사나이를 본 야경은 그 자리에서 곧 이런 사람은 모른다, 쳄버즈에 사는 사람이 아닌 것만은 틀림없다고 단언했소.

두 경관이 현장에 달려왔을 때는, 그처럼 날씨가 나쁜 밤이고 그처럼 늦은 시간이었는데도 상당히 많은 사람들이 마차 주위에 모여 있었소. 한 번 보고 곧 중대한 사건임을 알아차린 경관 한 사람은 이대로 자신이 죽은 사나이 옆에 타고 가까운 경찰서로 가는 것이 좋겠다고 판단했지요.

그 경찰서에서 사인이 곧 밝혀졌소. 피해자는 옛날 단검 같은 예리하고 가느다란 칼로 귀에서 아래로 목을 일직선으로 찔려 죽어 있었던 거요. 흉기는 나중에 마차 쿠션 밑에서 발견되었는데, 범인

은 아마 피해자가 옆을 바라볼 때까지 가만히 기회를 엿보고 있다
가 한순간 틈을 이용하여 왼쪽 귀 밑에서 놀라우리만큼 재빠르고
정확하게 흉기를 내리 찔렀던 모양이오.

물론 이튿날 신문은 일제히 이 사건에 대해 보도했지요. 아무튼
독자들에게도 도덕적인 교훈을 불어넣을 더없이 좋은 기회였으니
까 말이오. 즉 하나의 범죄는 다른 범죄를 낳는 것으로, 지난해 파
리에서 있었던 사건만 없었더라면 오늘날 이 런던 도시 한복판에서
일어난 범죄, 아무래도 경찰을 완전히 미로로 끌어넣고 말 것 같은
범죄가 일어나 한탄하는 궁지에 빠지지는 않았을 거라는 교훈 말이
오.

이런 방향의 보도는 물론 다른 데서도 많이 볼 수 있었소. 독자
들 가운데는 그 논조에서 아무래도 경찰이 이 대담무쌍한 수수께끼
의 살인범에 대해 그럴 듯한 단서 하나 잡지 못한 모양이라는 것을
곧 눈치챈 사람도 많았소.

수사 도중 이런 사건에서 흔히 보는 일이지만 어느 의미에서는
당연한 일이 일어났소. 마부가 크롬웰 거리에서 내린 또 한 명의
손님, 비열하고 대담한 범죄를 저지른 다음 감쪽같이 자취를 감춘
이른바 '귀한 손님'에 대해 아주 막연한 특징밖에 말할 수 없었던
것이오.

이것은 조금도 이상한 일이 아니었소. 그날 밤에는 안개가 짙었
고, 살인범은 주의 깊게 오페라해트를 깊숙이 눌러써 얼굴 윗부분
을 가리고 있었기 때문이오. 뿐만 아니라 범인은 마부와의 접촉을
줄곧 마차 지붕의 작은 들창을 통해 하는 등 조심을 했던 거요.

그러니 마부가 본 것은 그 사나이의 말쑥하게 면도한 턱뿐이었
고, 정작 피해자의 신원이 밝혀진 것은 저녁 신문이 나가 사건 상
황과 피해자의 특징 등이 자세히 보도된 뒤였소.

순식간에 뉴스는 들불처럼 퍼져나갔지요. 저녁 신문 늦은 판에는 어느 신문이나 굉장한 형용사를 붙인 선정적인 표제가 나붙어 있었소. 마차 안에서 이해할 수 없이 살해당한 그 사나이야말로 트레먼 백작의 조카로 백작의 추정 상속인 필립 르 슈미넌 씨였던 것이오.”

“이 놀라운 뉴스가 가져다준 충격이 얼마나 컸는가를 이해하기 위해서는 우선 일반적으로 ‘트레먼 백작 집 사건’ 으로 불리고 있는 이 이상한 사건에 대해서 자세한 경위를 알 필요가 있을 거요.”
구석의 노인은 천천히 치즈케익을 먹기 시작했다.
“당신은 이보다 전에 있었던 그 일을 알고 있는지 모르겠구려. 사람들에게 엽기 소설처럼 받아들여진 이야기가 처음 세상에 알려졌을 때의 일을 말이오.”
나는 몹시 흥미 있는 얼굴을 열심히 짓고 있었던 게 틀림없다. 노인은 내 대답을 기다리지도 않고 말을 계속했다.
“그럼, 내가 모든 것을 설명해 드리지요. 나는 처음부터 그 일에 흥미를 가지고 있었고, 여러 가지 황당 무계한 뜬소문에서 뚜렷한 진실만을 추려내어 보았으니까요. 아무튼 진술된 사실 중 몇 가지는 아직도 논쟁의 대상이 되고 있으며, 어쩌면 앞으로 영원히 수수께끼인 채 머물지도 모르오. 자, 어찌 되었든 이야기를 25년 전으로 되돌리지 않으면 안 되겠소. 그 즈음 트레먼 백작의 둘째아들인 아더 르 슈미넌 씨는 휴양과 관광을 겸해 세계 각국을 여행중이었지요.

그처럼 마음 내키는 대로 떠돌아다니던 중 그는 프랑스 령 서인도 제도의 하나인 마르티니크 섬에 들렀소. 지금으로부터 2년 전에 화산의 폭발로 심한 피해를 입은 곳이지요. 이 마르티니크 섬에서 그는 프랑스 계통의 아름다운 혼혈 아가씨 루시 르글랑과 알게 되어 사랑에 빠졌소. 문명인다운 점이라고는 프랑스 인의 피를 받고 그리스도 교인이라는 정도뿐이었소. 물론 교육은 전혀 받지 않은 아가씨였지요.

그 뒷일은 추측하기 어렵지만 한 가지만은 확실하오. 그것은 우리 영국의 귀족 아들인 아더 로 슈미넌 씨가 이 혼혈 아가씨와 마르티니크 섬의 생 피에르 성당에서 같은 그리스도 교인으로서 프랑스 법에 정해진 형식에 따라 정식으로 결혼했다는 것이오.

그 결혼이 절대적으로 의론의 여지가 없는 정당한 것이었는지 어떤지는 지금으로서는 알 도리가 없지요. 그러나 그 뒤의 경위로 미루어보아 합법적인 것이었다고 보지 않을 수 없소. 그렇다고 하지만, 어찌 되었든 그 뒤 아더의 행동은 건달이나 다를 게 없었소. 아내와는 겨우 잠시 동안 함께 살았을 뿐, 곧 싫증이 났는지 결혼하고 2년도 채 못 되어 아내와 자식——그때 1살이 될까 말까 한 남자아이——을 헌신짝처럼 버린 것이오.

그는 아내와 자식의 생활 보장비로 2천 파운드를 르 슈미넌 부인의 이름으로 그곳 은행에 맡겨 그 이자가 매달 그녀의 손에 들어가도록 해놓았소. 그런 다음 두 번 다시 돌아오지 않을 생각으로 태연히 영국으로 떠났소. 이 두 번 다시 돌아오지 않겠다는 그의 생각은 운명의 손에 의해 실행되었지요. 즉 그는 귀국하고 얼마 안 되어 죽었으며, 이 무분별한 결혼의 비밀도 그와 함께 묻히고 만 것이오.

르 슈미넌 부인——그녀는 그곳에서 그렇게 불리고 있었소——은 자신의 운명을 아주 조용히 받아들인 모양이오. 영국에서의 남편의 사회적 지위에 대해서도 그녀는 전혀 모르고 있었소. 아무튼 그는 마르티니크 섬의 유색인 사회에서는 그녀와 아들이 살아가는

데 남아돌 만큼 큰돈을 남기고 간 거요.

이리하여 영국의 백작 집안 손자는 생 피에르 성당의 인격자인 늙은 신부로부터 읽고 쓰기를 배우며 자랐소. 그동안 어머니 루시는 한 번도 남편이 어느 곳에 사는 누구였는지, 그 뒤 어찌 되었는지 알려고도 하지 않고 살아왔지요. 그런데 여기서 이 색다른 이야기의 극적인 장면 전환이 이루어졌소."

이야기에 신이 났기 때문인지 구석의 노인은 점점 더 흥분한 빛을 띠었다.

"당신도 알고 계시겠지만, 생 피에르라는 도시는 2년 전 화산 폭발로 완전히 없어지고 말았소. 주민들은 거의 다 죽고 가옥과 건물들은 모조리 폐허가 되었지요. 이 무서운 대재해로 죽은 사람 가운데는 르 슈미넌 부인──일명 아더 르 슈미넌 부인이 있었고, 한편 간신히 빠져나와 마지막으로 생 방상의 영국인 거류지에 몸을 맡긴 사람 가운데는 그녀의 아들 필립이 있었소.

이제 그 뒤 어떻게 되었을지는 당신도 짐작할 수 있겠지요? 그 영국인 공관 거류지에서는 르 슈미넌의 이름이 일찍부터 알려져 있었소. 생 방상으로 와서 몇 주일 지나지 않아 필립은 자기 아버지가 다름 아닌 트레먼 백작의 동생이었으며, 자기는──현재 백작 집안 주인이 벌써 50살을 넘었는데 아직 결혼하지 않았다는 점에서──백작의 칭호와 그의 영지를 물려받을 추정 상속인으로 지목되어 있음을 알았던 거요.

그 다음은 말하지 않아도 알겠지요. 생 피에르에 대재해가 있고 2, 3개월 뒤 필립 르 슈미넌은 재빨리 큰아버지인 트레먼 경에게 자신의 권리를 주장하는 편지를 보냈소. 그리고 나서 르 아브르를 거쳐 파리에 들렀다가 런던으로 건너가려고 프랑스 여객선에 몸을 실었던 거요.

참고로 말해 두겠는데, 필립이나 그의 어머니는 프랑스 국민으로 자라왔기 때문인지 신원 증명 따위를 굉장히 존중하는 프랑스 인 기질을 이어받았지요. 그리하여 그들 모자가 20년 동안 살아온 집이 무너지고 어머니가 불바다에 삼켜지는 판국에서도 그는 결사적으로 소중한 증명 서류를 불 속에서 구해내었소. 그것은 그가 프랑스 국민임을 증명해 줄 뿐만 아니라 생 피에르 성당에서 아더 르슈미넌과 루시 르글랑의 합법적인 결혼에 의해 태어난 적자임을 증명해 주었소.

그 뒤 어떤 일이 일어났는지는 추측하기 어렵소만, 곧 신문이 트레먼 백작 집안의 새로운 상속인에 대해 산더미 같은 암시와 억측을 실었으며, 몇 주일 뒤에는 생 피에르에서의 비밀 결혼에 대한 소문이 모든 사람의 입에 오르내리게 되었소.

이 이야기는 굉장한 센세이션을 불러일으켰지요. 죽은 아더 르슈미넌 씨는 해외에서 귀국한 뒤 몇 해 안 되어 죽었기 때문에 형인 백작조차 그의 결혼에 대해서는 아무것도 모르고 있었던 모양이오.

당신도 아시겠지만 선대인 트레먼 백작에게는 아들이 셋 있었소. 맏이는 지금의 백작이고, 둘째가 이 이야기의 주인공인 아더, 셋째가 레디널드인데, 그 역시 몇 해 전에 네 아들을 남기고 세상을 떠났지요. 이 네 형제 중 맏이인 헤럴드——겨우 23살의 청년이지만——는 지금까지 줄곧 백작 집안의 추정 상속인으로 생각되어 왔었소.

트레먼 경은 부모를 일찍 여읜 이 네 조카를 가엾게 생각하여 집에 데려다 친자식처럼 길러왔지요. 그리고 그들에 대한 그의 애정, 특히 맏조카 헤럴드에 대한 그의 지나친 애정은 다른 면에서는 그다지 호감을 받지 못하는 그의 성격 가운데 아주 바람직한 아름다운 한 면으로 알려져 있었소.

그러한 트레먼 경에게 여태까지 들어본 일도 없는 조카가 나타났다는 것은 아마 마른하늘의 날벼락 같았을 거요. 백작은 그에 대해 완고하게 부정할 뿐이었소. 동생의 결혼 이야기를 아예 믿으려 들지도 않았고 모두 거짓말이라고 하며, 이름을 대고 나타난 조카를 파렴치한 사기꾼이라고 욕했지요.

이리하여 2, 3개월이 지났소. 세상에서는 숨을 죽이고 이 영국의 작위를 요구하고 있는 반이국인인 청년의 도착을 맞이하여, 머지않아 티치본 사건을 능가할 집안싸움이 벌어지리라고 은근히 가슴을 죄며 기다렸지요.

그런데 현실은 소설보다도 더 신기한 것으로, 실생활에서는 언제나 생각지도 못했던 일이 일어나는 법이오. 문제의 작위 청구인은 약 1년 전에 런던 땅을 밟았소. 외로운 몸으로 의지할 사람도 재산도 없었지요. 왜냐하면 그 2천 파운드는 생 피에르 은행의 폐허 어딘가에 묻혀버리고 말았기 때문이오. 그러나 런던에 도착하자마자 그는 곧 이곳의 이름난 변호사를 찾아갔고, 변호사는 그에게 약간의 용돈을 변통해주는 동시에 그의 요구에 관계되는 서류 한 벌을 맡았소.

그 다음 필립 르 슈미넌은 아마도 곧 큰아버지에게 부딪쳐볼 결심을 한 모양이오. ‘피는 물보다 진하다’는 옛 격언을 믿고 있었는지도 모르지요.

그러나 당연히 예상했던 일이지만, 아직도 사기꾼이라고 부르기를 서슴지 않던 트레먼 경은 뻔뻔스러운 젊은이와의 면회를 딱 잘라 거절했소. 결국 그는 글로브너 스퀘어 저택에서 시중들고 있는 하인 한 사람을 몰래 매수한 뒤에야 큰아버지를 만나볼 수 있었지요.

올 정월 초하루, 그는 트레먼 집안의 집사 제임즈 토비에게 5파운드를 쥐어주고 몰래 백작의 서재로 숨어들어가는 데 성공했소. 이리하여 마침내 거기서 큰아버지와 조카가 처음으로 얼굴을 마주하게 된 거요.

이 만남에서 어떤 일이 있었는지는 아무도 모르오. 핏줄이나 또는 정의를 향한 마음속의 외침이 너무도 강해서 트레먼 경은 거기에 저항할 수가 없었던 것인지 ? 그것도 알 수 없지요.

아무튼 그 순간부터 이 새로운 추정 상속인은 자기의 지위를 확보하게 되었소. 필립 르 슈미넌의 변호사를 단 한 번 만나봄으로써 트레먼 경은 공공연하게 이 작위 청구인을 동생 아더의 유일한 아들로 인정했으며, 따라서 자기 조카로서 상속인임에 틀림없다고 인정했던 것이오.

아니, 뿐만 아니라 이건 누구나 다 눈치챈 일이지만, 이 자존심 강하고 괴팍스러운 노귀족은 새로 나타난 이 조카의 손에 들어가 마치 꼭두각시 같아졌소. 지금까지 친자식이나 다름없이 귀여워하던 다른 네 조카에 대한 사랑도 완전히 식어버려 그것이 고스란히 동생 아더가 남긴 아들에게 옮겨진 것처럼 생각될 정도였소. 누군가의 말에 따르면 그것은 마치 지난날 이 젊은이가 당해온 모든 부당한 처사를 보상해 주려는 것 같았다는 거요.

그러나 죽은 동생의 이름을 둘러싼 추문은 이 노귀족의 자존심을 너무도 깊이 상하게 만들었으며 그는 이 상처로부터 다시 일어설 수가 없었소. 그는 모든 접촉을 끊고 새로 나타난 조카와 단둘이서 글로브너 스퀘어의 음침하고 낡은 저택에 들어앉아 조용히 지내게 되었지요. 겨우 23살인 헤럴드를 맏형으로 하는 다른 조카들은 자신들이 이제 환영받지 못한다는 것을 알자 그 집에서 떠날 결심을 하고 있었소. 그들에게는 죽은 부모가 남겨준 약간의 재산이 있었고, 막내는 아직 학생이었지만 가운데 두 사람은 분수에 맞는 직장을 얻어 사회인으로서 독립해 있었지요.

헤럴드는 동생들과 달리 장래의 귀족으로서 게을러빠지고 제멋대로 자라왔기 때문에 이 운명의 격변은 그에게 가장 감당할 수 없게 작용했소. 그는 앞으로 무엇을 하며 살아갈 것인가 아직 결정짓지 못했지만, 그래도 한편으로는 독립하려는 마음과 또 한편으로는 동생들에게 보금자리를 마련해 주고 싶은 생각에서 작은 아파트를 얻어 살림 도구를 갖추었지요. 그런데 흥미롭게도 그가 얻은 이 아파트가 바로 켄징턴의 박물학박물관에 가까운 엑시비션 거리에서 조금 벗어난 곳에 있었던 것이오.

이것은 모두 1년도 되지 않은 일이오. 그로부터 열 달 뒤 트레먼 백작 집안의 새로운 추정 상속인이 마차 안에서 시체가 되어 있는 게 발견되어 헤럴드 르 슈미넌이 다시 장래의 백작이 되어버린 거요.

당신도 알다시피 사건이 일어난 뒤 신문들은 이 마차 안에서의 수수께끼 살인 사건으로 온통 법석이었소. 사건 경위가 알려지자 사람들의 눈은 모조리 트레먼 경에게로 쏠렸어요. 왜냐하면 그가 이 무서운 소식을 듣고 심한 충격을 받아 그만 자리에 누워 이제는 목숨이 위태롭다는 소문이 나돌았기 때문이오.

그런데 헤럴드 르 슈미넌과, 그를 대신하여 쉽사리 트레먼 경의 마음을 사로잡고 글로브너 스퀘어 저택에서 '젊은 나리' 로 불리게 되었던 청년 사이에는 심한 적대 감정이 있었다는 것이 한결 같은 소문이었소.

그 크고 음침한 저택의 고용인들도 수사에 나선 형사들의 질문을 받자 처음에 이 사촌 형제 사이에 일어난 큰 싸움에 대해 길게 이야기했소. 그러므로 이제 사람들의 의혹의 눈길은 필립의 죽음으로 인해 가장 큰 이익을 얻게 되는 이에게 집중되었지요.

이처럼 세상의 관심을 모은 사건에서는 경찰이 아무리 신중하게 입을 다물고 있어도 어느새 정보가 새어 나간다오. 벌써 어떤 중요한 사실이 신문에 보도되고 있었는데 그 기사에 따르면 살해된 날의 피해자 행동을 밟아가던 중 수사진은 한 가지 아주 중요한 증언을 듣게 되었다는 거였소.

맨 먼저 이 주목할 사실을 분명히 해준 이는 주니어 글로브너 클럽의 문지기 토머스 소여로, 피해자는 그가 근무하는 클럽의 회원으로 사건이 일어난 날 그곳에서 저녁 식사를 했다는 것이었소. 토머스 소여는 형사에게 이렇게 말했소.

'르 슈미넌 씨가 식사를 마치고 아래층으로 내려오셨을 때, 마침 한 신사가 클럽 현관으로 들어왔습니다. 그 신사를 보자 르 슈미넌 씨는 몹시 놀란 표정으로 '대체 무슨 볼일이오?' 하고 아주 험악하게 말했습니다. '잠깐 하고 싶은 이야기가 있어서 왔소' 하고 낯선 사나이가 대답했습니다. 르 슈미넌 씨는 잠깐 망설이는 듯 천천히 엽궐련에 불을 붙였습니다. 그동안 그 신사는 우리가 보기에도 그다지 기분 좋지 않은 눈초리로 르 슈미넌 씨를 노려보고 있었습니다. 덧붙여 말씀드리면 그분은 야회복을 입었으며, 머리에서 발끝까지 단정하게 예복 차림을 하고 있었습니다.

르 슈미넌 씨는 잠시 생각한 뒤 '그럼, 우선 이리로 들어갑시다' 하고는 그 신사를 클럽의 한 방으로 데리고 들어갔습니다. 30분쯤 지나 그 신사가 나올 때는, 꽤 흥분했는지 얼굴이 상기되어 있었습니다. 바로 뒤이어 르 슈미넌 씨가 나왔으며, 그는 태연하고 침착하게 엽궐련을 피우고 있었습니다. 나에게 마차를 불러달라고 하며 마부에게 릴릭 극장으로 가라고 시켰습니다.'

토머스 소여의 증언은 이뿐이었는데, 이것은 클럽의 급사 한 사람에 의해 확인되었소. 그 급사는 낯선 사나이가 찾아온 다음 그 사람과 르 슈미넌이 마침 사람이 없는 식당으로 들어가는 것을 보았다고 말했지요.

'두 분이 그곳으로 들어가고 1분도 안 되어서' 하고 급사는 말했소. '나는 뭔가 크게 다투는 듯한, 높은 목소리를 들었습니다. 무슨 말을 하고 있는지는 알 수 없었지만, 서로 상대방의 목소리를 덮어 누르려는 듯 큰 소리로 호통치고 있었습니다. 그때 마침 내가 담당하고 있는 벨이 울려 식당으로 들어가 보니, 르 슈미넌 씨가 테이블에 앉아 아무 일도 없었던 것처럼 엽궐련을 피우고 있었습니다. '이 신사분이 돌아가실 테니 안내해 드리게' 하고 나에게 명령하자, 그 신사는 금방이라도 르 슈미넌 씨를 쥐어박고 싶은 듯한 표정으로 '이 답례는 반드시 해주겠소' 하며 모자를 집어 들고 뒤도 돌아보지 않은 채 클럽을 나갔습니다. 그러자 르 슈미넌 씨는 나에게 '나 같은 신분이 되면 저런 거지한테 시달려서 걱정이오' 하면서 태연히 나갔습니다.'

나중에 경찰의 주선으로 토머스 소여와 이 급사에게 확인시키기 위해 엑시비션 거리의 아파트에서 나오는 헤럴드를 보게 한 결과 두 사람 모두 한순간의 망설임도 없이 그날 밤 클럽에 왔었던 낯모르는 신사임에 틀림없다고 말했지요.

이리하여 움직일 수 없는 단서를 잡은 경찰은 용기를 얻어서 수사를 계속했소. 릴릭 극장에서도 조사를 해본 결과 여기서는 아주 모호한 증언밖에 얻지 못했지만 한 가지 중요한 사실을 알아냈소. 그것은 가까운 극장의 송영계(送迎係) 직원 한 사람이 그날 밤 연극이 시작되고 얼마 안 있어 야회복 차림의 한 신사가 빠른 걸음으로 지나가는 것을 보았다는 것이었소.

그 신사는 몹시 흥분한 듯 지나가며 '더 이상 못 참겠어. 그놈이든 나든 둘 중 하나야' 하고 똑똑히 들릴 정도로 중얼거렸다 하오.
그리고 셔프트베리 애비뉴 쪽을 향해 안개 속으로 모습을 감췄는
데, 공교롭게 이 사람 역시 마차의 마부와 마찬가지로 안개 속에서
흘긋 보았을 뿐 그 사나이의 특징에 대해 단정적인 것은 아무것도
말하지 못했소. 그래도 이것은 지금까지의 증거에 덧붙여, 이 범죄
에 강력한 동기를 시사하는 것이었소. 그리하여 당신도 알겠지만,
사건이 일어난 지 24시간도 되기 전에 헤럴드 르 슈미년의 혐의는
아주 짙게 되었고, 경찰은 서둘러 살인 혐의로 그에게 체포 영장을
발부할 준비에 들어갔던 것이오."

"그 파란만장하고 기복이 심한 추리가 자리를 가득 메운 방청객 사
이에 어떤 흥분을 불러일으켰는지는, 그 잊지 못할 검시 신문 장소
에 있었던 사람이 아니고서는 이해할 수 없으리라고 나는 생각하
오.
　처음 한동안 신문은 정석대로 진행되었소. 경찰 의사가 피해자가
죽은 원인에 대해 증언했으며, 거기에 대해 의문을 갖는 사람은 하
나도 없었지요. 흉기인 단검도 증거물로 제출되었소. 그것은 예스
러운 이국풍의 단검으로 동양이나 스페인에서 온 것 같았소. 영국
에서 이런 물건을 사려면 골동품상에나 가야 할 거요.
　이어서 글러브너 스퀘어 저택의 고용인들과 마차의 마부와 극장
의 송영계 직원이 증언대에 섰소. 중태로 나올 수 없는 트레먼 경
의 선서 진술서도 낭독되었지요. 백작이 사랑하는 조카를 마지막으
로 만난 것은 그가 비극적인 죽음을 당한 날 오후였으므로 그 진술
은 사건 해명에 아무런 단서도 더해주지 못했소.
　그 다음 주니어 글로브너 클럽의 종업원 두 사람이 그 증언을 되
풀이했소. 그들의 진술이야말로 나중에 최고조에 이를 화제의 첫걸

음이었다오.

즉 그 두 사람은 증언이 끝난 뒤 법정 안을 둘러보고, 사건이 일어난 날 밤 클럽에 찾아왔던 낯선 신사가 그곳에 있는지 어떤지 알아내라는 요구를 받았던 것이오. 문지기와 급사는 똑같이 조금도 망설이지 않고 변호사와 함께 나와 있는 헤럴드 르 슈미넌을 가리켜보였소.

이때 이미 앞으로 일어나려는 일에 대한 예감 같은 것이 차츰 법정 안에 번져가고 있었지요. 가득 들어찬 방청객들은 직감적으로 이 얼른 보기에 명백한 비극의 배후에는 또 다른 수수께끼——마차 안에서의 살인 사건보다도 더 기괴한 수수께끼가 숨어 있다는 사실을 눈치챘던 거요.

죽은 사람의 과거 경력에 대한 청문이 행해지고, 그가 처음 런던에 나타났을 때의 사정과 큰 아버지와의 관계, 사촌 헤럴드와의 대립 같은 것이 밝혀지게 되었소. 그런 뒤 증인 하나가 불려나왔는데, 경찰의 설명에 따르면 그 사람은 마지막 순간 경찰에 연락하여 이 풀 수 없는 사건에 적잖은 광명을 던져 주리라고 믿어지는 증언을 하겠다고 신청했다는 것이었소.

그 증인은 나이가 50살쯤 되고 상당히 생활이 궁색해 보이는 느낌을 주는 볼품없는 사나이로, 어느 보험 회사의 만년 평사원 같은 풍채였소. 이름은 찰즈 콜린즈라고 하며 클래팜의 캐스턴 거리에 살고 있다고 말했소.

그 뒤 전혀 감정이 없는 목소리로 그가 증언한 것은 지금부터 3년 전쯤 게으름쟁이로 집안의 골칫거리였던 아들 윌리엄이 갑자기 집을 나가 자취를 감췄다는 이야기였소.

‘그로부터 2년 이상이나 아들의 소식은 죽 끊겼습니다’ 하고 찰즈 콜린즈는 역시 끝없는 고생을 말해 주듯 억양이 없고 더듬더듬하는 말투로 계속했소. '그런데 바로 몇 주일 전 딸아이가 일 때문에 웨스트 엔드로 가다가——딸아이는 파티 같은 데서 댄스 음악을 연주하고 있답니다——그때 리젠트 거리에서 뜻밖에도 오빠 윌리엄과 마주쳤습니다. 아들은 이제 우리처럼 초라한 차림이 아니라 상류 사회의 젊은 신사처럼 꾸미고 있었는데, 누이동생이 말을 걸어도 모른 체하더랍니다. 딸아이는 그래도 여간 영리한 게 아니어서, 금방 윌리엄이 뭔가 숨기고 싶은 깊은 사정이 있나 보다고 눈치챘습니다. 그래서 그날 줄곧 오빠에게 들키지 않도록 숨어서 뒤를 밟은 끝에, 마침내 저녁 6시쯤 윌리엄이 글로브너 스퀘어의 훌륭한 저택으로 들어가는 것을 보았답니다. 그리고 돌아와서 그 사실을 모조리 제 어미에게 털어놓았습니다.'

그 증인이 증언하는 동안 가득 들어찬 법정은 바늘이 떨어져도 들릴 만큼 조용했소."

구석의 노인은 잠시 이야기를 멈추었다.

"증인이 진실을 말하고 있다는 것은 아무도 전혀 의심하지 않았소. 그가 증인으로 불려나온 자체가, 그의 이야기의 신빙성이 적더라도 경찰을 만족시킬 만큼 중요하다는 것을 보여주기 때문이었지요.

콜린즈 집안 사람들은 아마 대개 단순하고 착한 이들뿐인 모양이었소. 그들의 말을 빌리면 '대단히 출세한' 듯한 윌리엄에게 무언가 부탁하러 간다거나 하는 엉뚱한 생각을 한 사람은 아무도 없었던 것 같소. 단순히 어느 큰 저택에서 어떤 지위를 얻어, 클래팜의 가난한 가족들을 부끄러워하고 있는 것이려니 하는 정도로 해석했지요.

그런데 그 뒤 어느 날 아침, 마차 안에서 일어난 수수께끼 같은 살인 사건이 신문에 실렸지요. 그때는 아직 신원이 밝혀지지 않은 피해자의 특징이 씌어져 있었어요. 그들은 모두 '윌리엄이다' 라고 입을 모아 말했소. 동생의 아들인 마이클 콜린즈가 부랴부랴 런던으로 가서 시체 공시소에 있는 피해자의 시체를 보았소. 그것은 틀림없이 윌리엄이었소. 그런데도 신문은 한결같이 피해자가 어느 훌륭한 귀족의 상속인이라고 보도하고 있는 것이었소.

'그래서 나는 경찰에 편지를 썼습니다' 하고 찰즈 콜린즈는 말을 이었소. '아내와 아이들도 모두 시체를 보고 분명히 윌리엄이라고 말했습니다. 살해된 것은 내 아들 윌리엄 콜린즈로, 당신들이 말하는 그런 귀족의 상속인은 절대로 아닙니다.'

말을 마치자 큼직한 손수건으로 이마를 닦으면서 그 노인은 증인석을 내려왔지요.

이것이 검시 신문에 어느 정도의 충격을 주었을지는 당신도 상상할 수 있을 거요. 누구나 옆사람과 서로 마주보며 이것이 정말로 일어난 사건일까, 뭔가 로맨틱한 연극을 구경하고 있는 게 아닐까 하고 말을 주고받았지요. 그 뒤 말할 수 없이 흥분된 가운데 콜린즈 집안 가족들이 번갈아 나와 아버지의 증언을 뒷받침했고, 클래팜에서 온 한두 명의 아는 사람도 그것을 확인했소. 시체를 보도록 허락받은 그들은 똑같이 그것이 3년 전에 집을 나간 윌리엄 콜린즈가 틀림없다고 단언했지요.

아시겠소? 이것은 바로 티치본 사건의 재현이었소. 그것과 다른 점이라면 다음의 풀 수 없는 한 가지 사실뿐이오. 이 사건에서 작위 청구인은 죽었지만 그의 서류는 고스란히 남아 있소. 마르티니크 섬에서의 루시 로글랑과 아더 르 슈미넌의 결혼증명서, 그들의 아들 필립 르 슈미넌의 출생증명서와 세례증서가 모두 다 진짜였소. 그런데도 한편, 앞에서 말한 단순하고 정직한 사람들은 죽은 사람이 클래팜 태생이라고 단언하고 있는 거요. 설마 자기 뱃속에서 나온 자식을 잘못 보았을 리는 없겠지요.

이 점이 저 유명한 티치본 집안의 소동과 다른 점이오. 왜냐하면 이번 사건에서는——적어도 일반 사람들에 관한 한——살해된 사나이의 정체가 영원히 수수께끼로 덮일 것이기 때문이오. 필립 르 슈미넌 또는 윌리엄 콜린즈는, 다른 점이야 어찌 됐든 그 비밀만은 끝내 밝히지 않고 무덤에 들어가고 만 셈이니까.”

구석의 노인이 이야기를 끝내고 긴 끈에 많은 매듭을 만드는 데 열중해 있었기 때문에 나는 다그쳐물었다.
“그런데 살인 사건은 어찌된 거지요?”
노인은 피식 웃었다.
“아아, 그렇지. 살인 말이지요? 이 이상한 사건에서 두 번째 수수께끼가 그것이오. 피해자의 정체는 어찌 되었든 헤럴드 르 슈미넌이 그를 죽였음에 틀림없다고 경찰은 생각하고 있었지요. 헤럴드는 콜린즈 집안에 대해서는 전혀 몰랐으니까 말이오. 그로서는 죽은 사람을 단순히 자신을 밀어내고 큰아버지의 사랑을 독차지한 사나이, 자신으로부터 많은 상속 재산을 앗아간 사나이로 알고 있었을 뿐이오. 그러므로 웨스트민스터 재판소에서 열린 그의 재판은 이 대단히 주목되는 사건 전체를 통해 대단한 센세이션을 불러일으켰지요.

왜냐하면 이 불행한 젊은이가 저지른 것으로 보이는 범죄는 흉악하고 동시에 무익하게 보였기 때문이오. 얄미운 사기꾼——피해자가 사기꾼이었다 치고 하는 말이지만——을 죽이기보다 그 가면을 벗기기 위해 노력하는 편이 얼마나 간단했겠소? 그런데 사람들이 아는 한 그가 그런 노력을 한 흔적은 전혀 없었던 것이오.

그런데 이때 또 풀 수 없는 일이 나타났소. 치안판사 앞에 끌려 나온 헤럴드 르 슈미넌은, 완벽한 알리바이라는 아주 단순한 수단에 의해 자신에게 던져진 무서운 혐의를 보기 좋게 벗어버린 것이오. 주니어 글로브너 클럽에서의 험악한 1막이 끝난 뒤, 그는 곧 펠 멜 거리에 있는 자기 클럽으로 가서 정말 다행스럽게도 11시 20분까지 그곳을 떠나지 않았다는 사실이 밝혀진 것이오. 11시 20분이라면 야회복 차림의 두 사나이가 셔프트베리 애비뉴에서 마차에 올라탄 몇 분 뒤가 되지요.

이 다행스러운 사실——여기에 대해서는 뚜렷한 증인이 두 명쯤 있었지요——이 없었더라면 그는 매우 난처한 입장에 몰렸을 거요. 왜냐하면 까닭 없이 기분이 들떠서 그 뒤 그는 걸어서 집으로 돌아갔기 때문이오. 만일 조금 일찍 클럽을 나왔다면 그 뒤의 시간을 어떻게 보냈는지 설명하기가 곤란했겠지요. 그러나 다행히도 그렇지 않았으므로 물론 그는 무죄 석방이 되었소..

그런데 이 치안재판소의 심리 과정에서 또 한 가지 묘한 사실이 밝혀졌다오. 다름 아니라 사건 전날 헤럴드 르 슈미넌이 생 방상으로 도항을 신청했다는 사실이었소. 그는 법정에서 이 점을 설명하여, 자신이 직접 그곳으로 건너가 트레먼 백작 집안의 상속인이라고 자처하는 사나이의 신원을 밝혀낼 작정이었다고 말했소.

이리하여 이 이색적인 드라마의 마지막 막이 내려졌소. 이제는 다만 아직 해결되지 않은 두 가지 수수께끼뿐이오. 살해된 사나이의 정체와 죽인 사나이의 정체. 어떤 사람은 여전히 헤럴드 르 슈미넌이 죽였다는 생각을 버리지 않았소. 그러나 이 의심은 쉽게 버릴 수가 있지요. 헤럴드는 직접 내막을 조사하러 가기로 결심했었소. 생 방상으로 건너가기 직전이었던 거요.

거기까지 생각하고 있었다면, 당연히 그는 상식적인 판단을 내려 방해자를 없애버리기 위해 살인이라는 수단을 택하기 전에 그가 사기꾼이 아닌지 확인하려 했을 거요. 뿐만 아니라 그가 11시 20분에 클럽을 나가는 것을 본 증인은 모두 이름 있는 인물로서, 증언 내용에 자신을 가지고 있었소.

또 한 가지 주장은 콜린즈 집안 사람들이 서로 짜고 필립 르 슈미넌——또는 윌리엄 콜린즈 어느 쪽으로 부르든 자유이지만——을 협박하려고 했다는 것이오. 그런데 상대가 요구를 들어주지 않자 홧김에 죽였다는 것이었지요.

그러나 이 주장에도 두 가지 반박할 수 없는 약점이 있소. 첫째는 사용된 흉기요. 아무리 생각해도 그것은 중류 계급의 평범한 영국인이 사람을 죽이려 할 때 택할 흉기가 아니었소. 면도날이라든가 나이프가 훨씬 택할 법한 도구지요. 둘째는 범인이 누구든 야회복을 입고 오페라해트를 썼다는 것은 틀림없으나, 그것은 콜린즈 집안이나 그 주변 사람이 입을 만한 옷이 아니지요. 따라서 이 가설 역시 첫 번째 가설 못지않은 확신을 가지고 배척할 수 있는 거요."

구석의 노인은 이야기를 마치고 쥐고 있는 끈에 정연하게 줄지어 있는 매듭을 만족스러운 듯이 바라보았다. 결국 나는 참다못해 물었다.

"그럼, 대체 당신 생각으로는 그 야회복 차림의 사나이가 누구라는 말씀이지요? 헤럴드 르 슈미넌 이외에 작위 청구인을 없애는 데 이해 관계를 가진 사람은 없을 텐데요?"

"글쎄, 누구일까요?" 그는 웃음을 머금고 대답했다. "그 사기꾼에 의해 멋대로 조종되고 있던 사나이, 그 사나이 이외에는 없지 않겠소?"

나는 어이없어하며 물었다.

"누구를 말하고 계시는 거지요?"

"사실을 처음부터 다시 배열해 보지 않겠소?"

노인은 차츰 흥분된 빛을 띠어갔다.

"그 가운데서 절대로 의심할 여지가 없는 것을 하나 고른다면 인물의 불확실함에 비해 서류는 확실하다는 것이오. 루시 르글랑의 결혼증명서와 그 밖의 일들은 확실한 것이오. 즉 진짜 필립 르 슈미넌은 틀림없이 생 방상으로 도망쳐 나온 피난민으로, 거기서 아버지 집안을 알고 영국으로 가려 했다는 사실을 인정하는 거지요. 그는 큰아버지에게 편지를 쓰고, 그런 다음 유럽으로 건너가서 우선 르 아브르에 상륙한 뒤 거기서 파리로 갔소."

"어째서 파리로 갔을까요?" 나는 물었다.

"어째서냐고? 당신도 경찰이나 세상 사람들과 마찬가지로 어떤 한 사건에 대해 고집스럽게 눈을 감아왔기 때문에 모르는 것이오. 나는 처음부터 그것을 이번의 이상한 사건과 대조해 보았지요. 즉 바로 1년 전 파리에서 있었던 살인 사건 때문이었던 거요. 역시 마차 안에서 뾰족한 단검으로. 그러나 이때는 흉기가 발견되지 않았소. 그리고 보니 1주일 전에 일어난 이번 살인 사건이 똑같은 수법으로 행해졌던 사건이었소. 그때도 이번 사건과 마찬가지로 범인은 끝내 찾아내지 못했지요. 그러나 나는 이렇게 생각하오. 1년 전에 그 살인을 저지른 범인이 지난주 또 같은 짓을 한 것이 틀림없다고. 그때 파리에서 살해된 사나이야말로 진짜 필립 르 슈미넌이었고, 이번에 런던에서 살해된 건 그의 친구로서 필립이 모든 것을 털어놓고 서류까지 맡겨두었던 사나이요. 바로 그 사나이가 이 대담무쌍한 계획을 세우고 실천에 옮긴 장본인인 것이오. 살해된 마르티니크 섬 태생의 프랑스 계 혼혈아로 가장하여 영국 백작 집안을 차지하려는 계획을 말이오."

나는 말했다.

"어이가 없어요. 대체 어떻게 그런 터무니없는 생각을 해냈지요?"

"한 가지 아주 작은, 반박하기 어려운 사실로부터였소." 그는 태연하게 말했다. "필립으로 가장한 윌리엄 콜린즈는 런던에 오자 곧 변호사를 찾아가 소중한 서류를 맡겼소. 그가 트레먼 경과 만나는 데 성공한 것은 그 뒤요. 그런데 어떻게 되었지요? 그 대면이 있은 직후 아무 의문도 품지 않고, 따라서 문제의 증거 서류를 가져다 조사해 보지도 않고 트레먼 경은 그를 새로 나타난 조카로서 정식으로 인정했던 거요."

"무엇 때문이었을까요?"

"이유는 단 한 가지, 그가 백작에 대해 저항하기 어려운 지배력을 가지고 있었기 때문이오. 그것이 이 늙은 귀족을 그의 뜻대로 움직이는 꼭두각시로 만들어버린 것이지요. 그럼, 그토록 압도적인 지배력이란 무엇이었을까? 트레먼 경은 1년 전 파리에서 진짜 조카를 만나 이 조카가 사랑하는 상속인 헤럴드를 대신하는 것을 앉아서 보기보다는 차라리 하는 생각에서 그를 죽였소. 그런데 그 비밀을 윌리엄 콜린즈에게 잡히고 말았다고밖에 생각할 수 없소. 이것이 단 하나 논리적인 귀결이지요.

이 파리에서의 사건에 대해 나는 얼마쯤 추적 조사를 해보았지요. 그 결과 파리 경찰이 결국 살해된 사나이의 신원을 알아내지 못했다는 걸 알았소. 의지할 곳도 돈도 없었으니 피해자는 틀림없이 그 도시에 수없이 많은 이상야릇한 듯한 싸구려 하숙집에 묵고 있었을 거요. 그런 곳의 주인은 경찰과의 접촉을 피하려는 이유에서 시체가 공시소에 있는 동안에도 자기 집 손님인지 어떤지 확인할 생각조차 하지 않았겠지요.

그러나 윌리엄 콜린즈는 살해된 사람이 누구인지 알고 있었소. 분명히 그는 같은 싸구려 하숙집에 묵고 있으면서 중요한 증거 서류를 손에 넣을 수 있는 입장이었을 거요. 아마 이 두 젊은이는 생

방상에서 서로 알게 되었든가, 배에서 친하게 되었겠지요. 그런 이유로 하여 살해된 필립으로 꾸민 윌리엄은 영국으로 건너와 억지로 트레먼 경을 만난 다음, 자기 요구를 들어주지 않으면 살인한 사실을 폭로하겠다고 위협했소.

사건의 자초지종을 잘 생각해 보시오. 내가 옳다는 것을 알 수 있을 테니까. 트레먼 경은 동생 아더의 아들이라는 사람으로부터 연락받았을 때, 직접 파리로 가서 그의 요구가 정당한 것인지 확인하려고 했소. 그것이 틀림없다는 사실을 알자 이번에는 정다운 태도를 가장하여 청년을 가까이 한 다음 마차로 드라이브를 나가 살해한 것이지요.

그 뒤 그 사건으로 인해 그는 윌리엄 콜린즈에게 위협당하는 처지가 되었소. 그러나 윌리엄 콜린즈에게 약점을 잡혀 있기 때문에 공공연하게 반격할 수는 없었소. 떳떳하게 '이놈은 사기꾼입니다. 왜냐하면 진짜 조카는 내가 직접 죽였기 때문입니다'라고 말할 수는 없지 않겠소?

그래서 그는 때를 기다리기로 했소. 타협하는 것처럼 보이면서 가만히 좋은 기회가 오기를 엿보고 있었던 거요. 그 동안에도 멍에는 자꾸 무거워져가고 있었겠지요. 그리하여 사건이 일어난 날 밤 '그놈이든 나든 둘 중 하나야!' 하고 각오한 거요. 겉으로 보기에 그는 협박자와 원만하게 지내는 것 같았소. 그러나 마음속으로는 언제든 반드시 원한을 갚고 말겠다는 분노의 불꽃을 태우고 있었던 거요.

모든 것이 운 좋게도 안개가 짙은데다 윌리엄이 클럽에서 협박꾼과 말다툼하는 일까지 곁들여졌소. 그가 극장 밖에서 윌리엄 콜린즈를 만나 그의 입에서 말다툼한 내용을 듣자 곧 정답게 '그럼, 지금부터 헤럴드에게 가자. 내가 당장 그 건방진 녀석에게 사과하도록 해보일 테니' 하고 말하는 장면이 상상되지 않소? 말해 두지만, 이미 파리에서 사건이 일어나고 1년 가까이 지났소. 윌리엄 콜린즈는 틀림없이 방심하고 있었을 거요. 그는 함께 마차에 올라탔고, 이리하여 이 괴상한 사건은 막을 내렸소. 그리고 헤럴드 르 슈미넌은 다시 한 번 트레먼 백작 집안의 후계자가 된 것이오.

잘 생각해 보오. 그리고 트레먼 백작이 한 번도, 조카라고 자칭하는 사람의 자격이 정당한가 어떤가 캐려고 하지 않았다는 점에 유의해야 하오. 이것을 바탕으로 해서 당신 나름대로 결론을 내려보면, 결국 내 대답만이 이 두 겹 수수께끼의 유일한 해답이라는 것을 인정하게 될 거요."

어쩔 줄 몰라하며 손에 든 〈데일리 텔레그래프〉지를 바라보고 있는 나를 남겨두고 그는 가버렸다. 그 신문에는 백작 집안의 후계자 싸움을 둘러싼 수수께끼를 요약한 기사와 함께 다음과 같은 짤막한 글이 실려 있었다.

오늘 전해진 바에 따르면, 트레먼 백작의 병세가 아주 악화되어 회복될 가망이 없다고 한다. 헤럴드 르 슈미넌 씨는 줄곧 큰아버지 머리맡에 붙어 앉아 헌신적으로 간호하고 있다.

상선 아르테미스 호의 위난

"놀랍군! 나로서는 도저히……." 이것은 오늘 아침 신문에 실린 그 뉴스를 보고 내가 내지른, 지적이지 못한 탄성이었다.

"그렇소, 아마 대부분의 사람들은 믿지 못할 거요."

구석에서 노인이 바로 공격해 들어왔다. 찜찜한 일이지만 이 노인은 내 마음을 읽는 재주가 있다.

"아르테미스 호는 무사히 그 위험한 짐을 보내주고 귀국했소. 그리고 재틀랜드 선장의 증언은 이 수수께끼를 한층 더 묘하게 만들뿐이오."

"그럼, 수수께끼가 있다는 것은 인정하시는군요?"

나는 되물었다.

"세상 사람들은 그렇게 생각하겠지만, 나는 그렇지 않소. 그러나 이것이 아주 힘든 수수께끼라는 것은 인정하오. 사건의 첫 경위를 알고 있소? 1903년 끝 무렵의 일이었소. 러시아와 일본의 교섭이 벽에 부딪치자 사람들은 곧 극동에서 전쟁이 일어나리라고 생각하고 있었지요.

밀즈 상회는 러시아 정부로부터 주문을 받고 회사가 자랑하는 고성능 속사포를 대량으로 만들어냈지요. 이것은 계약서 규정에 의해 1904년 2월 1일까지 여순(旅順) 항구에서 건네주기로 되어 있었기 때문에 자연 재틀랜드 선장이 지휘하는 아르테미스 호는 눈앞에 닥친 전쟁 위기를 고려하여 될 수 있는 한 빨리 목적지에 닿으라는 명령을 받고 지난해 12월 1일 귀중한 짐과 함께 굴 항구를 떠났소.

아르테미스 호가 떠나고 두 시간도 되지 않아 밀즈 상회는 정부 고위층의 비밀 서신을 받고, 아르테미스 호가 여순 항구에 도착하기 전 전쟁이 터질 것에 대비하여 항구에 잠수 기뢰(機雷)가 부설될 거라는 정보를 알게 되었소. 따라서 아르테미스 호를 무사히 항구 안으로 들여보내려면 안전한 수로를 표시한 약도를 재틀랜드 선장에게 전해주어야 하며, 만일 그렇지 않으면 이 전쟁에서 무서운 위력을 발휘하고 있는 대량 파괴 병기의 어느 것에 배가 부딪칠 것은 불가피한 일이었지요.

그러나 거기에는 문제가 있었소. 소중한 약도를 동봉한 이 고위층의 밀서는 두 시간 정도 늦게 도착한 것이오. 공문서란 대개 그런 거지요. 그러나 다행히도 아르테미스 호는 선박 회사의 사정으로 포츠머스에 기항하기로 되어 있었기 때문에, 급히 누군가 믿을 만한 사람을 보내 재틀랜드 선장을 만나서 소중한 약도를 건네주기만 하면 되었소.

물론 이것은 시각을 다투는 임무였으므로, 우선 이처럼 중요한 임무를 맡길 믿을 만한 사람을 물색하는 것이 큰 문제였소. 아시겠지만, 문제의 그 유럽의 대국은 자기 국민 안에 귀찮은 적을 많이 가지고 있어서 말이오. 이들은 아시아의 적국을 쓰러뜨리는 일보다 자기 정부를 뒤엎는 쪽에 더 많은 정열을 기울이고 있으니까요. 그리고 또 요즘 같은 시대에서는 서로 적대하는 한쪽이 다른 한쪽에 대해 우위를 차지하기 위해서 어떤 수단을 쓰든 부당하다고 말할 수 없겠지만, 여기에서 반드시 기억해 둘 것은 우리 극동의 동맹국인 저 대담한 작은 나라 국민이 좋게 말해 '첩보활동' 이라고 불리는 스파이 공작에 특히 뛰어나다는 사실이오.

이런 이유에서 재틀랜드 선장에게 보내는 밀사에 대해서는 어디까지나 비밀로 하는 것이 중요했지요. 소중한 군항의 약도에 스파이의 눈이 미치지 않도록 하는 것이 무엇보다 시기에 맞는 일이었던 거요.

결국 밀사로서 뽑힌 사나이는 예비역 해군 대령으로, 얼마 전까지 상선대에서 활약하다가 지금은 우리 영국 정보 요원으로서 여러 차례에 걸쳐 귀중한 역할을 해낸 매컴 대령이었소. 매컴 대령 부인의 친정이 바로 포츠머스여서 대령이 그곳에 나타나더라도 흔히 있는 아주 개인적인 볼일이겠거니 여겨지리라는 계산 아래 그가 선택된 것이었소. 그가 부인과 함께 가면 그런 겉모양은 한층 더 굳혀지겠지요. 그리하여 부인도 함께 가기로 되었소.

매컴 대령 부부는 12월 2일 수요일 오후 12시 20분, 워털루 역을 떠나서 포츠머스로 향했소. 비밀 약도는 부인의 보석 상자 밑에 소중히 숨겨져 있었소.

아르테미스 호는 이튿날 아침 포츠머스 항에 들어오게 되어 있지 않았으므로, 매컴 대령은 사람의 출입이 많은 호텔을 피해 개인이 경영하는 여관에 묵기로 했소. 대령이 택한 여관은 부인의 친정에서 추천해준 곳으로 시내 남쪽 해안의 조용한 거리에 면해 있었소. 여기서 부부는 하룻밤을 지내며 아르테미스 호가 도착하기를 기다렸지요.

그런데 이튿날 낮 무렵 대령 부부가 묵고 있는 거슬 거리 49번지 여관 안주인인 보덴 부인이 경찰에 급히 통보를 했소. 매컴 대령이 입에 재갈을 물리고 꽁꽁 묶여 반쯤 정신을 잃은 채 거실에 쓰러져 있는 것을 발견했다는 거였소. 두 손과 발이 꽁꽁 묶여 있고, 털목도리가 입에서부터 목에 걸쳐 칭칭 감겨 있었소. 그리고 값비싼 보석과 여순 항구의 비밀 약도가 든 부인의 보석 상자가 보이지 않았지요."

구석의 노인은 내가 열심히 듣고 있는지 확인해 보려는 듯 말을 끊었다.

"아시겠소? 물론 처음엔 이런 일이 세상에 알려지지 않았지요. 내가 그것을 정리하여 실제로 일어난 순서대로 이야기한 거요. 당신이 그 뒤 일어난 사건을 이해할 수 있도록 말이오.

이때 즉 1903년 12월 3일에는 단지 저녁 신문에 '포츠머스 거슬 거리에서 의문의 폭력 사건' 이라는 기사가 실렸을 뿐이오. 한 민간인이 대낮에 번화한 항구 도시 한구석에 있는 어느 이름 있는 여관에서 괴한에게 습격당해 금품을 빼앗긴 듯하다고.

말할 나위도 없이 누구보다 분개하여 노발대발한 것은 그 집 안주인 보덴 부인이었소. 이 얄미운 폭력 사건으로 그녀의 여관과 자신의 평판이 크게 손상되었으니까요. 그러므로 그녀가 이 수수께끼의 사건에 뭔가 빛을 던져주려고 애쓰는 것도 당연한 일이었지요. 경찰이 사실을 물어본 데 대해 그녀가 이야기한 내용은 확실히 이상했소. 그녀는 친구들에게 되풀이해서 이야기했고, 마침내는 두세 명 보도 관계자의 귀에도 들어가게 되어, 단숨에 세상의 관심을 모으게 되었소.

그녀가 수사를 담당한 형사에게 길게 늘어놓은 이야기를 요약하면 이런 것이오.

매컴 대령 부부는 12월 2일 수요일 오후 거슬 거리에 도착했으며, 보덴 부인은 그들에게 아래층에 있는 거실과 침실이 붙은 방을 빌려주었소. 저녁 무렵 매컴 부인은 이곳 포츠머스 시의 명사인 오라버니 플튼 씨와 식사를 하기 위해 외출했으나, 대령은 여관에 남아 거실에서 저녁을 먹었지요.

그런데 그날 밤 9시쯤 손님이 매컴 대령을 찾아왔소. 영어가 서투른 것으로 보아 손님은 분명 외국인인 것 같았으나, 공교롭게도 홀이 아주 어두운데다 두꺼운 모피 코트를 입고 그 깃으로 얼굴 아랫부분을 가리고 있었기 때문에 잘 알아 볼 수 없었소. 보덴 부인이 기억하는 것은 그 사나이가 꽤 키가 크고 금테 안경을 썼다는 점뿐이었소.

'태도가 아주 거만하고 위압적이었기 때문에 나는 부탁하는 대로 방으로 안내할 수 밖에 없었어요' 하고 보덴 부인은 이야기를 계속했소. '대령은 그 사나이를 보자 무척 놀라는 것 같았지요. 아니, 못마땅해하는 게 역력했다고 해도 좋을 거예요. 그런데 내가 문을 닫으려고 했을 때, 그 사나이가 웃으며 노골적인 말투로 이렇게 말하는 소리가 들렸어요. '자네는 용케 나를 따돌렸다고 생각한 모양이지만, 보다시피 이렇게 찾아냈네'라고요.'

보덴 부인은 그런 종류의 사람들이 다 그렇듯 그 뒤 거실에서 주고받는 이야기를 엿들으려고 무척 애쓴 모양이오. 그러나 잘 들리지 않았나 보더군요. 그 뒤 대령이 벨을 눌러 위스키와 소다수를 주문했지요. 이때 두 신사는 난로 옆에 앉아 조용히 이야기를 나누고 있는 것 같았다고 하오.

'나는 간 김에 방 안을 한 바퀴 둘러보았어요.' 보덴 부인은 그렇게 진술했소. '특히 눈에 띈 것은 보석 상자가 뚜껑이 열린 채 테이블에 놓여 있는 것이었어요. 내가 그것을 본 걸 눈치채자 매컴 대령은 얼른 뚜껑을 닫아버렸습니다.'

　손님이 돌아간 것은 10시 30분쯤이었던 것 같소. 그리고 그 뒤 곧 매컴 부인이 오라버니 플튼 씨의 배웅을 받으며 돌아왔소. 이튿날 아침 11시 15분에 그녀는 또 외출했지요. 그리고 약 반시간 뒤 어젯밤의 이상한 손님이 다시 찾아왔소.

　이때 그 사나이는 앞장서서 거침없이 객실로 들어갔어요. 이어서 곧 순간 무엇에 놀랐는지 비명을 지르며 복도로 뛰어나와 마구 팔을 내두르면서 외쳤소. ‘강도다! 살인이다! 경찰을 불러!’ 그리고 나서 그는 어리둥절해진 보덴 부인이 붙잡을 겨를도 없이 집에서 달려 나가고 말았소.

　‘나는 딸 매기를 불렀어요. 무서워서 혼자 그 손님방에 들어갈 용기가 없었던 거예요. 그러나 딸은 나보다 더 겁을 내어, 우리는 둘이서 복도에 우두커니 선 채 부들부들 떨며 경찰을 기다렸어요. 그러는 동안 나는 문득 이상한 생각이 들기 시작하여 매기를 밖으로 보내 경찰을 불러오게 했던 거예요.’

　이윽고 달려온 경찰이 거실로 뛰어들어가 보니 매컴 대령은 두 손을 뒤로 묶이고 입에 털목도리로 재갈을 물린 채 곧 숨이 끊어질 듯 쓰러져 있었소. 곧 숨을 돌린 그는 습격자에 대해서는 전혀 짐작이 가지 않는다고 말했소. 문에 등을 돌리고 서 있다가 갑자기 뒷머리를 얻어맞았는데 그 다음은 아무것도 알 수 없다는 것이었지요.

　그 사이 매컴 부인도 돌아와서 이 폭력 사건을 들었소. 물론 말로 이루 표현할 수 없는 충격을 받았지요. 아침에 외출할 때만 해도 보석 상자가 거실에 있었다고 그녀는 증언했으며, 이 사실은 매컴 대령에 의해서 확인되었소.

　그러나 여기서 경찰은 곧 중대한 의혹에 직면했소. 보덴 부인은 그 찾아온 손님 이야기를 했고, 그것은 그녀의 딸 매기에 의해서도 사실임이 확인되었지요. 경찰과 아내의 추궁을 받자 매컴 대령은 마지못해 어젯밤 어떤 친구가 찾아왔었다는 것을 인정했소.

'그는 옛날에 내가 해외에서 알게 된 친구요. 그런데 그도 마침 어제 포츠머스에 왔다가 내가 이 집으로 마차를 타고 오는 것을 본 모양이오. 그래서 당연히 옛정을 나누기 위해 찾아온 거지요.' 이것이 대령의 얼마쯤 궁색한 설명이었소.

그날 그로부터 더 이상 알아내는 것은 무리였소. 그때까지도 정신이 얼떨떨해보였고 상당히 기분도 나쁜 것 같았으니까요. 매컴 부인은 여기서부터 모든 것을 경찰에 맡기기로 했지요.

그 '옛날 해외에서 알게 된 친구'의 특징에 대한 매컴 대령의 증언은 보덴 부인이 말한 수수께끼의 방문객의 특징과 대체적으로 일치했소. 그러나 수사진의 신문에 대답하는 매컴 대령의 대답은 언제나 이상할 정도로 말이 적고 분명하지가 못했지요.

'그 사람과는 벌써 20년 가까이 만나지 않았기 때문에 지금 어디 사는지, 어떤 직업을 가지고 있는지 아무것도 모르오. 옛날 나와 만났을 무렵에는 놀고 지내도 될 만한 수입이 있어서 일정한 거처도 두지 않고 여행을 다녔지요. 태생은 독일이 아닌가 생각되지만, 실제로 확인해 본 적은 없소. 이름? 이름은 요한 슈미트요.'

여기서 이야기해 두는 게 좋을 것 같은데, 그 수수께끼의 외국인은 감쪽같이 사라지고 말았소. 사우스 웨스턴 역으로 가서, 울타리를 빠져나가 아슬아슬하게 런던으로 가는 급행을 탄 것까지는 밝혀냈소. 워털루 역에서 붐비는 사람들에 섞여 그대로 모습을 감춘 것이오.

경찰은 엄중한 수사망을 폈지요. 분실한 보석의 행방은 아직도 찾아내지 못했소. 그러는 가운데 서서히 여순 항구의 비밀 약도에 대한 소문이 일반 사람들 사이에 퍼지기 시작했소. 누가 맨 처음 비밀을 누설하고 누구에게 이야기했는지 추측하기 어렵지만, 그런 비밀이란 어느 틈엔가 새어나가기 마련이라는 것은 당신도 알겠지요.

매컴 대령의 비밀 임무는 아무래도 몇 명 이상의 사람이 알 수밖에 없었소. 이 몇 명 이상의 사람이 알고 있는 비밀이란 머지않아 아무것도 아니게 되지요. 어찌 되었든 이른바 '포츠머스의 폭력사건' 이 일어난 지 1주일도 채 안 되어 매컴 부인의 보석 도난은 단순한 위장으로, 실제로 빼앗긴 것은 여순 항구의 약도였다는 게 공공연하게 속삭여지고 있었소.

그러고 나서 피할 수 없는 일이 일어났소. 그때 역시 매컴 대령의 아리송한 태도는 심한 비판을 불러일으켰었소. 지금은 서푼짜리 소설 따위에 자극되어 서투른 판단을 휘두르기 시작한 엉터리 탐정과, 그런 자들에 덩달아 술렁이는 무리들이, 대령도 그 도난 사건에 가담해 있음이 틀림없다고 주장하기 시작한 거요. 즉 대령은 그 수수께끼 같은 외국인의 앞잡이거나 공범으로 매수당했거나 협박받아 여순 항구의 지도를 러시아 정부의 적에게 팔아넘겼다는 거였소. 이 배신 행위에 의해 영국인 선원이 타고 있는 영국 배가 위험에 놓이게 되는 것을 생각하면 그 범죄는 한층 더 가증스럽게 여겨졌지요.

세상 사람들은 격분했으며 신문의 논조도 날카로워졌소. 누구나 다 무슨 수를 써서라도 아르테미스 호를 다음 기항지에서 머무르게 하여 위험한 항해를 계속하지 못하도록 해야 한다고 생각하고 있었소.

그러는 동안에도 날짜는 흘러가, 사람들은 로이드 주간 신문에서 아르테미스 호가 말타, 포트사이드, 아덴에 기항했다가 마침내 본격적으로 극동을 향해 길을 떠났다는 기사를 걱정스러운 빛을 더해가며 읽었소. 격렬한 감정이 방방곡곡에 번져나가 만일 그 이상한 외국인이 경찰에 잡히기만 하면 경찰의 힘으로도 그가 뭇매맞는 것을 말리지 못할 것으로 생각되기까지 했소.

그러나 세상 사람들은 매컴 대령에 대해서는 아직 최종적인 판단을 보류하고 있었소. 그렇기는 해도 그의 신변에 의혹의 구름이 감돌고 있음은 의심할 여지가 없었소. 많은 사람들은 공공연하게, 대령이 욕심에서는 아닐지라도 공포나 위협에 눌리어 일본 사람이나 무정부주의자에게 여순 항구의 지도를 넘겼으리라고 비난했소.

그 뒤 마침내 피할 수 없는 클라이맥스가 찾아왔소. 칼튼이라는 사나이가 자진하여 일반 대중의 대변인 역할을 맡고 나서서 어느 날 런던의 어떤 클럽에서 매컴 대령과 대결한 것이오. 격렬한 응수였소. 칼튼 씨는 농담을 하지는 않았소. 그는 정면으로 세상 사람들이 이미 수군거리고 있는 의혹에 대해 매컴 대령을 비난하고 결국은 자기 말에 격해서 생각나는 대로 마구 욕을 퍼부으며 대령의 따귀를 후려쳤지요.

친구들이 말리지 않았다면 대령은 그 자리에서 맞아죽었을지도 모르오. 다행히 그렇게 되지는 않았지만 말이오. 친구의 권고를 받은 매컴 대령은 사건의 자초지종을 공개하고, 또 자신의 체면을 유지하는 유일한 수단으로서 칼튼 씨를 명예 훼손 및 폭행죄로 형사재판소에 고소했다오.”

“명예 훼손 및 폭행죄로 고소하는 형사소송이란 어떤 경우이든 흥미진진한 거지요.”
구석의 노인은 잠시 한숨을 돌렸다.
“왜냐하면 그런 소송에서는 으레 원고측의 개인적인 원한이 크게 논의되기 때문이오. 이 사건도 물론 세상의 관심을 극도로 집중시켰지요. 실제로 고소한 것은 매컴 대령임에도 불구하고, 이 소송이 끝나면 원고가, 완전히 깨끗한 몸이 아니면 이 나라 역사가 시작된 이래 가장 비열한 사나이로서 세상 사람들 앞에 나오게 될 것이기 때문이오.

대령의 고소 내용은 그의 변호사를 통해 간결하게 진술되었소. 피고측에서는 칼튼 씨를 대신하여 아더 잉글우드 경이 변호를 했소. 잉글우드 경은 멋진 웅변으로 매컴 대령을 믿고 맡긴 여순 항구의 비밀 약도 이야기와, 그 지도 한 장에 영국 배의 안전과 영국인 승무원의 생명이 걸려 있었다는 경위를 설명했지요.

변호인측의 첫 증인은 보덴 부인과 그 딸 매기였소. 두 사람은 이미 내가 당신에게 들려준 이야기를 되풀이했소. 보석 상자가 뚜껑이 열린 채 매컴 대령과 수수께끼의 방문객 사이에 놓여 있었다는 대목에 이르자 온 법정에 격분의 속삭임이 번져나가 재판장이 사람들에게 조용히 하지 않으면 나가달라고 주의를 주어야 할 정도였소. 왜냐하면 잉글우드 경이 이 일이야말로 매컴 대령이 지도 도난사건의 적극적인 공범자임을 보여주는 것으로 습격당하고, 묶이고, 재갈을 물린 것은 그의 연극에 지나지 않았다고 주장하여 이 점을 출발점으로 전개시켜 보였기 때문이오.

그러나 보다 놀라운 사실이 있었소. 12월 2일 아침——그것은 포츠머스로 출발하기 전이었는데——아침 식사가 끝난 뒤 바로 매컴 부인이 이층 자기 방에 있는 동안 대령에게 편지가 전달되었고, 대령은 그것을 읽자 몹시 고민하는 듯했다는 것이오. 이 일에 대한 증인은 매컴 대령 집에서 잔심부름하는 제인 메이슨이라는 소녀였소.

그날 아침 편지함에 우표가 붙지 않은 편지가 하나 있었소. 그녀가 그것을 대령에게 가져다주자 그는 편지를 읽고 몹시 안절부절못했다는 것이었지요. 그러고 나서 편지를 찢어 주머니에 쑤셔 넣더니 곧 모자를 집어 들고 뛰어나갔다는 거였소.

'나리께서 나가신 다음' 하고 제인은 이야기를 계속했소. '나는 그 편지 조각 하나가 주머니에서 빠져 방바닥에 떨어져 있는 것을 보았어요.'

이 한 조각을 제인 메이슨은 소중하게 간직해 두었소. 그녀는 대단히 영리하여 뭔가 수상한 점이 있다고 알아차렸던 모양이오. 그것이 지금 법정에 제출되어, 굉장한 흥분 속에서 아더 잉글우드 경에 의해 읽혀지게 되었소.

'만일……안전하게 여순 항구에……가담하는……입을 다물고는…….'

그리고 마지막으로 STOW라는 네 글자가 대문자로 씌어 있었소. 지금까지의 모든 증거와 대조해 볼 때 이 단편적인 몇 마디는 중대한 의미를 갖게 되었지요. 이 가운데 알 수 없는 것은 마지막 네 글자의 뜻으로, 그것은 아마 공범자의 서명의 일부분이겠지요. 그가 매컴 대령의 어떤 약점을 쥐고서——아무도 지금까지 이 추측을 의심하지 않았소——협박의 수단으로 아르테미스 호를 파국으로 몰아넣으려 한 것이라고 생각되었소.

그 뒤 다시 밀즈 상회 지배인의 증언으로, 그날 아침 매컴 대령이 사무실을 찾아와 포츠머스에서 재틀랜드 선장과 만나는 일을 다른 사람에게 시킬 수 없겠느냐고 부탁한 사실이 밝혀졌소. 변호인 측에 불려나온 그 증인은 이렇게 진술했소.

'그러나 그것은 시일이 촉박하여 도저히 불가능했습니다. 그래서 밀즈 상회의 사장이 없는 동안 회사의 모든 책임을 지고 있는 사람으로서 나는 매컴 대령에게 그 임무를 다하도록 했던 것입니다.'

여기서 피고측 증인 신문이 끝나고, 양쪽 변호인들의 변론은 마침 시간도 늦고 해서 이튿날로 미루게 되었소. 매컴 대령에게 죄가 있다는 것은 아무도 전혀 의심하지 않았기 때문에, 만일 많은 경찰관들이 경호하지 않았더라면 대령은 그 자리에서 군중들에게 뭇매를 맞았을지도 모르오."

구석의 노인은 이야기를 끊더니 싸움을 즐기는 비쩍 마르고 지저분한 수고양이처럼 뿔테 안경 너머로 흘끔 나를 쳐다보았다.

"그래서 어떻게 되었지요?" 나는 재촉했다.

"당신도 그 이튿날 일어난 일을 기억하고 있겠지요?"

노인은 차가운 미소를 지어 보였다.

"나의 개인적인 생각이지만, 일찍이 영국 법정에서 그런 소동이 일어난 일은 없었을 거요. 원고측 변호인이 변론에 나섰을 때 법정은 한 치의 틈도 없이 가득찼소. 변호인은 아주 간단하게 요점만 언급했을 뿐이었는데, 바로 그것이 모든 방청객들로 하여금 서로 얼굴을 마주보며 이것이 꿈인가 현실인가 고개를 갸웃하게 만들었던 거요.

우선 변호인이 한 말은 이런 것이었소. 밀즈 상회는 아르테미스 호에 대해 음모가 꾸며질 것을 고려하여 배가 목적지에 닿을 때까지 안전을 기하기 위해 매컴 대령에게도 일체 사정을 알려주지 않기로 했었소. 그런데 아르테미스 호가 무사히 여순 항구에 입항하여 짐을 내린 다음 이미 귀국길에 올랐다고 변호인이 기쁨에 겨워 보고한 거요. 바로 오늘 아침 재틀랜드 선장이 상트 페테르부르크를 경유하여 밀즈 상회에 이런 내용의 전보를 보내왔지요. 그 전보는 원고측 변호인에 의해 읽혀졌는데, 재판장의 방망이를 가지고서도 조용하게 할 수 없는 굉장한 박수갈채를 받았소.

변호인의 말에 따르던, 매컴 대령은 영웅적인 인내심으로 자기 인격에 대한 부당한 공격을 견디며 아르테미스 호가 무사하다는 소식에 의해 자신의 혐의가 풀리기만 한결같이 기다리고 있었던 거요, 공공연하게 배가 중요한 군항의 지도를 가지고 있다고 밝힘으로써 또다시 자기 나라 배의 안전을 위험하게 만들기보다는 차라리 배가 무사히 입항할 때까지 입을 다물고 모욕과 폭력을 참기로 했다는 것이오.

다음은 당신도 알고 있겠지요. 원고와 피고는 재판장의 권고에 따라 서로 화해하게 되었고, 매컴 대령도 자신의 결백이 증명되어 만족했기 때문에 칼튼 씨는 다음에 만일 호출이 있으면 나와 달라는 명목상의 요청을 받고 물러났소.

매컴 대령은 한동안 영웅 대우를 받았지요. 그러나 이러한 처음의 흥분이 가라앉자 생각 있는 사람들은 다시 고개를 갸웃하기 시작했소. 물론 밀즈 상회가 고위층의 의견을 받아들여 아르테미스 호가 여순 항구의 지도를 가지고 있다는 것을 비밀에 붙이고 배를 위태롭지 않게 힘쓴 것에 대해서는 누구나 다 적절한 조치였다고 인정했소. 극동의 정세가 아주 불안한 위기에 있었던 때인만큼, 그런 문제를 비밀에 붙이는 게 절대로 필요했다는 건 새삼 내가 지적할 것까지도 없겠지요. 그러나 생각 있는 사람들이 알고 싶어한 건, 이 일에서 매컴 대령이 한 역할이 무엇인가 하는 것이었소.

문제의 12월 2일 밤, 대령은 수수께끼의 방문객과 함께 난로 앞에 앉아 뚜껑이 열린 보석 상자——여순 항구의 지도가 든 보석 상자를 사이에 놓고 정답게 이야기를 나누었소. 그렇다면 그 뒤 대령의 태도를 바꾸게 만든 것은 대체 무엇이었을까요? 무엇이 그 손님에 대한 공포심을 없애게 한 것일까요? 그는 정말 습격당한 것일까요? 정말로 보석 상자를 도둑맞은 것일까요?

아르테미스 호의 재틀랜드 선장은 이렇게 증언하고 있소. 사건이 일어난 12월 3일 아침 그는 겨우 한 시간쯤——즉 오전 10시 30

분쯤까지 포츠머스에 머물러 있었고, 보트로 부두에 닿자마자 낯선 신사가 그를 맞으며 아무 말 없이 몇 장의 서류를 손에 쥐어 주고 가버렸으며, 나중에 조사해 보니 그것이 여순 항구의 약도였다고 말이오.

그런데 바로 그 시각에 매컴 대령은 꽁꽁 묶여 방에 쓰러져 있었소. 여기서 새로운 의문이 떠오르게 되지요. 보석 상자에서 도면을 꺼내 가만히 재틀랜드 선장에게 전해준 사람이 누구였는가 하는 의문이 말이오. 또 왜 그 사람은 보다 떳떳하게 그것을 전해주지 못했을까? 어째서? 왜? 그리고 무엇보다도 그는 대체 누구였을까?"

구석의 노인이 이야기를 그치고 뿔테 안경 너머로 나를 지켜보기 시작했으므로 나는 되물었다.

"맞아요! 어째서였을까요? 뭔가 설명이 있겠지요?"

나는 새 끈을 천천히 테이블 너머로 밀어주었다.

그는 만족스러운 표정을 지었다.

"물론 내 나름대로의 설명이 있지요. 아니, 이것은 그 풀 수 없는 사건에 대한 유일하고 논리적인 해석일 거요. 그러나 이것을 설명하려면 우선 저 제인 메이슨이 주워둔 편지 조각에 대해 설명하지 않으면 안 되겠소. 거기에는 수수께끼 같은 네 글자가 씌어 있었는데, 매컴 대령은 그 설명을 완강히 거부하고 있었소. 그런데 당신은 20년 전쯤에 있었던 리드스토 호 조난 사건을 기억하고 있소?"

구석의 노인은 내가 건네준 끈에 차례로 매듭을 만들어나가고 있었다.

"리드스토 호는 대자본가 에어즈라는 사람이 가지고 있던 관광 요

트로 남태평양에서 파선되어 거의 모든 승무원과 함께 침몰되었다
고 알려져 있소. 승무원 중 5명만이 살아남아 간신히 무인도에 헤
엄쳐 닿았다가 군함 포모나 호에 의해 구조되었지요.

이 5명의 조난 선원에 대해 알아보려고 나는 그 즈음의 신문철을
뒤적였소. 그들은 요트를 잃고 섬에 닿은 경위며, 그 뒤 섬에서의
고생 등 듣기만 해도 가엾은 이야기를 저마다 말하고 있었소. 여하
튼 리드스토 호 배 안에서 화재가 일어나 그 5명을 빼고 승무원이
모두 익사했다는 것이오. 나머지 5명이란 선원 세 사람과, 에어즈
의 친구이며 비서인 러시아 사람과 매컴이라는 젊고 활발한 사무원
이었소.

아시겠소? STOW라는 네 글자가 나에게 단서를 제공해 준 거
요. 분명 12월 2일 아침 편지를 받아든 매컴 대령은 겁에 질려 떨
었소. 조각난 말들을 분석하여 남은 문장을 맞추어보면 대개 이런
뜻이 되지요.

'만일 네가 아르테미스 호를 안전하게 여순 항구에 도착시켜 짐
을 내리는 데 가담한다면 나는 더 이상 입을 다물지 않겠다. 잊지
마라, 리드스토를.'

분명 그 수수께끼의 방문객은 매컴 대령에 대해 강력한 지배력을
가지고 있었던 것이 틀림없소. 왜냐하면 모든 증거로 미루어보아
대령이 겁을 먹고 있었음을 알 수 있기 때문이오. 그 증거로써 대
령은 회사로 찾아가 자기 대신 다른 사람을 포츠머스로 보내게 해
달라고 부탁했소. 그는 아르테미스 호를 안전하게 여순 항구에 도
착시키는 일에 가담하고 싶지 않았던 것이오.

이로써 우리는 그 옛날 리드스토 호에서 어떤 비극이 일어났었다
고 상상하지 않을 수 없소. 슬프게도 그리 흔치 않은 사건이. 즉
반란과 대량 학살이 일어나 부자인 배주인에게서 재물을 강탈하고

배를 불살라 없앤 거요. 매컴 대령은 그 무렵 20살 안팎이었으므로 아마 협박에 못 이겨 싫으면서도 가담했을 것이오. 이 풀 수 없는 비극 여기저기에 주범인 교활하고 대담무쌍한 러시아인의 수법이 엿보이고 있소.

그 뒤 20년 동안 매컴 대령은 나라에 충성을 다함으로써 젊었을 때의 죄를 보상하려 했소. 그때 이 위험이 밀어닥친 것이오. 그 옛날 사건의 주범이었던 그 빈틈없는 사나이는 공범의 약점을 꽉 움켜쥐고 놓지 않았을 거요.

다른 세 사나이는 어떻게 되었는지 모르오. 그러나 매컴 대령이 얼마나 그 주범을 무서워하며 움짝달싹 못했었나 하는 것은 지금까지 보아온 그대로요. 그러므로 그 수수께끼의 러시아인——아마 모국 정부를 뒤엎으려고 하는 무정부주의자일 거요——그것을 적국에 팔아 모국에 큰 타격을 주겠다며 중요한 군항 지도를 넘기라고 협박하자 대령으로서는 거절할 수가 없었겠지요.

그러나 실제로 결과가 어떻게 되었는가 하는 데 주의를 하시오. 매컴 대령은 과거를 폭로하겠다는 협박 때문에 상대의 뜻대로 움직이는 꼭두각시가 되어 있었지만, 그의 옆에는 아내라는 수호신이 있었던 거요."

"대령의 부인?" 나는 깜짝 놀라 말했다.

"그렇소, 바로 그녀요! 여자라는 정해진 요소가 없이 이 사건이 일어났으리라고 생각하오? 나는 범죄의 그늘에 숨어 있을 여자를 찾아보았소. 그리하여 매컴 부인을 찾아냈지요. 남편을 이 끈덕진 공범자의 손으로부터 구해내고, 아울러 그 얄미운 범죄를 저지르는 일에서 구출하려는 두 가지 목적을 위해 그녀는 12월 3일 아침 아주 교묘하게 연출된 희극을 생각해 낸 거요.

여관 안주인이 전날 밤 테이블 위에서 뚜껑이 열린 보석 상자를 보았을 때 매컴은 이미 아내가 생각해 낸 희극의 제1막을 연출하고 있었소. 그는 러시아인의 요구에 굽히는 것처럼 해보이며, 그러나 지금은 보다시피 지도가 여기 없으므로 내일까지 건네주겠다고 약속한 것이오. 그리고 이튿날 아침 매컴 부인은 남편을 묶은 뒤 정신을 잃고 쓰러진 시늉을 하고 있는 남편을 남겨놓은 채 보석 상자를 가지고 외출했소. 물론 그녀의 오라버니 플튼 씨가 두 사람이 하는 일에 가담했지요. 그가 없었더라면 일이 더 귀찮게 되었을 거요. 다행히 그가 있었기 때문에 보석 상자를 맡아, 거기서 서류와 지도를 꺼내 재틀랜드 선장을 부두에서 만나 건네줄 수 있었던 거요.

내가 보기에 그것은 정말 잘 짜여진 계획이었소. 세상 사람들은 이렇게 믿고 있겠지요. 매컴 대령은——분명 아내의 권고로 밀즈 상회에 모든 일을 밝혔겠지만——오로지 아르테미스 호를 위험에 맞닥뜨리게 하지 않으려는 영웅적인 정신에서 실상은 배가 안전하다는 비밀을 끝내 지켜온 것이라고. 그 점이야말로 그처럼 머리 좋은 부인이 꾸민 연극 가운데 가장 천재적인 부분이라고 말할 수 있을 거요.

매컴 대령이 입을 다물고 있으므로, 세상은 영국 배와 영국 선원들의 안전에 대해 크게 초조해하고 있었던 거요. 그로 인해 세상 여론이 극도로 들끓어 지금은 그 러시아인이 매컴 대령의 과거를 털어놓으려 해도 말할 수 없는 형편이 되어버렸소. 그것을 폭로하더라도 아무도 귀를 기울이지 않을 뿐만 아니라 지금 그런 말을 꺼냈다가는 그 자신이 영국 대중들의 화살 앞에 서지 않으면 안 될 테니까요. 협박이라는 위법적인 수단으로 명예 있는 영국인을 협박하여 한 척의 배와 30명의 영국인 선원을 파멸로 몰아넣으려고 한 죄인으로서 말이오. 그러므로 이 러시아인이 두 번 다시 영국에 얼굴을 내밀지 않으리라는 것을 확신해도 좋을 거요."
  말을 마치자 이상한 노인은 나에게 한 마디 말할 틈도 주지 않고
모습을 감추어버렸다.

The Disappearance of Count Collini
콜리니 백작의 실종

그날 아침 그는 유난히 호전적이었다. 내가 무슨 말만 하면 금방 반격해 오는 것이었다. 마지막에는 우리 둘 다 상대에 대해 더 이상 참을 수 없는 상태에까지 이르렀다.

결국 구석의 노인은 다시 본색을 드러낸 것이다.

"어찌되었든 불가능한 일이오, 문명 사회에서 누군가가 완전히 자취를 감춘다는 것은." 노인은 힘주어 말했다. "그 사람에게 친구나 적이 있어서, 그 남자 또는 여자가 어떻게 되었는지 알아내려고 하는 한은 말이오."

"불가능하다는 것은 너무 막연한 말이 아닐까요?" 나는 대답했다.

"천만에! 그럴 리가 없소, 이 논쟁의 경우에는."

아주 단호한 말투였다. 그는 방금 뼈가 불거진 손가락이 만들어낸 큼직하고 복잡한 매듭을 아주 만족스러운 듯이 들여다보았다.

"하지만 역시 그런 말은 쓰지 말아야 한다고 생각해요." 나는 조용히 말했다. "그것은 결코 불가능한 일이 아니에요. 아무 단서며 흔적도 남기지 않고 자취를 감춘다는 것이 대단히 어려운 일이기는 하지만 말이에요."

"그럼, 어디 증명해 보오."

노인은 얇은 입술을 활처럼 오므렸다.

"간단하지요."

"아아, 알았소. 당신이 뭘 생각하고 있는지 알았소." 그는 엷은 미소를 지었다. "지난 가을의 그 사건을 생각하고 있는 거지요?"

"네, 맞아요." 나는 인정했다. "당신도 부인할 수 없겠지요. 콜리니 백작이 마치 바다에 삼켜지기라도 한 것처럼 자취를 감춘 사실을? 누구나 다 그렇게 생각하고 있어요."

그는 차갑게 말하기 시작했다.

"어리석은 사람들이니까 그렇지요. 당신이 그 사건을 꺼낼 줄 알고 있었소. 정말 이상한 사건이긴 했소. 특히 검시 신문이 열린 것도 아니고, 화제를 몰고다닐 만한 재판이 있었던 것도 아니고 수수께끼 같으면서도 명확한 인간 증발의 드라마만 있었으니까.

이 기괴한 드라마의 줄거리를 당신은 모두 기억하고 있소? 사건의 시초는 토머스 체크필드라는 레딩에 사는 비스킷 제조업자요. 그는 은퇴한 뒤 상당한 재산을 남기고 죽었소. 8만 파운드에 이르는 그의 유산은 대부분 부동산에 투자되어 있었고 외동딸 앨리스가 상속했소.

아버지가 세상을 떠났을 때 앨리스 체크필드는 아직 18살로 스위스의 기숙 학교에 있었지요. 앨리스가 태어남과 동시에 아내를 잃은 체크필드 씨는 그 뒤 줄곧 혼자 살면서 꽤 괴팍스럽고 고독한 생활을 보낸 것 같소. 몇 해 동안이나 딸을 해외에 유학 보내놓고 자주 만나러 가지도 않았으며 딸을 그다지 사랑하지도 않았던 모양이오.

딸은 8살 때부터 영국에 있지 않았소. 체크필드 씨가 병으로 자리에 누웠을 때도 그는 자기 임종이 가까웠음을 딸에게 알리지 못하게 했지요. 딸을 집으로 돌아오게 하여 쓸쓸한 집에서 혼자 상주 노릇하게 하는 것이 가엾다고 하면서 말이오.

‘아직 18살도 안 된 어린 딸에게 아버지의 죽음으로 인한 온갖 슬픔을 보여주어서 좋을 게 무언가?’ 하고 그는 친구 터너 씨에게 말했소. ‘아버지라고 해야 거의 함께 지낸 일도 없고, 젊은 친구들이 옆에서 기분을 북돋아주면 충격에서 빨리 회복되겠지.’

딸을 그다지 사랑하지 않은 것 같다고는 하지만 그래도 죽을 때는 8만 파운드가 넘는 재산을 모두 딸에게 남겨주고, 친구 레디널드 터너 씨를 재산관리인 겸 후견인으로 지정하여 딸이 결혼할 때까지 또는 성년이 될 때까지 유산을 관리하도록 했지요.

‘딸이 결혼할 때까지’라는 조항을 넣은 것을 사람들은, 일찍부터 앨리스가 레디널드 터너 씨의 동생인 휴버트와 결혼하는 것이 거의 확정적인 사실이었기 때문이라고 해석했다오.

휴버트는 죽은 체크필드 씨의 양아들로, 만일 이 노인이 조금이라도 사랑한 사람이 있었다면 이 휴버트뿐이었다고 할 정도로 마음에 들어했었지요. 어릴 때부터 휴버트는 양아버지인 노인의 집에 빈번히 드나들었고, 앨리스도 어렸을 때는 소꿉장난을 하며 서로 ‘아빠’ ‘엄마’라고 부르며 놀았다오.

체크필드 씨는 외국 학교에 있는 딸을 만나러 갈 때마다 반드시 휴버트를 데리고 가서 어린 두 사람 사이에는 자연히 어린 연애 감정이 자라게 되었소. 이 연애를 체크필드 씨는 전적으로 찬성했으며, 분명히 두 사람의 결혼을 기정 사실로 인정하고 있었소. 다만 조건이 있다면 형인 터너 씨가 그때까지 딸의 재산을 관리해 주어야 한다는 거였지요.

휴버트 터너는 뒷날 사건이 일어났을 때 이미 미남 청년으로 성장하여 '중개인'이라는 모호한 직업에 종사하고 있었소. 집은 런던에 있었으며, 캐논 거리 역 가까운 큰 빌딩 안에 사무실을 가지고 있었지요.

체크필드 씨가 세상을 떠났을 무렵에는 앨리스가 이 젊은이를 약혼자로 생각하고 있었음에 틀림없소. 19살이 되자 마침내 그녀는 학교를 그만두고 영국으로 돌아왔지요. 성년이 되어 휴버트와 결혼할 때까지 그녀를 어디에 있게 하느냐가 그때 터너 씨의 큰 걱정거리였소. 터너 씨는 독신으로 레딩에 있는 아담한 아파트에서 자유로운 생활을 즐기고 있었지만, 피후견인——그것도 유치원 시절 이후로는 만난 적도 없는 어린 처녀가 귀국했다고 해서 갑자기 가정을 꾸미고 규칙적인 생활을 시작한다는 것은 귀찮기도 하고 어색하기도 했던 거요.

그런데 이 걱정거리는 뜻밖에도 앨리스 자신에 의해 아주 만족스러운 방법으로 해결되었소. 그녀는 제네바에서 후견인에게 편지를 보내어 친한 학교 친구의 어머니인 블라켄베리 부인이 잠시 자기 집에 와서 살라며, 그러는 편이 그녀같이 어린 처녀가 독신자의 집에서 함께 지내는 것보다 여러 가지 면에서 나을 거라는 권유를 받았다는 내용을 알려왔던 거요.

터너 씨도 처음에는 주저했던 모양이오. 그는 양심적인 사람으로 후견인이라는 직분을 아주 중대하게 생각하고 있었으니까요. 그럼에도 마침내 결심한 것은, 앨리스 자신뿐만 아니라 동생 휴버트로부터도 그렇게 하기를 원하는 듯한 편지가 연거푸 날아왔기 때문이었소. 당연한 일이지만 휴버트는 돈 많은 약혼녀를 가까운 런던에 두고 싶어했던 거지요. 그리하여 신중한 편지가 오고간 끝에 터너 씨는 마침내 승낙했고, 앨리스 체크필드는 무사히 귀국하여 블라켄베리 부인 집에 오랫동안 머물러 있게 되었소.”

“처음 한동안 켄징턴에 있는 블라켄베리 부인의 훌륭한 집에서는 모든 일이 원만하고 순조로웠소.”
구석의 노인은 잠시 이야기를 멈추었다.
“휴버트 터너는 자주 그곳을 찾아왔고, 젊은 두 사람은 약혼자로서 온갖 자유를 마음껏 누리고 있었소.

앨리스 체크필드는 아무리 좋게 보아도 매력적인 처녀가 아니었소. 블라켄베리 부인이 아무리 다듬어주어도 전혀 얼굴에 예쁜 티가 나지 않았지요. 그래도 휴버트 터너는 만족한 모양이었고, 앨리스 자신도 지금까지의 연애 감정을 지속하는 데 아무 의문을 품지 않은 것 같았소. 그런데 시간이 지남에 따라 이 상태가 묘하게 달라져가기 시작했소. 앨리스는 지금 상당한 재산을 가진 상속인인데 장래성이 뚜렷하지 못한 한낱 ‘중개인’은 그녀의 상대로서 마땅치 않다느니, 8만 파운드나 되는 유산이 있으니만큼 희망을 더 크게 가지라느니 하고 말하는 사람들이 많이 나타났던 거요. 그중에서도 블라켄베리 부인이 맨 앞장에 나섰던 것은 말할 나위도 없지요.

그 부인은 켄징턴에 살면서 여러 가지 사교적인 야심을 가지고 있었소. 그 가운데 가장 큰 것이 딸의 친한 친구인 앨리스를 귀족은 못되더라도 아쉬운 대로 준 남작과 결혼시키는 것이었소.

어린 처녀의 마음이란 변하기 쉽지요. 런던에 머무르게 된 지 반년도 안 돼서 앨리스는 휴버트 터너에게 쌀쌀맞은 태도를 보이게 되었고, 휴버트도 마침내 그녀가 자기와의 약혼을 취소하고 싶어하고 있음을 눈치챘지요. 그녀는 스무 번째 생일날 정식으로 휴버트에게 약혼 취소를 요구해 왔소.

물론 휴버트는 이 요구를 대단히 심각하게 생각했소. 8만 파운드가 쉽게 손에 들어올 것 같지 않은 형편이 되었기 때문이지요. 블라켄베리 집안 고용인의 이야기에 따르면 몇 번인가 그와 앨리스 사이에 심한 말다툼이 있었고, 마침내 블라켄베리 부인으로부터 당분간 그 집에 드나들지 말아달라는 말을 듣게 되었다고 하오.

그리고 나서 곧 앨리스 체크필드는 콜리니 백작과 알게 되었소. 지지난해 겨울 런던의 이탈리아인 거류지에서 열린 대규모 자선 무도회에서 만났던 거지요. 블라켄베리 부인은 백작이 아주 마음에 들었고, 앨리스 체크필드도 금방 그에게 마음을 빼앗겼다오. 백작은 그날 밤 동안 거의 앨리스와 춤을 추었으며, 이튿날 켄징턴 저택을 방문하고 싶다고 달하여 허락을 받았소.

백작은 칼튼 호텔에 머물렀어요. 이것으로 보아도 상당한 자산가라고 생각되었지요. 그때에도 비싼 꽃을 보내거나 사치스러운 선물을 하여 환심 사기를 잊지 않았소.

블라켄베리 부인 모녀는 팔을 크게 벌려——물론 비유해서 하는 말이지만——백작을 환영했소. 앨리스는 수줍어했지만, 처음 만났을 때부터 마음을 빼앗기고 있음이 분명했소.

처음 한동안 블라켄베리 부인은 백작이 나타난 것을 휴버트에게 숨겨두려고 했소. 교제에 능숙한 이 부인은 새로운 분쟁의 불씨가 일어날까 두려워하고 있었던 거지요. 그러나 결국 피할 수 없는 일이 일어났소. 앞서의 잘못을 뉘우친 휴버트가, 앨리스와의 관계를 되돌리고 싶어 어느 날 공교롭게도 백작이 와 있을 때 저택을 방문한 것이오. 그리하여——이것은 나중에 브라켄베리 양의 입에서 나온 말이지만——앨리스와 휴버트 사이에 심한 말다툼이 벌어졌소. 매력적인 외국인이 돌아가자마자 휴버트는 앨리스의 변덕스러움을 입에 담지 못할 말로 꾸짖고, 또 여러 사람의 증언에 따르면 그녀의 애정을 앗아간 사나이에게 복수하고 말겠다고 맹세했다는 거요. 일이 이렇게 되었으니 블라켄베리 부인이 배수진을 치고 나서는 수밖에 없었지요. 그녀는 단호하게 휴버트에게 집에서 나가달라고 명령하고, 콜리니 백작은 앨리스 자신도 인정했지만 그녀의 구혼자라고 선언한 것이오.

아시겠소? 내가 이런 사태의 경과를 자세히 이야기해 주는 것은 그 뒤 백작에게 일어난 일에 대해 더 나은 판단을 내릴 수 있도록 하기 위해서라오.”

구석의 노인은 애교 있는 미소를 지어보였다.

“나중에 블라켄베리 부인이 경찰에서 증언한 바에 따르면, 그 즈음 백작은 한창 나이로 짙은 올리브색 피부에 검은 눈을 하고 있었으며, 유난히 검은 머리와 콧수염을 기르고 있었다고 하오. 어릴 때 사고를 당해 다리를 조금 절었는데, 이 때문에 걸음걸이며 전체적인 몸가짐에 상당히 눈에 띄는 특징이 있었소. 말하자면 군중 속에 섞여 있어도 남이 몰라보고 지나칠 사람이 아니었던 거요.

속이 상한 휴버트는 노여움이 복받쳐 부랴부랴 형에게 편지를 보내고, 형이 나서서 이 사태를 수습해 달라고 부탁했소. 터너 씨도 곧 그의 부탁에 따라 할 수 있는 모든 일을 했소. 그러나 상대는 야심에 불타는 결혼 주선인과 사랑에 눈이 어두워진 어린 처녀였으니 그가 여지없이 패한 것도 이상할 건 없지요.

이 무렵 앨리스 체크필드는 완전히 백작에게 빠져 있었소. 백작의 은근한 태도는 그녀의 허영심을 불러일으켰고, 그의 귀족 칭호와 이탈리아에 있다는 넓은 영토가 그녀를 사로잡았소. 그녀는 후견인의 찬성을 얻든 얻지 못하든 반드시 백작과 결혼할 생각이었소. 지금 당장 그렇게 하는 것은 무리지만, 그녀가 성년이 되어 재산을 물려받고 자유롭게 행동할 수 있게 되면 금방이라도 결혼하겠다고 선언한 거요.

이 무모한 결혼을 단념시키기 위해 터너 씨는 할 수 있는 모든 수법을 다 써보았소. 분별 있는 중류 계급 영국인이 대개 그렇듯이 그는 외국 귀족의 칭호를 덮어놓고 좋아하지만은 않았으며, 외국에 있다는 재산에 대해서도 어딘지 수상한 느낌이 들었던 거요. 그는 이 점을 역설한 편지를 앨리스에게 써 보내고, 사기꾼으로 굳게 믿고 있는 남자에 대한 의혹을 표명했지요. 그래도 효과가 없음을 알자 마지막으로 그는 결혼에 동의하는 것을 단호하게 거절했소.

이리하여 몇 달이 지났소. 백작은 겨울과 봄을 이탈리아 영지에서 보내고 사교 시즌이 되자 다시 런던으로 왔는데, 이때는 레딩의 비스킷 제조업자의 딸에 대해 강한 애착을 느끼는 듯했소. 이 무렵 앨리스가 21살이 되는 생일까지는 9개월밖에 남지 않았었지요. 그녀는 백작과의 결혼을 결심하고 공공연하게 후견인과 맞섰소.

'어떤 힘을 가지고서도 나에게 휴버트와 결혼하도록 강요할 수는 없습니다.'

그녀는 이렇게 터너 씨에게 편지를 써 보냈소.

이것이 아마 그에게 마지막으로 결혼에 반대하는 것을 체념하도록 보낸 편지가 아니었을까 생각되오. 이제 동생의 바람이 이루어질 가망은 전혀 없고, 앨리스는 9개월 뒤면 성년이 된다는 것을 생각했을 때, 그는 더 이상 타일러봐야 아무 소용없다고 알아차렸겠지요. 그리하여 마침내 본의는 아니었지만 결혼 승낙을 했던 거요.

두 사람의 종교가 달랐기 때문에 결혼 신고만 하기로 했는데, 날짜는 앨리스가 21살이 되는 생일로부터 겨우 1주일 뒤인 1903년 10월 22일로 정해졌소.

여기서 곧 문제가 된 것은 말할 나위도 없이 앨리스의 재산이었지요. 백작은 그녀를 이탈리아로 데리고 가 그곳에서 지낼 작정이었으므로, 그녀는 재산을 모두 현금으로 바꾸어 그쪽에 가서 투자

할 생각이었소. 그리하여 터너 씨에게 자기의 재산을 모두 처분해 달라고 부탁했으나, 이때에도 그는 망설이며 반대했소. 그러나 벌써 결혼을 승낙한 이상 모든 반대는 무의미한 것이었고, 게다가 블라켄베리 집안 고문 변호사의 주선으로 아주 만족할 만한 타협도 이루어져 있었소. 그것은 백작 자신이 제안한 것으로서, 결혼한 뒤 앨리스의 재산에 대해서는 그녀만이 모든 권리를 가진다고 약속했던 거요.

이리하여 10월 22일에 결혼식이 무사히 끝나고, 앨리스 체크필드는 그 날부터 콜리니 백작 부인이라는 칭호를 얻었소. 식이 끝난 뒤 부부는 곧 이탈리아로 떠날 예정이었으며, 그전에 하루나 이틀쯤 도버에 머물러 조용한 한때를 보내기로 했지요. 그때까지는 한두 가지 까다로운 법률적 수속을 마치지 않으면 안 되었고, 터너 씨는 앨리스의 요청대로 8만 파운드의 현금을 그녀의 변호사 R.W. 스탠포드 씨에게 건네주었소. 스탠포드 씨는 이 일을 위해 결혼식 이틀 전에 레딩으로 가서 돈을 받아가지고 다시 새 백작 부인을 찾아가 그녀의 전 재산을 영국 은행권으로 건네주었지요.

그런 다음 앞으로 곧 필요하게 될 때를 생각하여 영국 은행권을 외국 화폐로 바꾸어야 했소. 이것은 그날 오후 백작 부부가 직접 했소.

오후 5시, 부부는 도버로 출발했소. 블라켄베리 부인이 어린 친구와의 작별을 위해 시중도 들 겸 도버까지 동행하게 되었소. 백작은 로드 워든 호텔에 호화스러운 방을 예약해 두었으므로 세 사람은 그리로 향했지요.

지금까지의 이야기는 이처럼 아주 단순하오. 흔해빠진 일이라고 해도 좋을 정도요. 외국인 백작, 야심 많은 중매쟁이, 남을 잘 믿는 처녀——이 세 가지가 갖춰지면 으레 가장 큰 비극이 일어나기 마련이지요. 결국 가닿은 곳은 경찰 재판소라오. 그런데 여기서부터 이 이야기는 얼마쯤 복잡한 양상을 띠게 되오. 그리하여 결국에는 당신도 아시다시피 도버 해협의 양쪽 경찰을 어리둥절하게 만들었던 거요. 그리고 더없이 기묘한 수수께끼로 끝나고 만 셈이지요.”

구석의 노인은 이야기를 중단하고 한숨 돌렸다. 나는 그가 마침내 굉장한 클라이맥스로 접어들려 하고 있음을 알았다. 왜냐하면 그의 손가락이 바쁘게 움직이며 끈을 만지작거리기 시작했기 때문이다.

조금 뒤 노인은 말을 계속했다.

“당신도 처음부터 추측했겠지만, 휴버트 터너는 이 최종적인 패배를 절대로 순순히 받아들일 수가 없었소. 게다가 그는 성질이 거친 젊은이로서, 그 거친 성격은 남을 불쾌하게 만들기에 충분했지요. 블라켄베리 집안 고용인의 말에 따르면, 그는 콜리니 백작에 대한 일로 아주 협박적인 말을 했으며, 한 번은 블라켄베리 부인의 멋진 저택 복도에서 백작에게 마주 덤벼들려고 하여 간신히 말렸다는 것이었소.

참을 수 없게 된 백작은 법정에 고소하겠다고 휴버트를 위협했소. 이 일이 얼마쯤 흥분을 가라앉히는 데 도움이 된 듯 그 뒤로는 그도 좀 얌전해져서 블라켄베리 집에 찾아오는 일도 없었고, 나중에는 장래의 백작 부인에게 결혼 축하 인사까지 보내왔다고 하오.

백작 부부가 블라켄베리 부인의 도움을 받으며 도버의 로드 워든 호텔에 도착했을 때, 한 통의 편지가 앨리스를 기다리고 있었소. 휴버트 터너에게서 온 것으로 지금까지 그녀에게 폐를 끼친 데 대해 사과하고, 앞으로도 친구로 대해주었으면 좋겠다면서 마지막으로 한 번만 만났으면 하는 내용이 적혀 있었소. 만일 허락해 준다면 자기는 오늘이나 내일 도버로 가서 백작 부부를 방문하겠다는 거였지요.

그 예고대로 그날 밤 8시쯤 백작 일행이 식사를 하기 위해 자리에 앉자마자 휴버트 터너가 찾아왔다는 말이 전해졌소. 모두들 말 없는 가운데 지난 일은 물에 흘려보내기로 하고 아주 정중하게 그를 맞았지요. 그 중에서도 백작은 이 지난날의 적에 대해 특히 정성껏 부드럽게 행동하면서, 부디 함께 식사하자고 권했소.

밤이 깊어 휴버트 터너가 부인들에게 작별 인사를 하자, 콜리니 백작은 그가 묵고 있는 그랜드 호텔까지 바래다주겠다고 말했소. 두 사나이가 함께 호텔을 나갔는데, 그것이——그 다음은 당신도 알고 있겠지요? ——젊은 콜리니 백작 부인이 남편의 모습을 본 마지막이 되었지요. 그는 아무런 흔적도 남기지 않고 완전히 자취를 감추고 말았소. 마치 바다 밑으로 가라앉은 것처럼.

'아니, 실제로 그랬어요?' 하고 세상 사람들은 말하지요. 호기심이 강하고 근시안적이며 무책임한 세상 사람들은 말이오. ”
구석의 노인은 숨을 한 번 길게 내쉬었다.
“그 뒤 오늘에 이르기까지 계속 고개를 갸웃거리고 있소. 어째서 휴버트 터너를 콜리니 백작 살해범으로 교수형에 처하지 않는 걸까 하고 말이오. ”
“그렇군요! 어째서 그렇게 하지 않았을까요? ” 나는 물었다.
“이유는 아주 단순하지요. 이 나라에서는 살인을 했다는 뚜렷한 증거가 없는 한 살인범으로 목을 매어달 수가 없소. 그런데 이 사건에서는 콜리니 백작이 살해되었다는 증거가 전혀 없거든요. 자세한 경위는 이렇소. 시간이 늦었는데도 백작이 좀처럼 돌아오지 않자 백작 부인과 블라켄베리 부인은 초조해지기 시작했소. 새벽 1시가 되고 2시가 지나자 불안은 뚜렷한 걱정으로 바뀌었지요. 마침내 앨리스가 히스테리를 일으키기 직전에 이르렀으므로 한밤중인데도 블라켄베리 부인은 경찰서로 달려갔소.

물론 그렇게 늦은 시간이었으니 아무것도 할 수가 없었지요. 당직 경관은 불안해하는 부인을 달래고, 내일 아침 일찍 로드 워든 호텔로 밝혀진 사실들을 알려주겠다고 약속했소.

하는 수 없이 블라켄베리 부인도 무거운 발걸음을 돌려야 했지요. 그런데 불현듯 레딩에서 터너 씨가 보내온 조심스러운 편지가 떠올랐던 거지요. 게다가 프랑스와 이탈리아 지폐로 바꾼 8만 파운드의 돈을 백작이 안전을 위해서 자기가 보관하겠다고 했다는 걸 반광란 상태의 신부로부터 들어서 그녀는 이미 알고 있었고. 그러니 블라켄베리 부인은 백작이 무슨 사고를 당하지 않았나 하는 마음보다는, 신부의 재산을 송두리째 가지고 도망친 게 아닐까 하고 걱정하게 되었지요.

아침이 되어도 거의 실마리가 잡히지 않았소. 백작과 비슷한 사람이 전날 밤 사고를 당했다든가 병원으로 옮겨진 사건도 없었고, 그 비슷한 사람이 밤배를 타고 칼레나 오스텐드로 건너간 흔적도 없었소. 뿐만 아니라 콜리니 백작과 마지막까지 함께 있었을 휴버트 터너는 오전 1시 50분발 기선연락 열차로 도버를 떠나 런던으로 돌아갔던 것이오.

본격적인 수사가 시작되어, 휴버트 터너가 맨 먼저 경찰의 신문을 받았소. 신문은 경시청에서도 이름이 알려져 있는 맥퍼슨 경감이 맡아했지요.

휴버트 터너의 진술을 요약하면 이렇소. 호텔을 나온 뒤 그는 잠시 콜리니 백작과 산책 도로를 거닐었소. 바람이 계속 세차게 불어오고, 바다에서는 산더미 같은 파도가 일었으며, 밝은 달빛 아래 대단히 아름다운 밤이었다고 하오. '10시 조금 지나서' 하고 휴버트는 이야기를 계속했지요. '백작과 나는 그랜드 호텔에 이르러 내 방에서 위스키소다를 마시면서 11시가 지나도록 이야기를 했습니다. 그러고 나서 백작은 작별 인사를 하고 돌아갔습니다.'

'물론 홀까지 전송했겠지요?'라고 경감이 물었소.

'아닙니다, 전송하지 않았습니다. 두세 장 써야 할 편지가 있었고, 오전 1시 50분 기차를 탈 생각이었기 때문에……'

맥퍼슨 경감은 천연스럽게 물었소.

'도버에는 어느 정도 머물러 있었습니까?'

'겨우 몇 시간이었습니다. 그날 오후에 도착했으니까요.'

'그렇다면 일부러 방까지 얻었다는 것이 이상하지 않습니까? 겨우 몇 시간을 위해 비싼 호텔비를 치르다니, 안 그렇습니까?'

'이상할 건 없습니다. 처음에는 좀더 오래 머무를 작정이었습니다. 그리고 호텔비 같은 문제는 남이 관여할 일이 아닙니다. 나도 그 정도는 치를 수 있습니다.' 조금 화난 표정을 보이며 휴버트 터너는 대답했소. 조금 뒤 그는 초조한 듯이 덧붙였지요.

'어찌되었든 내 말이 믿어지지 않는다면 호텔에 물어보면 될 게 아닙니까? 그럼, 내 말이 진실임을 알게 될 테니까요.'

틀림없이 그가 말한 것은 진실이었소. 적어도 그가 얘기한 부분은 말이오. 그랜드 호텔에 알아본 결과, 그가 그날 오후 일찍 도착하여 방을 예약한 다음 곧 외출했음이 확인되었소. 밤 10시 지나서 그는 한 사나이를 데리고 돌아왔는데, 그 신사의 특징은 호텔 종업원들 중 그를 본 세 사람의 증언에 따르면 콜리니 백작과 일치했소.

두 신사는 함께 휴버트 터너의 방으로 갔으며, 그 뒤 10시 반에 위스키를 가져오라는 주문을 받았다고 하오. 그런데 이때를 마지막으로 콜리니 백작의 행적은 묘연해졌소. 공교롭게도 10시 49분 기선연락 열차로 손님들이 많이 도착한데다 바람 때문에 그날 밤 연락선을 타지 않은 손님들이 호텔로 몰려와서 로비가 혼잡을 이루었다는 거요.

그리하여 아무도 콜리니 백작이 그랜드 호텔을 나가는 것을 보지 못했소. 휴버트 터너는 11시 반쯤 로비로 내려와서, 1시 50분 기선연락 열차를 타고 런던으로 돌아갈 작정이라고 했으며, 작은 가방 하나뿐이었으므로 역까지 걸어갔다고 하오. 계산을 끝낸 뒤 그는 출발 시간까지 로비에서 시간을 보냈소.

이리하여 문제는 풀리지 않은 채 남겨졌소. 그 뒤 블라켄베리 부인은 사라진 백작의 소식을 알기 위해 자기 재산을 반이나 없애버렸지요. 그녀는 아직도 굳게 믿고 있는 거요. 그가 몰래 바다를 건너 앨리스 체크필드의 재산을 가지고 도망쳤다고 말이오. 그런데 당신도 알다시피 남해안의 모든 배 기항지에서는 경찰이 밤낮으로 철저히 감시하고 있소. 백작은 눈에 띄는 풍채를 가진 사나이어서, 그런 모습의 사람이 그날 밤 프랑스나 벨기에로 건너간 사실이 없음은 확실하오. 백작이 실종된 이튿날 아침에는 해협 양쪽에서 경찰들이 물샐틈없는 경계 태세를 갖추고 있었으니까 변장한다 해도 백작의 경우 오랫동안 들키지 않을 수는 없을 거요. 그가 해협을 건너려고 하면 배에서나 부두에서 반드시 발각됐겠지요. 따라서 그가 해협을 건너가지 않았다는 것은 분명하다고 보아도 좋을 거요.

그렇다면 그는 영국에 있소. 그런데 지금 어디 있을까. 당신도 우선 인정하겠지만 이토록 수사진이 그를 뒤쫓고 있는데 그런 특징을 가진 사람이 완전히 수사의 눈을 따돌리고 모습을 감출 수 있으리라고는 생각되지 않소. 만일 그가 프랑스나 벨기에로 건너가지 않았다면 돈을 어떻게 했을까 하는 것이 문제요. 모습을 감추고 일생 동안 쫓기는 짐승처럼 살아야 할 처지에 외국 돈 8만 파운드—

—그에게는 사실 종이 쪽지나 다름없는 8만 파운드라는 큰돈이 대체 무슨 소용이 있겠소?

이런 이유로 하여 처음에 말한 것처럼 이 괴상한 에피소드에는 물의를 일으킬 만한 전개도 없거니와 드라마틱한 검시 신문이나 재판도 없었소.”

구석의 노인은 메마르고 낮은 웃음소리를 냈다.

“다만 우리가 자랑하는 문명 사회에서 남달리 눈에 띄는 특징을 가진 한 사나이가 완전히 실종——아니, 사라져 없어졌다고 해도 좋은데——된 것이오. 그리고 유능한 수사진들의 지칠 줄 모르는 노력과 끊임없는 경계도 아무 열매를 맺지 못했지요.”

“과연 그렇군요. 그렇다면 그것은” 하고 나는 자랑스러운 듯이 말을 받았다. “휴버트 터너가 콜리니 백작을 죽였다, 돈이 목표가 아니더라도 애인을 빼앗긴 분풀이로 백작을 죽이고 시체를 돈과 함께 바다에 던졌다는 증명이 되겠군요.”

“그런데 언제, 어디서, 어떻게 죽였을까요?” 하고 노인은 뿔테 안경 너머로 기분 좋은 미소를 나에게 던졌다.

“어머나! 그런 거야 알 수 없지요.”

“내 그럴 줄 알았소.” 그는 천연스럽게 대답했다. “당신은 한 가지 사실을 잊고 있는 것 같소. 즉 백작과 함께 돌아온 휴버트 터너가 그랜드 호텔 자기 방에서 10시 30분에 위스키를 마셨다는 사실을 말이오. 그 뒤 호텔이 아무리 붐비었더라도 그 복잡한 사람 사이를 빠져나가 죽인 연적의 시체를 운반해 내는 것은 좀 어려운 일이지요.”

나는 반론했다.

“호텔 안에서 콜리니 백작을 죽인 건 아니에요. 두 사람은 로비가 붐비는 틈에 함께 호텔을 나온 거예요. 아무에게도 들키지 않고요.

그런 다음 휴버트는 백작을 벼랑가 한적한 곳으로 데리고 가서 죽여 바다에 던져버렸을 거예요.”

“사람을 죽이기에 적합할 정도로 ‘한적한’ 곳은 가장 가까운 곳이라도 호텔에서 걸어서 20분은 걸리지요.” 노인은 미소지으며 말했다. “그것도 백작이 그에게 뒤지지 않는 속도로 걷고, 더욱이 밤 11시라는 시간에 일찍이 몇 번이나 자기를 죽이겠다고 위협한 사나이를 따라 자진해서 그런 한적한 곳으로 갔다고 가정했을 때의 이야기지요. 당신도 알고 있겠지만, 휴버트 터너는 11시 30분에 호텔 로비로 내려와서 그 뒤 1시 50분 기차를 타기 위해 역으로 나갈 때까지 그곳을 떠나지 않았소. 로비가 기선연락 열차에서 내린 손님들로 붐비기 시작한 것은 11시 조금 지나서부터였소. 그러므로 11시 30분까지 겨우 25분 동안에 비록 상대가 자진해서 따라왔다고 해도 그를 죽여 시체를 바다에 던지고 다시 호텔로 돌아올 여유는 없었을 거요.”

나는 점점 더 이야기 전체에 화가 치밀어 올라 덤벼들 듯이 말했다.

“그럼, 당신 설명은 어떤 거지요? 이 알 수 없는 실종 사건을 어떻게 보시는지, 한번 들려줘 보세요!”

“아주 간단하지요.”

노인은 태연한 표정으로 다시 그 끈을 만지작거리기 시작했다.

“아주 간단하게 설명할 수밖에 없소. 즉 콜리니 백작은 지금 이 순간에도 영국 안 어디에선가 쾌적하게 살며 돈을 다시 한 번 영국 지폐로 바꿀 적당한 기회가 오기를 기다리고 있는 거요.”

“그런데 당신 자신이 그건 불가능하다고 말하지 않았어요? 영국에서도 유능한 형사들이 그의 행방을 뒤쫓고 있다고.”

“그들이 뒤쫓는 것은 콜리니 백작이라는 인물이지요” 하고 그는 무뚝뚝하게 말했다.

"아마 변장한 거겠지만, 앞으로 유능한 인간 경찰견에 걸리게 되면 아무리 모습을 꾸며도 곧 드러나고 말 거요."

"그렇다면, 그렇다면 어떻게 된 거지요?" 나는 다그쳐 물었다.

"결국 콜리니 백작이라는 자는 없었던 거요. 누군가가 백작으로 변장한 거였지요. 지금은 그 변장도 벗겨져 없어졌지만. 백작은 죽은 것도 아니고 숨은 것도 아니오. 다만 그 행세를 그만둔 것뿐이지요. 두 번 다시 그가 되살아날 염려는 없소. 형인 터너 씨가 그렇게 꾸민 거요."

"터너 씨가!" 나는 어이가 없어 크게 소리쳤다.

"그렇지, 바로 그렇소!"

그는 흥분한 표정을 지었다.

"당신은 한번도 그런 추측을 해보지 않았단 말이오? 맨 처음 돈은 그의 수중에 있었소. 동생이 그 부유한 여자 상속인과 결혼할 예정이었는데, 이때 블라켄베리라는 변덕스러운 할멈이 나타났소. 앨리스 체크필드는 휴버트 터너에게 냉정해지고, 반은 손에 쥔 것이나 다름없던 재산이 형제의 손에서 빠져나갈 형편이 되었소. 그리하여 두 악당은 한바탕 연극을 하기로 계획한 거요. 나쁜 짓들이지만 그런 면에서는 천재라고 할 만한 녀석들이지요. 이 계획은 두 사람의 협력이 없이는 실행할 수 없는 것으로, 형제의 공모에 의해 진행이 완벽하고 실천도 쉽게 되었지요.

여기서 생각해야 할 점은, 어떤 경우든 범죄가 일어나기 훨씬 전부터 해온 변장은 우선 들킬 염려가 없다는 것이오. 왜냐하면 아무 일도 일어나지 않았는데 굳이 변장한 게 아닌가 의심하며 대하는 일은 없을 테니 말이오. 그저 속아넘어갈 뿐인 손쉬운 무리들을 감쪽같이 속이고 있으면 되지 않겠소. 블라켄베리 부인은 런던에 살고 있고 터너 씨는 레딩에 살고 있었소. 서로 알지도 못하거니와 공통되는 친구도 없소. 그리고 앨리스 체크필드는 아주 어릴 때 이후로는 후견인을 만난 적이 없는 거요.

그리하여 이 변장은 완벽한 것이 되었소. 조금 전에 나는 레딩으로 가서 몰래 레디널드 터너 씨를 보고 왔소. 그는 스코틀랜드 계로 아주 엷은 모랫빛 머리털을 가지고 있었소. 말끔하게 면도한 얼굴을 검게 칠하고 머리털과 눈썹과 속눈썹을 검게 물들이면 전혀 다른 사람이 될 거요. 게다가 외국 사투리로 말하면 목소리가 전혀 다르게 들리지요. 특히 조금 다리를 전다는 것은 전체적인 몸놀림을 속이는 천재적인 착상인 거요.

이윽고 겨울이 왔소. 아마 터너 씨는 너무 오래 레딩을 떠나 있을 수 없는 사정이었겠지요. 오래 집을 비우게 되면 의심할 사람도 있을 테니까. 그래서 이 악당은 멋진 솜씨로 연극을 해냈소. 당신은 상상이 가지 않소? 그가 고향으로 돌아가는 것처럼 하며 칼튼 호텔을 나와 체링 크로스로 마차를 달리면서 실은 캐논 거리까지의 차표밖에 사지 않았다는 것을?

이윽고 그 혼잡한 역에서 내리자 그는 가까운 큰 빌딩에 있는 동생의 사무실로 갔소. 그런 큰 빌딩에는 늘 사람이 드나들어 남의 눈에 띄지 않게 들어갈 수 있지요.

그곳에서 비누와 물로 본디의 스코틀랜드 계 터너 씨로 돌아간 다음 레딩으로 가서 겨울과 봄을 보냈소. 그리고 다시 런던으로 돌아왔는데, 이때는 단지 콜리니 백작으로서 앨리스 체크필드에게 정식으로 청혼하는 것이 목적이었소. 휴버트 터너의 사무실이 이때에도 역시 그가 중류 계급 영국인에서 이탈리아 귀족이라는 흥미 있는 인물로 변장하는 분장실이 되었을 게 틀림없소.

말할 것도 없이 결혼식이 있기 2, 3일 전 그는 다시 한 번 레딩을 다녀오지 않으면 안 되었소. 거기서 블라켄베리 부인의 변호사

를 만나 후견인으로서 앨리스의 재산을 넘겨주기 위해서였지요. 그
러고 나서 휴버트 터너와 가공의 연적의 충돌이 있었고, 후견인으
로부터의 경고의 편지도 날아들었소. 이 편지는 아마 휴버트가 레
딩으로 가서 부쳤겠지만, 이런 일들은 모두 남을 잘 믿는 두 여자
의 눈을 속이기 위한 눈가림이었던 거요.

그런 다음 결혼식이 있었고, 휴버트 터너의 방문이 있었소. 그가
큰 호텔에 일부러 방을 빌리지 않으면 안 되었던 것은 거기서 이탈
리아 백작이 또 한 번 비누와 물을 가지고 이번에는 영원히 모습을
감출 필요가 있었기 때문이오. 호텔 로비가 붐비는 틈을 노려 모랫
빛 머리의 스코틀랜드 사람은 슬그머니 그곳을 빠져나갔소. 눈에
띄는 외모가 아니었으므로 아무도 눈치채지 못했지요. 그 뒤 가볍
게 다리를 저는 검은 머리의 이탈리아 인——사투리가 섞인 영어
를 쓰는 이탈리아 인을 쫓아 대규모적인 수사가 벌어졌지만, 사실
은 그런 이탈리아 인은 한 번도 존재한 적이 없다는 사실을 아무도
생각지 못한 거요.

터너 씨는 지금으로서는 우선 무사하지요. 블라켄베리 집안과 친
하게 사귈 생각 같은 것도 물론 없을 테고, 앨리스 체크필드도 이
미 피후견인이 아니니까요. 아마 이대로 1년이나 2년쯤 세상 사람
들의 관심을 식히고 나서 그는 휴버트와 함께 숨겨둔 돈을 다시 영
국 화폐로 바꾸려고 할 거요. 그들은 자주 짧은 해외 여행을 하며
대륙 여기저기의 환금소에서 조금씩 돈을 바꾸겠지요.

잘 생각해 보시오. 아주 단순한 수법이오. 극적인 장면도 전혀
없소, 처음부터 끝까지 천재적인 수법이긴 하지만. 더 좋은 목적을
위해 사용될 수 있는 재능일지도 모르나 어찌 되었든 성공할 수 있
는 재능이었던 것만은 틀림없소.”
도무지 어떻게 해야 좋을지 모르고 있는 나를 남겨둔 채 그는 가버

렸다. 이 실종 사건은 그때까지 늘 나를 애타게 해왔는데, 지금 나는 결국 그 이상하고 허수아비 같은 노인이 사건의 진상을 보기좋게 풀어 밝혔다고 생각한다.

에어셤의 참극

"우리 영국 경찰력에 대해서는 지금까지 단 한 번도 감탄한 적이 없긴 했지만" 하고 구석의 노인이 그 특유의 이상야릇하고 조용한 변명 비슷한 말투로 이야기를 꺼냈다. "그러나 이번 이 에어셤 사건에서 저지른 그들의 실수는 정말 이해할 수가 없소."

나는 조용한 위엄을 담아 말을 받았다.

"어머나, 그래요? 경찰이 그 사건에 대해 당신에게 의논하지 않은 건 애석한 일이군요."

노인은 아주 귀찮고 부드럽게 대답했다.

"애석한 것은 그들이 하찮은 상식을 쓰려 하지 않았던 거요. 사건은 콜럼버스의 달걀 같은 것이었소. 어디서 보아도 참으로 단순했지요.

그것은 아마 10월 어느 날 밤이었을 거요. 두 노동자가 에어셤 마을에서 집으로 돌아가려고 샛길로 접어들었소. 조금 앞쪽에 있는 그들의 하숙집으로 돌아가는 데는 아무래도 그 길이 가까울 것 같아서.

그날 밤은 달도 없이 캄캄한데다 안개비가 심하게 내리고 있었소. 그들 지방의 말을 빌린다면 '코를 잡아도 알 수 없을 만큼 어두운 밤'이었소. 그리하여 그들은 길 한가운데서, 뭔가에 발이 걸린 뒤 비로소 거기에 사람이 쓰러져 있음을 알아차렸지요.

나중에 그들 중 한 사람이 '처음에는 술 취한 사람인 줄 알았습니다만, 자세히 들여다보니 금방 이상하다는 것을 알았습니다. 그래서 우리 둘이 잡아 일으켜보고 순간 똑같이 소리를 질렀지요, '큰일났다!'고 말입니다. 그러고 나서 죽은 사람이 뉴턴 영감이라는 것을 알았습니다. 가엾게도 그는 죽어 있었습니다, 틀림없이'라고 말했소.

뉴턴 영감——피해자의 이웃에서는 흔히 그렇게 부르고 있었다오——은 근처에 아주 얼굴이 잘 알려져 있어, 특히 몇 마일 안에 있는 선술집이나 공영 술집에서는 모르는 사람이 없었소.

그는 에어셤에서 조그만 싸구려 과자 가게를 하고 있었어요. 바로 그가 이처럼 끔찍한 죽음을 당했으니 사람들이 나자빠질 정도로 놀란 것도 무리는 아니지요. 아무튼 교육을 받지 못한 그들의 눈으로 보아도 노인이 피살되었다는 것은 분명했기 때문이오. 글자 그대로 두개골이 박살나 있었지요. 누군가 힘이 센 습격자가 등 뒤로 다가가 머리를 힘껏 내려친 모양이었소.

발견한 사람들이 어떻게 해야 하나 생각하고 있을 때 역시 그 샛길로 발자국 소리가 들려오더니 에어셤에서 잘 알려진 새뮤엘 홀더가 나타났소.

'여어, 매트 뉴턴 영감이오, 거기 있는 것은?'이라고 말하면서 새뮤엘이 다가왔소.

'뉴턴 영감이네, 틀림없이' 하고 노동자 중 한 사람이 대답했소. '하지만 이제 불러도 대답할 수가 없을 거야.'

뉴턴 영감의 시체를 보자 새뮤엘 홀더는 완전히 겁에 질려버린 것 같았소. 줄곧 뭔가 알아들을 수 없는 말을 외쳐대고 있었지만 두 사람은 거기에 그다지 주의를 기울이지 않았소.

그러고 나서 세 사람이 의논한 끝에 한 사람이 에어섬 마을로 달려가 경찰을 불러오고 남은 두 사람은 현장에서 시체를 지키기로 했소.

이 수수께끼의 살인 사건——이것을 해결하려면 시간이 걸리리라는 것은 처음부터 예감했었지만——이 에어섬 일대에 불러일으킨 소동은 대단했소. 대부분 사람들의 동정은 살해된 노인의 외동딸 메리 뉴턴에게로 쏠렸지요. 왜냐하면 그녀는 아직 스물 두세 살의 어린 나이인데다 몸에 병까지 있었기 때문이오.

뉴턴 영감이 어린 딸의 보호자로서 부족했던 것은 사실이었소. 술버릇이 고약해 장사도 돌보지 않았으며, 더욱 나쁜 것은 요즘 염치없게도 딸을 학대한 흔적이 있었소. 가끔 싸구려 과자 가게 뒤에 있는 집 쪽에서 높은 목소리로 다투는 소리가 들려왔었다고 이웃 사람들은 증언했소.

살인 사건이란 수수께끼 같다고 생각되는 순간부터 신문을 읽는 대중들의 흥미를 불러일으키지요. 세상 사람들은 언제나 새로운 관심거리를 찾아 눈을 접시처럼 크게 뜨고 있는 거요.

얼마 안 있어 런던과 근교의 일간지에는 뉴턴 영감과 그 딸의 과거에 대한 기사가 실리게 되어 에어섬 살인 사건은 세상의 이목을 집중시키는 최대 화제가 되었소.

그 기사에 따르면 술주정뱅이 뉴턴 영감도 전엔 확실한 장사꾼으로 대단치는 않았지만 그 고장에서 열심히 일을 했던 모양이오. 에어섬은 철도역이 있는 곳으로서 미들랜드 선에서는 중요한 환승역이지만, 마을은 쓸쓸하고 자그마하지요.

이 마을 근처에 대단히 좋은 사냥터가 몇 군데 있었지요. 4, 5년 전, 마을 변두리의 라임즈 장이라는 별장과 함께 사냥터 한 곳을 한 해 가을 동안 레드베리 씨 형제가 빌려 지내게 되었소.

레드베리 상회라는 회사를 알고 있겠지요? 그 큰 총포 제조 회사 말이오. 형 레드베리 씨는 지난해 국왕 탄신일에 훈장을 받았으며, 현재 월태튼 경으로 불리는 사람이지요. 동생 마빈은 그 무렵 아직 젊은 나이로, 그때도 지금도 경기병 연대에 근무하고 있다오.

그 무렵, 그러니까 지금으로부터 약 5년 전 메리 뉴턴은 에어섬의 미인으로 불리는 아름다운 처녀였소. 한가할 때면 대단찮은 바느질 같은 것도 한 모양이지만, 대개는 남자들과 어울려 돌아다닌 것 같소. 겉으로는 젊은 목수 새뮤엘 홀더와 약혼한 사이였지만, 굉장한 바람둥이 처녀여서 여러 가지 이상한 소문이 퍼져 있었소. 입방아 찧기 좋아하는 마을 사람들의 증언에 의하면 이 아름다운 아가씨를 열심히 쫓아다니는 근처 젊은이들이 대충 헤아려도 7, 8명은 되었다 했소. 그 중에서도 특이한 자가 지금 내가 이야기하고 있는 그 무렵 마을에 머물러 있었던 레드베리 형제 중 동생인 마빈 레드베리 청년이었다는 거요.

어찌 되었든 에어섬의 참새들 사이에서 메리 뉴턴의 평판이 상당히 나빴던 것만은 사실이었소. 그러므로 그해 겨울 어느 맑게 갠 날 아침, 그녀가 갑자기 아버지와 집을 버리고 누군지 알 수 없는 사나이와 손을 잡고 달아나버렸을 때도 사람들은 놀라기는 했지만 뜻밖이라고 생각지는 않았소. 소문에 듣자 하니 아주 감상적인 편지를 써놓고 갔다 했소. 아버지와 그녀가 버린 약혼자 새뮤엘 홀더에게 용서를 빈 다음, 자신은 지금 신분이 높은 어느 신사와 결혼하여 진짜 숙녀가 되려 하고 있다면서 그렇게 되면 비단옷을 입고 성공해서 고향에 돌아오겠다는 내용이 씌어 있었다고 하오.

아주 흔해빠진 시골 마을의 비극이지요. 이윽고 4년이라는 세월이 눈 깜짝할 사이에 흘렀으나 메리 뉴턴은 돌아오지 않았소. 시간이 흐르고 딸로부터 아무 소식도 없이 한 해 두 해 지나는 가운데 뉴턴 영감은 그 때문인지 눈에 띄게 초췌해지기 시작했소. 우선 장사를 소홀히 하게 되었으며 이어서 집안 일도 상관하지 않게 되어, 가끔 가정부가 와서 대강 치워주곤 했지요. 그리하여 집안 꼴은 거칠고 어수선해졌으며 영감은 성질이 까다로워지고 시무룩해지고 음울해져서 마침내 헤어나지 못할 술고래가 되어버렸소.

그런데 뜻밖에도 나갈 때와 똑같이 당돌하게 메리 뉴턴이 5년이나 집을 떠나 있다가 훌쩍 돌아왔던 거요. 그 5년 동안에 무슨 일이 있었는지 마을 사람들로서는 알 수 없었지만, 그때까지 바느질을 해서 근근이 살아오다가 건강이 나빠져서 굶어죽을 지경에 이르자 하는 수 없이 뒷발로 모래를 차듯이 뛰쳐나간 아버지의 집으로 돌아온 것으로 모두들 추측했지요.

그녀가 말하던 '신분이 높은 신사와의 결혼'이 완전한 실패로 끝났음은 말할 나위도 없었소. 뉴턴 영감은 어찌된 일인지 딸이 돌아온 뒤부터 더욱 심술궂고 우울해져서 이웃에서는 가끔 작은 싸구려 과자 가게 뒤의 살림집에서 일어나는 심한 싸움을 화제로 삼기 시작하게 되었소.

아버지와 딸은 글자 그대로 개와 고양이가 한집에 사는 것 같았소. 뉴턴 영감은 얼굴이 제 빛깔일 때가 없을 정도로 술을 퍼마셨소. 마을 선술집에 자리잡고 앉아 뭔가 생각에 잠긴 듯 '그놈이 있는 곳을 알기만 하면 딸년을 대신해서 약혼 불이행으로 5천 파운드의 위자료를 받아내겠는데……' 하고 이상한 말을 중얼거리곤 했소.

또 그는 마빈 레드베리에 대해 전혀 의미 없는 수소문을 이것저 것 하고 다녔지만, 에어섬같이 조용한 산골 마을에서는 고작해야 반지름 5마일(8km) 안의 좁은 지역 일밖에 알지 못하지요. 게다가 라임즈 장과 그 사냥터에는 그 뒤에도 해마다 세를 얻어드는 사람이 있었으나, 월태른 경이나 동생 마빈 레드베리 청년은 두 번 다시 그곳을 빌리지 않았소."

"이것이 뉴턴 노인의 과거 이야기요."
구석의 노인은 말을 끊고 숨을 돌렸다.
"즉 그해 10월 안개비가 내리는 어두운 밤, 에어섬에서 그다지 멀지 않은 쓸쓸한 샛길에서 살해된 노인의 과거요. 세상 사람들은——당신도 물론 그렇겠지만——처음부터 이 사건에 큰 호기심을 보였소. 메리 뉴턴의 과거와 약혼 불이행으로 고소하겠다는 노인의 이야기와 5천 파운드의 위자료 등 모든 것이 온갖 억측을 낳게 했지요. 그러나 지금까지 감히 그 억측을 확실하게 말한 사람은 없소.

그런데 처음부터 어떤 한 이름이 계속 속삭여지고 있었소. 그 의미심장하게 귀엣말로 번지고 있던 이름은 다름 아닌 마빈 레드베리——메리 뉴턴이 신분 높은 신사와 결혼한다면서 집을 나간 바로 그 무렵, 그녀를 둘러싼 찬미자 가운데 한 사람이었던 젊은 경기병 장교였소.

한편 생각 깊은 사람들은 이렇게도 여겼소. 메리에게 버림받은 약혼자 새뮤엘 홀더가 사건이 일어난 날 밤 살인 현장에서 그렇게 가까운 곳에 무슨 볼일이 있었을까. 대체 어떻게 해서 '여어, 매트 뉴턴 영감이오, 거기 있는 것은?' 하고 소리쳤을까 하고 말이오. 아무튼 노인은 거기서 반 마일이나 떨어진 곳에 살고 있으므로, 안개비가 내리는 밤 그렇게 늦은 시간에 으슥한 샛길에 있을 리가 없었으니까요.

검시 신문은 달리 적당한 시설이 없었으므로 그곳 경찰서를 빌려 행해졌는데, 물론 당신도 상상할 수 있겠지만 사람들로 성황이었소.

나는 런던 신문에서 간단한 사건 기사를 읽고서 재미있겠다 싶어 수수께끼를 즐기기 위해 곧장 에어섬으로 떠났지요.

내가 도착했을 때 경찰서 안은 이미 발디딜 틈도 없었고, 그 속에서 의사가 증언을 하고 있었소.

그 증언에 따르면, 뉴턴 노인은 납이 들어 있는 무거운 지팡이로 머리를 세게 얻어맞고 숨졌으며 흉기가 된 지팡이는 시체 옆 도랑에서 발견되었다고 하오.

이 지팡이는 증거물로 제출되었소. 아주 투박한 구식 골프채 비슷하게 만든 것으로 엄청나게 무거웠소. 범인은 한 번밖에 내리치지 않았는데도 그 일격으로 두개골이 박살날 정도였으니, 이 지팡이를 휘두른 자는 대단히 힘이 센 남자로 여겨졌소. 지팡이는 분명 영국에서 쓰지 않는 품질 보증의 낙인이 있었으니 틀림없이 외국에서 만들어진 것 같았으며, 바닥에 닿는 부분은 순은으로 되어 있었다오. 검시의가 보기에 이 지팡이에 의한 일격이 치명상이 되어 거의 즉사했으리라는 것이었소.

다음에는 맨 처음 피해자의 시체를 발견한 두 노동자가 증언을 했소. 그들의 증언은 아무 새로운 사실을 더해주지 못했으므로 그다지 중요시되지 않았소. 그러나 그 뒤 법정이 웅성거리기 시작했소. 새뮤엘 홀더가 불려나와 진실만을 말할 것을 맹세했기 때문이었소.

나이는 서른 대여섯, 아직 젊은이 축에 드는 튼튼한 체격의 사나이로, 반드시 호감이 간다고 말할 수만은 없는 겁에 질린 듯한 표정으로 서 있었소. 검시관의 독촉을 받자, 그는 뉴턴 영감의 과거에 대해 아까 내가 말한 것과 같은 내용을 더듬더듬 이야기했소.

'매트 뉴턴 영감은 4년 전에 결혼하겠다고 메리를 속인 신사가 누구인지 늘 알고 싶어 했습니다. 그러나 메리는 그 점에 대해 절대로 입을 열려고 하지 않았기 때문에, 그는 몹시 화를 내 두 사람 사이에 싸움이 끊이지 않았었지요'라고 그는 얼마쯤 망설이며 말했소.

'당신은 그 신사라는 사람이 누구인지 듣지 못했소?' 검시관은 시험하듯 물었소.

새뮤엘 홀더는 잠시 주저하는 것 같았소. 전보다 더 겁을 먹은 태도가 되어, 신경질적으로 발의 위치를 옮겨놓더군요. 그리고 나서 간신히 말했지요.

'이건 말해야 좋을지 어떨지 모르겠는데…….'

'물론 무엇이든 알고 있는 것이 있으면 말해야 합니다. 이 기묘하고 무서운 살인 사건에 빛을 던져줄 것으로 생각되면 무엇이든.' 검시관은 엄숙하게 말을 받았소.

'네.' 새뮤엘 홀더는 대답했으나, 그의 이마에는 구슬 같은 땀방울이 솟아 있었소. '메리는 그 신사에게서 온 편지를 몇 통 가지고 있었습니다. 그런데 절대로 그것을 내주려고 하지 않았고 약혼 불이행으로 5천 파운드의 위자료를 청구하여 고소하겠다는 이야기도 들으려고 하지 않았습니다. 그러나 매트 영감은 자주 나에게 말했습니다. '레드베리라는 젊은 녀석이 바로 그자야'라고요. '메리가 꼭 한 번 그런 말을 했었지. 그것을 들은 이상 그놈이 있는 곳만 알아내면…….'

'그 이야기는 틀림이 없겠지요?'라고 검시관은 물었소. 새뮤엘 홀더가 갑자기 말을 끊고 자신이 한 말에 대한 두려움으로 겁이 난 태도를 보였기 때문이오.

 '네, 트……틀림없습니다……가……각하…….' 홀더는 더듬거리며 말했소. '분명히 매트 영감은 그것이 레드베리 씨라고 몇 번이나 말했습니다. 그리고…….'

 그런데 홀더는 여기서 극도로 흥분한 나머지 입술이 부들부들 떨려 말을 할 수 없게 되고 말았소. 검시관은 그가 정신을 잃으면 곤란하다고 생각했는지 옆방으로 가서 쉬도록 하고, 대신 다른 증인을 불렀소.

 불려나온 것은 마이켈 피트킨이라는, 에어셤의 선술집 판헤드 암즈의 주인이었소. 피트킨 씨는 메리가 달아난 뒤로 4년 동안 뉴턴 영감과 친하게 지낸 모양인데, 그가 말한 아주 흥미로운 이야기는 방청객들의 흥분을 불러일으키기에 충분했소.

 그의 증언에 따르면, 뉴턴 영감은——아마 영감은 가끔 그에게 속이야기를 털어놓았던 모양이오——결혼한다고 속여 메리를 꾀어낸 뒤 돈 한 푼 없는 그녀를 헌신짝처럼 런던 뒷골목에 버리고 달아난 파렴치한은 바로 레드베리 청년이라고 말했다는 거요.

 '하지만 물론' 하고 이 붙임성 있고 명랑한 선술집 주인은 말을 계속했소. '우리로서야 라임즈 장을 떠난 뒤 레드베리 씨가 어떻게 지내고 있는지 알 수 없지요. 그런데 그의 소식을 안 건 어느 날 내가 지방 신문을 보다가 존 판헤드 경의 따님이 마빈 레드베리 대위와 약혼했다는 기사를 보고 나서였습니다. 물론 검시관님을 비롯하여 여기 있는 사람은 누구나 다 알고 있는 일이지만 존 판헤드 경은 이 지방의 신사로, 가까운 판헤드 타워즈에 살고 계십니다. 나는 매트 영감에게 말해 주었습니다. '여보게, 아마 자네가 찾는 사나이를 발견한 것 같네'라고요. 틀림없이 존 판헤드 경의 따님과 약혼한 대위는 옛날에 라임즈 장을 빌린 적이 있는 레드베리 씨였습니다. 그리고 타워즈에서는 지난 주일에 대대적인 피로연이 있었다고 하더군요. 귀족과 귀부인들이 많이 참석했고, 물론 레드베리 대위도 왔었답니다.'

'그래서요?' 검시관이 무릎을 앞으로 내밀며 물었소. 다른 사람들도 다음에 무슨 말이 나올 것인지 마른침을 삼키며 기다리고 있었지요.

'그래서' 하고 마이켈 피트킨은 이야기를 계속했소. '어느 날 뉴턴 영감은 타워즈로 달려갔습니다. 레드베리 씨와 직접 담판을 할 작정으로 떠난 거지요. 거기서 무슨 일이 있었는지는 모릅니다. 매트 영감은 아무 말도 해주려고 하지 않았으니까요. 다만 몹시 분개해서 돌아온 그는 이렇게 된 이상 스캔들이고 뭐고 마구 퍼뜨려 그 젊은 녀석을 혼내줘야겠다면서, 그를 약혼 불이행으로 고소해서 5천 파운드의 위자료를 받아내고 말겠다고 큰소리쳤습니다.'

뭐, 대충 이런 내용의 말을 판헤드 암즈 주인은 갖가지 꼬리와 지느러미를 붙여가며 이야기했소. 그러나 이것이 얼마나 흥분과 호기심을 불러일으켰는지는 짐작할 수 있을 거요. 새뮤엘 홀더는 겨우 평정을 되찾아 사건이 일어난 날 밤의 일에 대해 약간 분명하게 설명할 수 있었소. 검시관의 질문에 대답하여 그는 다음과 같이 말했소.

'그날 밤 9시쯤 나는 밭 가운데로 난 지름길을 지나 에어섬으로 돌아가려고 했습니다. 어둡고 안개비가 내렸는데, 내가 막 산울타리를 가로질러 지름길로 접어들려고 했을 때 소리가 들렸습니다. 처음엔 여자 목소리였고 다음에는 남자 목소리가 들렸습니다. 물론 어두워서 모습은 보이지 않았지요. 남자는 목소리를 죽여 말하고 있었지만, 메리의 목소리는 똑똑히 알아들을 수가 있었습니다. 그녀는 되풀이해서 '내가 그런 게 아니에요! 아버지가 혼자서 마음대로 한 일이에요. 아무튼 완고한 분이니까요'라고 말했습니다. '기를 쓰고 말렸지만, 오히려 내가 위협을 당했어요. 게다가 지금은 당신 편지까지 빼앗겼기 때문에 이미 늦어버렸어요.'

새뮤엘 홀더는 잠시 망설이고 나서 다시 증언을 계속했소.

'두 사람은 상당히 오랫동안 이야기를 나누었습니다. 메리는 제정신이 아닌 것 같았고 남자도 몹시 화가 나 있는 듯했습니다. 이윽고 남자가 메리에게 '좋아, 그럼, 어쨌든 아버지에게 이리로 나와 달라고 말해 줘. 의논해서 어떻게든 해볼 테니'라고 말했습니다. 메리는 잠시 망설이다가 가고 남자만 남아 안개비를 맞으면서 기다리고 있었습니다. 나도 그 뒤에 무슨 일이 일어날지 알고 싶어 산울타리 이쪽에서 그를 지켜보며 오랫동안 기다렸습니다. 그러는 동안 문득 매트 영감이 판헤드 암즈로 가서 집에 없는 것이 아닌가, 그래서 메리가 아버지를 찾지 못하는 게 아닌가 하는 생각이 들어 다시 밭을 가로질러 에어섬으로 돌아갔습니다. 사나이는 가만히 선 채 움직이지 않았습니다. 아마 끝까지 기다릴 작정인가 보다 생각하며 나는 그대로 떠났습니다. 그리고……그리고……그것뿐입니다. 판헤드 암즈로 가보았으나 매트 영감이 없어 다시 샛길로 돌아왔습니다. 그런데 뉴턴 영감은 죽어 있고 그 사나이는 없었습니다.'

새뮤엘 홀더가 증언을 마치자 잠시 주위에는 죽은 듯한 침묵이 흘렀소. 이윽고 검시관이 조용히 물었소.

'그 남자가 누구였는지 짐작이 가지 않는다는 말이군요?'

'네, 확실히는……아무튼 어두웠기 때문에.' 새뮤엘 홀더는 겁을 먹고 대답했소. '확실히 알지도 못하면서 누군가를 죄에 빠뜨릴 말을 할 수는 없으니까요.'

'물론 그렇고말고요.' 검시관은 맞장구를 쳤지요. '그러나 그것이

몇 시쯤이었는지 기억할 수 있겠지요?'

'네, 그거야 알지요.' 새뮤엘은 힘차게 대답했소. '판헤드 암즈로 가려고 막 그곳을 떠났을 때 에어셤 교회의 시계가 10시를 쳤습니다.'

'그건 크게 도움이 되겠습니다.' 검시관은 만족한 숨을 내쉬며 말했지요. '그럼, 다음 증인인 메리 뉴턴 양을 불러주시오.'

구석의 노인은 일단 말을 끊고 숨을 돌린 다음 다시 이야기로 돌아갔다.

"아마 당신도 상상이 가겠지만, 우리 방청객들은 모두 호기심으로 가슴을 두근거리며 증인석에 서는 까만 상복 차림의 가엾은 뒷모습을 지켜보았소.

이 메리 뉴턴이 일찍이 미인이었으리라고는 도저히 생각할 수 없었소. 그 뒤의 고생이 아마 옛날의 아름다움을 잃게 해버린 모양이었소. 지금의 그녀는 바싹 여윈데다 눈밑에는 검은 그늘이 생겨 있었으며, 빈혈증 환자처럼 흙빛을 띤 피부를 하고 있었소. 지겨운 듯이 검시관 앞에 서서 질문을 기다리고 있었으나, 이 신문에 대해 손톱만큼도 관심을 갖고 있지 않은 것 같았소. 조용히 아무 억양 없는 목소리로 이름과 나이와 신분을 밝힌 다음 그녀는 무표정하게 그 다음 질문을 기다렸지요.

'지난주 화요일 밤, 10시 조금 전에 아버지는 외출했지요? 안 그렇소?' 하고 검시관은 상냥하게 물었소.

'네, 외출했습니다.' 메리는 조용히 대답했소.

'당신은 사건 현장의 작은 샛길에서 어떤 남자를 만나, 그로부터 아버지에게 만나고 싶다는 말을 전해달라는 부탁을 받았지요?'

'아니, 그렇지 않습니다.' 메리는 역시 한결같은 목소리로 대답했

소, ‘나는 아무 말도 부탁받고 전한 일이 없습니다. 아버지가 마음대로 외출한 겁니다.’

‘그러나 샛길에서 그 신사를 만난 것은 확실하겠지요?’ 검시관은 약간 초조한 빛을 보이며 캐물었소.

‘샛길에서 누구를 만난 일도 없습니다. 그 화요일 밤에는 집에서 한 발자국도 나가지 않았으니까요. 안개비가 몹시 심했기 때문에.’

‘그러나 조금 전에 증인인 새뮤엘 홀더 씨는 당신이 9시에 샛길에서 누군가와 이야기하는 것을 들었다고 말했습니다.’

‘그건 그가 잘못 생각한 거예요. 그날 밤 나는 한 발자국도 나가지 않았어요.’ 그녀는 눈썹 하나 까딱하지 않고 대답했소.

그때 방청객들로 가득찬 검시 법정에 번져나간 긴장감은 설명할 수 없을 정도였소.”

구석의 노인은 잠시 이야기를 멈추었다.

“아무튼 그 바싹 여위고 시들어버린 듯한 여자는 반 시간 남짓 그곳에 서서 냉정하고 완강하게 매서운 반대 신문을 모조리 하나하나 받아넘겼던 것이오.

그녀가 거짓말을 하고 있다는 것——어쩌면 아버지를 죽인 범인일지도 모를 사나이를 덮어주기 위해 거짓말을 하고 있다는 것은 아무도 의심하지 않았소. 그런데도 그녀는 무뚝뚝한 얼굴로 증인석에 서서 반항적이고 무감동하고 냉담한 말투로 처음부터 끝까지 새뮤엘 홀더가 한 이야기를 부인했으며, 어디까지나 최초의 진술——아버지는 자기 마음대로 나간 것이다, 아버지가 어디로 갔는지 모른다, 그리고 그녀 자신은 운명의 화요일 밤 집에서 한 발자국도 나가지 않았다는 진술을 고치려 하지 않았소.

이렇게 주장함으로써 그녀는 노골적으로 새뮤엘 홀더가 거짓말하고 있다고 비난하며 그를 꼼짝달싹 못할 궁지로 몰아넣고 말았으나, 그녀로서는 전혀 그것을 느끼지 못하는 것 같았소. 뿐만 아니라 많은 사람들이 눈치챈 일이지만, 그녀의 태도에는 옛 약혼자에 대한 무서운 적의가 역력히 담겨 있었소. 이것이 특히 강하게 드러나 보인 것은 검시관이 그녀에게 레드베리 청년을 약혼 불이행으로 고소하려는 생각에 그녀도 찬성했었느냐고 물었을 때였소.

'천만에요'라고 그녀는 대답했지요.

'위자료니 약혼 불이행이니 하는 이야기는 모두 아버지와 새뮤엘 홀더 씨 사이에서 있었던 이야기입니다. 왜냐하면 새뮤엘 홀더 씨는 아버지에게 내가 5천 파운드의 지참금만 있다면 결혼하겠다고 말했기 때문이지요.'

그녀가 이렇게 말할 때 나타내보인 증오와 경멸의 표정은 도저히 말로 표현할 수 없을 거요. 그 한 마디로 지난 몇 달 동안의 비극을 모두 말하고 있는 것 같았소. 탐욕스러운 아버지에게 시달리면서도 완강하게 자기가 사랑하고 신뢰했던 남자의 명예가 손상될 계획, 그를 스캔들의 소용돌이 속에 말려들게 하려는 계획에 협력하기를 거부해 온 비극의 한 두루마리를.

그 이상 그녀에게서 아무것도 알아낼 수 없음을 알자——법정의 상황이 그것을 요구하고 있기도 했지만——검시관은 신문을 당분간 연기한다고 선언했소. 경찰은 물론 몇 가지 점에서 확인을 해야만 했지요. 메리 뉴턴은 레드베리 청년의 이름을 꺼내자 정면으로 부인했소. 그녀는 거듭 엄격한 문초를 받았으나, 대답은 언제나 정해져 있었소.

'무슨 말씀을 하시는지 알 수가 없군요. 4년 전 내가 결혼하려고 했던 사람은 그 뒤 내 앞에서 영영 사라지고 말았습니다. 그 뒤 그와는 두 번 다시 만나지 못했습니다. 그 화요일 밤에는 아무와도

만나지 않았습니다.’

그러면서도 그녀에게 결혼을 약속한 사람이 레드베리 청년——지금의 대위——이 아님을 맹세하도록 요구하면 그것도 완강하게 거부했지요.

그날 밤 레드베리 대위가 샛길에서 메리 뉴턴을 만나 그녀로부터 자기가 그녀에게 준 연애 편지가 지금은 뉴턴 영감 손에 넘어갔다는 말을 듣고, 노인이 그것을 미끼로 자기에게서 돈을 뜯어내려 하고 있음을 알았다는 것에 대해서는 진실인지 거짓인지를 의심하는 자가 한 사람도 없었소.

약혼 불이행이라는 불명예스러운 소송을 일으키게 되어 모든 사실이 드러나 창피당할까봐 두려워한 대위가, 매트 뉴턴 영감의 터무니없는 요구를 받아들일 만한 큰돈도 없고 해서 자신도 모르게 화가 치밀어 오른 나머지 노인의 입을 영원히 봉해버렸으리라는 것은 충분히 생각할 수 있는 일이지요.

그런 이유에서 검시 법정이 다시 열리자 누구나 다 두 명의 경찰관에게 호위된 레드베리 대위의 출정을 기대하고 있었다오. 그때까지 경찰은 아주 입이 무거워서, 이 이상한 사건에 대해 사람들의 눈을 끌 만한 새로운 사실은 아무것도 신문에 발표하지 않았지만 사람들의 눈을 크게 뜨게 할 새로운 인물의 등장은 충분히 예상할 수 있었소. 그 점에서 대중의 기대를 저버리지 않았다는 것은 보증하지요.

그 이틀째 되는 날의 검시 법정 진행을 여기서 전부 되풀이해 봐야 별 뜻도 없을 거요. 여기서는 이 흥미 있는 사건의 아주 중요한 핵심만으로 이야기를 줄이기로 하겠소.

먼저 말해 두어야 할 것은, 판헤드 암즈의 주인 이야기가 몇 사람의 증인에 의해 전적으로 뒷받침되었다는 점이오. 증인들은 입을 모아 매트 뉴턴 노인이 판헤드 타워즈에서 돌아왔을 때 몹시 흥분해서 딸을 농락한 악당 놈을 기어코 혼내줄 거라고 큰소리친 사실을 확인했소.

그러면 그가 찾아갔을 때 대체 무슨 일이 있었을까? 그 점에 대해서는 판헤드 경 집안의 집사인 에드워드 샌더즈의 입을 통해 확실히 밝혀졌소. 이 증인의 진술에 따르면, 그 무렵 존 판헤드 경의 저택에는 따님의 약혼을 축하하는 파티가 열려 손님들이 많이 와 있었다고 하오. 손님들 가운데는 약혼자인 마빈 레드베리 대위와 대위의 형 월태튼 경, 그리고 그와 갓 결혼한 부인과 많은 이웃 사람들이며 친구들이 있었소.

월요일 밤 6시쯤 뉴턴이라는 초라한 차림의 노인이 불쑥 저택 현관 앞에 나타나 레드베리 대위를 만나고 싶다고 말했소. 집사가 알지 못하는 얼굴이었으므로 당연히 안으로 들여보내기를 거절했는데, 노인이 너무도 끈질기게 협박적인 말을 늘어놓자 마지못해 이 이상한 방문객에 대한 이야기를 레드베리 대위에게 전해주었소.

뉴턴 노인이 만나고 싶어한다는 말을 들은 레드베리 대위는 집사가 적잖이 뜻밖으로 생각했을 정도로 일부러 뜰 아래로 내려와 마침 사람이 없었던 식당에서 그 이상한 손님과 만나기로 했소. 집사는 노인을 들여보내고 복도에서 기다렸지요. 그러나 얼마 지나지 않아 높고 성난 목소리가 들리더니 레드베리 대위가 식당문을 밀치고 나오며 소리쳤소. '이자는 미쳤거나 아니면 술이 취해 있네. 당장 끌어내게, 샌더즈.'

그리고 대위는 더 이상 한 마디도 하지 않고 이층으로 올라갔으며, 노인을 '끌어내는' 불쾌한 일은 샌더즈 집사에게 맡겨졌소. 이것이 아주 재빨리, 그리고 거칠게 행해졌음은 그 뒤 노인이 분격해한 것이나 끌려나가면서 그가 늘어놓은 협박적인 말로도 짐작할 수 있지요.

당신도 대충 짐작되겠지요?

즉 이 증언은 뉴턴 노인을 살해했다는 레드베리 대위에 대한 혐의를 한층 더 짙게 한 셈이오.

현재 레드베리 대위는 요크에 주둔해 있는 연대에 근무하고 있지요. 판헤드 타워즈에서의 축하 모임은 뉴턴 노인이 그곳을 찾아갔던 날에 끝난 모양이오. 형 월태튼 경 부부는 화요일 아침 런던으로 돌아갔고, 레드베리 대위는 사건이 일어난 날 밤에 요크로 떠났소.

타워즈 바로 근처에 판헤드의 작은 시골역이 있지요. 레드베리 대위는 그날 밤 저녁 식사를 마치고 나자 여기서 에어셤으로 가는 완행 열차를 타고, 에어셤에는 9시 15분에 도착했소. 여기서 10시 15분에 북쪽으로 떠나는 미들랜드 급행으로 갈아탈 예정이었던 거요.

경찰 조사 결과 레드베리 대위는 9시 15분에 에어셤 역에서 완행 열차를 내려 천천히 역을 나갔음을 알았소. 한편 그가 10시 15분에 미들랜드 급행을 타고 북쪽으로 떠난 것도 몇 사람의 증언으로 확인되었소.

그렇다면, 여기 장애가 생기는 거요, 그렇지 않소?"
이상한 노인은 흥분해서 무릎을 앞으로 내밀었다.
"새뮤엘 홀더는 사건 현장의 샛길에서 메리 뉴턴과 어떤 모르는 사나이가 나누는 이야기를 들었소. 그 사나이가 레드베리 대위였으리라는 것은 이제 아무도 의심치 않았소. 그렇지! 그것은 9시에서 10시 사이였는데, 마침 그 시각에 대위는 기차를 기다리는 시간을 이용하여 목적도 없이 그 근처를 거닐고 있었던 모양이오. 여기서 잊어선 안 될 것은 새뮤엘 홀더가 샛길에서 기다리고 있는 사나이를 남겨두고 뉴턴 영감을 찾으러 에어셤으로 가려고 했을 때 분명히 교회 종이 10시를 치는 소리를 들었다고 말한 점이오.

그런데 이 사건 현장인 샛길은 에어셤 역에서 2마일 반(4km)이나 떨어져 있소. 그렇다면 거기서 노인을 기다린 사나이가 레드베리 대위일 수는 없소. 겨우 15분 동안 거기서 매트 영감을 기다렸다가 이야기를 나누고 말다툼을 하고 살해한 다음 2마일 반이나 되는 길을 달려 기차를 탈 수는 없는 일이니까 말이오.

이리하여 '한 사람, 또는 그 이상의 알지 못하는 사람에 의한 살인' 이라는 최종적인 판결이 나오기도 전에 마빈 레드베리 대위에 대한 혐의는 완전히 벗겨지고 말았소. 동시에 그는 존 판헤드 경에게도 자기의 무죄를 납득시킬 수가 있었던 모양이오. 신문에서 본 바 그 뒤 판헤드 양은 탈 없이 레드베리 부인이 되었으니까요.

그러나 가장 중요한 에어셤 비극의 결말은 아직도 해결되지 못한 채 남아 있지요.

'누가 뉴턴 영감을 죽였는가? 무엇 때문에?' 이것이 우리 똑똑한 범죄 수사관 여러분을 비롯하여 많은 사람들이 몇 번이나 자기 가슴에 물어본 일이오.

이것은 흔해빠진 강도 살인 사건은 아니오. 피해자는 이렇다 할 금품 같은 것도 지니고 있지 않았으며, 가지고 있던 잔돈도 그대로 조끼 주머니에 들어 있었으니까요.

그래서 새뮤엘 홀더가 현장에서 노인과 다투다 살해한 것이라고 주장하는 사람들도 많았지요. 그러나 그 주장에는 세 가지 절대적인 약점이 있소. 첫째, 동기가 전혀 없는 거요. 새뮤엘 홀더에게는 노인을 죽여 이득될 게 아무것도 없소. 하기야 이 점에 대해 단정을 내리는 것은 이르지만 말이오. 사람들은 흔히 말다툼을 하지요. 특히 공모자끼리 그런 일이 많소. 그리고 이 두 사람이 그 비슷한

관계였던 것은 틀림없소. 경우에 따라서는 그러한 시비가 피비린내
나는 결말을 부르는 수도 있거든요.

둘째, 노인을 죽인 흉기인데, 무거운 납이 든 외국제 지팡이로,
끝에는 순은이 붙어 있었소.

그래서 말인데, 대체 그런 것을 흉기로 쓸 시골 목수가 어디 있
느냐 말이오. 뿐만 아니라 새뮤엘 홀더가 그런 지팡이를 갖고 있는
것을 또는 그의 집에 그런 물건이 있는 것을 본 사람은 아무도 없
소. 그가 노인을 찾으러 판헤드 암즈로 돌아갔을 때도 그런 건 가
지고 있지 않았으며, 경찰이 온 힘을 다해 수사했는데도 그 지팡이
가 누구의 것인지 끝내 알아내지 못했소.

다음에 이것이 새뮤엘 홀더의 범행이 아니라고 하는 세 번째 이
유는――다만 이것은 개연적이긴 하지만――검시 신문 때 메리
뉴턴의 태도요. 그녀는 거짓말을 하고 있었소. 이 점에 대해서는
손톱만큼도 의심이 없소. 그녀는 어디까지나 옛 애인을 두둔하려고
했던 거요. 그 결과 새뮤엘 홀더에게 죄를 뒤집어씌우는 말을 했지
만, 이것은 오로지 다른 한 남자를 구해주기 위한 것에 지나지 않
소.

뉴턴 노인이 사건이 있었던 날 밤처럼 어둡고 안개비가 내리는
밤에 밖에 나간 것은 분명 샛길에서 누군가를 만나기 위해서였소.
그 누군가가 새뮤엘 홀더일 수는 없소. 만일 그라면 자기 집에서나
다른 어떤 장소에서, 언제라도 만날 수 있었을 테니까요.

바로 그 점으로 새뮤엘 홀더가 무죄임을 알았소. 레드베리 대위
에게도 범행의 기회가 없었소. 설마 메리 뉴턴이 아버지를 죽일 리
는 없고…….

그렇다면 당연히 여기에 상식이라는 것이 작용하여, 현재 비극적
인 수수께끼 상태에 빠진 이 사건을 해명하지 않으면 안 된다는 것

을 알 수 있을 거요.”

　나는 잠시 연기에 둘러싸여 잠자코 있다가 조금 뒤 겨우 말을 꺼냈
다.
　“하지만 상식이 대체 무엇을 증명하지요? 내가 보기에 이 사건은
전혀 해결될 가망이 없는 것 같은데요.”
　그는 잠시 들고 있는 끈을 들여다보다가, 뿔테 안경 너머로 평온한
푸른 눈을 들어 나를 쳐다보았다.
　조금 있다가 그는 다른 때보다 더 변명하는 듯한 말투로 입을 열었
다.
　“상식이 나에게 이렇게 말하고 있소. 에어섬이란 두메 산골의 작은
마을은 일간 신문 같은 것과는 상당히 인연이 멀 것이 틀림없소.
따라서 그곳에는 상류 사회 뉴스에 눈을 돌리는 사람도 없을 테고,
국왕 탄신일의 훈장 수여 같은 것에 대해서 알고 있는 사람도 없을
거요.”
　“대체 무슨 말씀을 하시려는 거지요?”
　나는 어이가 없어 다시 물었다.
　“간단히 말하면, 에어섬 마을에서는 메리 뉴턴을 비롯하여 누구 한
사람 4년 전 라임즈 장을 빌렸던 레드베리 형제 중 한 사람이 그
뒤 월태튼 경이라는 칭호를 받은 사실을 몰랐다는 거요.”
　“월태튼 경이라고요?” 나는 어이가 없어 소리쳤다.
　노인은 조용히 말했다.
　“그렇지요! 당신은 한 번도 그런 생각을 해보지 않았다고 말할 작
정이오? 메리 뉴턴은 아버지가 캐묻는 바람에 자기를 헌신짝처럼
버린 사나이가 레드베리 씨라는 것을 인정했을지는 모르오. 그러나
그녀마저 두메 산골 작은 마을에 살기 때문에 자기가 말하는 레드

베리 씨가 최근 훈장을 받고 월태튼 경이 된 사실을 몰랐소. 당신은 이 가능성을 생각해 보지 않았소?

뉴턴 영감은 몇 해 전에 레드베리 청년이 자기 딸과 소문이 났었음을 알고 있었기 때문에 딸이 말하는 사람이 당연히 그 동생인 줄로 알았지요. 그 뒤 메리의 태도로 보아, 그녀는 일찍이 사랑했던 남자를 덮어주기 위해 할 수 있는 일을 한 것 같소. 여자란 당신도 알다시피 그런 점에서는 독특한 사고 방식과 태도를 가지고 있으니까요.

동생인 레드베리 대위야말로 자신이 벼르고 있는 사나이라고 생각한 뉴턴 영감은, 타워즈로 쫓아가 직접 담판을 했지요. 이것이 젊은 경기병 대위를 몹시 당황하게 만들었으리라는 것은 쉽게 상상할 수 있소. 당연히 그는 이 일을 형 월태튼 경에게 이야기했소. 경은 최근 명문 집안의 딸과 갓 결혼한 참이어서 누구보다도 스캔들을 두려워할 처지에 있었소.

이튿날 아침 월태튼 경은 신부와 함께 런던으로 돌아갔소. 에어섬은 런던에서 겨우 40분 거리지요. 밤이 되자 그는 에어섬으로 돌아와 샛길에서 메리를 만난 다음 아버지를 만나게 해달라고 부탁했던 것이오. 그런데 노인의 요구가 너무 엄청나자 불끈 화가 치밀어 올라 그만 엉겁결에 상대를 죽이고 말았소. 대체로 영국인이란 어떤 계층이든 협박이나 공갈에 대해 본능적인 혐오감을 가지고 있거든요. 이것도 계획적인 범행은 아니었을 거요. 협박을 받고 화가 치밀어 올라, 즉 일시적인 격분에 사로잡혀 저지른 일이라고 생각되오.

말하자면 간단한 일에 대해 경찰은 상식을 활용하려 하지 않은 거요. 얼른 보기에 월태튼 경은 사건과 아무 관계도 없는 것처럼 여겨졌으므로 그들은 아예 그의 행동에 대해서 조사할 생각조차 하지 않았소. 만일 조사했다면, 경은 사건이 일어난 날인 화요일 밤의 행적에 대해서 누구나 납득시킬 만한 설명을 생각해 내는 데 애를 먹었을 거요.

잘 생각해 보시오, 아주 간단한 거니까. 이것이 이 기묘한 수수께끼에 대한 단 하나의 해답이라오."

반즈데일 장원의 비극

"브리지 놀이의 해악에 대해서는 일찍부터 들어왔지만" 하고 그날 오후 구석 자리에 앉은 노인이 말했다. "그 반즈데일 장원의 참극에서처럼 이 유행놀이가 깊이 관련되어 있었던 예는 일찍이 없었을 거요."

나는 그가 이야기를 꺼내고 싶어하고 있음을 알아차리고 얼른 물었다.

"그럼, 역시 브리지 놀이에 건 많은 액수의 돈이 그 무서운 살인 사건과 어떤 관계가 있다고 생각하시는 건가요?"

그러자 노인은 말을 계속했다.

"대부분의 사람들은 그렇게 생각하고 있겠지요. 그렇다고 해서 그 수수께끼——9월 23일 반즈데일 장원에서 있었던 케나르 부인의 죽음을 둘러싼 수수께끼의 해결에 조금도 가까워진 것 같지는 않지만 말이오.

알고 있겠지만, 이 무서운 사건이 일어났을 때 반즈데일 장원에서는 파티가 열리고 있었소. 반즈데일 경 부부의 친구들이 참석했는데 내기를 좋아하는 많은 상류 사교인들이었지요. 그 중에서 이 기묘한 사건의 심리 과정에서 직접 이름이 들먹여진 것은 길버트 칼워드 경뿐이었지만 말이오.

　여하튼 아주 성대한 모임이었던 것만은 확실하오. 낮에는 반즈데일 경의 안내로 손님들 중 몇 명이 사냥과 낚시를 떠났으며, 거기에 가담하지 않은 사람들은 집에 남아 브리지에 열중해 있었소. 반즈데일 경이 내기 같은 것을 그다지 좋아하지 않는다는 것은 잘 알려져 있지요. 그는 결코 부자가 아니었으며, 아름다운 부인을 깊이 사랑하고 있었지만 그녀가 놀이에서 진 돈을 갚아줄 만큼 여유가 없었던 것이오.

　그래서 반즈데일 장원에서는 언제나 주인이 사냥이나 낚시를 나가 집에 없을 때만 브리지 게임이 벌어졌던 거요. 밤에는 언제나 음악을 듣거나 당구를 치며 보내고 카드 놀이는 절대로 열리지 않았소.

　그 반즈데일 집안에서 가장 흥미 있는 사람이라면 말할 것도 없이 나탈리 케나르 부인이었지요. 반즈데일 경의 어머니는 결혼 전 이름이 드 라 트레무아유였는데, 케나르 부인은 그의 여동생이오. 그녀는 마르테니크 섬에서 몇 만이나 되는 재산을 모은 프랑스계 서인도인 농장 주인에게 시집갔다가 남편이 죽은 뒤 막대한 유산을 물려받았지요.

　그녀는 조카를 유난히 사랑했고 친자식도 가까운 친척도 없었으므로 죽은 뒤에 조카에게 재산을 모두 물려주기로 했었소. 하기야 아직 50살이 될까말까한 나이였으므로 그것은 먼 장래의 일이었지만. 아무튼 그녀는 반즈데일 장원에서 죽을 때까지 살리라 마음먹고 말동무 겸 비서로 채용한 가난한 처녀 앨리스 홀트를 데리고 이 집으로 옮겨와 있었다오.

케나르 부인은 참으로 붙임성 있는 부인이지만 딱 한 사람에게는 그렇지 못했는데, 그것은 조카의 아름답고 젊은 아내를 몹시 못마땅해하고 있었소. 프랑스 사람이 대개 그렇듯이 그녀는 대단히 부자였지만, 날 때부터 철저하게 검소한 성격이어서 반즈데일 부인의 낭비벽, 특히 내기를 좋아하는 그 버릇에 강한 반감을 품고 지켜보았지요. 그것이 차츰 심해져서, 그 집 하인 몇 사람의 말에 따르면 조카와 젊은 아내 사이를 벌려놓으려고 줄곧 책동하고 있는 것 같았다고 하오.

그런데 케나르 부인 혼자 반즈데일 부인에 대해 반감을 품었던 게 아니라 그녀의 말동무로 고용된 앨리스 홀트도 마찬가지였던 것 같소. 이 두 사람은 서로 뜻이 맞아 반즈데일 장원의 화려하고 크게 찬양받는 안주인을 미워하고 있었소.

이들이 9월, 그 사건이 일어났을 때 이 집에 살던 중요한 사람들이었소. 사건이 일어난 날 밤 케나르 부인의 방 바로 위 침실에서 자고 있던 앨리스 홀트는 밤중에 분명히 부인의 방에서 들려오는 것으로 생각되는 시끄러운 소리에 잠을 깼소. 그런 오래된 집의 벽과 마루는 대단히 두껍기 때문에 소리가 상당히 희미하게 들렸지만, 그래도 앨리스는 화를 내며 호통치고 있는 케나르 부인의 새된 목소리를 들었소.

잠시 귀를 기울이고 있느라니, 조금 뒤에 가구인가 뭔가가 쓰러지는 듯한 소리가 나고 그 뒤 아무 소리도 들리지 않았소. 갑작스럽게 조용해진 것이 조금 전의 시끄러운 소리보다 더 가슴을 죄게 만들어 불안에 떨면서 그녀는 다시 2, 3분 귀를 기울이고 있었소. 그러나 결국 더 이상 긴장을 이겨내지 못한 앨리스는 침대를 빠져나와 실내화와 실내복을 걸치고 아래층에서 무슨 일이 있는지 내려가 보기로 했소.

그런데 놀랍게도 문에 손을 대는 순간 밖에서 자물쇠가 채워져 있음을 알았소. 금방 두슨 일이 일어났다고 확신한 그녀는 집안 사람들을 다 깨워 일으켜도 상관없다 생각하고 소리를 질러 도움을 청하면서 문을 두들기기 시작했소.

물론 온집안이 당장 소동으로 잠이 깨었지만, 그 중에서도 맨 먼저 방에서 뛰쳐나온 사람은 주인인 반즈데일 경이었소. 그는 곧 소리 나는 곳이 앨리스 홀트의 방임을 알아내자 급히 계단을 뛰어올라가, 문 밖에 꽂혀 있는 열쇠를 돌려 주인을 걱정한 나머지 반쯤 정신이 나간 앨리스를 구해냈소.

아마 여기까지 6, 7분이 걸린 모양이오. 즉 케나르 부인의 방에서 시끄러운 소리가 들리고 그 뒤 갑자기 조용해져서 앨리스 홀트가 초조해하다가 소리를 지른 다음 반즈데일 경에 의해 구출되기까지 사이가 말이오.

앨리스 홀트는 곧 정신없이, 그래도 간신히 사건의 줄거리를 얘기해, 주인에 대한 염려를 호소했지요. 아마 이때는 그 오래된 큰 저택 안에, 혼란을 그림으로 그린 듯한 광경이 가득 펼쳐졌어요. 온집안 사람이 모두 묵고 있는 손님들로부터 하인들에 이르기까지 가지각색의 잠옷 차림으로 복도를 우왕좌왕하며, 급히 서로 질문을 교환하고 서로 맞부딪치며, 그 광경을 비추는 것이라곤 이 잡다한 사람들 가운데 조금이나마 지각이 있는 몇 명이 들고 나온 희미한 촛불 빛뿐이었소.

그런 소동 속에서도, 반즈데일 경은 가까스로 앨리스 홀트가 말하는 뜻을 짐작했소. 그는 아래층으로 달려 내려가 이모의 방문을 두들겼소. 대답이 없자 그는 문손잡이를 돌려보았소. 문은 안으로 자물쇠가 걸려 있었소.

그는 몹시 걱정이 되어 문을 밀어부수고 방으로 뛰어들었소. 그

순간 그는 깜짝 놀라 우뚝 서버렸지요.

창문이 활짝 열려 있고 밝은 달빛이 방 안으로 비쳐들었소. 그 달빛을 받으며 케나르 부인의 움직이지 않는 몸이 기다랗게 방바닥에 가로놓여 있었소. 서둘러 부인들에게 안으로 들어오지 말라고 지시한 반즈데일 경은 빠른 걸음으로 다가가 쓰러져 있는 이모 위로 몸을 숙였소.

이모가 죽어 있다는 것은 확인할 필요까지도 없었소. 뒤통수에 무참한 상처가 나 있었으며, 목에는 빨간 손자국이 보였소. 어디로 보나 괴한에게 습격당해 살해되었음이 분명했소. 반즈데일 경은 곧 가까운 곳의 의사를 부르러 보내고, 앨리스 홀트는 피해자의 몸을 안아 일으켜 침대로 옮겼지요.

의사를 부르러 간 심부름꾼은 사건의 자초지종을 갈겨쓴 반즈데일 경의 편지를 그곳 경찰서에 갖다 주라는 명령도 함께 받았소.

아마도 무언가 훔칠 목적으로 누군가가 몰래 들어와 무서운 범행을 저지른 것은 의심할 여지가 없었소. 반즈데일 경을 비롯하여 손님 중 두세 사람이 케나르 부인이 거실로 쓰고 있던 침실 옆의 작은 방을 들여다보았소. 거기에는 묵직한 참나무 서랍이 달린 책상이 있어 그것이 이 얄미운 범죄의 동기를 말없는 가운데 이야기해 주었소. 케나르 부인은 불행히도 프랑스 인 특유의 어리석은 습관으로 언제나 큰돈을 집에 놓아두는 버릇이 있었던 거요. 프랑스에서 집을 털어가는 강도가 성하고 크게 확산되는 것은 바로 이런 습관 때문이지요.

이 사건에서도 피해자의 그 습관이 비극적인 말로를 불러온 주요 원인이었소. 거실의 책상 서랍이 열려 있고, 거기에 두었던 거액의 현금이 없어졌음은 누가 보나 의심할 여지가 없었지요.

돈을 빼앗은 다음 범인은 감쪽같이 창문으로 도망친 것이오. 케나르 부인의 방은 아래층에 있었기 때문에 그것은 아주 쉬웠을 거요. 아래층 방을 그녀의 방으로 정한 것은 그녀가 숨이 차다며 계단 오르내리기를 싫어했기 때문이었지요. 게다가 그녀는 적잖이 신경질적인 데가 있어 여느 때에도 창문에 빗장을 지르고 덧문도 내려두고 있었소.

집안 사람들이 경찰이 도착하기 전에 이상하게 생각한 것은, 쓰러진 것을 발견했을 때 피해자가 반쯤 몸단장을 갖추고 있었다는 사실이었소. 그녀는 정성들여 실내복을 입고 머리를 곱게 매만졌으며 실내화를 신고 있었지요. 따라서 그녀가 범인을 방으로 맞아들일 준비를 하고 있었다는 것이 명백했소.

반즈데일 경과 두세 명의 남자 손님들이 어수선하게 서투른 조사를 하고 있는 동안 앨리스 홀트는 주인의 침대 옆에 앉아 정신없이 울고 있었소. 반즈데일 경이 물러가 있으라고 부탁해도 완강히 움직이지 않았고, 나이 많은 하녀들 몇 명이 달래려고 했으나 난폭하게 손을 뿌리쳤소.

겨우 저마다 침실로 돌아가려고 했을 때, 비로소 누군가가 반즈데일 부인에 대해 말을 꺼냈소. 부인은 그날 밤 자기 전에 기분이 언짢다면서 밤새도록 괴로워하고 있었다 하오. 반즈데일 부인의 잔심부름꾼인 제인 밸로가 이 소동으로 부인의 병이 더하지 않았으면 좋겠다고 하면서, 아마 부인은 이 소동이 무슨 일인가 하고 의아하게 생각할 거라고 덧붙였소.

이때 갑자기 앨리스 홀트가 미친 듯이 벌떡 일어나더니 '무슨 일인지 의아하게 생각할 거라고?' 하며 모두가 놀라 멍하니 서 있는 가운데 마구 외쳤소. '뻔하지 않아요! 그 여자가 우리 마님을 죽이고 돈을 빼앗은 거예요. 나는 알고 있어요. 알고 있어요. 알고 있다고요!'

그리고 다시 침대 옆에 쓰러지듯 주저앉아 소나기처럼 죽은 주인의 손에 키스를 퍼부으며 가슴이 터질 듯이 울부짖기 시작했소.”

“이 여자의 터무니없는 고발이 그 오랜 저택 안에 얼마나 큰 소동을 불러일으켰는지는 당신도 쉽게 짐작할 수 있을 거요. 반즈데일 부인은 전날 밤부터 병으로 누워 있었으므로 그런 말을 그녀에게 해주려는 사람은 아무도 없었지요. 그러나 그 말이 반즈데일 장원 안팎에서 아니, 멀리는 런던의 클럽 거리에서까지 시끄럽게 논란된 것은 이치로 보아 당연한 일이 아니겠소?”

반즈데일 경 부부는 런던 사교계에 잘 알려져 있어, 경이 아름다운 부인을 지극히 사랑한다는 것은 모르는 이가 없을 정도였소.

그 미친 듯한 감정의 폭발이 있는 뒤, 앨리스 홀트는 두 번 다시 입을 열려고 하지 않았소. 시무룩하니 입을 다문 채 2층 자기 방으로 가 곧 짐을 챙겨 집을 나갔소. 그녀가 단 하루라도 이 집에 머무를 리가 없었지요. 반즈데일 경은 너그럽게도 우선 쓸 돈을 마련해 주고 의논도 하고 했으나, 그녀는 호의를 거절하고 수사에 필요한 사정 설명을 묻는 동안만 거기 머물렀소.

장원 근처 일대는 흥분의 도가니가 되었소. 많은 소문이 자꾸 번져 나가 반즈데일 부인에게 결정적으로 불리한 증거가 나왔소. 이미 그녀에 대한 구속 영장이 청구되었다는 이야기가 사실인 것처럼 속삭여지고 있었소.

소문을 요약하면 이런 것이었소. 사건 전날 저택에서는 여느 때와 마찬가지로 브리지 게임이 벌어지고 있었소. 반즈데일 경은 하루 종일 사냥을 나가 있었고, 집에 남은 손님들은 안주인에 대한 호의 때문에 분명히 말하려고 하지는 않았지만 아마 이날 반즈데일 부인은 크게 져서 길버트 칼워드 경에게 많은 빚을 진 모양이오.

그러나 런던에서 달려온 취재욕이 왕성한 기자들도 이 이상의 정보는 얻을 수 없었던 것 같소. 경찰은 경찰대로 전에 없이 입이 무거웠소. 그렇게 되자 사람들은 검시 신문이 열려 이 풀 수 없는 사건이 흥미진진하게 전개되기를 기다리고 있었지요.

검시 신문은 9월 25일, 반즈데일 장원의 고용인 대기실에서 열렸소. 예상했던 대로 넓은 방이 초만원이었소. 물론 반즈데일 경도 나와 있었고 길버트 칼워드 경도 참석했는데, 반즈데일 부인은 아직 신경쇠약으로 누워 있어서 참석할 수가 없었소.

내가 도착하여 간신히 앞쪽에 자리를 잡았을 때 증인석에서는 맨 처음 피해자의 배개맡으로 불려왔던 의사가 증언을 하고 있었소.

그는 자기가 보기에 케나르 부인의 사인이 된 머리 상처는 뒤통수를 대리석 세면대 모서리에 부딪쳤기 때문에 생긴 것 같다고 말했소. 그 세면대는 처음에 반즈데일 경이 문을 열어 부수고 들어갔을 때 피해자가 쓰러져 있던 위치 바로 옆에 있었으며, 대리석에 묻은 핏자국이 이 의사의 견해를 뒷받침해 주었소. 케나르 부인은 아마 침입해 온 범인의 폭력에 의해 거기에 부딪친 모양으로, 목을 쥔 손자국이 직접적인 사인은 아니었지만 그것을 입증해 주었소.

이어서 경찰에 의한 증언이 길게 계속되어, 침입자가 범행을 저지른 뒤 취한 행동이 밝혀졌소. 범인은 작은 방 책상 서랍을 열고——이 방과 옆 침실의 경계에 있는 문은 언제나 열려 있었거든요——상당한 액수의 금화와 지폐를 훔쳐냈소. 그 뒤 범인은 침실 문을 안에서 잠그고 창문을 통해 감쪽같이 달아난 것이오.

이 창문 바로 아래에 화단이 있는데, 얼마 전에 내린 비로 축축한 땅에 급히 뛰어내린 듯한 흔적이 있었소. 그러나 발자국은 정성스럽게 밟아 지워져 있었고, 그 앞 정원의 좁은 길은 모두 아스팔트로 포장되어 있기 때문에 범인은 발자국을 남기지 않기 위해 이 아스팔트

길이나 잔디밭을 가로질러 도망친 것으로 생각되었소.

당신도 짐작했겠지만, 이러한 증언을 통해 분명해진 사실은 이 범죄가 집안 사람에 의해 행해졌다는 것이었소. 왜냐하면 케나르 부인의 방 바로 위에서 자고 있으므로 싸우는 소리를 듣고 주인을 구하러 달려올 가능성이 가장 큰 앨리스 홀트를 우선 방에 가둬두었거든요. 그렇다면 범인은 먼저 집 안에서 준비 행동을 했으며, 처음에 생각했던 것처럼 창문으로 들어간 게 아니라 문으로 케나르 부인의 방에 침입했음이 명백해진 셈이오.

그리고 증언에 의하면 피해자는 그날 밤 문에 자물쇠를 채우고 잤다고 하므로, 심리가 진행됨에 따라 그녀가 자기 뜻대로 그 사람——나중에 그녀를 비극적인 죽음에 이르게 만든 그 사람——을 방에 들인 것이 더욱 확실해졌소."

이상한 노인은 흥분해서 목소리를 높였다.

"이 사실은 또 뒤에 그녀가 시체로 발견되었을 때 반쯤 몸차림을 갖추고 있었던 사실로서도 뒷받침되고 있소.

그런데 이상한 것은 그날 밤 앨리스 이외에 다투는 소리를 들은 사람이 아무도 없었다는 점이오. 그러나 아까도 말했듯이 그런 오래된 저택의 벽은 유난히 두껍고 아래층에서는 피해자 혼자 자고 있었으므로 무리가 아니지요.

또 한 가지 검시 신문 첫날에 이 범행이 집안 사정을 잘 아는 사람에 의해 저질러졌다는 증거로서 집지키는 개 벤이 전혀 짖지 않았다는 사실이 밝혀졌소. 개집은 케나르 부인의 방 창문에서 꽤 가까운 곳에 있는데도 벤은 전혀 짖지 않았던 거요.

말 못하는 개의 증언을 사법 당국이 받아들일지 어떨지는 모르지만, 이 사건에서 벤이 짖지 않았다는 사실은 크게 고려할 가치가 있는 거요.

이런 사실들이 밝혀짐에 따라 청중들의 흥분도 서서히 높아져가서 마침내 앨리스 홀트가 불려나왔을 때는 글자 그대로 모두 숨을 죽이고 무슨 일이 일어날 것인지 기다리고 있었소. 앨리스 홀트는 키가 늘씬하고 눈과 코가 잘생긴 처녀로, 예쁜 눈과 굵은 목소리를 가지고 있었소. 까만 상복 차림으로 증인석에 선 모습은 아주 당당해보였지요. 그녀는 사건이 일어난 날 밤 주인의 성난 목소리에 잠이 깨었다는 것, 시끄러운 소리와 그 뒤의 조용함에 불안을 느꼈다는 것, 자기 방 문에 자물쇠가 채워져 있음을 알았을 때의 놀라움 등을 침착한 목소리로 말했소.

그런데 그밖에도 아직 하고 싶은 말이 있는 듯, 검시관이 그 점에 대해 언급해 주기를 기다리고 있는 듯한 표정이 그녀의 태도에서 역력했소.

마침내 검시관은 많은 방청객들이 숨을 죽이고 지켜보는 가운데 그녀에게 말했소.

'검시 배심원 여러분에게 들려드리고 싶어서 묻는 것인데, 어째서 당신은 반즈데일 부인에 대해 그처럼 이상하고 근거 없는 고발을 했지요?'

누구나 자연스럽게 길버트 칼워드 경과 변호사 아더 잉글우드 경과 함께 앉아 있는 반즈데일 경 쪽으로 눈길을 보냈소. 아더 잉글우드 경은 의뢰인을 위해 이 신문 경과를 지켜보러 온 것 같았소. 앨리스 홀트도 한순간 반즈데일 경 쪽으로 눈을 돌렸는데, 경은 흥미 있는 듯이 귀를 기울이고 있었으나 다만 그뿐 냉정하고 무감각한 태도를 보이고 있었소.

앨리스의 얼굴을 지켜보고 있던 나는 그녀가 반즈데일 경을 보았을 때, 가엾어하는 듯한 표정이 언뜻 스치고 지나가는 것을 알아차리고 문득 어떤 생각이 떠올랐소. 즉 이 이름 높은 영국 귀족과 가난한 고용인은 옛날 소년 소녀였을 적에 케나르 부인의 프랑스 저택에서 서로 얼굴을 아는 사이였을 것이며, 그렇다면 앨리스 홀트가 왜 아름다운 반즈데일 부인을 그토록 미워하는지 대강 짐작할 수 있을 것 같았지요.

조금 있다가 그녀는 역시 침착한 목소리로 이야기하기 시작했소.

'사건이 있은 날 오후 6시쯤이었어요. 내가 케나르 부인의 거실에 있는데 반즈데일 부인이 침실로 들어왔습니다. 내가 있는 것을 몰랐던 것이 확실해요. 왜냐하면 케나르 부인을 보자 곧 마치 둑이 터진 것처럼 지금 브리지에 져서 막대한 빚을 졌다고 이야기하기 시작했으니까요. 아무튼 몇 백 파운드인가 잃었다고 했어요.'

여기까지 이야기하자 마치 지금 이야기한 사실을 후회하는 것처럼 입을 다물었기 때문에 검시관은 '그래서요?' 하고 독촉했소. 그녀는 하소연하는 눈길로 반즈데일 경을 보았으나 경은 전혀 알아차리지 못하는 것 같았소.

'그래서' 하고 앨리스는 갑자기 마음을 정한 것처럼 태도를 바꾸어 이야기를 계속했소. '물론 케나르 부인은 크게 화를 내셨습니다. 반즈데일 부인에게 단단히 혼 좀 나봐야 한다며 전혀 돼먹지 않은 낭비벽을 갖고 있다고 말씀하셨어요. '나는 녹슨 돈 한 푼이라도 너의 노름빚을 갚아줄 생각은 없다. 뿐만 아니라 내 책임상 네가 남편이 없는 동안에 어떤 못된 짓을 하고 있었는지 그 애에게 알려줄 생각이다.' 반즈데일 부인은 이 말을 듣자 반쯤 미친 듯했습니다. 제발 남편에게는 비밀로 해달라고 울면서 사정했지요. 어떻게 이번 한 번만 자기의 딱한 처지를 구해줄 수 없겠느냐고 애원했습니다. 그러나 케나르 부인의 태도는 강경했습니다. 그러자 결국 화가 난 반즈데일 부인은 케나르 부인에게 덤벼들며 별의별 욕을 다 퍼부은 다음 문을 쾅 닫고 뛰쳐나가버렸습니다.

그 뒤 케나르 부인은 완전히 흥분해 있었기 때문에, 저녁 식사를 끝낸 뒤 곧 나를 불러서 잠자리 준비를 시켰을 때도 전혀 뜻밖으로 생각지 않았지요. 그것이 바로 9시쯤이었습니다.

내가 부인의 살아 있는 모습을 본 것은 그때가 마지막이었습니다.

그때 케나르 부인은 대단히 흥분하여 반즈데일 부인이 무섭다고 말씀하셨지요. 그녀는 노름을 좋아하는데, 저런 사람은 기회만 있으면 도둑질도 한다고 말씀하셨어요. 마님이 전에 없이 두려워하는 것을 보자, 나는 '옆방 소파에서 잘까요?' 하고 물었지요. 하지만 그분은 자존심이 강해서 겁내고 있다는 것을 남에게 알리기 싫은 듯, 오늘 밤은 문에 자물쇠를 채워야겠다면서 나를 물러가게 했습니다. 문에 자물쇠를 채우고 주무신 적은 여태껏 한번도 없었습니다.'

앨리스 홀트가 아주 조심스럽게 흥분한 방청객들에게 들려준 이야기는 정말 색다른 진술이었소. 앨리스의 진술은 검시관의 반대 신문을 받아도 전혀 흔들리지 않았소. 그녀의 침착과 냉정에 대항할 수 있는 것은, 이 견디기 어려운 시련을 통하여 아내의 범행을 암시하는 여러 가지 무서운 고발에도 눈썹 하나 까딱하지 않는 반즈데일 경의 태도뿐이었소.

그러나 아직 그뿐만은 아니었던 것이오. 다음에 불려나온 증인은 길버트 칼워드 경이었소. 그는 법의 정의를 위해, 그리고 시민으로서의 의무를 다하기 위해 하는 수 없이 증언대에 서서 친구의 아내를 무서운 죄에 말려들게 하는 또 다른 하나의 증거를 제출하게 되었던 것이오.

그는 어떻게든 방법을 써서 친구의 아내를 덮어주려고 애썼소. 하지만 검시관의 엄중한 반대 신문을 받는 동안 그만 갈피를 못 잡고 결국 두 가지 사실을 인정하지 않을 수 없게 되었소. 즉 사건 전날 반즈데일 부인이 브리지에 져서 그에게 8백 파운드 가까운 빚을 졌다는 것, 그런데 이튿날 아침 금화와 지폐로 빚을 모두 갚았다는 것.

그는 몹시 못마땅해했지만, 그 지폐를 증거물로 제출하도록 강요당했소. 그러나 사법 당국으로서는 안타깝게도 그 지폐 번호를 피살된 케나르 부인이 가지고 있었던 지폐 번호와 직접 결부시킬 수는 없었소. 번호를 적어둔 서류라든가 출납 장부 따위는 일체 발견되지 않았고, 게다가 그녀는 대부분의 프랑스 사람들이 그렇듯이 금전 출납을 모두 직접 맡아했으며, 막대한 배당 수입을 외국 돈으로 받아 필요한 때에만 가끔 가까운 환전상에서 영국 지폐나 금화로 바꿨던 거요.

대부분의 외국인들과 마찬가지로, 그녀도 은행에 대해 까닭모를 공포심을 가지고 있었소. 영국 은행까지 믿으려 들지 않았고 재산 관리를 맡은 변호사에 대해서는 두려움마저 가지고 있었소. 그러므로 변호사를 찾아간 것도 평생에 한 번인가 두 번, 그것도 자기 재산을 모두 무조건 사랑하는 조카 반즈데일 경에게 물려준다는 유언장을 만들기 위해 하는 수 없이 갔던 것이오.

이리하여 지폐의 출처를 확인하기는 아주 곤란했지만 그래도 이것이 반즈데일 부인에게 있어 얼마나 불리한 상황 증거가 되었는지는 당신도 짐작하겠지요. 브리지 놀이에서 졌다는 것, 케나르 부인에게 사정했다는 것, 케나르 부인이 거절했다는 것, 그리고 결정적인 것은 이튿날 아침 길버트 칼워드 경에게 빚을 모두 갚았다는 것이오.

단 한 가지 그녀에게 유리한 점이 있었다면 그것은 범행의 잔혹성이었소. 반즈데일 부인같이 교양 있는 상류 계급의 귀부인이 마치 부두 노동자 아낙네처럼 손위 여자를 내리덮치고 나서 이것이 일시적인 정신착란에서 저지른 짓이 아님을 나타내는 증거로서 창문에서 뛰어내린 다음 화단에 남은 발자국을 지워 없애 외부에서 침입한 강도의 소행으로 보이도록 빈틈없이 꾸미는 짓을 할 수 있었을까요? 도저히 생각할 수 없는 일이오.

그렇기는 하지만 돈이 궁할 때는 아무리 고귀한 정신을 가진 사람도 마음이 야비해지기 마련이며, 욕심이라는 것이 교양과 분별 있는 사람까지도 얼마나 미치게 만드는지는 세상이 다 아는 사실이지요. 따라서 검시 신문을 잠시 연기하겠다고 선언했을 때 모두들 반즈데일 부인이 24시간 안에 중죄 용의자로 체포되리라 생각했던 거요."

"그런데 경찰은 공교롭게도 아더 잉글우드 경을 고려하지 않았었소."

구석의 노인은 내가 꼼짝도 않고 열심히 듣고 있음을 확인했다.

"이 저명한 변호사는 고귀한 의뢰인을 위해 처음부터 심리 경과를 지켜보고 있었소.

연기되었던 검시 신문은 최대의 관심 속에 다시 열렸소. 이때도 반즈데일 경은 아주 침착하고 거만하고 무감각한 표정으로 나와 앉아 있었는데, 경의 부인은 아직도 병이 낫지 않아 참석하지 못했소. 그러나 그녀가 선서한 진술서가 제출되었지요. 그녀는 그 진술에서 오후 6시에 있었던 피해자와의 회견이 앨리스 홀트가 주장하는 것처럼 적대적인 성질의 것이 아니었다고 단호하게 부정하는 한편, 그날 밤에는 기분이 언짢아 누워 밤 11시 30분 이후에는 한 발자국도 방에서 나가지 않았다고 강력히 주장하고 있었소.

이 진술서가 낭독된 뒤, 불려나온 증인은 반즈데일 부인의 잔심부름꾼 제인 밸로였소.

그녀의 증언에 따르면, 사건이 있었던 날 밤 11시 30분쯤 침대 준비가 되어 있는지 확인하기 위해 부인의 방으로 들어갔다고 하오. 여느 때 그 시간쯤에는 방에 아무도 없었는데, 이날 밤——다른 날처럼 노크를 하지 않고 들어갔는데——에 제인 밸로는 부인이 책상 앞에 앉아 있는 것을 보았소.

'마님은 얼굴을 들고 나를 보시더니 노크도 하지 않고 들어온 것을 몹시 노여워하셨습니다'라고 제인 밸로는 증언을 계속했소. '나는 사과 말씀을 드리고 방 안을 정돈하기 시작했습니다. 그때 마님께서 많은 돈을 급히 세고 계신 것이 눈에 띄었습니다. 1파운드짜리 금화와 지폐가 산더미처럼 쌓여 있었던 것을 기억하고 있습니다. 마님은 그 일부를 봉투에 넣고 겉봉에 뭐라고 쓰시더니 일어나서 남은 돈을 보석 금고에 넣으셨습니다.'

'그것이 몇 시쯤이었지요?' 검시관이 물었소.

'방금 말씀드렸듯이 11시 30분이었다고 생각합니다.' 증인은 대답했소.

'그래, 그밖에 뭔가 아는 것은?'

'저어, 마님이 금고 쪽에 서 계시는 틈에 나는 조금 전 돈을 넣은 봉투가 책상 위에 놓여 있는 것을 보았습니다. 별로 엿볼 생각은 없었으나, 봉투가 터질 듯이 불룩해서 눈에 띄었습니다. 그리고 겉봉에 씌어진 것이 길버트 칼워드 경의 성함이라는 것을 알았습니다.'

이때 아더 잉글우드 경이 벌떡 일어나더니 검시관에게 뭔가를 건넸소. 분명히 그것은 겉봉을 찢어서 연 봉투 같았소. 검시관은 꼼꼼하게 그것을 훑어본 다음, 갑자기 제인 밸로를 향해 그날 밤 안주인의 책상에서 본 봉투에 어떤 눈에 띄는 특징이 없었느냐고 물었소.

'네, 틀림없이 있었어요!' 그녀는 서슴지 않고 대답했소. '길버드 칼워드 경의 성함 C자 위에 잉크 얼룩이 져 있었던 것이 눈에 띄었어요.'

'그럼, 이 봉투요?' 검시관은 조용히 말하며 손에 든 것을 증인에게 건네주었소.

'네, 이 얼룩이에요. 어디서 보아도 금방 알 수 있지요.' 그녀는 대답했소.

이리하여 반즈데일 부인에게 불리한 상황 증거의 테두리가 얼마쯤 늦춰진 셈이었소."

구석의 노인은 나직하게 목을 울려 웃었다.

"그녀에게 있어 참으로 다행스러웠던 것은 길버트 칼워드 경이 사건 이튿날 아침 돈을 넣어 건네준 봉투를 버리지 않고 가지고 있었던 일이오.

당신도 아시겠지요? 앨리스 홀트가 싸우는 소리를 듣고 잠이 깬 것은 보다 훨씬 늦은 시간, 온 집 안이 다 잠들고 난 뒤였소. 그런데 그보다 훨씬 전에 반즈데일 부인은 빚을 갚을 만한 돈을 가지고 있었던 것이오.

이리하여 그녀에 관한 한 이 범죄의 동기는 완전히 사라지고 말았소. 제인 밸로가 이 일들을 목격한 뒤 바로 반즈데일 부인은 일종의 신경쇠약 증상을 일으켜 기분이 언짢다면서 침대에 누웠소. 반즈데일 경은 아내의 건강을 크게 걱정하여 그 뒤 한 시간인가 두 시간쯤 잔심부름꾼과 고대하여 베개맡에 앉아 있었소. 그런 뒤 겨우 자기 방으로 돌아가고 제인도 물러가 잠을 잤지요.

그때 반즈데일 부인이 아팠던 것은 의심할 여지가 없는 사실이므로, 그 뒤 그녀가 전혀 동기도 없이 그런 잔혹한 범죄를 계획하여 실행했으리라고 생각하는 것은 어리석은 일이오. 우선 앨리스 홀트의 방문에 자물쇠를 채우고, 그런 다음 아래층으로 내려가 피해자의 방으로 들어가서 싸운 끝에 죽이고, 창문으로 뛰어내려 정원을 따라 집으로 되돌아갔다. 이만한 일을 해치울 수 있는 것은 돈이 탐나 뭐가 옳은지 그른지 분별할 수조차 없게 되어 단단히 마음을 먹은 여자의 경우라면 있을 수 있겠지만, 신경쇠약으로 비틀거리며 게다가 동기다운 동기도 없는 여자의 행동으로 볼 수는 없는 것이오.

물론 아더 잉글우드 경은 화단의 진흙이 반즈데일 부인의 옷에서도 신에서도 발견되지 않았다는 사실을 최대한으로 강조했소. 심한 비로 화단의 흙이 대단히 물러 있었으므로 아무리 얕은 데서 뛰어내렸다 하더라도 부인의 스커트에 진흙이 묻지 않았을 리가 없다는 것이오.

그리고 또 한 가지, 이 빈틈없는 변호사가 검시관의 주의를 일깨운 점이 있었소. 앨리스 홀트는 증언 가운데서 케나르 부인이 그날 밤 반즈데일 부인이 무섭다고 말했다고 했는데, 그렇다면 그런 그녀가 한밤중에 하녀를 부르지도 않고 자진해서 반즈데일 부인에게 문을 열어주었겠느냐는 것이었소.

이런 이유로 하여 이 사건은 기묘한 수수께끼로 끝나게 되었소. 그렇기 때문에 그 뒤 바로 '반즈데일 수수께끼'라고 불리게 되었지요. 아무튼 반즈데일 부인이 어떤 의미로든 이 무서운 비극에 관련되어 있으리라는 것은 누구나 다 어렴풋이 느끼고 있었소. 그 뒤 반즈데일 경은 그녀를 외국으로 데리고 나갔지요. 장원은 세로 내놓고. 마치 살해된 늙은 프랑스 여인의 영혼이 그들을 고국에서 내쫓아버린 것 같았소.

앨리스 홀트는 아직도 반즈데일 부인이 범인이라는 견해를 고집

하고 있소. 내가 보기에 그녀는 아직 단념하지 않은 것 같더군요. 이 아름다운 사교계의 인기 여성을 살인 혐의로 고발하기에 충분한 증거를 모으는 일을 말이오.”

“그녀는 성공할 것으로 생각하시나요?”
조금 있다가 나는 물었다.
“성공할 것 같으냐고요? 물론 그런 일은 있을 수 없지요.” 구석의 노인은 흥분해서 목소리를 높였다. “반즈데일 부인은 그 살인 사건의 범인이 아니니까. 아마 이스트 엔드의 여직공이 아니라면 그만한 일을 해낼 여성은 없을 거요.”
“하지만 그렇다면…….” 나는 반론을 했다.
“그러니까 말이오” 하고 노인은 빙그레 미소지으면서 말을 받았다. “이 경우 유일한 논리적인 결론은 돈을 훔친 것과 살인은 같은 사람에 의해 행해진 일이 아니며, 같은 시간에 행해진 일도 아니라는 것이오. 그리고 또 나는 이 살인이 미리 계획된 일이 아니라고 주장하고 싶소. 말하자면 피해자인 노부인은 완전히 사고에 의해 죽은 거요.”
“하지만 어떻게 해서요?” 나는 어이가 없어 되물었다.
“내 나름대로의 풀이는 이렇소.”
그는 흥분에 들뜬 목소리로 말하며, 언제나처럼 길고 여윈 손가락으로 바쁘게 끈을 만지작거리기 시작했다.
“반즈데일 부인은 돈이 필요하여 케나르 부인에게 도움을 구했으나 그녀는 이를 거절했소. 여기까지는 우리가 알고 있는 그대로요. 이 때 이 두 부인 사이에는 상당히 격렬한 말이 오갔지요. 그 뒤 저녁 식사가 있었는데, 식사를 마친 케나르 부인은 흥분하여 기분이 나쁘다면서 9시에 이미 잠자리에 들었소.

　그래서 나는 돈은 틀림없이 그전, 반즈데일 부인과 케나르 부인이 말다툼을 한 뒤 케나르 부인이 잠자리에 들 때까지의 사이에 도난당했다고 생각하오.”
“누가 훔친 걸까요?”
“뻔하지 않소. 반즈데일 부인이지요. 그녀는 안주인이기 때문에 어느 방이나 의심받지 않고 드나들 수 있으며, 무엇보다도 6시에는 돈이 궁해 케나르 부인에게 울며 사정할 정도였지요. 겨우 4, 5시간 뒤에 큰 금화와 지폐를 세고 있었으니까 말이오.
　그러나 단순한 도둑질이었지만, 그녀처럼 고상하게 자란 여성으로서는 대단한 정신적 중압감을 느꼈겠지요. 그래서 그녀는 신경쇠약에 빠졌소. 그럼, 그 다음에는 무슨 일이 일어났을까요? 그녀는 마음의 무거운 짐을 견디지 못해 자기를 깊이 사랑하고 있는 남편에게 모든 것을 털어놓았소. 그리고 아마 자신이 한 일을 뉘우치고 있다고 고백했을 거요.
　그 말을 들었을 때 반즈데일 경이 얼마나 놀랐을지 상상해 보시오! 다행히 이모는 아직 도둑맞은 사실을 모르고 있었소. 그것은 당연하지요. 그녀는 기분이 좋지 않아 일찍 잠자리에 들었으니까 설마 밤중에 일어나 돈을 세어보는 버릇이 있을 리도 없고, 책상 자물쇠가 열려져 있다는 사실은 아마 밤 동안은 그녀의 눈에 띄지 않고 넘어갈 거요.
　그러나 아침이 되면 곧 도난당한 사실을 알게 되어, 당장 최악의 사태가 벌어지리라 상상했겠지요. 그렇게 되면 어떻게 할 것인가? 케나르 부인은 법석을 떨며 아내의 최대의 적인 앨리스 홀트 앞에서 그 일을 떠들어대어, 돈을 돌려주고 일을 비밀리에 수습할 겨를도 없이 돌이킬 수 없는 결과가 빚어지게 되겠지요.
　그렇게 되면 곤란하지요. 원상태로 해놓으려면 빠를수록 좋아요.

1분이라도 늦으면 그만큼 발각될 가능성이 커지고 나아가서는 일이 어긋나버릴 위험성도 그만큼 더해지므로 1초라도 헛되이 보낼 수는 없었던 거요.

아마 케나르 부인과 반즈데일 경은 아주 친한 사이였다고 봐도 좋을 거요. 경은 이모의 방을 찾아가는 데 아무에게도 들키지 않고 갈 수 있었을 것이오. 그러나 앨리스 홀트가 주인 방에서 나는 소리를 듣고 아래층으로 내려와 이 미묘한 이야기를 엿듣거나 하면 곤란하기 때문에 지나는 길에 그녀의 방문에 자물쇠를 채워 그녀를 안에 가둬두었지요. 그러고 나서 그는 이모의 방을 노크하고 물론 조용히——늙은이는 잠귀가 밝으니까——이모의 이름을 불렀소. 사랑하는 조카의 목소리를 알아차린 케나르 부인은 실내복을 입고 머리를 매만진 다음 그를 맞아들였소.

그 뒤 그들이 대화를 나누면서 무슨 일이 있었는지는 신이 아닌 이상 알 수가 없소. 나로서도 단순히 추측해 보는 것뿐이오.”

노인은 그 특유의 뽐내는 듯한 얼굴을 해보였다.

“그래도 쉽게 상상할 수 있는 일은, 아내의 어리석은 행동에 대한 반즈데일 경의 고백을 들은 피해자가 프랑스 여자답게 발끈해져서——게다가 말버릇이 좋지 못한 여자였으니만큼——그전부터 미워하고 있던 반즈데일 부인에 대해 지나치게 품위 없는 말을 해댔을 거라는 점이오. 물론 반즈데일 경은 아내를 감싸려고 했겠지요. 그러나 피해자는 여성 특유의 외고집으로 점점 더 공격을 계속했소. 그리고 마침내는 뭔가 모욕적인 형용사——아마 어떤 말 끝에 덧붙인 한 마디였겠지요——가 충실한 남편의 참고 있던 분노를 폭발시켰소. 대개 아무리 온순한 남자라도 정말 여자를 사랑하고 있을 때, 그 여자가 모욕을 당하게 되면 성난 황소처럼 되는 법이오.

　케나르 부인의 죽음은 완전히 사고였다고 나는 주장하고 싶소. 반즈데일 경은 사랑하는 아내가 심한 모욕을 당하자 홧김에 이모의 목을 졸랐소. 거기까지는 마치 그 자리에 있었던 것처럼 선명하게 그릴 수가 있지요. 그러고 나서 피해자는 넘어지며 대리석 모서리에 머리를 부딪쳤소. 이윽고 제정신으로 돌아온 반즈데일 경은 자기가 한밤중에 혼자 이모 방에 있으면서 그녀를 죽였다는 사실을 깨달았소.

　이런 경우 대개의 사람들이 어떻게 하겠소? 물론 뻔하지요. 어떻게든 정신을 가다듬어 최악의 결과로부터 자신을 구하려 하오. 이 경우 반즈데일 경은 아무리 보아도 살인으로밖에 여겨지지 않는 이 사고에서 강도가 들어온 것처럼 꾸며 보이면 어떻게 벗어날 수 있지 않을까 생각했소. 옆방의 책상 자물쇠는 이미 열려져 있었으므로 그는 방문을 안에서 잠그고는 덧문을 열고 강도가 도망친 것처럼 보이도록 밖으로 뛰어내렸소. 그리고는 주의 깊게 발자국을 지워 없애고 정원을 따라 집으로 들어가 자기 방으로 돌아갔소. 물론 개는 주인을 알기 때문에 짖지 않았지요. 그가 방으로 돌아가자마자 앨리스 홀트가 미친 듯이 외쳐대며 온 집안 사람을 깨워일으켰소.

　이제는 당신도 알 수 있겠지요. 세상에 수수께끼란 있을 수 없다는 것을?"

구석의 노인은 잠시 말을 끊었다.

"경찰은 그것을 수수께끼라고 부르지요. 세상 사람들도 그렇고. 그러나 모든 범죄에는 범인이 있고, 모든 수수께끼에는 해답이 있기 마련이오. 그리고 내 경험에 의하면 가장 단순한 대답이 언제나 정답인 거요."

The Regent's Park Murder

리젠트 파크의 살인

이 무렵에는 폴리 버튼도 언제나 마주앉는 구석 자리의 색다른 노인에게 완전히 익숙해 있었다.

그녀가 와보면 그는 언제나 똑같은 자리에 몹시 눈에 띄는 체크무늬 트위드 양복을 입고 앉아 있었다. 인사를 하는 법은 좀처럼 없었다. 그녀가 나타나면 한층 더 안절부절못하며 낡아빠진 매듭투성이의 끈을 만지작거리기 시작하는 것이었다.

"리젠트 파크의 살인에 흥미를 가진 적이 있소?"

어느 날 노인이 폴리에게 물었다.

폴리는 그 기묘한 사건의 내용에 대해서는 거의 잊어버렸지만, 그것이 런던 사교계 일부에 불러일으킨 소동에 대해서는 잘 기억하고 있었다.

노인은 말했다.

"즉 경마니 노름이니 하는 것에 정신을 빼앗긴 자들의 사건 말이오. 직접적이든 간접적이든 그 사건에 관련된 사람들은 세상에서 말하는 이른바 '한가한 사람' '노는 사람' 들뿐이지요. 그리고 그 사건에 얽힌 스캔들의 중심지인 하노버 스퀘어의 헤어우드 클럽이 바로 그런 이들이 모이는 런던에서도 손꼽히는 고급 클럽이라오.

이 클럽의 주된 장사는 도박이었던 모양인데, 이런 사실도 저 리젠트 파크의 살인 사건이 일어나 그것에 관련된 클럽의 내막이 폭로되지 않았더라면 '공식적으로는' 경찰에 알려지지 않았을 거요.

당신도 포틀랜드 플레이스와 리젠트 파크 사이에 있는 그 조용한 광장을 알고 있겠지요? 즉 공원 광장 말인데, 그 남쪽 끝의 반원형 부분을 파크 크레센트라 부르며 그것을 둘러싼 길은 북쪽의 공원 광장 동쪽과 서쪽으로 난 두 가닥 큰길에 연결되어 있소. 이 광장과 그것에 이어지는 아름다운 정원 한가운데를 가로질러 번화한 메릴본 로드가 동서로 뻗어 있으며, 그 길 아래는 지하도로 되어 있어 남북으로 나뉜 정원을 연결해 주지요. 당신도 알고 있겠지만, 광장 남쪽에 있는 새 지하철역은 이 무렵 아직 계획이 되어 있지 않았다오.

1907년 2월 6일 밤에는 몹시 안개가 짙게 끼었소. 광장 서쪽 30번지에 사는 앨론 코엔 씨는 헤어우드 클럽의 노름판에서 번 큰돈을 가지고 새벽 2시쯤 이 짙은 안개 속을 뚫고 혼자 집으로 돌아가고 있었소. 그러고 나서 약 1시간 뒤, 광장 서쪽 주민들은 길에서 크게 싸우는 소리에 거의 다 잠을 깨었소. 1분인가 2분쯤 남자의 거친 호통 소리가 난 다음 곧 이어서 비명에 가까운 목소리가 들렸소. '경찰! 살인이야!' 하는 외침에 이어 날카로운 총소리가 두 번 계속해서 울리더니 곧 조용해졌소.

몹시 짙은 안개였으므로——아마 당신도 경험이 있겠지만——안개 속에서 소리 나는 곳을 찾는 것은 대단히 어렵지요. 그래도 1, 2분 뒤 메릴본 로드 모퉁이에 있던 순찰관 F 18호가 현장에 달려가 우선 순찰중인 동료를 부르기 위해 호루라기를 분 다음 안개

속을 손으로 더듬으며 수색을 시작했소. 그의 수색은 근처 주민들이 2층 창문으로 몸을 내밀고 저마다 그에게 방향을 가리켜주는 바람에 더욱 혼란을 일으켰소.

'난간 옆입니다!'

'큰길 북쪽입니다!'

'아니, 좀더 남쪽이었어요!'

'길 이쪽이에요, 분명!'

'아니, 반대쪽입니다!'

마침내 북쪽에서 광장 서쪽 길로 들어오던 다른 경찰관 F 22호가 머리를 광장 난간에 기대고 쓰러져 있는 사나이의 시체에 걸려 넘어질 뻔하여 수색은 끝났소. 이 무렵이 되자 무슨 일이 일어났는지 보려고 큰길 쪽 집에서 몇몇 사람들이 나와 있었지요. 경찰은 성능이 좋은 각등 빛을, 쓰러져 있는 불운한 사나이의 얼굴에 비추었소.

'아마 목을 졸린 것 같군' 하고 그는 동료에게 속삭였소. 그리고 쑥 빠진 혀와, 반쯤 튀어나온 핏발선 눈과 충혈이 되어 자줏빛이 되다 못해 거의 시꺼멓게 변한 얼굴 등을 가리켜보였소.

이때 구경꾼 가운데 약간 용감한 한 사람이 호기심에 끌려 시체의 얼굴을 들여다보더니 순간 놀라서 외쳤소.

'이게 어떻게 된 일이지, 30번지의 코엔 씨 아냐!'

이 근처에서 잘 알려진 이름이 불리자 다시 두세 사람이 나아가 피해자의 무섭게 일그러진 얼굴을 자세히 들여다보았소.

'틀림없이 우리 옆집의 코엔 씨요' 하고 31번지에 사는 젊은 변호사 에리슨 씨가 말했소.

'그런데 이처럼 안개가 짙은 밤에 혼자서 나다니다니, 대체 어찌된 일일까?' 다른 누군가가 말했소.

‘항상 이 사람은 좀 늦게 집에 돌아왔지요. 시내 도박 클럽에 드나들고 있었던 모양입니다. 아마 돌아올 때 역마차를 잡지 못한 거겠지요. 나도 이 사람에 대해서 그다지 잘 알고 있는 건 아닙니다. 만나면 눈인사를 나눌 정도였으니까요.’

‘가엾게도! 이건 목 졸라 죽이는 옛날 강도 수법 그대로군!’

‘어찌 되었든 범인은 확실히 이 사람을 죽이고 싶었던 게 틀림없소.’ 경관 F 18호가 말하며 길바닥에서 뭔가를 주워들었소. ‘이건 연발 권총이로군. 두 방 쏘았는데 여러분은 총소리를 들었습니까?’

‘총을 맞은 흔적은 아무데도 없는데요. 가엾게도 이 사람은 목 졸려 죽었습니다.’

‘그때 이 사람은 범인을 쏘려고 했던 겁니다. 틀림없습니다.’ 청년 변호사가 자신 있게 말했소.

‘만일 범인이 부상을 당했다면 추적할 기회가 있겠군요.’

‘하지만 이렇게 안개가 짙어서야……’

그러나 곧 사건 보고를 받은 수사과 경감과 형사와 경찰의사 등이 도착하여 이야기는 여기서 끝났소.

곧 30번지의 초인종을 누르고 네 명의 하녀가 시체의 신원을 확인했소.

뜻밖의 재난에 울고불고하면서도 네 명의 하녀는 똑같이 피해자가 주인인 앨론 코엔이라고 인정했소. 그리하여 시체는 즉시 그의 집으로 운반되고, 그 집의 한 방에서 검시 신문이 열렸소.

경찰이 수사에 상당히 골치를 앓았다는 것은 당신도 알겠지요. 이렇다 할 단서도 없었고 처음 한동안은 수사의 실마리마저 전혀 파악되지 않았던 거요.

검시 신문에서도 새로운 사실은 거의 나오지 않았소. 근처 사람들은 앨론 코엔 씨에 대해서도 그의 생활 방식에 대해서도 전혀 몰랐으며, 그 집의 하녀들은 그가 드나들던 클럽의 이름도 어디 있는지 몰랐소.

경찰 조사에 따르면, 그는 슬로그모튼 거리에 사무실을 가지고 날마다 그리 출근하고 있었소. 저녁 식사는 집에서 들었으며, 가끔 친구를 식사에 초대했지요. 손님이 없을 때는 으레 클럽에 나가 새벽 1시나 2시쯤까지 거기서 보내는 게 보통이었소.

살해되던 날 밤, 그는 9시쯤 집을 나갔소. 하녀들이 그를 본 것은 그것이 마지막이었소. 권총에 대해서는 네 사람 모두 입을 모아 지금까지 그런 건 본 적도 없다, 만일 주인이 그날 사지 않았다면 그것은 주인의 물건이 아닐 거라고 분명히 말했소.

범인의 행적은 전혀 파악되지 않았소. 그런데 사건이 있던 이튿날 아침, 짧은 금속 쇠사슬에 달린 2개의 열쇠가 광장 맞은편 포틀랜드 플레이스로 이어진 출입구 옆에서 발견되었소. 그중 하나는 코엔 씨 자택의 바깥문 열쇠였고 다른 하나는 광장 통용문의 열쇠로 밝혀졌소.

이 점으로 미루어볼 때 살인범은 범행을 저지른 뒤 피해자의 주머니를 뒤져 열쇠를 찾아내 그것을 사용하여 광장으로 숨어들어가 지하도를 통해 맞은편 출구로 나갔으리라 생각되었소. 그리고는 더 이상 열쇠를 몸에 지니고 있으면 위험하리라 판단한 범인은 그것을 거기에 던져버린 채 안개 속으로 자취를 감춘 것이오.

검시 신문의 판결은 '한 사람 또는 그 이상의 알지 못하는 사람에 의한 살인' 으로 내려졌고, 이 대담한 살인범을 찾아내는 데 경찰은 온 힘을 기울였소. 노련하기로 이름난 윌리엄 피셔 씨의 지휘 아래 면밀한 수사가 진행되어, 사건 1주일 뒤 런던 사교계에서 손꼽히는 건달로 알려진 청년이 코엔 씨 살해 혐의자로 체포되는 센세이셔널한 결말이 난 것이오.

　피셔 씨가 주장하는 용의자의 혐의 사실은 대충 다음과 같은 것이었소.

　2월 6일 밤, 한밤중이 지나자 하노버 스퀘어의 헤어우드 클럽에서는 점점 회원들의 도박열이 올라 대단히 큰 판돈이 오가게 되었소. 앨론 코엔 씨는 이때 이 2, 30명의 같은 무리들——거의 다 손톱만큼의 지성도 없지만 돈은 엄청나게 많은 젊은 녀석들을 상대로 룰렛의 물주를 서고 있었소. 물주는 계속 크게 이겨 결국 앨론 코엔 씨는 몇 백 파운드를 따가지고 집으로 돌아갔는데, 이런 일이 연 사흘 동안이나 계속되었다고 하오.

　한편 존 애슐리 청년은 지방의 이름 있는 집안 출신으로 아버지는 중부 지방 어느 고을의 수렵을 관할하는 고위 관리였소. 이 청년은 코엔 씨와 반대로 연거푸 크게 지기만 했는데, 그것도 지독하게 운이 나빠 연 사흘이나 계속해서 크게 지고 있었소.

　지금 이렇게 사건의 자세한 내용과 혐의 사실을 모두 정리해서 이야기하고 있지만, 이것은 몇몇 증인의 증언을 연결시켜 맞춘 결과로 이것들을 한 사람 한 사람으로부터 알아내고 정리하는 데는 며칠이나 걸렸다는 사실을 잊어선 안 되오.

　이 애슐리 청년은 같은 무리들 사이에서 상당히 인기가 있었는데, 주머니 사정은 흔히 말하는 '빈털터리' 여서 빚 때문에 꼼짝도 못한다는 사실은 널리 알려진 일이었소. 그는 둘째아들로, 아버지를 굉장히 무서워했지요. 언젠가는 그 아버지로부터 더 이상 멋대로 행동하여 부모에게 누를 끼친다면 5만 파운드짜리 한 장만 들려서 오스트레일리아로 쫓아버리겠다는 위협을 들은 적이 있을 정도였다오.

　이 훌륭한 아버지가 주머니의 끈을 꽉 쥐고 있다는 것은 그의 많은 친구들이 아는 사실이었소. 그런데도 애슐리 청년은 친구들에게 생색을 내고 싶었던지 자주 헤어우드 클럽의 노름판에 앉아, 가끔 그에게 미소를 보내주는 운명의 여신에게 모든 것을 맡기곤 했지요.

아무튼 클럽에 있던 자들의 말에 따르면 문제의 2월 6일 밤, 그는 마지막 남은 25파운드를 칩으로 바꾸어 앨론 코엔과 승부를 건 모양이었소.

친구들은 모두 코엔과의 승부는 그만두라고 그를 설득했지요. 그 중에서도 특히 월터 해저렐이라는 친구는 유난히 열심히 충고를 해준 모양이오. 코엔 씨는 요즈음 운이 좋아 계속 따고 있는 중이었으니까 말이오. 그러나 애슐리 청년은 계속되는 불운에 약이 오른 데다가 술기운마저 거나하게 돌던 참이라 누구의 말에도 귀를 기울이려 하지 않았소. 연거푸 5파운드짜리를 판돈으로 내던지고, 빌려주는 사람이 있으면 돈을 꾸어 거기에 밀어 넣었지요. 그것마저 떨어지자 한참 동안 말로 약속하며 승부를 계속했소. 그리하여 마침내 새벽 1시 30분쯤 충혈된 눈으로 19회를 계속 버틴 끝에 정신을 차려보니 주머니는 텅 티어버렸고, 앨론 코엔 씨에게는 1천 5백 파운드나 되는 빚을 진 형편이었소.

그런데 코엔 씨는 사건이 일어난 뒤 신문에서나 일반 사람들로부터 상당히 심한 말을 들어왔소. 여기서 공평을 기하기 위해 꼭 해두어야 할 말이 있소. 그것은 애슐리 청년과 승부를 겨루는 동안 코엔 씨 자신이 몇 번이나 승부에서 손을 떼도록 상대를 설득했다는 것이오. 그는 돈을 다고 있었기 때문에 좀 미묘한 입장에 놓였던 것이오. 청년은 그 충고를 비웃으며 물주이면서 돈을 따고 도망칠 생각이라면 비겁하다고 오히려 대들었다고 함께 있었던 사람들이 모두 증언하고 있소.

이런 말까지 듣자 앨론 코엔 씨로서도 최고급 하바나 엽궐련을 붙여 물면서 어깨를 으쓱하며 대답할 수밖에 없었겠지요.

'그럼, 좋도록 하구려! '라고.

그러나 1시 30분이 되자 코엔 씨는 아까부터 계속 지면서도 진 돈을 치르려 하지 않는 상대——아니, 치르고 싶어도 그럴 능력이 없는 상대와의 게임이 지겨워지기 시작했소. 그리하여 이미 시간도 늦었고, 더 이상 존 애슐리 청년의 약속어음을 받을 수 없다고 딱 잘라 거절했소. 상대는 발끈하여 두세 마디 거친 말을 던졌으나, 나쁜 평판이 날까 두려워 계속 주의를 기울이고 있던 클럽 지배인 에 의해 곧 제지당했소.

한편 모든 것을 알아차린 친구 해저렐 씨도 애슐리 청년을 달래 어, 오늘 밤 여기서 승부는 그만 단념하고 집으로 돌아가 쉬라고 권했소.

이 두 청년의 우정은 같은 무리들 사이에서도 유명하다고 하오. 사람들 눈에는 존 애슐리가 언제나 무턱대고 무모한 짓을 저지르면 그것을 월터 해저렐이 알게 모르게 덮어주고 있는 것처럼 보였지 요. 이날 밤에는 애슐리도 너무 많은 빚을 진데다 술기운도 깨고 해서, 친구의 권고를 받아들여 클럽을 나왔소. 그것이 약 1시 40분 쯤이었소.

여기서부터 이야기가 재미있게 되지요. 경찰이 10명이 넘는 증 인을 신문하여 모든 사실을 확실히 확인하려고 한 것도 무리는 아 니오. "

구석의 노인은 언제나처럼 그 성급한 말투로 이야기해 나갔다.

"월터 해저렐은 10분쯤 자리를 떠났을 뿐, 1시 50분에 클럽으로 되돌아왔소. 친구들이 묻자 그는 애슐리가 혼자 있고 싶어하는 것 같아 뉴본드 거리 모퉁이에서 그와 헤어졌다고 대답했소. 애슐리는 좀 걸으면 기분도 가라앉을 테니 피커딜리 쪽으로 돌아서 가겠다고 말했다는 것이었소.

　2시쯤 해서 그날 밤의 성적에 매우 만족한 앨론 코엔 씨는 물주 자리를 다른 사람에게 넘겨주고 많은 돈을 가지고 집으로 돌아갔소. 그리고 30분 뒤 월터 해저렐 청년도 클럽을 나갔소.

　그리고 3시 정각에 공원 광장 서쪽에서 '살인이야!' 하는 외침 소리와 함께 총소리가 들렸으며, 앨론 코엔 씨가 광장 난간 밖에서 목이 죄어 죽어 있는 시체로 발견되었던 것이오."

"처음 이 리젠트 파크의 살인 사건이 일어났을 때는 아무리 보아도 서투른 자의 짓으로 여겨졌으며, 계획성도 아무것도 없는 얼빠진 어설픈 범죄로 보였기 때문에 경찰도 일반 사람들도 범인이 붙잡혀 교수대로 가는 것은 시간 문제라고 생각했었소.

　아무튼 동기는 갖춰져 있소. '범행에 의해 이익을 얻는 사람을 찾아라' 하고 우리 프랑스 인 친구는 말하고 있으니까. 그러나 이 사건에는 그보다 큰 열쇠가 있었소.

　사건이 일어난 날 밤, 순찰중이던 제임즈 파넬 경찰관은 메릴본의 성삼위일체 교회의 시계종이 2시 30분을 치는 소리를 듣고 2, 3분 뒤 포틀랜드 플레이스에서 파크 크레센트로 들어왔소. 이때는 사건이 일어났던 무렵처럼 안개가 짙지 않았던 모양으로, 2명의 예모를 쓰고 코트를 입은 신사가 팔짱을 끼고 광장 통용문에 가까운 난간에 기대 서 있는 것이 보였소. 물론 안개 때문에 얼굴 모습까지는 확인할 수 없었지만 2명 중 한 사람이 말하는 소리가 들렸소.

　'다만 시간 문제입니다, 코엔 씨. 아버지가 나 대신 빚을 갚아줄 테니까 그때까지 큰 배에 타고 있는 기분으로 기다리면 되는 겁니

다.’

이 말에 대한 상대방의 대답은 들리지 않았으며, 경찰관은 그대로 순찰을 계속했소. 담당 구역의 순찰을 마치고 다시 그곳으로 돌아오자 두 신사의 모습은 보이지 않았소. 나중에 검시 신문에서 문제가 된 2개의 열쇠가 발견된 곳은 바로 이 통용문 옆이었던 거요. 또 한 가지 흥미 있는 사실은 범행 현장에서 연발 권총이 발견되었다는 것이오.”

구석의 노인은 폴리로서는 뭐라고 표현하기 어려운 익살맞은 미소를 지었다.

“그 권총을 애슐리 청년의 하인에게 보이자, 틀림없이 그의 물건이라고 증언했던 것이오.

이러한 사실들은 말할 필요도 없겠지만, 존 애슐리 청년이 범인이라는 움직일 수 없는 완전무결한 상황 증거가 되었소. 따라서 피셔 씨와 경찰의 활동에 완전히 만족한 검찰측이 이 청년에 대한 구속 영장을 신청하고 범행이 있은 지 꼭 1주일 만에 클레디즈 거리의 자택에서 그를 체포한 것도 당연한 일이었지요.

그런데 이건 내 경험에서 하는 말이지만, 범인이 지나치게 얼빠지고 서툴게 보이며, 증거가 지나치게 잘 갖춰져 있을 때일수록 경찰은 함정에 빠지지 않도록 조심해야 하는 거요.

이 사건의 경우, 존 애슐리가 정말 경찰이 말하는 그런 방법으로 리젠트 파크의 살인을 저질렀다면, 그는 살인 이상의 죄를 범했다고 말하지 않을 수 없소. 이런 얼빠진 범죄야말로 범죄 그 자체보다 더 큰 죄가 되는 거니까 말이오.

이 사건의 경우, 검찰측은 반박할 여지가 없게 증인들을 늘어놓아 보였소. 그 중에는 헤어우드 클럽의 회원들도 몇 사람 있었지요. 피고가 앨론 코엔 씨와 게임에서 여지없이 지고 흥분해 있는 것을 본 사람들이오.

피고의 친구인 해저렐 씨도 사건 당일 밤 1시 40분에 뉴본드 거리 모퉁이에서 애슐리 청년과 헤어진 뒤 새벽 5시에 애슐리 청년이 집에 돌아올 때까지 전혀 만나지 못했다고 인정하지 않을 수 없었소.

곧이어 존 애슐리 청년의 하인 아더 팁스의 증언이 있었는데, 그것은 정말 놀라운 내용이었소.

그는 이렇게 증언했던 것이오. 사건이 일어난 날 밤, 애슐리 청년은 1시 50분쯤 일단 집에 돌아왔다고. 그때 팁스는 아직 자지 않았으며, 5분 뒤 애슐리는 기다리지 않아도 된다고 말한 다음 다시 집을 나갔다는 거요. 그 뒤 애슐리 씨와 해저렐 씨가 몇 시에 집에 돌아왔는지 팁스는 모르고 있었소.

일단 집으로 돌아왔었다는 이 사실은 아주 중대하게 생각되었소. '아마 피고는 권총을 가지러 돌아간 거겠지'라고 친구들은 생각하고 이로써 그는 살아나지 못할 거라고 느꼈던 것이오.

하인의 증언과, 광장 난간 가까이에서 두 신사의 이야기를 언뜻 들은 경찰관 제임스 파넬의 증언은 피고에게 결정적으로 불리한 증거였소. 정말 그날 법정은 볼 만했지요. 나는 두 사나이의 얼굴을 보기 위해 나갔었는데, 사실 가볼 만한 가치가 있었소. 한 사람은 말할 것도 없이 존 애슐리 청년이었소.

자, 여기 그의 사진이 있는데——체격이 작고, 얼굴빛이 좀 검으며, 얼마쯤 아니꼬울 정도로 말쑥하게 차려입었소. 부유한 농사꾼의 건달 자식이라고나 할까——법정에서는 아주 점잔을 빼며 침착했소. 가끔 변호사와 두세 마디 말을 나누었을 뿐, 그리고 이따금 어깨를 으쓱하며 흥분으로 와글거리는 방청객들 앞에서 그의 죄상이 낭독되는 것에 귀를 기울이고 있었소.

그것에 따르면 피고 존 애슐리 청년은 도박으로 막대한 빚을 지고 반 미친 듯이 되어, 우선 집으로 돌아가 흉기를 찾아낸 다음 어디엔가 숨어서 집으로 돌아가는 앨론 코엔 씨를 기다렸소. 그리하여 코엔 씨에게 빚을 갚을 기한을 연기해 달라고 부탁했으나, 그는 냉정하게 그것을 거절했소. 그런데도 애슐리 청년은 단념하지 못하고 코엔 씨의 집 앞까지 따라가며 끈질기게 되풀이해 사정했소.

그러나 끝내 상대가 조금도 사정을 들어주려고 하지 않자 그는 피해자가 방심한 틈을 노려 등 뒤에서 덮쳐 목을 졸랐소. 그리고 나서도 숨이 붙어 있지 않을까 싶어 이미 숨이 끊어진 시체를 향해 권총을 두 방 쏘았소. 그러나 몹시 흥분해 있었기 때문에 모두 빗나가고 말았소. 그 뒤 범인은 피해자의 주머니를 뒤져 정원으로 가는 열쇠를 찾아내어 이것을 사용하면 추적을 벗어날 수 있다 생각하고 광장을 가로질러 지하도를 빠져나가 포틀랜드 플레이스의 맞은편 출입구로 달아났소.

권총을 떨어뜨린 것은 예기치 못한 실수였으나 하늘의 그물이 넓다는 증거일까, 결국 이것 때문에 그는 이처럼 재판을 받게 된 것이오.

그런데 자기 죄상이 밝혀지고 있는 것을 들으면서도 애슐리 청년은 전혀 동요하는 기미를 보이지 않았소. 그리고 그가 불러온 변호사는 저명한 일류 변호사도 아니었소. 교묘한 반대 신문을 펴서 증인들로부터 모순된 진술을 끌어내는 그런 솜씨꾼이 아니었던 거요. 둔하고 지루하며 2류급이라고 해도 좋을 만한 변호사였지요. 아무튼 증인을 신문할 때도 효과적인 질문으로 분위기를 살려보겠다는 생각은 전혀 없는 듯했으니까 말이오.

변호사는 천천히 일어나더니 숨 막힐 듯한 침묵 속에서 피고측 증인 세 사람 중 한 사람을 불러 물었소. 그가 부른 증인은 세 사람뿐이었는데, 생각만 있다면 열 사람이라도 증인을 모을 수 있었을 거요. 모두 그레이트 포틀랜드 거리에 있는 애슈턴 클럽의 회원들로 그들은 한결같이 입을 모아서 2월 6일 오전 3시, 즉 공원 광장 서쪽에서 '살인이야!' 하는 외침 소리가 들리고 범행이 행해진 바로 그 시간에 존 애슐리 청년은 그 세 증인과 함께 애슈턴 클럽의 한 방에서 브리지 게임을 즐기고 있었다고 증언했소. 그가 거기에 도착한 것은 3시 조금 전으로——이것은 클럽 문지기에 의해서 확인되었지요——그 뒤 1시간 반쯤 거기에 있었다는 거였소.

이 의심할 여지가 없는 완벽한 알리바이가 검찰측의 굳은 성벽을 무너뜨리는 폭탄이 된 것은 말할 필요도 없겠지요. 아무리 간교한 지혜가 뛰어난 악당이라도 동시에 두 곳에 있을 수는 없을 테고, 애슈턴 클럽은 여러 가지 면에서 이 나라의 도박 금지법에 위반된다고는 하지만 그 회원들은 사교계에서도 나무랄 데 없는 신분을 가진 일급 인물들이었으니까요. 애슐리 청년이 범행 시간에 이 클럽에서 적어도 열 명 이상의 신사들과 말을 나누었다는 증언이 있으면 그것을 의심할 수는 없소.

존 애슐리 청년은 이 폭탄 증언이 있는 동안에도 여전히 침착하고 예의바른 태도를 허물어뜨리지 않았소. 그가 재판이 진행되는 동안 그처럼 태연한 태도를 취할 수 있었던 것도 결국 자신의 무죄가 결정적으로 입증되리라는 확신이 있었기 때문이었겠지요.

치안 판사의 질문에 대한 그의 대답도 솔직하고 분명해서 권총이라는 미묘한 문제의 질문이 언급되었을 때도 전혀 모호한 점이 없었소.

그는 다음과 같이 변명했지요.

'클럽을 나올 때, 나는 코엔 씨에게 빚을 갚을 기한을 연기해 달라고 가만히 부탁하리라 마음먹고 있었습니다. 물론 이런 일을 다른 친구들이 있는 앞에서 이야기할 수 없다는 것은 이해해 주시겠지요. 나는 일단 집으로 돌아갔습니다. 그러나 경찰이 주장하는 것처럼 권총을 꺼내기 위해서는 아니었습니다. 왜냐하면 안개 짙은 밤에는 언제나 호신용으로 권총을 몸에 지니고 다녔으니까요. 권총을 가지러 간 게 아니라 나 없는 사이에 급한 영업상의 편지가 와 있는 건 아닌지를 알아보기 위해 집에 들렀던 겁니다.

그러고 나서 다시 집을 나온 나는 헤어우드 클럽에서 그리 멀지 않은 곳에서 앨론 코엔 씨를 만나 그의 집 바로 가까이까지 걸으면서 이야기했습니다. 그때 우리가 나눈 이야기는 아주 부드러운 내용의 것이었다고 말씀드릴 수 있습니다. 광장 입구 가까운 포틀랜드 플레이스 끝에서 우리는 헤어졌지요. 그때 경찰의 눈에 띄었던 모양입니다. 코엔 씨는 광장을 가로질러 가는 편이 가까워 그리로 해서 집에 돌아갈 생각인 것 같았습니다. 나는 어쩐지 위험한 느낌이 들었습니다. 광장은 어둡고 안개가 짙게 깔린 데다가 코엔 씨는 큰돈을 지니고 있었으니까요.

그 일로 우리는 의견을 조금 주고받다가 결국 내가 그를 설득시켜 내 권총을 가져가게 했습니다. 나는 사람이 많은 길을 지나 집으로 돌아갈 것이고, 그리고 도둑맞을 만큼 값어치 있는 물건을 아무것도 몸에 지니고 있지 않았습니다. 그래서 잠깐 애기를 나눈 끝에 코엔 씨가 내 권총을 가지고 가게 된 거지요. 뒤에 범죄 현장에서 권총이 발견된 것은 그 때문입니다. 내가 코엔 씨와 헤어진 것은 교회 시계가 2시 45분을 알린 직후로, 그 뒤 2시 55분에는 그레이트 포틀랜드 거리와 옥스퍼드 거리 모퉁이에 있었습니다. 그리고 거기서 애슈턴 클럽까지 걸어가는 데는 적어도 10분쯤 걸립니다.'

이 설명은 충분히 믿을 만한 것이었소. 왜냐하면 기소장에서도 권총 문제는 결코 납득이 가게끔 설명이 되어 있지 않았기 때문이오. 일부러 목 졸라 죽여 놓고 다시 권총을 두 방이나 쏜다는 건 상식적으로도 생각할 수 없소. 근처의 지나가던 사람들의 주의를 끌 뿐이니까요. 그보다 총을 쏜 것은 코엔 씨라고 생각하는 편이 훨씬 납득이 가지요. 아마 갑작스럽게 누가 등 뒤로 달려들자 무턱대고 허공을 향해 쏘았을 것이오. 그러고 보면 애슐리 청년의 설명은 충분히 납득이 갈 뿐만 아니라, 또 그렇게 생각할 수밖에 없소.

그 뒤 어떻게 되었는지는 당신도 알겠지요? 30분쯤 신문이 있은 뒤 치안 판사와 경찰관, 그리고 일반 사람들은 모두 피고에게 의심스러운 사실이 없으므로 즉시 무죄 석방해야 한다고 결정했소."

"네, 그건 알고 있어요."

폴리는 성급하게 말을 가로챘다. 왜냐하면 이번만은 그녀의 통찰력도 노인 못지않게 날카로움을 보이고 있었기 때문이다.

"하지만 그것은 단순히 이 무거운 범죄의 혐의를 한 사람에게서 그의 친구에게로 옮긴 것뿐이라는 생각이 드는군요. 물론 나는……."

노인은 부드럽게 그녀의 말을 가로막았다.

"바로 그거요. 물론 당신은 월터 해저렐 씨에 대해서 말하는 거겠지요? 처음엔 모두 그렇게 생각했소. 과묵하고, 친구의 말이라면 팥으로 메주를 쑨다고 해도 곧이 듣는 남자이다 보니 친구를 위해 살인까지 저질렀다고 말이오. 단지 자기를 악의 구렁텅이로 이끄는 비열하고 지독한 친구라는 것은 모르고 말이죠. 타당한 이론이오. 경찰까지도 그런 생각에 상당히 움직였던 모양이니까.

지금 '경찰까지도'라고 말했는데, 나는 그들이 기를 쓰고 해저렐 청년을 범인으로 지목하는 증거를 수집하려 한 것을 알고 있기 때문이오. 그러나 뭐니 뭐니 해도 가장 큰 장애는 시간이었소. 순찰 경관이 공원 광장 밖에서 두 사나이가 같이 있는 것을 본 시간에 월터 해저렐은 아직 헤어우드 클럽에 있었고, 2시 40분 무렵까지 그곳을 떠나지 않았으니까 말이오. 만일 앨론 코엔 씨를 숨어 기다렸다가 돈을 빼앗을 작정이었다면 그가 집에 닿기 전을 노리지 않으면 안 되오. 게다가 겨우 20분 동안에 하노버 스퀘어에서 리젠트 파크까지 걸어가서——더구나 이 경우에는 광장을 가로질러 가까운 길로 가는 방법마저 없소——20야드 앞에서도 얼굴을 알아볼 수 없는 짙은 안개 속에서, 목표의 사나이를 찾아내 말다툼을 한 다음 목을 졸라죽이고 호주머니를 뒤지는 등의 일을 할 수는 없을 거요. 뿐만 아니라 그에게는 동기가 없소.”

“하지만…….” 폴리는 생각하듯 말했다.

왜냐하면 이른바 리젠트 파크의 살인 사건은 아직 미해결인 채 미궁에 빠진 사건이 되고 말았음을 생각해 냈기 때문이다. 구석의 노인은 어린 새 같은 이상한 머리를 한쪽으로 갸우뚱하고 폴리의 난처해하는 얼굴을 무척 만족스러운 듯이 바라보았다.

“당신은 정말 그 살인이 어떻게 행해졌는지 모르겠소?”

그는 싱글벙글 웃으며 물었다.

안타깝지만 폴리는 모른다고 대답할 수밖에 없었다.

“만일 당신이 존 애슐리 청년과 같은 곤경에 빠졌다고 한다면, 앨론 코엔 씨를 살해하여 그가 지닌 돈을 빼앗고, 그런 다음 반박할 여지가 없는 알리바이를 제시하여 경찰을 마냥 놀려주면 얼마나 재미있을까 하는 생각이 들지 않겠소?”

“하지만 그렇게 상황이 좋게 되지만은 않겠지요.” 폴리는 대답했다. “반 마일이나 떨어진 두 지점에 동시에 모습을 나타내는 일은 불가능할 테니까요.”

“분명 그렇소! 그러나 당신에게 친구가 하나 있다면?”

“친구? 설마 당신은 지금…….”

“존 애슐리 씨에게는 나도 머리가 숙여진다오. 이 연극을 생각해 낸 것은 그의 머리니까요. 그러나 아무리 그라 할지라도 믿을 수 있는 유능한 친구의 도움이 없었더라면 이 멋있고 무서운 연극을 끝까지 해낼 수는 없었을 거요.”

“그렇더라도…….” 폴리는 반론을 하려들었다.

“우선 첫째로” 하고 노인은 끈을 만지작거리면서 덮어씌우듯 이야기를 계속했다. “존 애슐리와 친구 월터 해저렐 두 청년은 같이 클럽을 나와서 재빨리 범행 계획을 세웠소. 해저렐 씨는 일단 클럽으로 돌아가고 애슐리 청년은 그 길로 권총을 가지러 갔소. 이 권총은 곧 이 살인극에서 중요한 역할을 하게 되지만, 경찰이 주장한 그런 역할은 아니오. 그럼, 대체 애슐리 씨는 어떤 행동을 취했는가? 그가 앨론 코엔 씨를 뒤따라가는 것을 자세히 밟아가봅시다. 그가 코엔 씨와 이야기하고 있었다는 증언을 당신은 믿소? 그들이 나란히 걸어가고 있었다는 것을 믿소? 그리고 빚 갚는 기한을 연기해 달라고 부탁했다는 것을? 어림도 없지! 가만히 등 뒤로 다가가 느닷없이 목을 조른 거요. 안개가 짙은 밤에 목 졸라 죽이는 강도의 수법 그대로 말이오. 코엔 씨에게는 본디 고혈압 증세가 있었고, 애슐리 씨는 팔 힘이 센 청년이오. 게다가 처음부터 상대를 죽일 생각이었다면…….”

“하지만 두 사람은 광장 통용문 밖에서 이야기를 하고 있었어요.” 폴리는 반박하였다. “한 사람은 코엔 씨, 또 한 사람은 애슐리 청년이었어요.”

“말해 두지만” 하고 노인은 나뭇가지로 뛰어오르는 새끼원숭이처럼 의자 뒤로 펄쩍 뛰어올랐다. “통용문 밖에서 이야기하고 있었던 것은 두 사람이 아니오. 제임스 파넬 경관의 증언에 따르면 두 사람은 팔짱을 끼고 난간에 기대 서 있었고, 말을 한 것은 그중 한사람이었소."

"그럼, 당신은……."

"제임즈 파넬 경찰관이 성삼위일체 교회 종이 2시 30분을 치는 것을 들었을 때 앨론 코엔 씨는 이미 죽어 있었던 거요. 알겠소? 모든 것은 아주 간단한 연극이오. 그 뒤는 얼마나 간단했겠소. 그렇지! 간단하긴 하지만 그래도 정말 멋있고 교묘하게 짜여져 있소. 제임즈 파넬 경관이 지나가자마자 곧 광장 통용문을 연 애슐리 씨는 앨론 코엔 씨의 시체를 업고 그곳을 가로질러갔소. 물론 광장은 어두웠겠지만 길을 알아볼 수는 있었을 거요. 애슐리 청년은 전에도 그곳을 지난 일이 있음에 틀림없소. 어찌 되었든 사람과 마주칠 염려는 전혀 없었소.

한편 같은 무렵에 해저렐 씨도 클럽을 나왔소. 그리고 타고난 빠른 걸음으로 옥스퍼드 거리를 단숨에 달려 포틀랜드 플레이스를 빠져나갔소. 광장으로 가는 문에 자물쇠를 채우지 않고 빗장만 걸어두도록 미리 두 사람 사이에 약속이 되어 있었을 거요.

이리하여 애슐리 청년의 바로 뒤를 쫓아 해저렐 씨도 광장을 가로지르자, 마침 공범이 시체를 내려놓으려는 참에 달려와서 시체를 난간에 기대세우는 것을 도와주었소. 그리고는 일각의 망설임도 없이 애슐리 씨는 방금 온 길을 달려 돌아가 애슈턴 클럽으로 뛰어들었소. 도중에 피해자에게서 빼앗은 열쇠는 일부러 순찰 경관과 마주쳤던 곳에 버렸지요.

해저렐 씨는 친구가 간 다음 6, 7분의 여유를 두었다가 혼자 말다툼하는 흉내를 내기 시작했소. 이것을 2, 3분 계속한 뒤 마지막으로 '살인이야!' 라고 외치며 총을 쏘아 근처 주민들을 깨워일으켰소. 이렇게 해두면 정말 그 시각에 범행이 일어난 것처럼 보이지만, 사실은 범인이 만든 아주 완벽한 알리바이일 뿐이오."

이상한 노인은 숨을 돌리며 코트와 장갑을 더듬어 찾았다.

"물론 당신이 이 설명을 어떻게 생각할지는 모르지만, 그러나 나보고 말하라면 초범의 범행치고 이토록 교묘하게 잘 짜여진 범죄는 없다고 생각되오. 이것은 어디를 어떻게 찔러도 빈틈이 없는 범죄——그것을 실행한 사람에게나 도와준 사람에게나 경찰의 손이 미치지 못하는 범죄요. 그들은 단 한 가지의 증거도 남기지 않았소. 모든 것을 예측하고, 각자 냉정과 용기를 가지고 자기 역할을 해냈소. 만일 이것이 좋은 목적을 위해 사용되었다면 두 사람 모두 훌륭한 정치가가 되었을 텐데 말이오."

"그러나 불행히도 그렇지 못했기 때문에, 이 두 사람은 한낱 젊은 불량배로서 감쪽같이 법망을 빠져나간 데 대해 당신의 진심에서 우러나온 아낌없는 찬사를 받는 것으로 끝나게 되었군요."

그리고 노인은 떠났다. 폴리는 그를 다시 불러 세우고 싶었다. 그러나 초라해 보이는 그의 뒷모습은 이미 유리문 저쪽 어디에도 보이지 않았다. 그녀는 물어보고 싶은 일이 산더미처럼 많았다. 그의 주장에는 대체 어떤 증거와 사실이 있는 것일까? 결국 그것은 뜻 없는 이야기에 지나지 않는다. 그러나 어떻게 생각해봐도 그녀는 노인이 이번에도 역시 대범죄 도시 런던에 숨어 있는 검은 수수께끼 하나를 보기 좋게 풀었다고밖에 생각하지 않을 수 없었다.

The Dublin Mystery
더블린 사건

"내게 말하라면 더블린(에이레 공화국의 수도)의 유언장 위조 사건만큼 재미있는 사건은 없다고 생각해."

그날도 런던의 어느 다방 한구석에서 노인은 여느 때와 같이 조용한 어조로 이야기하기 시작했다. 그리고 이야기 도중에 주머니에서 작은 사진을 몇 장 꺼내 열심히 그것을 골랐다. 신문 기자 폴리 버튼은 노인이 몇 장인가를 테이블 위에 늘어놓고 그녀에게 그것을 보라고 할 때까지 기다리고 있었다.

"이분이 블룩스 씨야." 노인은 한 장의 사진을 손가락으로 가리켰다. "백만장자 블룩스 씨야. 그리고 이쪽은 그의 두 아들 퍼시벌과 말레이야. 그 사건은 참으로 기묘해서 말이지, 경찰 당국이 어찌할 바를 몰랐던 것도 무리는 아니야. 경찰의 높은 분 가운데 이 유언장 위조 사건의 범인 정도로 머리 회전이 빠른 인물이 한 사람이라도 있다면, 해마다 미궁에 빠져 미결로 처리돼 버리는 사건의 태반을 해결할 수 있겠지."

"그러니까 제가 언제나 말씀드리지 않아요. 그 무능한 경찰에 당신의 지혜를 좀 빌려 주면 좋지 않느냐고요. ”

“알고 있어. ” 노인은 여전히 온화한 어조로 말했다. “당신이란 사람은 이상한 데에 친절하군. 나에게는 경찰을 도와 줄 아무 힘도 없어. 나는 아마추어야. 범죄도 역시 체스의 승부처럼 말을 움직이는 방법은 지극히 복잡하지만, 승부가 판가름날 듯한 최종 판국은 오직 하나밖에 없어. 나는 그런 사건이 매우 좋아. 나는 경찰이 아무리 해도 해결이 불가능하다고 우는 소리를 하는 사건이 일어나면 문득 손을 대 보고 싶어지는 성품이어서 말야. 말하자면 더블린 사건이 그런 거야. 그토록 위세를 자랑하던 경찰도 그 사건 때만은 완전히 손을 든 꼴이었지. ”

“그랬었지요. ”

“같은 시에 두 가지 중대한 범죄가, 그것도 동시에 발생했기 때문에 수사 당국은 완전히 혼란에 빠졌어. 그건 저명한 변호사 패틀릭 웨저드 씨 살해 사건과, 백만장자 블룩스 씨의 유언장 위조 사건이었지” 하고 말한 노인은 다음과 같은 이야기를 했다.

“에이레는 원래 가난한 나라이므로 부호라고 일컬어지는 사람은 겨우 손가락으로 꼽을 정도밖에 없었지. 그 때문만은 아니겠지만, 베이컨 제조 사업으로 막대한 재산을 모은 고 블룩스는 더블린 시민들에게 선망의 대상이었어. 소문에 따르면 그의 재산은 현금만 2백만 파운드를 넘었다고 했소.

블룩스는 두 아들을 두었는데, 특히 차남인 말레이를 사랑했어. 말레이는 교양이 높고 행동거지가 훌륭한, 말 그대로 더블린 사교계의 인기 있는 화려한 존재였지. 잘생긴 용모, 능숙한 사교 댄스, 그런데다 말을 타면 견줄 만한 사람이 없었소. 그 위에 아버지가 눈 속에 넣어도 아프지 않을 정도로 귀여워하는만큼, 딸을 가진 모든 부모들이 그를 차지하려고 노리는 것도 당연했지. 귀족들도 그 예에서 빠지지 않았어. 그들은 어떻게 해서라도 이 백만 장자의 귀 동자를 사위로 맞이하려고 보이지 않게 기를 쓰며 경쟁했지.

그런데 아버지가 죽었을 때, 그의 뒤를 이어 막대한 재산과 번성하는 사업을 계승할 사람이 장남인 퍼시벌임은 말할 필요도 없었지. 퍼시벌도 결코 아우에게 뒤떨어지지 않는 잘생긴 용모의 소유자로, 댄스와 승마에도 자신만만했거든. 그런데 그에 대해선 에이레에 있는 모든 처녀들의 어머니들이 전혀 가까이하려 하지 않았었지. 거기에는 이유가 있었소. 그에게는 유명한 뮤직 홀의 댄서이며, 대도시 런던과 더블린에서 인기를 휩쓸고 있는 메이지 포트스큐라는 여자가 있었기 때문이었어. 용모는 아름답지만 태생이 천한 댄서에게, 백만장자의 뒤를 이을 사람이 완전히 제정신을 잃은 꼴이었지. 그러나 퍼시벌이 과연 그녀와 결혼할 수 있을지는 극히 의문이었소. 그가 반대를 무릅쓰고 억지로 그녀와의 결혼을 주장하면, 블룩스 노인은 아마 그에게 재산 상속하기를 주저할 것이기 때문이었지. 만약 퍼시벌이 태생이 천한 여자를 아내로 데려온다면, 그녀를 바라보는 가족들의 눈이 얼마나 싸늘할까 하는 것은 누구나 상상하기에 어렵잖은 일이잖아.

그러한 사정 밑에서 1908년 2월 1일 밤 늦게 블룩스 노인은 자택에서 급사해 버렸지. 세상에 뇌일혈이라고 소문이 난 것도 무리는 아니었어. 그는 괴로워하기 시작한 지 불과 두세 시간 사이에 숨을 거두어 버렸기 때문이오. 죽기 전날까지는 언제나처럼 젊은이에게 지지 않고, 기운차게 사무를 보았다는데……

더블린 시민들은 2월 2일 아침 신문이 배달되자 블룩스의 죽음을 알고 몹시 놀랐지. 같은 신문 지상에는 더욱더 놀라운 사건이 함께 실려 있었지. 그것은 이 수년 동안 들은 적이 없는 충격적인 사건이었거든. 그가 급사한 바로 그날 저녁 5시에 그의 고문 변호사인 패틀릭 웨저드가 피닉스 공원에서 피살된 사건이었지. 더구나 웨저드는 블룩스의 저택을 방문하고 돌아가는 길에 피살되었소.

패틀릭 웨저드는 에이레에서 일류 변호사로 알려져 있었던만큼 그 뜻밖의 죽음에 더블린 시민들은 깜짝 놀랐소. 나이 60에 가까운 이 변호사는 굵은 지팡이 같은 것으로 무참하게 맞아 죽었고, 금시계라든가, 지갑이라든가, 몸에 지니고 있던 값진 물건은 몽땅 도둑맞고 없었소.

경찰 조사에 따르면, 그가 블룩스의 저택을 방문하기 위해 그날 2시경 집에서 나왔을 때는 시계와 지갑을 주머니 속에 넣고 있었소. 따라서 피살될 때는 상당한 금품을 몸에 지니고 있었음이 분명했지.

검시 신문이 열리고 명백한 살인 사건으로 인정되었소.

하지만 더블린 전시에 퍼진 센세이션은 아직 이것으로 끝나지 않았지. 백만장자에게 어울리는 블룩스의 성대한 장례가 끝나자, 유언장의 검증 수속이 행해지고, 사업 자산, 개인 자산을 합해 2백50만 파운드라고 평가된 그의 재산은 전부 장남인 퍼시벌 블룩스에게 상속되었소. 이에 반해 차남 말레이는 일년에 겨우 3백 파운드의, 버리는 셈치고 주는 급료가 고작이었지. 이것은 더블린 시민에게 있어선 예상 밖의 일이었어. 장남 퍼시벌이 발레 댄서나 뮤직홀의 여자들 꽁무니를 쫓아다니는 동안에, 아우 말레이는 밤낮으로 늙은 아버지의 이야기 상대를 해왔었소. 그리고 당연한 결과로서 아우는 아버지의 애정을 독점하고 있었는데 아버지가 죽고 나자, 더블린에서 으뜸 가는 베이컨 제조업 블룩스 부자 상회의 막대한 재산은 아우 말레이를 완전히 무시하고, 전부 형 퍼시벌에게 양도되게 되었소.

거기에는 틀림없이 뭔가 깊은 뜻이 있을 것이었지. 더블린 시민, 특히 사교계의 패거리들은 그 이유를 살피려고 애썼으나 헛된 일이었어. 결혼 시장에서 말레이 블룩스의 가치는 단번에 전락해 갔지. 젊은 딸을 가진 어머니들은 다음 사교 계절에 말레이에게서 멀어지기 위해 어떤 구실을 만들어야 좋을까 하고 벌써부터 머리를 짜내고 있는 형편이었소. 그런데 이러한 소문을 날려 버리듯 새로운 사건이 일어나, 눈 깜짝할 사이에 전 시의 화제를 휩쓸어 버렸지. 말레이 블룩스가 법원에다 1891년에 작성된 유언장을 제출하여, 그 유언장의 유효 선언을 요구하고, 죽은 아버지의 사망 당일에 작성되었다고 하는 장남 퍼시벌을 단독 유산 상속자라고 정한 유언장은, 위조라며 아울러 무효 선언을 요구했지.

사실, 그 유언장에 관해서는 누구에게도 납득되지 않는 점이 많았어. 퍼시벌은 분명히 아버지의 고민거리였거든. 경마, 도박, 연극, 대중 연예장——이렇게 방탕한 생활을 하는 아들의 품행은, 거리의 푸줏간으로부터 시작해 성공한 노인에게 있어서는 도저히 용서할 수 없는 지옥에 떨어질 죄였지. 도박이나 경마의 빚 때문에 아버지와 큰 아들 사이에는 매일같이 말다툼이 계속되었어. 대중 연예인의 환심을 사기 위해 소비할 돈이라면 블룩스 노인은 그의 전 재산을 자선 사업에 기부해 버렸을 것이오.

사건이 공판에 회부된 때는 초가을이었지. 그 무렵, 죽은 부친의 사업을 계승한 퍼시벌 블룩스는 나쁜 친구들과는 완전히 손을 끊고, 일찍이 방탕한 짓들에 허비했던 재능과 에너지를 모조리 사업 운영에 투입시키고 있었어.

말레이는 물론 저택에 머물고 있지 않았지. 가슴을 에는 듯한 생생한 추억을 피해서 오래 살아 정든 집을 떠나, 죽은 패틀릭 웨저드의 동업자인 윌슨 힛버트 변호사 집에 하숙하기로 했거든. 키르

케니 거리에 있는 그 집은 예상 외로 초라했지. 가엾은 말레이는 아버지를 잃은 슬픔이 채 가시기도 전에 정든 집을 떠나, 그런 초라한 방에서 시원찮은 요리를 먹지 않으면 안 되는 불행을 마음속으로 한탄하였음에 틀림없었을 거야.

세상 사람들은 신랄하게 퍼시벌 블룩스를 비난하기 시작했지. 현재 연간 10만 파운드를 넘는 수입이 있다고 하는데, 아무리 아버지의 유언장 내용이 그렇더라도, 아우 말레이에게 일 년에 겨우 3백 파운드밖에 할당하지 않는다는 것은 너무 형제의 도리에 어긋나지 않는가. 그 정도의 푼돈은 그의 호사스런 식탁에서 넘쳐 떨어진 빵 한 조각과 다를 게 없다고 수군거렸어.

그러한 가운데 세상 사람들은 유언장의 진부를 둘러싼 소송에 비상한 관심을 갖고 공판 날을 고대하고 있었지. 한편 패틀릭 웨저드 살해 사건에 대해 경찰은 한동안 여러 가지로 기세 좋게 수사 보도를 했는데, 그럭저럭 하는 사이에 실이 뚝 끊어진 것처럼 발표를 중단하고 말았어. 그것이 도리어 세상 사람들에게 불안한 생각을 일으키게 했소. 그러한 상태가 계속된 뒤, 어느 날 〈에이레 타임스〉가 다음과 같은 수수께끼 비슷한 뉴스를 발표했소.

최근 확실한 소식통이 전하는 바에 따르면 한동안 침체되었던 웨저드 변호사 살해 사건 수사가 예상 외의 진전을 보기에 이르렀다. 경찰 당국은 극히 비밀리에 행동하고 있는데, 대단히 중대하고 놀랄 만한 단서를 발견한 모양이다. 그 결과, 지금 더블린 시에서 화제의 중심이 되고 있는 모 소송 사건의 판결이 내려지는 대로 그 당사자의 한 사람인 중요 인물의 체포가 행해질 것은 불가피하다고 보기에 이르렀다.

그로부터 며칠 뒤, 유언장 위조 사건 공판이 있었지. 당일 이 변론을 못 듣고 놓쳐서야 될까 보냐고 많은 더블린 시민들이 법원으로 몰려 갔어. 두 당사자 퍼시벌과 말레이는 일찍 법정에 모습을 나타냈지. 두 사람은 다 자기의 승소를 확신하면서도, 그래도 평정한 체하기 위해서인지 각자의 변호사와 끊임없이 대화를 계속하고 있었어. 퍼시벌의 변호를 맡은 사람은 유명한 왕실 변호사 헨리 오란모어이고, 말레이의 변호를 맡은 신진 변호사 월터 힛버트는 웨저드와 사무실을 함께 하고 있던 윌슨 힛버트의 아들이었소.

지금 새로이 유효 선언을 요구하는 유언장은 1891년 날짜로, 당시 블룩스가 중병에 걸렸을 때 작성되었으며, 고인의 고문 변호사 웨저드 힛버트 법률 사무소에 보관되어 있었소. 이 유언장에 따르면 블룩스는 그 개인 재산을 두 아들에게 고르게 나누어 주고, 사업 재산을 전부 차남 말레이에 양도하며, 장남 퍼시벌은 그 대상으로서 연간 2천 파운드의 수당을 받는다——라고 되어 있었소. 따라서 제2의 유언장이 무효라고 결정되면, 그 제1의 유언장이 효력을 나타내서, 말레이는 지금까지의 불과 얼마 안 되는 급료에서 단번에 재산의 대부분을 상속하게 되는 것이었소.

원고의 변호인인 월터 힛버트는 부친 윌슨 힛버트로부터 여러 가지 주의를 받은 듯, 그 공판이 시작되었을 때 모두 진술(冒頭陳述)을 참으로 훌륭한 솜씨로 해치웠지. 1908년 2월 1일부의 이른바 새 유언장은 피고가 아무리 항변하더라도 고 블룩스에 의해 인정된 문서가 아니다.

그 당시 블룩스가 새 유언장을 작성했다고 해도, 법원에 제출하고 검인을 요구한 문서는 진짜가 아니며, 전문 모두가 위조에 관계되는 새빨간 가짜다. 월터 힛버트는 이러한 여러 점을 분명히 밝히기 위해 수명의 증인을 신청했소.

한편 왕실 변호사 헨리 오란모어는 정중하며 겸손한 태도로서 항변하고, 피고측으로부터도 수명의 증인을 신청했지. 피고측의 항변에 따르면 새 유언장은 블룩스가 죽은 뒤에 베개 밑에서 발견된 문서이며, 유효하게 서명되고 합법적으로 증인의 서명도 돼 있다. 이 유언장의 출현으로 소의 제1의 유언장은 효력을 상실하고, 그 때까지 고인이 어떤 의도를 갖고 있었건 그것은 변경되었다는 항변이었소.

변호사들의 응답은 격렬했지. 쌍방에서 신청된 증인은 상단한 수였으나 결정적인 증언을 해 준 사람은 아무도 없었어. 마지막에 이르러 법정의 흥미는 블룩스 가에서 30년 남짓이나 집사로 근무하고 있는 존 오닐이 증언대에 서자 최고조에 달했다.

'……저는 당시 아침을 드신 자리를 치우고 있는데, 옆의 서재에서 주인님의 목소리가 들려왔습니다. 주인님은 대단히 화가 나신 듯 불명예스럽다든가, 병신 같은 놈이라든가, 이 거짓말장이라든가 하는 말씀을 계속하셨습니다. 발레의 댄서 따위라는 말씀도 하셨습니다. 저는 별로 개의치 않았습니다. 왜냐하면 가엾게도 주인님은 퍼시벌 님과 얼굴을 마주치실 때마다 언제나 그러한 꾸중을 하셨기 때문입니다. 그래서 저는 대수롭지 않게 여겼습니다.

저는 테이블을 치우자 아래층으로 내려갔습니다. 식기를 씻기 시작하는데 서재에서 벨이 요란하게 울리고, 퍼시벌 님이 큰 소리로 부르셨습니다. '존! 곧 심부름꾼을 보내 메리건 박사를 모셔 오게. 아버님이 쓰러지셨어. 그리고 자네, 나하고 함께 아버님을 침대로 옮기세.'

저는 즉시 마부를 병원으로 달리게 하고 서재로 급히 뛰어갔습니다. 주인님은 마루 위에 쓰러져, 퍼시벌 님이 머리를 떠받치고 계셨습니다.

퍼시벌 님은 새파래진 얼굴로 몹시 당황해하고 계셨습니다. 주인님을 침대로 옮기자, 저는 퍼시벌 님에게 여쭈었습니다. ‘말레이 님에게 알려야 하지 않겠습니까? 한 시간 전쯤에 사무실에 가셨어요, 제가 다녀올까요?’ 하고 말씀드리자 퍼시벌 님은 무슨 말씀을 하기 시작하셨으나, 마침 그때 메리건 선생님이 들어오셨기 때문에 대답은 듣지 못했습니다.

메리건 선생님은 진찰을 마치시고 ‘절대로 안정하시지 않으면 안 되네. 나는 다른 진찰을 마치고 곧 되돌아올 테니까’ 하시고는 일단 돌아가셨습니다. 저는 그 말씀으로 주인님이 상당히 상태가 나쁘신 거라고 짐작했습니다.

잠시 후에 주인님은 벨을 울려 저를 부르셨습니다. ‘급히 웨저드 선생을 오시라고 해라. 만일 선생의 형편이 좋지 못하면 힛버트 선생이라도 좋으니까’ 하고 명령하셨습니다.

그리고 그때 ‘난 이제 틀린 것 같다, 존——’하고 불안한 말씀을 하셨습니다. ‘아무래도 심장이 좋지 않아. 의사가 그렇게 말했어. 그건 그렇다 치고 결혼해서 자식을 두는 일은 깊이 생각해 볼 문제야, 존. 자식 때문에 부모는 모두 심장을 앓게 되는가 봐’——저는 뭐라고 대답을 드려야 좋을지 몰라 그대로 물러나와 곧 웨저드 선생님을 부르러 갔습니다. 선생님은 정각 3시에 오셨습니다.

웨저드 선생님과 주인님은 한 시간 가량 이야기하시더니 저와 급사장 패트 무니를 부르셨습니다. 방에 들어가자 침대 옆에 있는 책상 위에 무엇을 쓴 종이가 한 장 있었습니다. 우리가 보는 앞에서 주인님은 그 종이에 서명을 하셨습니다. 그러자 웨저드 선생님은 우리 쪽을 돌아다보시고 ‘자네들도 그 밑에 서명하게’ 하고 말씀하셨습니다. 저와 패트는 말씀하시는 대로 이름을 썼습니다.’

집사는 증언을 계속했소. 그가 이튿날 장의사를 도와 블룩스의 유해를 옮기는 데 베개 밑에서 그 종이가 나타났지요. 그는 곧 그 것을 퍼시벌에게 가져다 주었소. 변호인 월터 힛버트가 물었소. 그 러자 집사 존이 대답했소.

'큰 도련님은 그때 혼자 계셨습니다. 제가 그 종이를 건네 드리 자 약간 놀란 듯하셨지만, 아무 말씀도 안 하셨습니다.'

'증인은 그것이 그 전날 증인이 서명한 종이가 틀림없다는 것을 어떻게 해서 알았는가?'

'그건 알 수 있습니다. 여하튼 똑같은 종이였기 때문에……'

존의 대답엔 약간 모호한 데가 있었지.

'내용을 읽었습니까?'

'아아뇨.'

'전날 서명했을 때는 어땠습니까?'

'역시 읽지 않았습니다. 다만 서명하시는 주인님을 보고 있었을 뿐으로……'

'그럼 증인은 겉모습만으로 같은 종이라고 판단한 것이겠죠?'

'그렇더라도 틀림없이 같은 것입니다' 하고 존 오닐은 완강하게 주장했소."

오랫동안 이야기를 계속해 온 구석에 앉은 노인은 여기서 한층 더 좁은 대리석 테이블 너머에 있는 폴리 쪽으로 몸을 내밀었다.

"알겠소, 폴리? 지금 말레이 블룩스 씨의 변호인이 논증하려는 것 은 다음과 같소. 블룩스 씨는 분명히 새 유언장을 작성했으나, 그 것은 존 오닐의 손에 의해 퍼시벌 씨의 손에 건너갔소. 퍼시벌 씨 는 그 새 유언장을 남모르게 파기하고 그 대신 그 자신을 수백만 파운드에 달하는 전재산의 단독 상속인으로 하는 유언장을 위조해 그것과 살짝 바꿔치기해 버렸다는 거요. 그것은 전에는 온갖 도락 에 빠졌다고 하나, 현재는 에이레 상류 사회의 명사로서, 지위와 명예가 있는 신사에 대해 너무 심한 공격이라고 하지 않으면 안 될 정도였소. ”
노인은 이야기를 계속했다.

"증인 오닐에 대한 조사는 아직 끝나지 않았소. 월터 씨는 여기서 한 장의 종이 조각을 꺼냈소. 그것은 최초에 퍼시벌이 법원의 검증을 거친 새 유언장이었다. 법원의 검증을 거친 월터 씨는 그것을 오닐에게 보이자 '그것입니다. 분명히 그것입니다'라고 했소.

존은 주저 없이 말했소. 이어서 그는 '장의사 사람이 주인님 베개 밑에서 발견한 것으로, 저는 그것을 곧 퍼시벌 님에게 가져갔기 때문에 잘 기억하고 있습니다……'

변호인은 다시 그것을 펼쳐 증인 앞에 놓았지. '오닐 씨, 이것이 당신의 서명입니까?'

존은 잠깐 말없이 그것을 응시하다가 '잠깐, 용서하십시오' 하고 호주머니에서 안경을 꺼내 쓰고, 더욱더 그 종이 조각을 살핀 뒤에 크게 머리를 흔들며 '아무래도 이것은 제 서명과는 다른 것 같은데요. 언뜻 보면 비슷합니다만, 분명히 다르군요'라고 했소.

젊은 데 비해 상당한 수완을 가진 원고의 변호인은 이러한 방법으로 마침내 일단 법원의 인정을 얻은 유언장이 새빨간 위조였다는 결론을 이끌어 냈소. 사실 유언자 본인의 서명만은 정교하게 공을 들여 위조되어 있었지만, 문언과 다른 두 증인의 서명 따위는 어느 정도 아무렇게나 씌어 있었지. 그것은 위조된 필적이라는 것을 곧 알아볼 수 있을 정도로 서투르고 변변치 못했소. 그런데 위조범에게 안성맞춤인 점은, 웨저드 변호사는 새 유언장의 작성을 의뢰받았으나 블룩스의 임박한 임종을 헤아려 세밀한 조항을 쓰게 해서 블룩스의 남아 있는 명을 재촉해서는 안된다고 생각했는지, 문방구

점에서 파는 인쇄된 유언장 용지에 필요한 문구를 써 보냈을 뿐으로, 블룩스에게서는 서명만을 해 받았지. 따라서 위조범이 펜을 휘둘러 써야 할 곳은 제1의 유언장에 비해 극히 얼마 안 되었소.

물론 퍼시벌 블룩스는 한 마디로 위조 행위를 부인했소.

‘나는 그 서명을 잠깐 보았을 뿐이지만, 위조라고는 꿈에도 생각하지 않았습니다. 만일 그것이 위필이라면 참으로 교묘하게 진짜와 비슷하게 만들어졌는데요. 그러나 현재까지도 나는 그것이 위필이라고 믿지는 않습니다. 증인이 된 두 사람의 서명은 그때 처음 봤기 때문에 진위의 판단은 내릴 도리가 없었습니다. 그래서 나는 그것을 곧 버크스턴 모드 법률 사무소에 가져가 감정을 해 보니, 형식은 완전하고 유효하다는 것이었습니다.’

‘어째서 당신은 고문 변호사가 분명히 있는데 일부러 다른 법률 사무소로 유언장을 가져갔습니까?’ 원고의 변호인이 한 질문에 그는 다음과 같이 대답했소.

‘마침, 30분쯤 전에 신문에서 웨저드 씨가 살해된 기사를 읽었을 때였고, 또 한 분의 고문 변호사 힛버트 씨와는 전혀 안면이 없었으므로…….’

이러한 경과로서 법원은 고 블룩스가 했다는 서명의 진부를 감정시키도록 결정했소. 그리고 그 결과 1908년 2월 1일부의 유언은 위조라고 선고되고, 1891년부의 유언장이 정당하다고 인정되었지. 그리고 그 유서에 적힌 대로 재산의 대부분은 아우인 말레이 블룩스가 상속 받도록 변경되었소.

그 이틀 후, 문서 위조죄로 퍼시벌 블룩스에 대한 구속 영장이 떨어졌소.

형사 법정에서는 블룩스가 임종할 때의 상황과 위조 유언장이 문제되었지. 변호인 오란모어의 시중을 받고 피고석에 선 퍼시벌 블룩스는 자기의 무고함과 재판의 공정을 믿어 의심하지 않는 자의 의연한 태도를 보이고 있었으나 어쩌겠소. 유언장 위조로 이득을 얻을 사람은 피고 외엔 없잖소. 얼굴이 창백해진 퍼시벌은 검사의 논고에 열심히 귀를 기울이고 있었지. 그러는 동안 그는 가끔 오란 모어를 뒤돌아보며 뭔가 속삭였으나, 이 유명한 변호인은 동요하는 빛도 없이 냉엄한 태도를 조금도 흩뜨리지 않았소. 법정에서 오란 모어는 마치 디킨스의 어느 소설 속에 나오는 인물 같았소. 말 한 마디 한마디에 섞인 에이레 사투리, 언제나 깨끗하게 면도를 한 달 님처럼 동그란 얼굴, 그다지 씻는 것을 본 적이 없는 커다란 손, 그 어느 것을 취하더라도 만화가에겐 좋은 재료가 될 듯했지. 그 오란모어는 피고를 위해 가슴 속에 두 가지 비방을 숨기고 있었던 거지. 재판의 진행과 함께 곧 알 수 있지만, 그는 배심원의 심리를 움직이기 위한 가장 효과적인 제출 방법을 알고 있었어.

하나는 시간의 문제였지. 존 오닐은 오란모어의 반대 신문에 대답하고, 그가 퍼시벌에게 유언장을 직접 전한 때는 오전 11시라고 증언했소. 오란모어는 다음에 변호사 버크스턴을 증언대로 불렀지. 버크스턴은 법률 사무소를 방문한 때는 12시 15분 전이라고 증언했소. 오란모어는 더욱 다지기 위해 사무원에게 그것을 확인시켰지. 오란모어는 이것만으로 수속을 밟은 다음 변론을 개시했어. 만일 검사의 논고가 옳다고 하면, 존 오닐로부터 유언장을 받고 불과 45분 동안에 퍼시벌은 문방구점에서 유언장 용지를 사와, 용지에 웨저드의 필적과 비슷하게 문안을 기입한 뒤, 아버지와 존 오닐과 패트 무니의 필적을 모방하여 서명한 것이 된다, 미리 계획을 세워 만반의 준비를 갖추고 실행했다면 가능할지 모르나, 상식적으로는 사람의 힘으로 할 수 있는 일은 아니오.

배심원들은 분명히 동요했소. 이제 한 고비만 넘기면 된다. 탁월

한 희곡 작가의 수완을 가진 오란모어는 종막의 효과를 올리기 위해 2명의 증인을 더 불러 왔소.

한 사람은 블룩스 저택에서 잔시중을 드는 하녀 메리 설리번이었지. 그녀는 2월 1일 오후 4시 15분, 블룩스의 방에 더운 물을 날랐어. 문을 열려고 하자, 마침 웨저드가 나오는 참이었지. 메리는 쟁반을 든 채 길을 피하자, 웨저드는 출입구에서 안을 뒤돌아보고 말했어. ‘인제 걱정하실 필요가 없습니다, 블룩스 씨. 편안히 주무십시오. 유언장은 제 주머니에 틀림없이 간수했으니까요. 어떤 사람이더라도 한 자도 다시 고치게 하지 않겠습니다.’

하녀의 이 증언이 배심원의 심증에 어느 정도 영향을 미쳤는지, 그리 간단하게 잘라 말할 수 없는 문제였소. 그녀가 한 증언의 내용은, 이미 죽어 버린 사나이가, 또 한 사람의 죽어 버린 사나이에게 한 말에 불과했소.

그것만으로 퍼시벌 공격을 위해 제출되어 있는 유력한 증거에 대항시키려는 것은 너무나 지나친 모험이 아닐 수 없었소. 서투른 짓을 하면 오히려 배심원의 심증을 악화시킬 두려움이 있었소. 그러나 그것은 오란모어가 적절하게 구사한 법정 기술이었소. 이미 배심원의 표정에 동요가 일기 시작한 때에 제출된 이 증언은 충분히 효과적이었단 말이오.

그리고 더욱더 추격이라도 하듯, 변호인은 메리건 박사를 증언대에 불렀소. 메리 설리번의 증언을 뒷받침하기 위해서였소. 의학계의 권위자로서 시내에 명성을 떨치고 있는 박사의 증언으로 오란모어가 노린 효과는 결정적인 것이 되었소.

‘……제가 블룩스 저택에 진찰하러 간 때는 4시 반에 가까운 시간이었습니다. 마침 변호사 쪽에서 저와 엇갈려 돌아가는 참이었습니다. 블룩스 씨는 아직 의식만은 또렷했지만, 이미 위험한 상태로 심장의 기능이 대단히 쇠약해져 모든 것이 시간 문제로 돼 있었습니다.

　그래도 어기찬 노인은 제 얼굴을 보자 괴로운 숨소리를 내며 띄엄띄엄 이렇게 말했습니다. ‘나는 이제 틀렸지만, 그래도 선생, 마음만은 안정됐어요, 방금 웨저드 변호사를 오게 해서 유언장을 만들었어요……. 웨저드는 그것을 주머니에 넣고 돌아갔으니까…… 이젠 아무도 그것을…… 변경하는 것 같은……’ 그 뒤는 목이 잠겨 알아듣지 못했습니다.’”
한구석에 앉은 노인의 이야기는 이제 끝판에 이른 듯했다.
“알겠소, 폴리? 이로써 검찰측은 패배로 결정된 것과 다름없었소, 오란모어 씨는 또다시 추격을 하듯 말했지.

　‘유언장은 분명히 위조되었습니다. 더구나 그 내용을 보면 피고의 이익을 위해 행해진 것도 분명합니다. 그리고 피고는 그것을 알고 있었는지도 모릅니다. 알고 잠자코 있었는지도 모릅니다.

　그러나 그 사실을 입증한다는 것은 불가능합니다. 물론 본 변호인이 보는 바, 그러한 의혹을 품을 여지는 전혀 없지만, 무릇 증거에 반해서 성립하는 재판은 없습니다. 모든 증거는 피고의 무죄를 가리키고 있습니다.

　메리건 박사의 증언을 뒤흔들 수는 없겠지요? 메리 설리번의 증언도 다름없이 신뢰해야 할 것입니다.

　두 증인이 증언에 따라 웨저드 씨가 주머니에 유언장을 간수하고 블룩스 저택을 떠난 때는, 4시 15분 넘어서임이 분명히 밝혀졌습니다. 그리고 그는 5시에 피닉스 공원에서 시체로 발견되었습니다. 그런데 4시 15분에서 5시 사이에 퍼시벌 블룩스는 한 걸음도 밖으로 발을 내디디지 않았습니다.’

　이 사실은 오란모어 씨에 의해 명료하게 입증되었소, 블룩스 씨의 베개 밑에서 발견된 유언장이 위조임은 명백해졌는데, 그렇다면 웨저드 씨의 주머니에 있던 진짜 유언장은 어디로 가 버렸을까?"

오랫동안 아무 말이 없이 구석에 앉은 노인의 이야기를 듣고 있던 신문 기자 폴리는 여기서 비로소 입을 열었다.

"도둑맞은 거예요. 웨저드 씨를 죽인 일당이 가지고 가 버렸겠죠. 그들로선 아무 가치도 없는 종이니까 틀림없이 찢어 버렸을 거예요. 무심코 가지고 가서 꼬리라도 잡히면 큰일이니까요."

"그럼, 당신은 두 가지 사건이 우연의 일치였다고 생각하오?"

"네?"

"웨저드 씨가 살해되고 유언장이 도난당한 것과 베개 밑에서 위조 유언장이 나타난 일, 이 두 사실을 그저 우연의 일치라고만 생각하오?"

"그렇게 말씀하시니 이야기가 맞아떨어지는군요."

"그래, 당신 말대로 이야기가 너무 맞아떨어지는군."

노인의 말에는 찌르는 것 같은 빈정거림이 있었다.

그는 언제나와 같이 딱딱하고 거친 손가락으로 한 가닥 실에 끊임 없이 매듭을 짓거나 풀거나 하면서 계속 지껄였다.

"앞뒤 관계를 잘 생각해 보구려. 많은 재산을 소유한 노인이 지금 빈사 상태에 있다, 두 아들이 있는데 한 아들은 늙은 아버지에게 온갖 효도를 다하고 한 아들은 난봉꾼으로 날마다 어버이를 화나게만 했다, 그날도 또 아버지와 아들 사이에 한바탕 싸움이 있었다, 평소보다 훨씬 격렬한 논쟁 끝에 노인은 심장에 충격을 받고 졸도했다, 그리고 몇 시간 뒤 그 충격 때문에 심장 마비로 죽었다, 죽기 전에 유언장이 다시 작성되었으나 죽은 뒤에 발견되었고 검인을 받은 유언장은 위조된 것이었다.

알겠소? 이만한 사실이, 명백해진 결과만으로 경찰도 신문도 또

한 일반 대중도 누구나 한달음에 결론에 도달해 버렸소. 유언장을
위조함으로써 이익을 얻은 사람은 퍼시벌뿐이기 때문에, 범인은 틀
림없이 퍼시벌 블룩스라는 결론이었소. ”

“이익을 얻은 자를 찾아라 하는 것이 당신의 모토가 아녜요? ”

“그렇다면? ”

“퍼시벌 블룩스는 2백만 파운드라는 막대한 이익을 얻은 거예요. ”

“그런데 그렇게는 안 되지. 그의 아우가 받는 상속분의 반도 안 되
는 거요. ”

“어머, 그건 최초의 유언이 그런 거예요. 두 번째 유언장에 따르면
……. ”

“그 유언장이야말로 위조한 모양이 아주 졸렬해서 말이오, 조금만
조사하면 당장 드러나 버릴 듯한 것이었소. 어떤가? 왜 그런 겉날
림 위조를 했는지, 당신은 이상한 생각이 안 드오? ”

“글쎄요? 그렇지만……. ”

“그렇지만 따위로 말하면 곤란해. 아직도 당신은 모르겠소? 모르
면 이야기해 주지.

노인이 졸도할 만큼 격렬하게 논쟁한 아들은 실은 장남이 아니고
차남이었소. 평소의 행동으로 보아 모든 사람은 그 사람이 장남이
라고 믿어 버렸소. 아버지인 블룩스 씨 자신도 말레이를 그날까지
마음 속으로부터 효자라고 완전히 믿어 왔지. 그런데 그날 그런 사
건이 일어났소. 어떤 사건인지 모르지만, 당신은 존 오닐이 들은
말을 기억하겠지? ‘이 거짓말쟁이, 나를 속이고 있었구나’라는 말
을. 그런데 말레이는 얌전한 체해서 아버지의 환심을 사고, 완전히
아버지를 거짓으로 속이고 있었소. 그리고 위선자들의 당연한 응보
로서 최후에 모든 사실이 드러난 셈이오. 도박 빚 때문인지 여자
문제 때문인지 알 수 없으나, 어떤 기회에 모든 사실이 아버지에게

알려져 버렸겠지. 그것이 그 논쟁의 원인이었소.

당신은 기억하오? 그 사건이 있던 날 블룩스 씨가 쓰러졌을 때, 퍼시벌은 아버지를 침실로 옮기기에 정신이 없었는데, 그 동안 말레이는 모습조차 보이지 않았던 사실을. 말레이는 도대체 어디에 있었을까? 효자라고 소문난 그 사나이가 전혀 모습을 보이지 않았던 것은 어째서일까? 그는 아버지가 격분한 나머지 유언장을 고쳐쓸 것을 깨달았소. 웨저드 변호사가 초청되고, 4시경에 저택에서 나가 돌아간 사실도 알고 있었소.

앞질러 간 말레이는 호젓한 장소에 매복한 뒤 변호사가 오자 스틱을 휘둘러 덤벼들고 유언장을 빼앗았소. 그런데 이것이 그의 교활한 점이오. 웨저드 씨는 죽였으나, 웨저드의 사무소 직원이라든가, 블룩스 저택의 하인 가운데 누군가는 새 유언장이 작성된 사실을 알고 있을 게 틀림없지. 따라서 새 유언장이 아버지의 사후에 나타나지 않을 때는, 자칫하다간 그의 범행이 발각될 염려가 있었소.

자, 잘 들으시오, 폴리 양. 말레이 블룩스는 원래 위필 솜씨가 좋은 편이 아니었소. 위필을 하는 데는 다년간의 연습이 필요하니까, 그가 쓴 유언장은 틀림없이 위조라는 게 판명되겠지. 그렇다면 오히려 처음부터 위조 유언장으로 발견되도록 만반의 준비를 해 두는 편이 안전하며, 도리어 좋은 점도 있었소.

다행히 1891년에 작성된 유언장은 그에게 대단히 유리하기 때문에 그것을 유효하게 살리기만 하면 괜찮았지. 위조 유언장을 그렇게까지 유리하게 작성한 이유는 일부러 퍼시벌을 죄에 빠뜨리기 위해 한 짓인지, 그저 일시적인 생각으로 그랬는지, 나도 거기까지는 알 수 없소.

이상이 그 정교하고 치밀하기 짝이 없는 범죄의 진상이오. 그러

한 범죄는 생각해 내기가 조금 번거롭지만 실행에 옮기면 간단하게
끝나 버리지. 그가 가지고 있던 그 몇 시간의 짬으로 충분했소. 그
리고 한밤중에 위조 유언장을 블룩스 씨의 베개 밑에 숨겨 놓자 그
것으로 모든 일이 끝났소. 그 후의 경과는 당신이 알고 있는 그대
로요."
"그래서 퍼시벌 블룩스는 어떻게 됐어요?"
"배심원의 답심은 증거 불충분에 의한 무죄였소."
"그런데 진짜 유언장은 나오지 않았나요? 설마 그 악인이 지금도
재산을 쥐고 있지는 않겠지요?"
"그야 그렇지. 말레이가 잠깐 동안은 쥐고 있었으나, 3개월쯤 전에
급환으로 죽었소. 그는 아직 젊었으므로 유언장까지 만들지는 않았
었지. 그래서 퍼시벌이 다시 사업 경영을 맡게 되었소. 당신도 만
약 더블린에 가는 기회가 있으면 내게 블룩스의 베이컨을 사다 줘
요. 그 가게의 것은 아주 맛이 좋다는 평판이니까."

The Mysterious Death in Percy Street

구석의 노인 마지막 사건

폴리 버튼은 지금까지 구석의 노인 일로 몇 번이나 리처드 플로비셔와 말다툼을 했다. 그녀의 눈에는 노인이 풀어 보인 어떤 범죄 사건보다도 노인 자신이 훨씬 흥미롭고 수수께끼 같은 존재로 보였다.

리처드 플로비셔의 말에 따르면, 요즘 폴리는 전보다 훨씬 더 많은 시간을 ABC 숍에서 보내고 있다는 것이다. 이 점을 그는 폴리에게 수줍은 어린 아이가 보채는 것 같은 태도——남자가 질투를 느끼고 있으면서 그것을 인정하고 싶지 않을 때 으레 보이는 그런 우스꽝스러운 태도로 지적했다.

리처드 플로비셔가 질투를 느끼는 것은 폴리에게 있어 기쁜 일이었다. 그러나 그녀는 ABC 숍의 그 늙은 허수아비 같은 노인에게도 대단히 호의를 품고 있었으므로, 가끔 리처드와 모호한 약속을 하기는 하지만 틈만 있으면 노퍽 거리의 그 가게로 발을 돌려 구석의 노인이 말할 생각이 있는 한 거기에 앉아 커피를 마시며 시간을 보내는 것이었다.

이날 오후 그녀가 ABC 숍으로 발길을 돌린 것은 뚜렷한 목적이 있어서였다. 파시 거리의 오웬 부인 사건에 대한 그의 견해를 물어보고 싶었던 것이다.

이 사건은 그녀의 흥미를 끌었으며, 또한 고개를 갸웃하게도 만들었다. 지금까지 그녀는 가끔 리처드 플로비셔와 그 일에 대해 토론해 보았으나 세 가지 큰 가능성——사고냐, 자살이냐, 타살이냐가 문제가 되었다.

"물론 사고도 자살도 아니오" 하고 구석의 노인은 퉁명스럽게 말했다.

폴리는 머릿속의 생각을 입 밖에 내어 말할 생각은 없었다. 언제나 그렇지만, 이 노인은 그녀의 마음을 읽는 기분 나쁜 습성을 가지고 있다 !

"그럼, 오웬 부인은 살해된 것이라고 생각하시는 거로군요. 누구에게 살해되었는지 알고 계시나요 ? "

노인은 미소지으며 사건을 해명할 때면 언제나 만지작거리는 끈을 꺼냈다.

조금 있다가 그는 말했다.

"누가 그 할머니를 죽였는지 알고 싶다는 말이오 ? "

"그 점에 대해 당신의 견해를 듣고 싶어요. " 폴리는 대답했다.

"나는 아무 견해도 가지고 있지 않소. " 노인은 차갑게 말했다. "아무도 그 여자를 죽인 사람을 알 수 없소. 범인을 본 사람은 아무도 없으니까. 단 한 사람 그처럼 교묘한 범행을 해치울 수 있는 수수께끼의 인물——그 인물의 생김새나 풍채를 조금이라도 설명할 수 있는 사람은 아무데도 없지요. 따라서 경찰은 술래잡기의 술래가 되어 있는 거나 마찬가지요. "

"하지만 당신이라면 뭔가 독자적인 설명을 할 수 있을 텐데요. " 폴리는 주장했다.

이 이상한 노인이 이 문제에 대해 완강하게 입을 다물려고 하자 그
녀는 초조해졌다. 그래서 그의 허영심을 자극하는 수법으로 나갔다.
"처음 만났을 때 당신이 하신 말씀, '세상에 수수께끼란 없다'고 하
신 말씀이 반드시 모든 경우에 적용되는 건 아닌 모양이군요. 이
사건은 분명히 수수께끼예요. 파시 거리의 이 괴사건은. 당신은 경
찰과 마찬가지로 그 수수께끼를 풀 수가 없는 거예요."
노인은 눈썹 사이를 좁히고 잠시 그녀를 물끄러미 바라보았다.
그러고 나서 그는 신경질적인 웃음을 섞어 말했다.
"그렇다해도 상관없지만 말해두고 싶은 건 이 사건이 교묘하기 이
를 데 없는 살인이라는 것이오. 얼마만큼 빈틈이 없느냐 하면 러시
아의 외교 교섭 정도쯤은 된다고 봐야겠지. 만일 내가 재판관으로
이 살인을 생각해 낸 사람에게 사형을 선고해야 될 처지라면, 과연
그럴 수 있을지 모르겠소. 차라리 머리 숙여 우리 외무부로 들어와
달라고 하고 싶어지겠지요. 그런 인물이야말로 우리나라 외교관으
로 적격일 테니까. 사건의 연출은 정말 예술적이고 그 장소에 알맞
은 것이었소. 토태넘 코트 파시 거리의 루벤스 스튜디오라는 곳에
말이오.
　스튜디오를 본 적이 있소? 스튜디오라고는 하지만 단순히 모퉁
이 집을 몇 개의 방으로 나누고, 창문을 좀더 넓힌 게 전부인 참으
로 보잘것없는 곳이오. 그런데도 먼지투성이의 창문으로 고작해야
5인치 정도의 빛이 더 들어온다고 해서 방세는 그토록 비싼 거라
오. 아래층에는 스테인드글라스 공장 사무실이 있고, 뒤쪽은 그 공
장, 그리고 2층 층계참에 조그마한 관리인 방이 있는데, 가스값과
석탄값 외에 매주 15실링이라는 보잘것없는 급료를 받고 관리인
노파가 온 집안 관리와 청소를 맡아하고 있소.
　오웬 부인이라는 관리인은 얌전하고 평판도 나쁘지 않은 여자로

얼마 안 되는 급료를 보충하기 위해 하찮은 스튜디오 안팎의 잔일을 맡아 해주며 누구 못지않게 가난한 화가들로부터 얼마 안 되는 대개 참새 눈물만큼의 팁을 받고 있었소.

버는 것은 그리 많지는 않았지만, 수입이 안정적이었고 특별한 취미 생활을 하는 것도 아니었소. 기르고 있는 앵무새와 함께 그녀는 고정 급료만으로도 살 수 있었으므로, 급료 외에 받는 팁은 절대로 쓰지 않고 모두 저금했지요. 오랜 동안 거기에 이자가 붙어 버크벡 은행 계좌에는 상당한 돈이 들어 있었소. 그녀가 푼돈을 저금하고 있다는 것은 루벤스 스튜디오에 세 들어 있는 젊은 화가들도 모두 알고 있어서 이 알뜰한 과부——아니면 노처녀인지 어떤지는 아무도 몰랐지만——는 그들 사이에서 그래 봬도 '상당한 자산가'로 알려져 있었지요. 그러나 이것은 본 줄거리와는 관계가 없소.

오웬 부인과 그녀의 앵무새 말고 루벤스 스튜디오에 묵고 있는 사람은 없었소. 저녁에는 모두 문을 닫고 열쇠를 관리인 방에 맡기기로 정해져 있었으며, 관리인은 아침 일찍 각 스튜디오와 아래층 사무실을 청소한 다음 불을 피우고 석탄을 날라다주기로 되어 있었소.

매일 아침 맨 먼저 오는 사람은 유리 공장의 공장장으로, 그는 바깥문의 열쇠를 가지고 있었으므로 그것으로 문을 열어 안에 들어갔으며, 다른 가게와 방문객의 편의를 위해 바깥문을 활짝 열어두곤 했지요.

여느 때 그가 9시쯤 출근하면 대개 오웬 부인이 부지런히 일을 하고 있었으므로 그녀와 날씨 이야기를 주고받는 일이 종종 있었는데, 문제의 2월 2일 아침에는 그녀의 모습이 어디에도 보이지 않았고 인기척마저 없었소. 그래도 방은 청소가 되어 있고 불도 피워져 있었으므로 오늘 아침에는 좀 일찍 일을 끝낸 모양이라고 생각하고 더 이상 그 일에 신경을 쓰지 않았소. 그러는 동안 다른 스튜디오 사람들이 와서 언제나처럼 하루가 지나고 있었으나 그 사이 누구 한 사람 관리인이 보이지 않는 것을 이상하게 생각하는 이는 없었소.

전날 밤에도 몹시 추웠으나, 그날은 추위가 더 심했소. 살을 에는 듯한 북동풍이 몰아쳤으며, 밤부터 내리기 시작한 눈이 상당히 많이 쌓여 있었소. 저녁 5시쯤 마지막 엷은 햇살이 사라져버리자, 스튜디오 사람들은 각기 그림 도구를 치우고 돌아갈 준비를 했소. 맨 먼저 방을 나온 것은 찰즈 피트 씨로, 그는 자기 스튜디오에 자물쇠를 채우자 언제나처럼 열쇠를 관리인 방으로 가지고 갔소.

문을 여는 순간, 글자 그대로 얼음같이 차가운 바람이 그의 뺨을 스쳤소. 방의 창문은 둘 다 활짝 열려 있어 비가 섞인 눈이 그리로 마구 휘몰아쳐 들어가 방바닥에는 벌써 하얀 융단이 깔려 있었지요. 방 안은 어두워, 처음에는 아무것도 보이지 않았소. 그러나 본능적으로 뭔가 이변이 있다고 느낀 피트 씨는 성냥을 그어 눈앞에 있는 그 무서운 비극적인 사건 현장——그때부터 경찰과 일반 사람들을 어리둥절하게 만든 수수께끼의 현장——을 보았소. 방바닥은 이미 눈으로 반쯤 덮여 있고, 오웬 부인의 시체가 엎어진 채 쓰러져 있었소. 그녀는 잠옷만을 입고 있어 훤히 드러나 보이는 발과 복사뼈와 두 손은 자줏빛으로 변색되어 있었으며, 한편 방 한 구석에는 추위로 웅크린 앵무새의 시체가 뻣뻣이 굳어 나동그라져 있었소."

"처음에 이 사건은 비극적인 사고로 보였소. 뭔가 알 수 없는 과실 때문에 일어난 사고로, 그것이 어떤 것인지는 검시 신문에서의 증언을 통해 모조리 다 밝혀지리라고 생각했지요.

곧 의사가 달려왔으나 이미 때가 늦었소. 가엾게도 오웬 부인은 죽은 지 상당한 시간이 지나 있었소. 있을 수 없는 일 같지만, 자기 방에서 얼어 죽은 것이오. 시체를 검시한 결과 피해자는 뒷머리에 강한 타격을 받은 것이 밝혀졌소. 그로 인해 까무러친 그녀는 의식을 잃은 채 열린 창문 옆에 쓰러져 있었소. 영하 5도의 추위가 그 끝마무리를 했지요. 하우엘 경감이 발견한 바에 따르면, 창문 옆에 강철 가로대가 붙은 가스등이 있는데 그 높이가 꼭 오웬 부인의 뒷머리 타박상 위치와 일치한다는 것이었소.

그런데 사건이 일어나고 이틀도 되지 않아 사람들은 신문의 기사 제목에 자극을 받아 호기심을 갖기 시작했소. 그 값싼 신문들이 자랑스럽게 내건 엽기적인 제목들에 말이오. '파시 거리에서 의문의 사체 발견' '자살이냐, 타살이냐?' '소름끼치는 진상——기괴한 전개' '충격적인 범인 체포' 등등.

여기까지의 경위는 간단히 말하자면 이렇소. 검시 신문에서 오웬 부인의 사생활에 얽힌 몇 가지 아주 흥미 있는 사실이 밝혀졌소. 그런데 이것이 훌륭한 가문 출신의 한 젊은이가 그녀의 비극적인 죽음의 혐의자로 체포되는 사태로 발전한 것이오.

우선 지금까지 아주 단조롭고 규칙적이던 피해자의 생활이 요즘 대단히 변화가 많고 활기 있는 생활로 바뀌었다는 사실이 밝혀졌소. 그녀를 알고 있는 증인들은 한결같이 입을 모아 지난해 10월부터 이 정직하고 훌륭한 부인의 생활에 큰 변화가 일어났다고 증언했소.

조용하고 평온무사하던 그녀의 생활이 그 뒤 파란이 생기고, 마침내는 이런 재액을 당하는 결과가 된 것이오.

우연한 일로 나는 이 큰 변화가 일어나기 전의 그녀 사진을 가지고 있소만 자, 보시오. 이것이 그녀 사진이오. 천박해 보이지는 않지만 두루뭉술하여 아무리 보아도 그다지 매력적인 여자는 아니지요? 젊은 사나이가 아름다움에 반해 죄를 저지르거나 할 그런 얼굴이 아니오."

구석의 노인은 폴리 앞에 사진 한 장을 놓았다.

그는 말을 계속했다.

"그런데 말이오, 어느 날 루벤스 스튜디오 사람들이 이 오웬 부인 ──검소하고 차분한── 이 오후 6시쯤 말끔하게 차려입고서 외출하는 것을 보고 깜짝 놀랐소. 화려한 보닛에 모조 아스트라한 모피로 선을 두른 소매 없는 외투, 그리고 그 외투에 어울리는 엄청나게 큰 금줄이 달린 로켓이 내다보이는 차림이었으니까요.

그 뒤부터 스튜디오에 세든 경박한 화가들 입에서는 이 훌륭한 부인에 대해, 지나칠 정도의 비판과 익살과 억측 등이 오르내리게 되었소.

사실 그녀의 생활 태도는 그날을 경계로 완전히 달라져 사태가 심상치 않게 되어가기 시작했소. 그때까지의 검소한 생활 태도는 어디로 가버렸는지, 그녀는 날마다 눈을 휘둥그렇게 뜨고 바라보는 스튜디오 사람들과 근처 사람들의 빈축도 아랑곳없이 새로 맞춘 화려한 옷으로 몸을 감싸고 외출하는 것이었소. 그에 비례하여 일에는 소홀해져서 볼일이 있을 때는 으레 집을 비우는 사태에 이르렀소.

말할 것도 없이 루벤스 스튜디오에서는 그녀의 이 '타락'에 대해 갖가지 억측과 소문이 떠돌았지요. 스튜디오 사람들은 이리저리 생각을 맞춰본 끝에 뚜렷한 결론을 내렸소. 즉 이 검소한 부인의 방탕이 시작된 것은 8호 스튜디오의 그린힐 청년이 나타난 때──주(週)만이 아니라 거의 요일까지도──와 일치한다는 것이었소.

그 청년이 다른 스튜디오 사람들보다 늦게까지 남아 있는다는 것은 누구나 다 알고 있었지만, 그가 일 때문에 남아 있다고 생각하는 사람은 아무도 없었소. 이 의혹이 이윽고 확신으로 굳혀진 것은, 어느 날 밤 오웬 부인과 아더 그린힐 청년이 토태넘 코트 로드의 레스토랑 갱비아에서 사이좋게 식사하고 있는 것을 유리 공장 직공 한 사람에게 들킨 뒤부터였소.

그 직공은 카운터에서 차를 마시고 있었는데 그가 특히 주목한 것은 계산이 오웬 부인의 지갑에서 나온 돈으로 치러졌다는 사실이었소. 식사 내용은 사치스러운 것으로, 송아지 고기 카틀렛——그것도 아주 좋은 부분을 사용한 것이었소——에다 디저트, 커피, 리큐르의 순서였소. 식사를 마치자 두 사람은 기분이 좋아서 레스토랑을 나갔는데, 그때 그린힐 청년은 최고급 엽궐련을 물고 있었다고 하오.

이런 좋지 못한 소문은 곧 집주인의 귀에 들어가고 말았소. 루벤스 스튜디오의 집주인 올먼 씨가 갑자기 1주일 동안의 여유를 주고 그녀에게 해고를 알려온 것은 해가 바뀌고 한 달 뒤의 일이었소.

올먼 씨는 검시 신문에서 이렇게 증언했소.

'해고를 할 거라고 했는데도 오웬 부인은 조금도 당황하거나 흥분하지 않았습니다. 그뿐만 아니라 자기에게는 돈이 들어올 길이 얼마든지 있는데, 최근에는 그저 놀기가 싫어 일을 했을 뿐이라고 말했지요. 또 이렇게도 말했습니다. '나를 돌봐줄 친구는 얼마든지 있어요. 왜냐하면 나에게는 약간의 재산이 있는데 '내 마음에 들도록 행동하는' 방법을 알고 있는 사람에게 그것을 남겨줄 작정이니까요'라고 말입니다.'

그런데 집주인 앞에서는 도도하게 행동해 보인 오웬 부인이, 6호 스튜디오에 세든 베드포드 양의 증언에 따르면 통고를 받은 날 저녁 6시 30분 즈음에 자기 방에서 울고 있었다는 거요. 베드포드 양이 위로하려고 했으나 오웬 부인은 그것을 받아들이지 않았으며, 무엇이 괴로워 울고 있는지도 밝히려 하지 않았소.

그러고 나서 24시간 뒤에 시체로 발견된 것이오.

배심원은 '사인 미상'이라는 판결을 내렸지요. 수사과의 존즈 경감이 그린힐 청년의 취조를 맡게 되었소. 죽은 부인과 이 청년이 친밀하게 지냈다는 것이 누구의 입에서나 증언되었기 때문이었지요.

존즈 경감의 조사는 단순히 이 관계에 그치지 않고 버크벡 은행에까지 미쳤소. 그 결과 오웬 부인이 올먼 씨로부터 해고를 통고받은 다음, 은행에 가서 25년 동안 근검 저축한 8백 파운드를 모두 찾아갔다는 것이 밝혀졌소.

존즈 경감이 고심했던 수사 결과는 석판 화가 아더 그린힐 청년을 체포하는 것으로 나타났소. 파시 거리 루벤스 스튜디오의 관리인 오웬 부인의 죽음에 관련된 혐의로 그린힐 청년은 중앙경찰재판소 치안 판사 앞에 끌려나왔소.

이때 치안판사가 한 신문이 무척 재미있었던 모양인데 공교롭게도 나는 못 가 보았다오. ”

구석의 노인은 신경질적으로 어깨를 흔들었다.

“그러나 이 젊은 피고의 태도가 판사에게나 경찰에게 좋지 못한 심증을 주어, 새로운 증인이 나올 때마다 그의 입장이 점점 더 불리해졌다는 것은 당신도 알고 있겠지요? 그는 용모가 단정하고 체격이 좋은 젊은이였는데 입을 열면 그야말로 듣는 사람을 깜짝 놀라게 하는 런던 사투리가 튀어나왔소. 그는 몹시 겁에 질린 침착하지 못한 태도로, 말끝마다 더듬거리며 도무지 연결이 되지 않는 진술을 아무렇게나 주워섬겼소.

그의 변호는 친아버지가 맡았는데, 런던의 변호사라기보다는 시골 읍내의 눈에 띄지 않는 대리인 같은 엉성한 초로의 사나이였소.

경찰은 피고의 혐의를 풀 수 없는 강력한 증거들을 모아두고 있었소. 의사의 증언에서는 전혀 새로운 사실이 나오지 않았소. 오웬 부인은 사실 추위로 얼어 죽었던 거요. 뒷머리에 받은 타격이 치명상은 아니었으나, 일시적으로 의식을 잃게 만들어 몸의 자유를 빼앗는 원인이 되었다는 거지요. 경찰 의사가 불려왔을 때에는 죽은 지 이미 상당한 시간이 지났었지만 그것이 1시간 전인지, 5시간 전인지 12시간 전인지는 판정할 수가 없었소.

찰스 피트 씨가 증인석에 서서 사건이 발견되었을 때의 방 안 상황에 대해 상세하게 진술했소. 오웬 부인이 낮에 입고 있던 옷은 얌전히 개켜져 의자 위에 놓여 있었으며, 벽장 열쇠는 그 옷 주머니에 있었소. 문은 조금 열려 있었으며 창문도 둘 다 활짝 열어젖혀 있었고, 그중 하나는 오르내리는 데 쓰이는 분동(分銅) 끈이 끊어져서 로프의 끈으로 기술적으로 고정되어 있었소.

오웬 부인은 분명히 잠자리에 들기 위해 옷을 벗은 모양이었는데, 치안 판사는 이 점으로 보아 사고사라는 주장을 인정할 수 없다고 말했소. 제정신을 가진 사람이, 기온이 영하로 내려간 방에서 일부러 창문을 활짝 열어 놓고 옷을 갈아입었겠느냐는 거지요.

이러한 예비 진술이 있은 다음, 버크백 은행의 출납계 직원이 불려나와 피해자가 은행을 찾아왔을 때의 경위를 설명했소.

'오후 1시쯤이었습니다. 오웬 부인이 나타나 예금 잔고 827파운드를 모두 찾고 싶다고 말했습니다. 이때 피해자는 아주 기분이 좋아보였어요. 외국에 살고 있는 조카의 집으로 가서 집안 일을 보살피게 되어 현금이 많이 필요하다고 말했습니다. 이 정도의 돈을 현금으로 지니는 것이 얼마나 위험한지, 그리고 그런 신분의 부인에

게 흔히 있는 일이지만 생각 없이 그 돈을 쓰게 되지 않을까 걱정
되어 몇 마디 충고 비슷한 말을 하자 그녀는 웃으면서 지금뿐만 아
니라 앞으로도 조심할 작정이라고 했습니다. 왜냐하면 그 길로 곧
변호사 사무실로 찾아가 유언장을 만들 생각이기 때문이라고 했습
니다.'

이 출납계 직원의 증언은 아주 놀라운 것이었소. 왜냐하면 피해
자의 방에 돈이라고는 그림자도 없었기 때문이오. 그런데 그날 은
행에서 오웬 부인에게 준 지폐 가운데 두 장이 사건이 일어난 바로
그날 아침에 그린힐 청년에 의해 쓰여졌다는 것이 밝혀졌소. 한 장
은 옷값으로 웨스트 엔드 양복점에, 또 한 장은 옥스퍼드 거리의
우체국에 지불되어 있었던 거요.

그 다음의 증언은 자연히 그린힐 청년과 오웬 부인이 친밀한 관
계였다는 문제로 다시 돌아가게 되었소. 그는 안절부절 어쩔 줄 몰
라하며 그 증언들을 듣고 있었지요. 얼굴은 흙빛이었으며 입술이
타는지 자꾸만 혀로 축이고 있었소. 그 중에서도 순찰 경관 E 18
호가 문제의 2월 2일 밤 2시쯤 파시 거리와 토태넘 코트 로드의 모
퉁이에서 피고를 만나 달을 주고받았다고 증언하자, 그린힐 청년은
금방이라도 기절할 것만 같았소.

경찰의 주장이란 결국 이런 것이었소. 오웬 부인은 그날 밤 잠자
리에 들려던 참에 습격을 당해 살해되고 돈을 빼앗겼으며, 그녀와
다정하게 지낸 것은 그린힐 청년뿐이었다는 것, 그리고 사건이 있
었던 날 밤 묘하게도 아주 늦은 시간에 그가 루벤스 스튜디오 근처
에 있었다는 것을 생각해 볼 때 그를 범인으로 볼 수밖에 없다는
것이오.

그린힐 청년의 자기 변명과 그날 밤 행적에 대한 설명은 도저히
납득할 수 없는 것이었소.

그는 이렇게 말했소. 오웬 부인은 세상을 떠난 자기 어머니와 친척 관계였는데 석판 화가인 자기는 충분한 여가가 있어서 그녀를 온갖 오락장으로 안내해 주려고 생각했다, 몇 번인가 그는 오웬 부인에게 지금의 천한 일을 그만두고 자기와 함께 살자고 권했는데 공교롭게도 그녀에게는 오웬이라는 성을 가진 성질 나쁜 조카가 있어 온갖 수단을 써 이 마음착한 아주머니로부터 돈을 뜯어내고 있었다, 버크벡 은행에 있는 그녀의 예금을 노리고 몰래 그것을 꺼내려 한 적도 여러 번 있었다고.

그러나 오웬 부인의 친척에 대해 날카로운 반대 신문을 받자 그린힐 청년은 결국 그 사나이에 대해 아무것도 모른다는 사실을 인정했소. 아니, 한 번도 만난 일이 없다는 것이었소. 알고 있는 것은 오웬이라는 이름뿐으로, 주로 마음착한 아주머니에게서 뜯어내는 돈으로 생활하고 있는 모양이었다는 거요. 그리고 그 조카는 늘 밤에 루벤스 스튜디오의 가게 사람들이 모두 돌아가고 그녀가 혼자 있을 때를 틈타 찾아왔다는 것이었소.

당신도 짐작했는지 모르겠지만, 이 진술이 은행 출납계 직원의 진술과 완전히 반대라는 것은 판사도 경찰도 금방 알았소. 출납계 직원은 오웬 부인과 마지막 나눈 대화에서 그녀가 '외국에 있는 조카의 집에 가서 집안 일을 보살피게 되었다'고 말했다고 증언했던 것이오.

그런데 그린힐 청년은 안절부절 정신을 못 차리는 태도로 가끔 모순된 진술을 하면서도 이 점, 즉 런던에 조카가 있어 자주 아주머니를 찾아왔다는 점에 대해서는 완강히 주장을 바꾸려고 하지 않았소.

어찌 되었든 법률적으로 죽은 사람의 말은 증언으로 채택할 수 없게 되어 있소. 이 점에 대해 아버지 그린힐 씨는 이의를 신청하여 '조카가 둘이 있었는지도 모른다'고 했는데, 이 말은 판사도 검사도 인정하지 않을 수 없었소.

오웬 부인의 죽음이 발견되기 전날 밤 일에 대해 그린힐 청년은 이렇게 진술했소. 그날 밤에 그는 그녀를 극장으로 데리고 갔다가 다시 집까지 함께 와 그녀의 방에서 밤참을 들었는데, 작별 인사를 하기 전에 그녀가 10파운드를 꺼내 '나는 당신 아주머니 같은 사람이니까 받아둬요, 아더. 그리고 만일 당신이 받지 않는다면, 결국 빌이 가져가버릴 테니까'라고 하면서 그에게 주었다는 거요.

그날 밤 그녀는 처음에는 뭔가 걱정거리가 있는 것 같았으나 차츰 생기를 되찾았다고 하오.

'이 조카에 대해서 또는 금전 문제에 대해서 뭔가 말하지 않았소?' 하고 판사가 물었소.

다시 피고는 잠깐 주저했으나 이윽고 '아니오! 오웬에 대해서도 돈에 대해서도 전혀 이야기하지 않았습니다'라고 대답했소.

내 기억이 틀리지 않는다면——이렇게 말하는 것은 내가 직접 그곳에 가 있었던 게 아니기 때문인데——심리는 곧 잠시 중단되었지만, 판사는 보석을 허락하려 하지 않았소. 그린힐 청년은 그야말로 죽은 사람 같은 도습으로 끌려 나갔으나 아버지 그린힐 씨는 조금도 낙심하지 않았을 뿐 아니라, 아주 자신 있어 보여 사람들의 눈을 끌었소. 아들의 변호인으로서 그는 눈물겨운 분투를 한 것이오. 그는 경찰 의사와 그밖의 두세 증인을 반대 신문할 때 그들을 교묘하게 유도하여 오웬 부인이 살아 있는 것을 마지막으로 본 시간에 대해 증인들 사이에 혼란을 가져오게 했지요.

문제의 아침에 스튜디오 사람들이 들어왔을 때, 이미 언제나처럼 아침 일이 끝나 있었다는 점을 특히 강조했소. 전날 밤 극장에 가려는 여성이——따라서 옷도 갈아입지 않으면 안 되었을 텐데—

—그런 일을 끝냈겠느냐는 것이었소. 이것은 분명 검찰측에 화살을 던진 결과가 되었는데, 검찰측도 즉시 반론했소. 그것이 불가능하게 된다면 피해자와 같은 처지에 있는 여성이 일이 끝났다고 해서 아침 9시에 활짝 열린 창문 옆에서, 그것도 눈이 휘몰아치는 가운데 잠옷으로 갈아입었다고 생각할 수는 없는 일이라고 말이오.

따라서 이 운명적인 밤 12시 이후에 지나가던 사람이든 누구든 오웬 부인이 살아 있는 모습을 본 사람만 있다면, 그린힐 씨는 그를 찾아내어 아들을 위해 알리바이를 증언해 줄 수 있게 되었지요.

이것은 어려운 일이었지만 그린힐 씨는 유능하고 열심이었으며, 무엇보다도 아들을 구하려는 그의 눈물겨운 노력에는 판사도 동정을 느낀 모양이오.

결국 판사는 1주일 동안의 휴정을 선언했으며, 이것은 그린힐 씨를 만족시킨 것 같았소.

한편 그 동안에도 신문은 파시 거리의 괴사건에 대한 기사로 떠들썩했지요. 당신도 경험으로 알고 있겠지만, 세 가지 가능성에 대해 무수한 의론이 분분했던 거요.

사고사인가?

자살인가?

타살인가?

1주일이 눈 깜짝할 사이에 지나가고, 그린힐 청년에 대한 심리가 다시 열렸소. 피고가 휴정 전에 비해 눈에 띄게 침착해졌으며 아버지가 의기양양해 있다는 것은 여느 사람으로서도 금방 알 수 있었소.

다시 산더미 같은 자잘한 증거들이 제시되고, 그런 다음 피고측 차례가 왔소. 그린힐 씨가 맨 먼저 증인석에 세운 것은, 파시 거리의 루벤스 스튜디오 맞은편에서 과자 가게를 하는 홀 부인이었소.

그녀는 2월 2일 아침 8시쯤 가게 진열창을 청소할 때 맞은편 스튜디오 관리인이 언제나처럼 머리서부터 솔을 푹 뒤집어쓰고 무릎을 꿇은 자세로 올라가는 입구 계단을 닦고 있는 것을 보았다고 증언했소. 그녀의 남편도 이때 오웬 부인의 모습을 보았는데, 홀 부인은 남편에게 자기들 가게 입구는 타일을 깔았기 때문에 이렇게 추운 날 아침, 물로 청소하지 않아도 된다고 말했다고 하오.

이어서 홀 씨가 나와 아내의 증언을 확인한 다음, 그린힐 씨는 의기양양하게 세 번째 증인을 불러냈소. 역시 파시 거리에 사는 마틴 부인이라는 사람으로, 그녀는 그날 아침 7시 30분쯤 현관 밖에서 자리를 털고 있는 피해자를 보았다고 증언했소. 이 증인이 말하는 피해자의 모습——머리서부터 솔을 푹 쓰고 있었다는 증언은 홀 부부의 증언과 완전히 일치했소.

그 다음부터는 그린힐 씨도 일이 쉽게 되었지요. 그의 아들은 그날 아침 8시에 자기 집에서 아침식사를 하고 있었는데, 이것은 그린힐 씨 뿐만 아니라 고용인들에 의해서도 확인되었소.

그날 그린힐 청년은 온종일 날씨가 좋지 않아 한시도 자기 집 난로 옆을 떠나지 않았고 오웬 부인은 그날 아침 8시에 살아 있는 모습을 보였으므로, 사건은 그 이후에 일어난 것으로 생각되었지요. 따라서 그린힐 청년이 그녀를 죽였을 리가 없는 거요. 경찰은 달리 범인을 찾아내든가, 아니면 맨 처음 세상에 말한 견해에 굴복하는 수밖에 없었소. 즉 오웬 부인은 어떤 불행한 사고를 만났거나, 어쩌면 그런 이상한 비극적인 방법으로 스스로 죽음을 택했을지도 모른다는 견해에.

그린힐 청년이 풀려나오기 전에 한두 명의 증인이 다시 최종적으로 증언을 요구받았소. 그중 한 사람은 유리 공장의 공장장으로 그날 9시에 루벤스 스튜디오로 가서 하루 종일 거기서 일했지만, 특별히 수상한 사람이 홀을 지나는 것을 본 기억이 없다고 강력히 주장했소. 그는 엷은 미소를 지으며 말했소.

'하기야 종일 거기 앉아 계단을 오르내리는 사람을 감시한 건 아닙니다. 바빠서 그럴 겨를이 없습니다. 현관문은 늘 열려 있어 그곳을 아는 사람이면 언제나 들어와서 올라갔다 내려갔다 할 수 있습니다.'

그렇긴 해도 오웬 부인의 죽음에는 풀기 어려운 의문이 남아 있소. 경찰에서도 아직 그렇게 믿고 있지요. 그러나 그린힐 청년이 그 수수께끼의 열쇠를 쥐고 있느냐 어떠냐 하는 것조차도 아직 해명되지 않고 있소.

뭐, 그럴 생각만 있다면 그린힐 청년이 경찰재판소에서의 신문에서 몹시 겁을 집어먹은 이유를 말해 줄 수도 있지만 사실 경찰을 위해 그런 일을 할 생각이 내겐 없었소. 내가 왜 그렇게 해야 해? 더군다나 그린힐이 억울하게 누명을 쓸 것도 아닌데……?

그가 얼마나 위태로운 궁지에 몰려 있었는지 아는 사람은 아마 나를 제외하면 그와 그의 아버지뿐일 거요.

그린힐 청년은 그날 아침 5시 무렵까지 집에 돌아오지 않았소. 마지막 전차를 놓치고 걸어오다 길을 잘못 들어 몇 시간쯤 햄스테드 근처를 방황했다고 설명했지만 말이오. 다행히도 파시 거리의 과자 가게 부부가 '머리서부터 숄을 푹 뒤집어쓰고 무릎을 꿇은 자세로 올라가는 입구 계단을 닦고 있는' 오웬 부인을 보지 않았더라면, 그의 입장이 어떻게 되었겠는가 한 번 생각해 보시오.

그리고 그의 아버지 그린힐 씨는 변호사였소. 베드포드 로의 존 거리에 조그만 사무실을 가지고 있지요. 죽기 전날 오후에 오웬 부인은 그 사무실로 가서, 자기 저금을 모두 석판 화가 아더 그린힐에게 물려준다는 유언장을 만들었소. 만일 이것이 피고의 아버지가 아닌 다른 사람의 손에 넘어가 있었다면 이런 경우 당연히 유언장은 검인에 붙여지게 되고, 아더 그린힐을 교수대로 보내는 또 하나의 강력한 증거——'대단히 강력한 동기'의 증거——가 되었을 거요.

그린힐 청년이 자기 집이라는 안전한 피난처에 돌아오고 나서 몇 시간 뒤까지 살해된 부인이 살아 있다는 것이 의문의 여지없이 입증되기까지 그가 피고석에서 당장 쓰러질 것처럼 파랗게 질려 있었던 것도 무리는 아니지요.

지금 내가 '살해'되었다라는 말을 쓰자 당신이 약간 웃은 것 같은데……."

마침내 이야기가 클라이맥스에 이르렀는지 구석의 노인은 한층 흥분된 말투로 목소리를 높였다.

"나도 물론 아더 그린힐 청년이 풀려나온 뒤 파시 거리의 괴사건은 자살이든가 사고사 중 하나라는 결말로 세상이 만족했다는 것은 알고 있소."

"하지만" 폴리가 말했다. "두 가지 명백한 이유에서 자살은 생각할 수도 없어요."

그는 약간 뜻밖인 듯한 얼굴로 그녀를 바라보았다. 아마 그녀가 대담하게도 자신의 의견을 밝힌 것이 놀라웠던 모양이다.

그는 아주 신랄한 말투로 물었다.

"왜 그렇게 생각하죠?"

"우선은 돈이에요. 지금까지 그것이 쓰인 곳이 확인된 일이 있나요?"

"없소. 5파운드짜리 한 장도 나돌지 않았소." 노인은 빙그레 웃으며 말했다. "그것은 모두 만국박람회 때 파리에서 바꿔졌으니까. 그것이 얼마나 간단한 일인지, 호텔이나 작은 환전상에서 얼마나 간단히 바꿀 수 있는지, 당신은 도저히 상상할 수 없을 거요."

"그렇다면 그 조카란 자는 빈틈없는 악당이로군요." 폴리가 말했다.

"당신은 그 조카의 존재를 믿고 있소?"

"의심할 이유가 없지 않아요? 누군가가 있었던 것은 확실해요. 그 집 사정을 알고 있어 대낮에도 의심받지 않고 드나들 수 있었으니까요."

"대낮에?" 노인은 여전히 빙긋이 웃으며 말했다.

"아침 8시 이후 언젠가 말이에요."

"그럼, 당신도 '머리서부터 숄을 푹 뒤집어쓰고 무릎을 꿇은 자세로 올라가는 입구 계단을 닦고 있었던' 관리인을 오웬 부인으로 믿고 있는 거요?"

"설마……."

"이처럼 오래 나와 교제하며 그 나름대로 훈련이 되어 있을 텐데도 당신은 그날 아침 루벤스 스튜디오의 안팎을 청소하고 불을 피우고 석탄을 날라다놓은 사람이 단순히 시간을 벌기 위해서 그랬다는 사실을 깨닫지 못했단 말이오? 범인은 다만 틀림없이 추위가 일을 끝내 주리라 확신하고 아울러 오웬 부인이 정말로 숨이 끊어질 때까지 그녀의 모습이 보이지 않는다는 것을 눈치채지 못하도록 하기 위해 그렇게 했던 거요."

"하지만……." 폴리는 되풀이했다.

"당신은 전혀 생각해 본 적이 없단 말이오? 범죄를 성공시키는 최대의 비결은 범행 시간에 대해 경찰의 눈을 어둡게 만드는 것이라는 점을? 그런데 당신도 기억하고 있겠지만, 리젠트 파크 살인 사건에서도 이것이 가장 중요한 포인트였소.

이 사건에서는 만일 그 '조카'――물론 그의 존재를 인정하고 있기 때문에 하는 말이지만——를 찾아내 법정에 세웠다 하더라도 그는 그린힐 청년 못지않은 훌륭한 알리바이를 증명해 보였을 거요."
"하지만 나로서는 도무지……."
노인은 열을 올리며 말을 계속했다.
"살인이 어떻게 행해졌다고 생각하시오? 물론 당신은 알 수 있겠지요, 마음 좋은 아주머니에게서 돈을 뜯어내고 있던 '조카'——아마 건달 녀석이겠지만——의 존재를 인정하고 있으니까. 그는 피해자를 협박하여 돈을 뜯어내고 있었소. 그러나 정도가 너무 지나치자 그녀는 이대로 가다가는 버크벡 은행의 예금까지 위협하게 되리라 생각했지요. 그런 계급의 여자들은 이따금 은행을 신뢰하지 못하게 되거든요. 아무튼 그녀는 그 돈을 찾아냈소. 가까운 장래에 그녀가 그 돈을 어떻게 할 작정이었는지는 아무도 모르지요.
아무튼 그녀는 자기가 죽은 뒤 그것을 마음에 든 젊은이, 그녀의 호감을 사는 방법을 알고 있는 젊은이에게 남겨주려고 했소. 그런데 그날 오후 또 조카가 나타나 돈을 요구했소. 싸움이 벌어지고, 가엾은 피해자는 울음을 터뜨렸지요. 그리고 나서 그린힐 젊은이를 따라가 연극을 구경하고 그제야 겨우 기분이 가라앉았던 것이오.
새벽 2시에 그린힐 청년은 그녀와 헤어졌소. 그리고 2분 뒤 조카가 그녀의 방을 노크하고 마지막 열차를 놓쳤다는 그럴 듯한 구실을 들어, 집 안 어디서든 자고 가게 해달라고 부탁했소. 마음 좋은 그녀는 스튜디오의 소파 하나를 내주고 자기도 잘 준비를 했겠지요. 그 다음은 아주 간단한 초보적인 추리인데, 조카는 아주머니 방에 들어가 그녀가 잠옷 차림으로 서 있는 것을 보았소. 그가 돈을 내놓지 않으면 가만두지 않겠다고 위협하자 겁에 질린 그녀는 뒷걸음치다가 가스등 가로대에 뒷머리를 부딪쳐 그 자리에서 정신을 잃었소. 그 틈에 조카는 그녀의 벽장 열쇠를 찾아 돈을 훔친 거요. 그뒤의 연출——이것이 천재와 같은 솜씨였다는 것은 당신도 인정하겠지요?

 싸움도 없고, 보통 살인 사건에 따르는 흉악한 행위도 전혀 없었소. 다만 활짝 열린 창문과 살을 에는 듯한 북동풍과 쏟아져 내리는 눈, 이것만 있으면 되었던 거요. 말이 없는 공범자, 죽은 사람과 마찬가지로 말을 하지 못하는 공범자지요.

 그 뒤 침착하고 냉정한 살인범은 온 집 안을 정돈하고 청소했소. 오웬 부인이 없어진 사실을 한참 동안 눈치채지 못하게 그녀 대신 일을 한 거요. 몇 시간 뒤에는 직접 그녀의 스커트와 조끼를 입고 숄을 머리에 뒤집어쓴 다음 일부러 이웃 사람들 눈에 잘 띄는 곳에서 일을 하여, 그들에게 오웬 부인을 보았다고 생각하게 만들었소. 그리고 나서 그녀의 방으로 돌아가 자기 옷으로 갈아입은 뒤 살그머니 집을 빠져나간 거요."

"그때 들켰을지도 모르겠군요."

"틀림없이 들켰소, 두세 사람에게. 그러나 그 시간에 그곳을 나오는 남자를 보았다고 해도 이상하게 생각되지는 않았을 거요. 몹시 추운 날씨인데다 눈이 펄펄 날리고 있었으므로 그는 코에서부터 아래를 온통 목도리로 감고 있었소. 그러니 그를 목격한 사람이라도 다시 한 번 그를 보고 바로 그 남자였다고 단언할 수는 없겠지요."

"그럼, 끝내 그 사나이는 들키지 않은 거로군요?" 폴리가 말했다.

"이 지구상에서 완전히 자취를 감추고 만거요. 경찰은 아직도 그의 행방을 찾고 있으니 언젠가는 그를 찾을지도 모르겠지만, 만약 그렇게 된다면 현대에서 발명에 가장 뛰어난 재능을 가진 사나이를 사회가 뿌리채 뽑아내는 셈이 되겠지."

　문득 생각에 잠긴 듯이 노인이 입을 다물었다. 폴리는 말없이 앉아 있었다. 뚜렷한 형체도 이루지 못한 막연한 기억이 끈질기게 그녀를 감싸고돌며 떠나지 않았다. 그것이 머릿속에서 울려 퍼지며 그녀의 신경을 마구 뒤흔들었다. 그것은 이 무서운 범죄와 관련하여 생각해 내지 않으면 안 될 뭔가 이해할 수 없는 감정이었다. 어떻게든 그것을 생각해 내기만 하면, 그러면 이 비극적인 수수께끼를 풀 단서를 얻을 수 있고 나아가 늘 구석 자리에 앉는 자존심 강한 익살꾸러기 노인의 코를 조금 꺾어놓을 수 있을 텐데…….

　그는 커다란 뿔테 안경 너머로 가만히 그녀를 지켜보았다. 그의 불거진 손가락 마디가 테이블 위에서 독자적인 생명을 가지고 있는 생물처럼 움직이고 있었다. 그것을 보며 폴리는 이런 생각을 했다. 과연 이 세상에 저 여윈 손가락이 꼴사나운 끈에 만들어놓은 매듭을 풀어낼 손가락이 또 있을까 하고.

　그때 문득 폴리는 생각해 냈다. 모든 것이 한순간의 반짝임 속에서 똑똑히 그녀의 눈앞에 나타났다. 열린 창문 안쪽의 눈바닥 위에 쓰러져 있던 오웬 부인의 시체. 창문 하나는 올렸다 내렸다 하기 위한 끈이 끊어져 다른 끈으로 솜씨 좋게 붙들어 매어져 있었다. 그 임시로 붙들어 맨 끈에 대해 사건 당시 두세 가지 소문이 나돌았던 것을 그녀도 알고 있었다.

　그것은 그린힐 청년이 풀려나오고, 자살 가능성도 있을 수 없다고 한 뒤의 일이었다.

　그때 화보 신문에 실린 사진에는 그 멋지게 매듭지어진 끈이 찍혀 있었다. 창틀의 무게로 매듭눈이 한층 죄어들고, 그 힘으로 창문이 고정되게 연구된 끈——이 즉석에 만든 창문을 고정시키는 끈에 대해 많은 사람들이 여러 가지 가설을 만들어냈는데, 그 가운데 가장 중요시된 것은 살인범이 뱃사람이라는 설이었다. 창틀을 고정시킨 그 끈은 아주 멋지고 복잡하게 몇 겹으로 매어져 있었던 것이다.

그러나 지금 폴리에게는 보다 확실한 설이 있었다. 그녀는 마음의 눈으로 그 손가락을 보았다. 자신의 무서운 행동으로 떨고 있는 손가락이 무의식 속에서 거의 기계적으로 창문을 고정시키기 위해 끈을 집어 드는 것을. 그리고는 습관의 힘을 빌려 여윈 손가락이 자동적으로 재빠르게 움직이기 시작하며 다른 곳에서는 볼 수 없는 멋지고 복잡한 매듭을 그 끈 위에 만들어가고 있다…….

얼굴을 들어 노인이 앉아 있는 구석 쪽을 볼 용기가 없어 폴리는 눈을 내리뜬 채 말했다.

"나 같으면 쉴 새 없이 끈에 매듭을 만드는 그런 습관은 이제 그만 두겠어요."

그는 대답하지 않았다. 그리고 마침내 폴리가 용기를 내어 얼굴을 들었을 때 그의 모습은 이미 구석자리에 없었다. 방금 그가 몇 개의 동전을 놓고 간 카운터 맞은편 유리문 저쪽에 빠른 걸음으로 나가는 그의 트위드 양복과 이상한 모자, 초라한 뒷모습이 흘끗 보였을 뿐이었다.

여기자 폴리 버튼——〈이브닝 옵저버〉지의——은 얼마 전 리처드 플로비셔——〈런던 메일〉지의——와 결혼했다. 그러나 구석 자리의 노인과는 그날 이후 오늘날까지 영영 만나지 못했다.

셜록 홈즈의 라이벌 탄생

〈티비츠〉라는 1페니짜리 주간지가 1880년 창간되었다. 이 주간지는 이름 그대로 여기저기서 모아온 '재미있는 화제'를 독자에게 던져주었는데, 이것이 크게 히트하자 재빨리 모방하는 사람들이 나타났다. 시릴 피어슨의 〈피어슨스 위클리〉가 그 대표적인 예이다.

"나는 평범한 사람이다. 따라서 나는 평범한 사람이 무엇을 바라고 있는지 잘 안다."

이것이 〈티비츠〉를 창간한 조지 뉴즈라는 사나이의 신조였다. 1891년 그는 주간지의 수익으로 좀더 규모가 큰 출판에 손을 댔다. 미국에서 그 무렵 유행한 잡지 〈허퍼〉며 〈스크리브너〉 등을 참고로 하여 페이지마다 거의 그림이나 사진을 싣고 누가 보든 재미있는 기사를 가득 실으려는 것이 그의 의도였다. 젊은 편집자 글린호 스미스드를 중심으로 4개월에 걸쳐 사우샘프턴 거리에 있는 뉴즈의 사무실은 바쁘게 움직였다.

이리하여 1891년 1월 스트랜드 거리의 사진을 표지에 실은 〈스트랜드 매거진〉이 창간되었다. 모험소설을 비롯하여 유명한 배우며 오페라 가수와의 인터뷰 및 유명 인사의 가정 탐방기 등 어쩐지 요즈음 우리나라에서 보는 주간지를 생각케 하는 내용이었는데, 맨 처음 한 달 동안 30만 부를 넘는 판매고를 올렸다. 창간된 지 얼마 안 되는 이 잡지에 7월부터 연재하기 시작한 것이 코난 도일의 〈셜록 홈즈 시리즈〉였다.

연재는 큰 성공을 거두었다. 〈스트랜드 매거진〉은 부수가 50만 부로 늘었다. 작품에 빛을 더해준 시드니 파제트의 삽화도 호평을 얻은 원인 가운데 하나였다. 이렇게 되자 다른 잡지들이 가만히 있을 리가 없었다. 홈즈와 같은 탐정이 나오고 잡지마다 남에게 뒤질세라 홈즈와 같은 길이(대부분 5천 단어 이내의 단편이었다)의 이야기를 다투어 싣게 되었다.

여기에 등장한 명탐정들이야말로 바로 셜록 홈즈의 라이벌들이었다.

이륜마차가 달리고 가스등이 켜져 있는 빅토리아 왕조 끝 무렵부터 에드워드 7세 시대의 런던을 무대로 갖가지 개성을 지닌 명탐정들이 차례차례 태어났다. 이러한 경향은 바다 건너 유럽이나 미국에까지도 파급되었다.

그 가운데 'ABC 숍' 한구석에 앉아, 온 런던의 기괴하고 풀기 어려운 사건을 산뜻하게 해결해 보이는 기묘한 노인이 있었다. 이 노인이 바로 '안락의자 탐정'의 한 사람으로 평가받게 된 에무스카 바로네스 오르치(Emmuska Baroness Orczy)가 창조해 낸 명탐정이다. 오르치는 그 무렵 이런 라이벌들을 만들어 낸 작가 가운데 오직 한 사람뿐인 여류작가이다.

오르치는 1865년 헝가리의 타르나 에르슈의 전통 있는 귀족 집안에서 태어났다. 그 집안의 역사를 더듬으면 노르망디 공 윌리엄 1세의 영국 정복(1060년)보다 2백 년쯤 전 국민적 영웅이라고 일컬어진 앨퍼드와 그 휘하 기사들에 의한 헝가리 창건 시대에까지 거슬러 올라갈 수 있다고 한다. 그녀는 작곡가 겸 지휘자로서 알려진 휄릭스 오르치 남작과 바스 백작 집안 출신인 엠마 오르치 사이의 외동딸로 태어났다.

어린 시절에는 바그너와 리스트, 구노, 마스네 등 아버지와 친히 사귀는 음악가들에게 둘러싸여 자랐다. 1867년 농업 기계를 들여오는 데 분개한 집안의 소작인들이 농작물이며 헛간 등 온 농장에 불을 질렀다. 오르치의 가족들은 난리를 피하여 부다페스트에서 브뤼셀로 옮겨 살게 되었다. 그녀는 브뤼셀과 파리에서 교육을 받은 뒤 1881년 런던의 헤절리 미술학교에 입학했다. '15살까지 그녀는 영어를 한마디도 하지 못했다'고 하워드 헤이클래프트는 《20세기 저술가 사전》과 《오락으로서의 살인》에서 쓰고 있으며, 스타인블래너와 펜츠터가 함께 엮은 《미스터리 백과사전》 및 버던과 테일러가 공동으로 만든 《범죄 카탈로그》에서도 그렇게 씌어 있으나, 단 한 사람 휴 그린만은 《셜록 홈즈의 라이벌들》 제1집 해설에서 '그녀가 8살 때 가족들은 런던으로 옮겨갔다'고 기록하고 있다.

이 미술학교에서 오르치는 영국국교회 목사의 아들 몬터규 퍼스토를 만나 1894년에 결혼했다. 그로부터 5년 뒤 두 사람은 존 몬터규 오르치 퍼스토라는 외아들을 얻었다. 그는 뒷날 스위스의 로잔에서 영어 교사가 되어 어머니의 이름을 일약 유명하게 만든 《빨강 별꽃》에 나오는 주인공 이름을 흉내낸 존 블레이크니라는 필명으로 소설도 썼다. 오르치는 남편과 함께 삽화가 들어 있는 어린이 책을 썼다. 첫 작품 《매혹적인 고양이(The Enchanted Cat)》는 1895년 결혼 다음해에 출간되었다. 1890년대 끝 무렵부터 그녀는 단편을 쓰기 시작하여 대중 잡지에 발표하였다. 1901년 〈로열 매거진〉에 처음으로 〈구석의 노인〉을 발표했다. 그러나 그녀의 이름을 불멸의 것으로 만든 것은 다음해인 1902년 남편과 함께 쓴 《빨강 별꽃》이었다. 런던의 적어도 12군데 저명 출판사로부터 이 작품을 출판하고 싶다는 제의가 있었다. 그런데 어찌된 사정인지 이 작품이 출판된 것은 1905년이었다. 그동안 두 사람은 이것을 무대에 올리기로 계획하여 같은 이름의 희곡을 만들어 1903년 노팅엄에서 첫 공연을 가졌다. 그 뒤 1905년 1월 5일부터 런던의 〈뉴 시어터〉에서 프레드 테리와 줄리아 닐슨 주연으로 막을 올리자 크게 성공했다. 그리하여 4년 동안 장기 공연을 하게 되었다. 첫날의 성황 소식을 들은 출판사들이 한꺼번에 몰려와서 무슨 일이 있어도 원작을 출판하게 해달라고 굉장한 소동을 벌여 결국 〈그리닝〉사로 낙착되었다. 그 뒤 여러 번 영화화되었으며 소설도 속편이 간행되었다. 제2차 세계대전 중인 5년 동안 몬테카를로에 살았으며 그곳에서 영주하려 생각하고 있었는데, 1943년 남편이 먼저 세상을 떠난데다 별장이 영국 공군의 폭격을 받아 그녀는 다시 영국으로 돌아갔다. 그리하여 헨리 언 템즈의 집에서 쓸쓸하게 여생을 보내다 1947년 11월 12일 세상을 떠났다.

오르치는 '구석의 노인'을 창조한 작가로서 잊을 수 없는 존재이기도 하지만 일반적으로는 〈빨강 별꽃 시리즈〉 작가로서 기억되고 있다.

《빨강 별꽃》은 영국 국민 문학으로서 오랫동안 계속 읽히고 있다. 작자 자신도 자서전 《인생이라는 사슬의 고리(Links in the Chain of Life)》 가운데 대부분을 《빨강 별꽃》에 얽힌 추억에 대해 쓰고 있으며, 《구석의 노인 사건집》에 대해서는 두 번, 《런던 경시청의 몰리 부인》에 대해서는 단 한 번도 언급하지 않았다.

이 자서전에 의하면 《구석의 노인 사건집》 아이디어를 생각해 낸 것은, 그녀가 탄 런던의 합승마차가 짙은 안개로 오도가도 못하게 되었을 때였다고 한다. 어둑어둑한 어둠 속에 한 장의 종이가 붙여져 있는 것이 보였다. 셜록 홈즈의 최신작 선전 포스터였다. 이 순간 그녀는 연속물 미스터리소설을 쓰려고 결심했다고 한다. '셜록 홈즈를 전혀 연상시키지 않는 독자적 개성을 지닌 탐정'을 만들어내야겠다고.

이리하여 〈펜처치 거리의 수수께끼〉를 비롯한 6 편이 1901년 〈로열 매거진〉에 실려 호평을 얻자, 다시 6편이 그 다음해에 같은 잡지에 발표되었다. 그런데 어찌된 일인지 단행본으로 나온 것은 1909년이었다. 1905년, 그동안 〈로열 매거진〉에 연재된 제2시리즈가 한 걸음 먼저 《엘리어트 여의사 사건(The Case of Miss Elliott)》이라는 제목으로 간행되었다. 그 이유는 지금도 알 수 없으며, 엘러리 퀸도 '나중에 씌어진 작품집이 처음에 씌어진 것보다 일찍 간행된 유일한 예'라고 고개를 갸우뚱했다. 따라서 갖가지 오해가 생겨《엘리어트 여의사 사건》이 미국에서는 간행되지 않았던 점을 들어 나중에 나온《구석의 노인(The Old Man in the Corner)》이 틀림없이 제1단편집이라고 믿었던 모양이다. 헤이클래프트도 구석의 노인 시리즈는 이것이 제1단편집이고 다음에 나온 단편집(사실은 세 권째임)《풀 수 없는 매듭》이 제2단편집이라고 여기저기에 쓰는 형편이었다.

《엘리어트 여의사 사건》은 런던의 〈T. 피셔 앤윈〉사에서 1905년 출판되었다. 표지는 'ABC 숍'의 테이블에 마주앉은 구석의 노인과 폴리 버튼이 도안된 빨강 크로스 장정으로, 전편이 폴리 버튼의 1인칭으로 엮여 있으며, 귀찮은 이야기지만 서지학적으로는 이것을 제1단편집으로 보지 않을 수 없을 것이다.

《구석의 노인 사건집》은 런던 〈그리닝〉사에서 1909년에 간행되었다. 구석의 노인의 원색 초상화를 한복판에 배합한 파란색 크로스 장정.

같은 해 미국에서도 뉴욕 〈도드 미드〉사에서 출판되었는데, 어찌

된 일인지 제목이 《구석의 남자》로 바뀌어 있다. 표지를 장식한 H. M. 블록의 그림이 뛰어나 이것도 빼기 어렵다. 그리고 도로시 세이어스에 의하면, 그녀가 본 프랑스 판에는 엘러리 퀸을 흉내낸 독자에 대한 도전이 삽입되어 있었다고 한다.

《구석의 노인 사건집》은 모두 3인칭으로 씌어져 있다. 전체가 36장으로 나누어져 있는데, 다루어진 사건은 12건. 하나의 이야기가 두세 장으로 나뉘어 있어 차례만 보면 장편으로 착각하기 쉬운 번거로운 구성이다. 그리하여 본 책에서는 번거로움을 피하기 위해 한 사건 단위로 묶었다. 이것도 일단 제2단편집이라고 해야 할 것이다.

《풀 수 없는 매듭》은 〈해친슨〉사에서 1925년에 간행된 제3의, 그리고 마지막 단편집으로 13편의 작품이 수록되어 있다.

구석의 노인은 미스터리소설 사상 그 예가 적은 이름없는 인물이다. 더실 해미트의 콘티넨탈 오프 같은 예도 있지만 해미트의 탐정과는 대조적으로 자아가 그대로 드러나 강렬한 개성을 서로 다투는 고전 미스터리의 명탐정 가운데서는 아주 드문 존재라 해도 좋을 것이다. 본명을 알 수 없을 뿐만 아니라 경력이며 정체도 전혀 밝혀지지 않았다. 분명한 것은 그 생김새와 기묘한 버릇뿐. '창백한' '말라빠진' '이상한 엷은 빛깔의 머리카락'을 가진 '허수아비 같은 노인'인 것이다. '엷은 물빛 눈'에 '큼직한 뿔테 안경'을 쓰고, '헐렁한 트위드 양복'을 입었으며 '커다란 주머니'에는 '사고(思考)의 부속물로서 절대로 필요한 끈'이 들어 있다. 그것을 '길고 뼈만 앙상한 희미하게 떨리는 손가락'으로 '맸다 풀었다 하면서 눈이 휘둥그레질 만큼 복잡한 매듭'을 만드는가 하면, 이야기가 진행됨에 따라서 '지금까지 만든 매듭을 천천히 풀기' 시작하는 것이다. 그 매듭은 '항해술 교사도 무안하리만큼 복잡'하다고 한다. 조끼 주머니에는 언제나 '커다란 은시계'가 들어 있고 머리에는 '우스꽝스러운 모자'가 얹혀져 있다. 'ABC 숍'에서는 여느 때와 다름없이 치즈케익을 조급하게 입으로 나르며 무표정한 늙은 수고양이처럼 우유를 마신다. 처음에는 '거만한 어조'로 이야기를 시작하지만 차츰 흥이 나면 '높은 쇳소리'로 마구 떠들어댄다.

이 노인에 대해서 알 수 있는 것은 대충 이 정도이다. 더 이상 정체를 알아내려고 하면 이 시리즈의 트릭을 건드리지 않을 수 없으므로 다음은 본문을 읽은 뒤에 훑어보아주었으면 한다.

구석의 노인은 〈펜처치 거리의 수수께끼〉에서 처음으로 그리고 갑자기 모습을 나타낸다. 언제나 정해놓고 폴리 버튼이 앉는 테이블에 앉아서 강제로 그녀와 대화를 시작하는 것이다. 그리고 일방적으로 사건 이야기를 하면서 해결을 제시하고 사라져버린다.

그런데 이 구석의 노인을 가리켜 초기 '안락의자 탐정'의 한 사람이라고 평하는 경향이 있다. 하워드 헤이클래프트가 그렇고, 엘러리 퀸도 그 한 사람이다.

안락의자 탐정(an armchair detective)이란 책상 위의 추리 이론만으로 사건의 수수께끼를 푸는 탐정을 말한다.

명탐정이란 한결같이 신과 같은 예지를 자랑하는 존재이므로, 이것이 극단으로 달려 자신은 한 걸음도 움직이지 않고 다른 사람의 이야기를 듣거나 신문 기사를 읽는 것만으로 곧 사건을 해결해 내는 탐정이 생긴다 해도 이상할 것은 없다.

헤이클래프트는 구석의 노인 선례로 영국의 작가 M.P. 시일(1865~1947)의 프린스 잘레스키를 들고 있는데, 이것이 이른바 정설로 인정되고 있다. 하지만 이를테면 《마리 로제의 수수께끼》의 오귀스트 뒤팽은 완전한 '안락의자 탐정'이라고 해도 좋으므로 에드거 앨런 포는 미스터리소설의 아버지이면서 '안락의자 탐정'의 창시자였다고 해도 좋을 것이다.

이것은 얼마쯤 해석이 잘못된 것일지도 모른다. 다시 말해서 '안락의자 탐정’이라는 이름이 모든 사건에 즈음하여 탐정이 전혀 행동을 일으키지 않는 경우에만 적용되는 것이라면 확실히 뒤팡은 실격이다. 그러나 장편이든 단편이든 하나하나 사건을 개별적으로 생각하여 그 정의(定義)가 적용될 수 있는 경우에는 어떤 사건에서의 어떤 탐정은 ‘안락의자 탐정’이라고 말할 수 있지 않을까?

예를 들면 조제핀 테이의 《시간의 딸》에 나오는 앨런 글랜트 경감은 병원 침대에 누운 채 추리력을 동원하는 ‘안락의자 탐정’의 색다른 타입이다. 그러나 그는 언제나 누운 채 있는 것은 아니다. 그래도 이 두 사람——뒤팡과 글랜트 경감을 ‘안락의자 탐정’의 역사에서 뺀다면 서운한 마음이 든다.

이처럼 그때그때 융통성 있는 사고 방식이 허용된다면, 무슨 일이 있더라도 그 역사의 한 페이지에 덧붙여두고 싶은 명탐정이 있다——딕슨 카의 《아라비안 나이트의 살인》에 나오는 기데온 펠 박사다. 이 긴 소설에서는 그는 과장됨이 없이 ‘안락의자 탐정’의 역할을 해내고 있는 것이다. 이 밖에 렉스 스타우트의 네로 울프도 마찬가지다.

그런데 구석의 노인을 과연 ‘안락의자 탐정’이라고 해도 좋을까? 이 기묘한 노인은 어느 사건이든 ‘ABC 숍’의 의자에 앉은 채 사건을 이야기하고 추리를 전개하여 들려준다. 얼른 보기에 전형적인 ‘안락의자 탐정’이라 해도 좋을 듯이 여겨지지만 실은 석연치 않은 점이 있다.

본디 《구석의 노인 사건집》의 특이한 특징은 시리즈 전체를 통해 홈즈 역이 일방적으로 마구 떠들어대고 왓슨 역은 단지 듣기만 하도록 설정한 구성에 있다고 하겠다.

본격적인 단편들은 대부분 의뢰인이나 경찰, 또는 신문기사 등으로 먼저 사건의 개요를 탐정에게 이야기해 준 뒤 수사나 추리를 거쳐 명탐정의 해결이 발표되는 순서를 취한다. 독자의 대표라고도 할 수 있는 왓슨 역이 할 일은 탐정이 어떻게 사건과 관계되어 어떻게 해결하는가를 충실히 독자에게 전해주는 것이다. 그리고 주제가 되는 사건의 수수께끼는 첫머리에서 제시되며 탐정은 그 이전에 어떠한 예비지식도 가지고 있지 않다. 독자와 탐정이 똑같은 자료를 바탕으로 추리력 게임을 즐긴다는 페어플레이 정신이 현대 미스터리소설에서는 요구되고 있기 때문이다.

그런데 《구석의 노인 사건집》에서는 사건의 대강 줄거리를 왓슨 역과 독자에게 전해주기 이전에 탐정이 모든 사실을 알고 있는 것이다. 줄리앙 시몬즈가 "폴리 버튼이라는 여기자는 신문을 전혀 읽지 않는 모양이다"라고 빈정거리고 있듯이 이것은 아주 불공평하다. 심술궂게 해석하자면 구석의 노인은 자신이 해결을 알아낸 사건만 이야기해주면 되는 것이다.

게다가 이 노인은 검시법정에 얼굴을 내밀기도 하고 용의자의 사진을 찍기도 하는 등 실로 활동적이다. 글자 그대로 해석하면 도저히 '안락의자 탐정'이라고 할 수 없으나, 보고자를 겸한 이른바 홈즈와 왓슨 역을 다 함께 하는 명탐정이라는 점이 매우 이례적이므로 뭔가 특별한 명칭을 붙여주고 싶은 마음이 들기도 한다.

그런데 구석의 노인은 무엇 때문에 탐정역을 하고 있는 것일까? 폴리 버튼이 몇 번이나 그 훌륭한 추리를 경찰에 이야기하는 게 어떻겠느냐고 권하지만, 이 말에 대해 그는 다음과 같이 대답하고 있다.

"내가 그렇게 하지 않는 첫째 이유는 그들이 내 말을 받아들이지 않을 것이기 때문이오. 그리고 둘째 이유는 만일 내가 직접 범죄수사에 관여하게 된다면 아마 계속 나의 취미와 의무감의 틈바구니에 끼어 고민할 것이기 때문이오. 가끔 나는 경찰을 마음대로 주무르는 머리좋고 빈틈없는 범죄자에게 공감이 가거든."

또 이렇게 말하기도 한다.

"구태여 경찰을 도와주어야 할 것도 없지 않소? 나는 그냥 보통 아마추어요. 범죄도 체스 승부와 같은 것이어서 말을 놓는 방법은 매우 복잡하지만 결정하는 방법은 단 한 가지밖에 없소. 그런 사건이 아주 좋아요. 경찰이 아무래도 해결할 수 없다고 비명을 지르는 그런 사건이 일어나면 나는 자신도 모르게 손을 내밀어보고 싶은 생각이 든단 말이오."

범인을 지적한 다음, 그 교활한 꾀를 칭찬하는 일도 가끔 있다. 그러면서 범인을 고발하려는 생각은 절대로 하지 않는다.

〈구석의 노인 마지막 사건〉에서 그는 살인자로 변신한다. 그러나 어째서 이 노인이 사람을 죽였는지 그 동기는 전혀 밝혀지지 않는다. 따라서 앞에 인용한 그의 말을 생각해 볼 때 구석의 노인은 본디 범죄자가 아니었을까 하는 의문을 갖게 되는 것이다. 마치 아르센 뤼빵처럼.

오르치가 처음부터 뜻밖의 결말을 예정하고 있었던 것은 '끈의 매듭'이라는 복선에서도 명백하다. 그렇다면 《구석의 노인 사건집》의 이상한 서술 형식도 납득이 간다. 어떻든 색다른 명탐정의 매우 이색적인 미스터리라 하겠다.

이 책 《구석의 노인 사건집》은 제1, 제2단편집에서 엄선한 14편을 수록한 것으로 내용은 대략 다음과 같다.

〈펜처치 거리의 수수께끼(The Fenchurch Street Mystery)〉──구석의 노인이 처음으로 등장하는 작품. 〈로열 매거진〉에 발표된 것은 1901년이며 1909년의 제2단편집으로 나왔다. 이 작품에 구석의 노인 이야기 스타일이 모두 담겨져 있는데다 구석의 노인과 폴리 버튼이 만나고, 무대가 되는 'ABC 숍'의 설명 등이 있어 시리즈 제1작다운 귀중한 한 편이다.

〈지하철 괴사건(The Mysterious Death of the Underground Railway)〉——이것도 제2단편집에 수록된 작품이다. 그린이 엮은 《셜록 홈즈의 라이벌들》 제1집에 수록되었다. 이 작품 속에서 구석의 노인이 '돈은 십중팔구 범죄의 동기가 된다'는 말을 하는데, 이 말대로 수록된 대부분의 작품이 돈을 목적으로 한 살인을 주제로 다루고 있다. 독살 방법에 대한 연구가 있고, 지하철 안에서의 살인이라는 점이 이야기에 변화를 주고 있다. 한편 올드게이트와 올더게이트란 매우 혼동되기 쉬우나 전혀 다른 역의 이름이다.

〈엘리어트 여의사 사건(The Case of Miss Elliott)〉——제1단편집의 제목이 된 작품으로 맨 첫머리에 실려 있다. 이 단편집에서는 폴리 버튼이 1인칭으로 이야기하고 있다. 예에 따라 사람들을 바꿔치는 트릭인데, 꽤 훌륭한 작품이다.

〈다트무어 테라스의 비극(Tragedy in Dartmoor Terrace)〉——제1단편집에 수록된 한 편이다. 대수롭지 않은 착각이 수수께끼를 해명하는 것 외에는 관심이 없는지 잘 알 수 있다.

〈페브마슈 살해(The Murder of Miss Pebmarsh)〉——역시 제1단편집에서 채택했다. 이 이야기는 복선이 미약한데 구석의 노인의 추론이 약간 지나치게 비약한 듯한 느낌이 없지 않다. 그러나 결말을 살짝 엉뚱하게 처리한 방법이 특이하다.

〈리슨 글로브의 수수꺼끼(The Lisson Grove Mystery)〉——제1단편집의 작품이다. 이 작품은 중요하다. 왜냐하면 E.S. 가드너의 《토라진 처녀(1933년)》나 딕슨 카의 《황제의 담배 케이스(1942년)》 등의 트릭에 앞서 먼저 씌어진 것이기 때문이다. 아무렇지도 않은 듯한 트릭이므로 주의하여 읽기 바란다.

〈트레먼 사건(The Tremarn Case)〉——역시 제1단편집에서 채택했다. 이 이야기의 무대는 약간 규모가 크며, 대 로망 작가 오르치의 면모를 엿볼 수 있는 작품이다.

〈상선(商船) 아르테미스 호의 위난(The Fate of the Artemis)〉——
—제1단편집에서 뽑았다. 이 이야기는 특히 이색적이라 하겠다. 여
성의 재치가 국가를 구한다는 진상도 재미있다.

〈콜리니 백작의 실종(The Disappearance of Count Collini)〉——
제1단편집 가운데 한 편이다. '범죄 이전의 변장은 우선 발각될 염려
가 없다'는 구석의 노인 말처럼 보통 때의 반대로 나가는 트릭이 씌
어지고 있다.

〈에어셤의 참극(The Aysham Mystery)〉——이것도 제1단편집에
수록되어 있다. 영국의 시골 상황을 잘 묘사하고 있다.

〈반즈데일 장원의 비극(The Tragedy of Barnsdale Manor)〉——
제1단편집의 맨끝을 장식하는 작품이다. 두 개의 동기가 서로 얽혀
사건을 복잡하게 만드는 점이 작품의 포인트다.

〈리젠트 파크의 살인(The Regent's Park Murder)〉——제2단편집
에서 채택했다. 매우 교묘한 알리바이 트릭을 쓴, 어딘지 모르게 딕
슨 카의 《모자 수집광 사건》을 생각케 하는 좋은 작품이다.

〈더블린 사건(The Dublin Mystery)〉——1902년에 발표된 작품
이다. 같은 시에 두 가지 범죄가 동시에 발생한 사건. 우연의 일치로
보이는 두 가지 사건에 기발한 연결 고리를 만들어 잇는 착상이 뛰어
난 작품이라 하겠다.

〈구석의 노인 마지막 사건(The Mysterious Death in Percy Street)〉
——제2단편집의 마지막을 장식하는 작품이다. 예상 밖의 결말이라
는 것은 앞에서도 말한 바와 같다. 동기나 범죄의 배경이 전혀 분명
치 않기 때문일 것이다.